Clara Salaman
Die Stille über dem Wasser

Zu diesem Buch

Frisch verheiratet und leidenschaftlich verliebt reisen Johnny und Clemency durch Griechenland. Schließlich landen sie auf dem Segelboot von Frank und Annie – einem charismatischen Aussteigerpärchen, das mit ihrer kleinen Tochter ohne Ziel und Plan durch die Ägäis schippert. Abenteuerlustig, wie Johnny und Clem sind, schließen sie sich der kleinen Familie an, und in den ersten Tagen fühlt es sich an wie das Paradies auf Erden. Doch nach und nach kommen auch Franks und Annies düstere Seiten ans Licht, und die gegenseitige erotische Anziehung wandelt sich allmählich zu einem mörderischen Versteckspiel, das bald seine ersten Opfer fordert …

*Clara Salaman* ist in England eine bekannte Schauspielerin. In ihrem autobiografisch gefärbten Roman »So sollst du schweigen« verarbeitete sie ihre Erziehung in einer strengen Londoner Glaubensgemeinschaft und baute sie zu einem fesselnden psychologischen Drama aus. Auch ihr neuestes Werk, »Die Stille über dem Wasser«, ist ein psychologisches Kammerspiel, das sich liest wie ein Thriller. Clara Salaman lebt in London.

Clara Salaman

# DIE STILLE
## ÜBER DEM WASSER

Roman

Aus dem Englischen von
Andrea Brandl

Piper München Zürich

*Mehr über unsere Autoren und Bücher:*
*www.piper.de*

Von Clara Salaman liegen bei Piper vor:
So sollst du schweigen
Die Stille über dem Wasser

MIX
Papier aus verantwortungsvollen Quellen
FSC® C014496
FSC
www.fsc.org

Deutsche Erstausgabe
Juli 2013

Titel der englischen Originalausgabe:
»The Boat«, Head of Zeus, London 2014

Umschlaggestaltung: Cornelia Niere, München
Umschlagmotiv: Michael Shepherd/Trevillion images
Satz: Kösel, Krugzell
Gesetzt aus der Whitman
Papier: Munken Print von Arctic Paper Munkedals AB, Schweden
Druck und Bindung: GGP Media GmbH, Pößneck
Printed in Germany ISBN 978-3-492-30223-4

# ERTRINKEN

Johnny stürzte sich mit bemerkenswerter Entschlossenheit auf die Aufgabe, Selbstmord zu begehen. Als er ganz sicher war, dass die See nur ihm allein gehörte und jeder Zipfel Land so weit entfernt war, dass selbst Seevögel vor Erschöpfung vom Himmel fielen und an Bord verendeten, löste er die Hände vom Ruder, woraufhin sich das Boot in den Wind drehte. Er starrte auf die endlosen, im Schein einer unheilvollen Dämmerung rötlich schimmernden Wellen hinaus, während die Segel über ihm heftig im Wind flatterten. Doch er bemerkte das Getöse gar nicht. Nach einer halben Ewigkeit hob er den Kopf und blickte zu den schlackernden Segeln empor, mit Augen, in denen längst kein Leben mehr war. Düster grünlich glommen sie in seinem dunklen, wettergegerbten Gesicht, das ihn viel älter aussehen ließ, als er in Wirklichkeit war.

Er stand auf, holte die Großschot ein und trat auf das Deck, um das schwere Großsegel herabzulassen und zusammenzulegen. Mit methodischer Präzision verknotete er jeden einzelnen Segeleinbinder. Es kostete ihn keinerlei Mühe, sich auf dem heftig schwankenden Deck zu bewegen, während ihm die rosafarbenen Sprenkel aus dem dunklen Wasser zuzuzwinkern schienen. Als das Segel ordentlich verschnürt war, kehrte er ins Cockpit zurück und verschwand unter Deck.

In der Kabine herrschte das blanke Chaos: Überall standen Essensreste herum, Kleidungsstücke waren verstreut, Tassen und Gläser, leere Verpackungen und Plastikfolien, allesamt sichtbare Beweise dafür, dass sich mehrere Menschen an Bord aufgehalten hatten. Er fragte sich, wieso ihm nicht schon früher aufgefallen war, wie es hier aussah. In der Sperrholztrennwand zwischen der Bordküche und dem Wohnbereich prangte eine große Delle, an deren Entstehung er sich nur vage erinnerte. Er durchquerte den Raum, hob hier und da Unrat auf und warf ihn in die Mülltüten, die er in den Fächern unter den Sitzen verstaute. Er räumte die Regale leer und steckte Bücher sowie anderen Krimskrams in seinen alten Schlafsack, den er ebenfalls in einen Schrank stopfte.

Das einzig wirklich Schöne an Bord war der Sextant aus Messing. Er wog ihn in der Hand. Inzwischen war er lediglich ein Relikt, genauso wie er selbst. Er erklomm die Kajütenleiter und trat ans Heck, um in Richtung der aufgehenden Sonne zu blicken, die gefährlich tief über dem Horizont hing – ein dicker rosafarbener Ballon, der scheinbar unbeeindruckt seinen Weg fortsetzte. Er schleuderte den Sextanten aufs Meer hinaus. Das rote Sonnenlicht spiegelte sich im Messing, während er durch die Luft segelte. Er sah nicht hin, als er platschend im Wasser landete, sondern wandte sich um und kehrte in die Kajüte zurück, um sein Werk zu Ende zu bringen.

Als sämtliche Töpfe und Pfannen in Schränken verstaut, Kissen in Spalten gestopft und alle anderen Gegenstände aufgeräumt waren, erhaschte er einen Blick auf sein Gesicht im Badezimmerspiegel. Verblüfft sah er sich an: Er trug einen schwarzen Anzug und eine Fliege, als käme er geradewegs von einer Nobelparty. Er war so hager, dass Jackett und Hose an ihm schlotterten, doch diese Kleidung war ebenso gut zum Sterben geeignet wie jede andere. Er schlüpfte aus den Turnschuhen und durchquerte die Kajüte, dann blieb er stehen, holte tief Luft und blickte hinaus – wie immer befand sich sein Körper in perfektem Einklang mit den unsteten Bewegungen des Boots. Es war, als würde er instinktiv das Schlagen und Mahlen der Wellen erahnen, als wären die Muskeln seines Körpers dem Puls der Natur stets einen Schlag voraus. Lediglich seine Augen waren reglos, sein Blick auf einen fernen Punkt am Horizont gerichtet.

Er zog eine Schublade auf und nahm das große Küchenmesser heraus. Es hatte ihm bereits auf vielfältige Art und Weise gedient, doch nun hatte es nur noch eine einzige Aufgabe zu erfüllen. Dafür musste es jedoch sehr scharf sein. Er holte den Wetzstahl hervor, setzte sich auf die Kombüsentreppe und schärfte es mehrere Minuten lang mit aller gebotenen Sorgfalt, während er zusah, wie sich die rosafarbene Sonne auf dem funkelnden Stahl spiegelte.

Nach einer Weile stand er auf, durchquerte die Kabine und trat in die Toilette. Er ging auf die Knie und senkte den Kopf wie zum Gebet, voller Abscheu über die Schwäche seines Körpers – er zitterte am ganzen Leib. Dann holte er ein weiteres Mal tief Luft, hob das Messer und schnitt entschlossen die inneren und äußeren Leitungen durch. Augenblicklich begann das Wasser hereinzuströmen. Nun gab es kein Zurück mehr. Langsam erhob er sich, den Blick auf die Leitungen geheftet, aus denen das Wasser rauschte. Er spürte die Kälte des Meerwassers an seinen Füßen. Es strömte über den Boden, während das Boot weiter auf den Wellen tanzte. Wie gebannt sah er das Wasser ansteigen, über seine Zehen und seine Füße hinweg und bis zur Türschwelle, ehe es in die angrenzende Kabine schwappte. Er wandte sich um, watete hinaus und kehrte an seinen Platz auf der Kajütentreppe zurück – unbeteiligt und fasziniert zugleich, als das Wasser geräuschvoll in die Kabine flutete, bis in den hintersten Winkel drang und alles umspülte, was herumstand. Es stieg immer weiter, an Tischbeinen empor, inzwischen nahezu lautlos. Er saß reglos da, in der Gewissheit, dass er als Nächstes an der Reihe war. Bald würde das Wasser auch ihn verschlucken.

Als ihm das Wasser bis zu den Knien reichte, erhob er sich. Alles, was nicht niet- und nagelfest war, trieb umher: die Klobürste ebenso wie der Salz- und Pfefferstreuer, aus dem Vorschiff wurde ein schmales Armbändchen angeschwemmt. Er betrachtete die kleinen Delfinsymbole auf dem durchsichtigen

Plastik, sah zu, wie sie fröhlich über den Kartentisch hinweghüpften. Er machte kehrt, erklomm die Treppe und blickte aufs Meer hinaus – dreihundertsechzig Grad blankes Nichts. Er sah zum hellblauen Morgenhimmel hinauf und spürte das Blut geräuschvoll durch seine Venen pulsieren – was für eine Ironie, sich ausgerechnet jetzt lebendiger zu fühlen als seit einer halben Ewigkeit, so als wollte ihm das Leben aus blanker Gehässigkeit zeigen, dass es noch nicht vorüber war. Wäre er dazu in der Lage gewesen, hätte er vielleicht geweint, doch seine Augen blieben trocken. Er hatte keine Tränen mehr.

Es dauerte nicht lange, bis der Unrat den Niedergang heraufspülte, und kurz darauf spürte er, wie das Heck zuerst langsam, dann immer stärker nach unten gezogen wurde. Johnny trat hinaus auf das Spiegelheck und ließ sich ins Wasser gleiten. Im ersten Moment schnürte ihm die Kälte die Luft ab und bohrte sich wie Nadeln in seine Haut. Eigentlich hätte er damit rechnen müssen. Er trat mit den Beinen und schwamm ein paar Züge vom Boot weg. Er wollte nicht auf diese Weise abtreten, gemeinsam mit *ihr* und ihrer schmutzigen Ladung in die Tiefe gezogen werden. Er drehte sich um, spürte, wie sich seine Kleider vollsogen und ihn nach unten zogen. Sein Blick fiel auf die Stelle am Heck, wo er ihren Namen überpinselt hatte – ein völlig sinnloses Unterfangen, als könnte man die geschwungenen Buchstaben einfach auslöschen: The Little Utopia. Plötzlich senkte sich der Bug abrupt, als würde der Sog zu stark, um sich ihm noch länger zu entziehen, woraufhin der Mast nach vorn kippte und sich ihm vorwurfsvoll entgegenneigte. Strampelnd sah er zu, wie sie zu sinken begann, und tauchte mit dem Kopf unter Wasser. Eiskaltes Meerwasser drang ihm in Mund und Ohren. Er blinzelte. Um ihn herum war alles in tiefes Blau getaucht. Sie hing da, nach Backbord geneigt, den Bauch nach oben. Er tauchte wieder auf, um Atem zu schöpfen. Sie hatten beinahe etwas Anmutiges, ihre letzten Augenblicke im Leben. Ihre Nase war stolz gen Himmel gereckt, ein letztes jähes Aufbäumen vor dem endgültigen Untergang. Dann glitt sie geräuschlos in die Tiefe.

Alles, was von ihr übrig blieb, war eine Blasenspur und ein sanfter Sog an seinen Beinen. Er holte abermals Luft und tauchte unter, um ihr nachzusehen, bis sie zu einem dunklen Schatten verblasste, das tiefe Blau in tintige Schwärze umschlug und sie vollends aus seinem Blickfeld verschwand. Er tauchte auf und schnappte nach Luft. Vereinzelte Schaumkrönchen waren das Einzige, was noch an sie erinnerte. Zwei große Blasen, wie Rülpser aus den Tiefen des Meeres, stiegen lautstark empor, dann herrschte Stille – nur er und die Gewissheit, dass ihm nur wenige Minuten blieben, ehe auch er endgültig verschwunden wäre.

Er hörte seine scharfen Atemzüge, als die Wellen ihn wie ein Stück Treibholz hin und her warfen. Vielleicht wäre es ja klüger gewesen, sich Gewichte umzuschnallen oder sich an den Mast zu binden, doch allein die Vorstellung, auf immer und ewig mit diesem Boot verbunden zu sein, war so abscheulich, dass er froh war, gar nicht erst auf die Idee gekommen zu sein. Es würde bestimmt nicht lange dauern, denn er hatte sämtliche Aspirin geschluckt, die er im Medizinschränkchen gefunden hatte. Schon bald würde er einfach eindösen. Er schloss die Augen, ließ den Kopf nach hinten sinken und streckte sich aus, bot seinen Körper dem Himmel dar.

Inzwischen fror er nicht länger. Sein Körper fühlte sich ungewohnt schwerelos an. Er spürte förmlich, wie das Wasser zu seinem Verbündeten wurde. Es trug ihn mit sich, umschmeichelte und liebkoste ihn, so beruhigend wie ein lindernder Balsam. Er ließ sich von den Wellen tragen, wie eine Schildkröte, die auf der Oberfläche trieb; seine weit ausgebreiteten Arme und Beine schienen eins mit dem Wasser zu werden, zu einer formlosen, untrennbaren Einheit zu verschmelzen. Die Wärme der Sonne, die Wärme seines Körpers, alles verschwamm ineinander. Er konnte sich nicht erinnern, jemals so eins mit seiner Umgebung gewesen zu sein. Mit einer Ausnahme: seine Verbundenheit mit *ihr*, natürlich.

Er musste eingenickt sein, dann als er das nächste Mal die Augen aufschlug, stand die Sonne bereits tief am Himmel, und er hatte vergessen, dass er mitten im Mittelmeer ertrank. Einen Moment lang glaubte er, er läge in einer Düne oder im Garten hinter dem Haus und eine kühle Brise hätte ihn aus seinem Nickerchen geweckt. Er blickte zum Himmel empor, durch das Blau hindurch in die schwarze Endlosigkeit, die sich dahinter erstreckte. Viele tausend Meter über ihm war der weiße Kondensstreifen eines Flugzeugs auszumachen. Er dachte an all die Menschen dort oben, die unterwegs nach irgendwohin waren, Sandwichverpackungen aufrissen, Sitze hochklappten, raschelnd ihre Zeitung lasen, dösten, mit den Gedanken bei ihren bevorstehenden Meetings und Geschäften, allesamt am Leben, ohne etwas von seiner winzigen Existenz hier unten zu ahnen. Viel zu schnell verflog der dünne Streifen im Blau des Himmels, und eine tiefe, unerträgliche Einsamkeit ergriff Besitz von ihm.

Er klammerte sich an all seine positiven Gedanken, an jenes wunderbare Gefühl, eins mit seiner Umgebung zu sein, doch stattdessen empfand er nichts als eine tief sitzende Angst. Sein Körper hatte jeden Anflug von Schwerelosigkeit verloren; sein vollgesogener Anzug zog ihn in die Tiefe. Selbst die Elemente hatten sich gegen ihn verschworen: Die Wellen peitschten über ihn hinweg, sodass er husten musste, die Kälte des Wassers stach auf seiner Haut, und die dahinziehenden Wolken raubten der Sonne ihre wärmende Kraft. Auch die Sonne selbst ließ ihn im Stich – er sah zu, wie der glühend orangefarbene Feuerball hinter dem Horizont zu versinken drohte. Er hob den Kopf. Rings um ihn herum herrschte gähnende Leere. Weit und breit nichts und niemand, der ihm beim Sterben Gesellschaft leisten könnte. Und schon bald würde es dunkel werden. Irgendwo in den Tiefen seines Innern stieg Panik auf: Das Bewusstsein um die Bedeutungslosigkeit und die Winzigkeit der Existenz konnten jemandem, der nicht sterben wollte, durchaus Angst einjagen. So hatte er sich all das nicht vorgestellt. Stattdessen hatte er geglaubt, dass Ertrinken ein rascher Tod sei. Doch die Schuldigen verdienen den Luxus eines leichten Todes nicht, so viel stand fest. Er hätte sich wohl doch an den Mast binden und mit *ihr* in der endlosen Tiefe versinken sollen, wo er hingehörte.

Er blickte auf seine Hände, die grünlich im Wasser schimmerten. Sein Hals fühlte sich ganz wund an, und seine Lippen waren rissig. Ein Schmerz zuckte durch seine Körpermitte. Er musste dringend pinkeln, sah sich jedoch nicht dazu imstande. Sein Bauch war völlig verkrampft. Schließlich spürte er die Wärme seines Urins, der an seinen Schenkeln hinablief. Erst jetzt wurde ihm bewusst, wie unfassbar kalt ihm mittlerweile war. Im Osten zog bereits die Dämmerung auf, außerdem hatte der Wind aufgefrischt, sodass es aussah, als würde eine Horde Schimmel übers Wasser galoppieren.

Etwas stach ihm ins Auge. Im ersten Moment hielt er es für den hellen Rumpf eines Frachters. Instinktiv begannen sich seine Arme und Beine zu bewegen, doch dann hielt er inne. Was ging ihn dieses merkwürdige Ding da draußen an? Was auch immer es sein mochte, es hatte denselben Kurs wie er und tanzte ebenfalls auf den Wellen. Als das Ding näher herantrieb, erkannte er, dass er seine Größe völlig falsch eingeschätzt hatte. Es war kein Schiff. Sondern ein Fender. Ein weißer Fender. Er erkannte ihn auf Anhieb. Offenbar stammte er von dem gesunkenen Schiff. Nun waren sie schon zu zweit – zwei einsam Dahintreibende in der nassen Unendlichkeit.

Er trat vorsichtig mit den Beinen, doch seine Glieder waren schwer wie Blei und wollten ihm nicht länger gehorchen. Nutzlos baumelten sie im Wasser wie Treibholz. Mittlerweile war ihm die Kälte bis ins Mark vorgedrungen. Japsend und prustend strampelte er auf den Fender zu, bis er ihn zu fassen bekam, zog ihn zu sich heran und presste seine Wange gegen die feste, zerschrammte Oberfläche. Den Blick auf die zahllosen Kratzer und

Flecken geheftet, fragte er sich, was das Auftauchen des Fenders für ihn bedeutete. Machte es das Sterben leichter oder schwerer?

Etwas Weiches strich an seinen Beinen entlang. Er sah nach unten und entdeckte das dazugehörige Fenderseil. Mit klammen Fingern griff er nach ihm. Das Seil war an einem schweren Stück Stoff befestigt, das er an die Oberfläche zog. Ein erstickter Schrei drang aus seiner Kehle. Sein Herz schlug wie verrückt und verjagte für einen kurzen Moment die eisige Taubheit. Es war ihr Gebetsteppich, dunkel und schwer von all dem Wasser, aber es bestand kein Zweifel. Ein winziges Stück von ihr war zu ihm zurückkehrt. *Ein Zeichen*, hätte sie jetzt gesagt.

Mit Fingern so steif wie Stahlstangen machte er sich daran, das Seil zu lösen. Seine klappernden Zähne entpuppten sich als wesentlich besser geeignet, also nagte er sich Zentimeter um Zentimeter daran entlang, bis der Teppich auseinanderfiel. Mühsam zog er ihn aus dem Wasser und wuchtete ihn über den Fender, dann schlang er sich das Seil um den Leib und versuchte verzweifelt, das andere Ende zu fassen zu bekommen. Umständlich fummelte er das eine Ende durch eine Öse. Als es ihm endlich gelungen war, die beiden Enden miteinander zu verknoten, damit er nicht herunterrutschen konnte, war es dunkel geworden und sein Körper wurde von unkontrolliertem Zittern geschüttelt.

## 1 DER ANFANG

Johnnys und Robs Dad hatte sie gebeten, die Mädchen im Auge zu behalten, während er in den Bootsladen nach Padstow fuhr. Eigentlich hatten sie der Bitte auch nachkommen wollen, aber dann hatte Rob vom Rettungsschwimmer am Strand Dope gekauft. Sie hatten sich auf eine der Dünen gesetzt, um in der Sonne einen durchzuziehen, und die Mädchen komplett vergessen. Als Johnny das letzte Mal nachgesehen hatte, waren sie zwischen den Felsen herumgeklettert und hatten Gott weiß was gespielt, was elfjährige Mädchen nun mal so tun.

Johnny lag im weichen, heißen Sand und drehte einen Stein zwischen seinen Fingern hin und her, der wie ein Herz geformt war. Die Sonne brannte ihm auf den Rücken, während er mit Rob über die Vorzüge von Trimaranen im Vergleich zu Katamaranen diskutierte. In diesem Moment fiel sein Blick über Robs rechte Schulter auf Sarahs Freundin. Sie stand kerzengerade mit dem Rücken zum Meer auf der Düne, die Knie gebeugt, die Arme nach vorn ausgestreckt. Er fragte sich, was sie vorhaben mochte. Sie wirkte wie ein Tier, das zum Sprung ansetzte. Ihr Blick war fest auf das Dünengras vor ihr geheftet, dann warf sie sich zu seiner grenzenlosen Verblüffung – zugegebenermaßen war er reichlich stoned – in die Luft und vollführte einen perfekten Rückwärtssalto, wobei ihr anmutiger Mädchenkörper durch den blauen Himmel Cornwalls flog. Scheinbar mühelos landete sie am Fuß der Düne und machte einen kleinen Vorwärtssatz auf den nassen Sand.

Johnny verschluckte sich am Rauch und begann zu husten. »Rob! Hast du das gerade gesehen?«

Rob warf einen Blick über seine Schulter. »Nö.«

»Sieh dir bloß mal Clemmie an!«

Die beiden Brüder verfolgten, wie sie behände die Düne wieder erklomm. In ihrem blauweiß gestreiften Badeanzug glich sie einer von der Sonne geküssten Nymphe. Johnny registrierte den weißen Streifen Haut, wo der Stoff auf ihrem kecken Hinterteil ein Stück hochgerutscht war. Sie machte einen Satz zur Seite, um Sarah auszuweichen, die einen reichlich ungelenken Purzelbaum hinlegte.

»Gleich kommt's«, sagte Johnny zu Rob und stützte sich auf einem Ellbogen ab, sein neues Ziel fest im Blick: ihre kräftigen, gebräunten Arme und Beine und ihr kupferrotes Haar, das wild in der salzigen Brise flog. Wie um alles in der Welt kam es, dass er sie bisher nie bemerkt hatte? Selbst die Sonne schien sie heller erstrahlen zu lassen als bisher, so als sollte der Rest der Welt erfahren, dass sie etwas ganz Besonderes war. Bis vor zwei Minuten hatte sie noch nicht einmal für ihn existiert – natürlich kannte er sie seit Jahren, da sie schon häufiger in Cornwall gewesen war und mit seiner kleinen Schwester befreundet war, nur hatte er sie nie beachtet. Doch nun *sah* er sie zum ersten Mal wirklich, als hätte jemand ein falsch eingestelltes Fernglas justiert. Und da stand sie, Sarahs Freundin, eine völlig neue Spezies, eine namens »Clemence Bailey«. Wieder nahm sie ihre Position ein, stand stocksteif da, machte sich bereit und schnellte scheinbar furchtlos in die Höhe. Sie drehte sich in der klaren Sommerluft einmal um die eigene Achse, nur dass die Bewegung diesmal langsamer und genüsslicher anmutete als zuvor.

Rob stieß einen bewundernden Pfiff aus. Sie drehte sich zu ihnen um und verbeugte sich theatralisch, ehe sie ein weiteres Mal die Düne hinauflief.

»Aus der wird mal eine Herzensbrecherin, wie sie im Buche steht«, meinte Rob, doch Johnny merkte, dass sein Bruder mit den Gedanken längst wieder bei Trimaranen war. Was ihm durchaus gelegen kam, da er sie lieber über Robs Schulter hinweg beobachtete, um sie ganz für sich zu haben.

Später an diesem Abend gingen sie alle zusammen am Strand spazieren, weil gerade Vollmond war – Johnnys Mutter begründete ihre Unternehmungen ständig mit irgendwelchen Hippie-Argumenten. Auf dem Rückweg zum Haus meinte Clemmie, sie wolle noch eine Runde im Meer schwimmen, und Johnny ertappte sich dabei, dass er hinter den anderen hertrödelte. »Die See ist ziemlich rau, ich behalte sie lieber mal im Auge«, sagte er zu niemand Bestimmtem. Auch als sie meinte, sie brauche keinen Aufpasser, immerhin sei sie schon fast zwölf und groß genug, um allein schwimmen zu gehen, setzte er sich in den Sand, während die anderen weitergingen.

»Ich werd dann mal eine rauchen«, erklärte er.

Sie zuckte lediglich mit den Schultern. »Das ist ein freies Land.«

Verdutzt sah er zu, mit welcher Unbekümmertheit sie sich das Kleid über den Kopf zog und ihr Höschen abstreifte, ohne ihn anzusehen. Sie rannte los und quiekte laut, als die Wellen über ihr zusammenschlugen.

»Komm rein!«, schrie sie.

Es fühlte sich toll an – diese Einladung, sich ebenfalls in die kalte, nasse Welt zu stürzen, wo das Leben tobte. Johnny setzte grundsätzlich keinen Fuß in die eisigen Gewässer Englands, sondern bewegte sich ausschließlich *auf* ihnen, aber das würde er ihr nicht verraten. Er rühmte sich, niemals nass zu werden, selbst wenn das Beiboot ausnahmsweise kenterte. Dann trat er nämlich auf das Kielschwert, sodass sich der Rumpf zwischen seinen Füßen befand, und richtete es wieder auf, ohne dass dabei auch nur seine Zehen nass wurden. »Angsthase!«, rief sie und stürzte sich in die nächste Welle, wobei ihr blankes Hinterteil im fahlen Mondlicht schimmerte.

»Komm rein, Johnny!«

Sie winkte ihm zu, nass und glitschig. Er konnte ihre hübschen kleinen Brüste erkennen und hatte zum ersten Mal das Gefühl, am falschen Ort zu sein – hier, im trockenen

Sand, obwohl es im Wasser, wo sie war, viel schöner zu sein schien.

»Hilfe!«, kreischte sie und tat so, als würde sie ertrinken. »Haie!« Sie tauchte unter, streckte die Beine in die Luft und marschierte auf den Händen durch den Sand.

Zu seiner eigenen Verwunderung sprang er auf, zog seine Sachen aus und rannte los. »Der Retter naht! Hab keine Angst!«, schrie er und stürzte sich ins kalte Wasser. »O Scheiße!«, stöhnte er auf, als die eisigen Fluten seine Hoden umspülten und er den heftigen Sog der Strömung spürte.

Clemmie paddelte scheinbar ertrinkend auf ihn zu. Er packte sie bei der Hand, zog sie mit einer schwungvollen Bewegung aus dem Wasser und hob sie heldengleich auf seine Arme.

»Ich hab dich! Du bist in Sicherheit! Okay, wo ist dieser gemeine Hai?« Er spannte seinen Bizeps an.

Sie stieß ein kehliges Lachen aus – ihr Lachen war ihm bereits vorher aufgefallen –, schlang ihre Beine um seine Taille und klammerte sich an ihm fest. Er spürte ihren nackten Unterleib an seinem Bauch. Ihre Brustwarzen streiften seine Brust. Trotz der eisigen Kälte wurde sein Schwanz hart.

Sie sah ihm ins Gesicht. Nur wenige Zentimeter trennten sie voneinander, und ihr Gelächter war erstorben. Ernst blickten sie einander in die im Mondschein leuchtenden Augen. Ein eigentümliches Gefühl überkam Johnny. Eine tiefe Wärme durchströmte seinen gesamten Körper, und ihm war, als würde eine Lücke, die ihm bislang nie aufgefallen war, plötzlich geschlossen werden. Mit unerschütterlicher Klarheit wurde ihm bewusst, dass er die gesamten vierzehn Jahre seines bisherigen Lebens auf diesen Moment gewartet hatte. Genau das war es; das, worum es im Leben wirklich ging.

Er hätte sie küssen können, doch sie löste sich von ihm und ließ sich von der Strömung erfassen.

Auch sie hatte es gespürt. Sie schwamm auf dem Rücken, ergab sich den Fluten, angenehm überrascht von dem, was gerade vorgefallen war, von dieser neuen Empfindung in ihrem Körper, so feucht und prickelnd. Sie fühlte sich lebendig. Etwas hatte sich in ihr verändert, hatte die Kindlichkeit ein Stück weit in den Hintergrund treten lassen. Sie ließ sich von den Wellen umspülen, die sie in Richtung Strand trieben. Mit einem Mal war sie sich ihrer Nacktheit überdeutlich bewusst. Sie sprang aus dem Wasser und lief durch die Brandung zum Strand zurück.

Wenig später saßen sie nebeneinander und blickten wortlos aufs Meer hinaus, tropfnass und durch eine neu gewonnene Intimität miteinander verbunden. Sie trug seinen Pulli, der formlos an ihrem zierlichen Körper herabhing. Sie zog die Knie an und legte ihr Kinn darauf, um sich zu wärmen, während ihr die Tropfen über die Wangen kullerten.

»Glaubst du, da draußen gibt es Ungeheuer?«, fragte sie und spähte mit zusammengekniffenen Augen zum Horizont.

»Ja«, antwortete er. »Wieso auch nicht?«

Das gefiel ihr. Sie glaubte fest daran, dass es Ungeheuer gab. Sie glaubte an so ziemlich alles.

»Der rote Punkt dort könnte ein Auge sein«, sagte sie und zeigte auf einen Punkt in der Ferne.

»Oder ein Fischerboot.«

»Da ist ein grünes!«

»Das ist ein und dasselbe. Sie wendet.«

»Woher willst du das wissen?«

»Das rote Licht ist auf der linken Seite des Boots, also backbord, und das grüne steuerbord, also auf der rechten Seite. Jetzt ist es weiß, das ist das Heck. Sie fährt hinaus. Nach Westen.«

»Und wohin?«

»Zum Fischen.«

»Das weiß ich auch. Ich habe gemeint, wo genau das Boot landen würde, wenn es immer weiterfahren würde.«

»In Amerika, schätze ich. Nein, sogar Kanada.«

»Wow.« Sie nuckelte an einer nassen Haarsträhne. »Warst du schon mal in Amerika?«

»Nein, bisher nicht. Aber eines Tages werde ich hinübersegeln.« Es gefiel ihm, wenn sie ihn so ansah, gewissermaßen ihr helles Licht auf ihn warf. Er wünschte, sie würde nicht wieder wegsehen.

»Ehrlich?«

»Klar. Ich baue mein eigenes Boot, ein Einrumpfboot, eine Ketsch – natürlich aus Holz, mit Decks aus Teakholz, doppelendig. Sie wird das schönste Boot auf dem ganzen Ozean sein. Und dann segle ich auf ihr um die ganze Welt, ganz allein.« Er *musste* ein bisschen angeben. Aber es war die Wahrheit, denn er würde es tun, das stand außer Frage.

Sie starrte ihn an, während sie wieder dieses komische Gefühl überkam, so wie vorhin, als sich etwas in ihrem Inneren verändert hatte. Was auch immer es gewesen sein mochte, es hatte eindeutig etwas mit ihm zu tun. Es war, als würde er sie in- und auswendig kennen, als bestünde eine tiefe Verbindung zwischen ihnen. Er war in jeder Hinsicht so, wie sie gern sein wollte – einer, der die Dinge in die Hand nahm, ein Abenteurer. »Darf ich mitkommen, Johnny? Darf ich mit dir um die Welt segeln?«

Er lachte. »Aber dann wäre es ja keine Alleinumsegelung mehr.«

»Ist doch egal. Dann ist es eben eine Zweierumsegelung.«

Lächelnd zog er seinen Tabak aus der Tasche. »Na ja, mal sehen.«

»Los, dreh uns eine«, sagte sie, völlig aus dem Häuschen, weil sie eine Art Arrangement getroffen hatten. »Eine dicke, so wie die, die ihr heute Nachmittag in den Dünen geraucht habt.«

»Rauchst du?«, fragte er. Es gefiel ihm, dass sie ihn beobachtet hatte.

»Nein, noch nicht. Wieso hast du ›sie‹ gesagt, Johnny?«

Er wandte sich ihr zu, mit dem Rücken zum Wind, damit der Tabak nicht weggeweht wurde. »Wegen der Form. Boote sind kurvig und elegant. Wie Frauen.«

»Oh!«, sagte sie. »Bin ich auch kurvig und elegant?«

»Na ja, du bist erst elf.«

»Stimmt«, gab sie ärgerlich zurück. Elf war ein beschissenes Alter, weil man weder das eine noch das andere war. »Und dreiviertel.«

»Das ändert natürlich alles.«

»Ich hab einen Freund«, fuhr sie fort, als würde sie das noch ein bisschen älter machen.

»Echt?«

»Ja. Roger Benson. Wir haben auch schon geknutscht. Mit Zunge und allem.«

Johnny stieß einen Pfiff aus. »Cooler Typ, dein Roger.«

Eine Hand um die Schachtel gelegt, riss er ein Streichholz an. Die kleine Flamme blendete ihn für einen kurzen Moment. Er spürte ihren Blick. Es gefiel ihm. Er zog an der Zigarette, dann stieß er den Rauch aus und reichte sie ihr. Ihre Finger waren klamm vor Nässe, sodass sie daran kleben blieb. Er schob sie ihr zwischen die Lippen, als sie sich zögernd vorbeugte. Ihre Lippen fühlten sich ganz weich an seinen Fingerspitzen an.

Sie hustete und spuckte einen Tabakkrümel aus. »Igitt!« »Am Anfang ist es echt eklig, aber man gewöhnt sich dran.«

»Echt? Ach, das werde ich schon.« Sie war fest entschlossen, es richtig zu machen.

Er drückte ihr die Zigarette abermals zwischen die Lippen. Diesmal schaffte sie es, nicht zu husten, aber er sah ihr an, dass es ihr nicht schmeckte.

»Braves Mädchen«, lobte er. Sie lächelte stolz. Erst jetzt bemerkte er, dass ihre Vorderzähne leicht übereinander standen. Das konnte einen Jungen ganz schön verrückt machen, dachte er.

»Johnny? Hast du eine Freundin?«

Er ließ sich nach hinten sinken, stützte sich auf den Ellbogen ab und blickte zu dem Fischerboot hinaus. »Nicht so richtig.«

»Was heißt das?«

»Es heißt *nicht so richtig.*«

Sie drehte sich auf den Bauch und sah ihn an. »Okay. Dann sage ich es dir«, meinte sie. »Habt ihr schon mit Zunge geknutscht?«

Er sah ihr mit unbewegter Miene ins Gesicht. »Ja.«

»Dann hast du eine Freundin«, erklärte sie, als wäre es das Offensichtlichste auf der Welt. Sie setzte sich wieder auf und sah zu den Lichtern, die weit draußen auf dem Atlantik blinkten. Logisch hatte er eine Freundin. So wie er aussah, so wie er seine Zigarette rauchte. Und als Abenteurer schon zweimal.

»Hast du vor, sie zu heiraten?«

Johnny lachte. »Nein.«

»Wieso nicht?«

Er nahm einen langen Zug von seiner Zigarette. »Weil sie schon verheiratet ist.«

Sie wandte sich ihm zu. Ihr fiel die Kinnlade herunter, und ihre Augen weiteten sich, als sie nach Luft schnappte. »Wow! Wie alt ist sie denn?«

»Fünfunddreißig«, antwortete er und sah zu, wie sich der Schock auf ihren hinreißenden Zügen ausbreitete.

»O mein Gott!«, schrie sie völlig verzückt. »Dann ist sie ja eine alte Frau, Johnny! Du bist doch erst vierzehn!«

Vor zwei Monaten war Johnny bei einer Freundin seiner Mutter als Babysitter eingesprungen. Sie war früher als erwartet nach Hause gekommen. Ihr süßer Rotweinatem war ihm in die Nase gestiegen, als sie ihn in der Diele angehalten und ihm ein paar Scheine in die Hemdtasche gesteckt hatte. Sie sei noch nie einem derart sexy jungen Mann begegnet, hatte sie gemeint, dann hatte sie sich völlig überraschend vorgebeugt und ihre lila verfärbten Lippen auf seinen Mund gepresst. Eins hatte zum anderen geführt, und am Ende hatte sie ihm auf einer Superman-Decke auf dem Wohnzimmersofa die Unschuld geraubt, nur wenige Minuten, bevor ihr Mann nach Hause gekommen war. Seither passte er so oft auf ihre Kinder auf wie nie zuvor.

Erst jetzt fiel ihm ein, dass Clem noch genauso klein war wie seine Schwester. »Aber erzähl Linda nichts davon, Clem.«

»Klar«, gab sie zurück und machte eine Geste, als würde sie ihre Lippen versiegeln. Sie liebte Geheimnisse. Allerdings wusste sie nicht recht, wie sie mit diesem hier umgehen sollte. Sie kaute noch eine Weile auf der Neuigkeit herum, doch egal aus welcher Perspektive sie das Ganze betrachtete, gelang es ihr nicht, dieses mulmige Gefühl abzuschütteln.

Das Fischerboot hatte inzwischen nach Süden abgedreht, sodass lediglich die Lichter auf der Backbordseite zu erkennen waren. Sie saßen ganz dicht nebeneinander und sahen zu, wie es vorüberzog, während ihnen der milde Westwind die Haare aus dem Gesicht blies.

»Johnny«, sagte sie leise und sah ihn aus ihren dunklen Augen an. »Heiratest du mich eines Tages? Wenn deine Freundin gestorben ist?«

Er lächelte, zögerte jedoch keine Sekunde. Sie war genau die Art Mädchen, die er auf der Stelle heiraten würde. »Okay.«

»Ich mein's ernst.«

Johnny auch.

»Versprochen?«

Er sah sie an und nickte.

»Du musst mir etwas schenken, sonst ist es kein richtiges Versprechen.« Schon damals schien ihr die Bedeutung von Symbolen bewusst zu sein.

»Ich habe aber nichts.«

Dann fiel es ihm ein. Er zog den kleinen herzförmigen Stein aus seiner Hosentasche, den er am Strand gefunden hatte.

»Jonathan Love, willst du mich heiraten?«

Johnny stand in der Diele neben der Küchentür, wo das Telefon stand. Dad, Rob und Sarah saßen am Abendbrottisch und lauschten, falls es für sie war.

»Da ist doch Johnny, oder?«, fragte sie.

»Am Apparat.«

»Hier ist Clem.« Sie musste sein Zögern gespürt haben. »Clemency Bailey. Erinnerst du dich noch an mich?«

Und ob er sich erinnerte.

»Clemmie«, fuhr sie fort. »Inzwischen allerdings nur noch Clem.«

»Tja, hallo«, sagte er. »Ich erinnere mich sogar noch ganz genau an dich.«

Sie klang völlig anders, als er es in Erinnerung hatte. Ihre Stimme war tiefer. Aber wahrscheinlich war sie einfach nur erwachsener geworden. Wenn er siebzehn war, musste sie fünfzehn sein. Ihre Familie war vor einigen Jahren aus Putney weggezogen und erst kürzlich in die Gegend zurückgekehrt. Wahrscheinlich meldete sie sich nur, weil sie seine Schwester sprechen wollte.

»Und? Ist deine Freundin inzwischen tot?«, fragte sie.

Er wusste genau, worauf sie anspielte, hatte aber keine Lust, dass ihm alle zuhörten, deshalb schob er mit der Schulter die Tür zu und wickelte sich die Telefonschnur um den Finger. Es war blanker Zufall, dass ausgerechnet er abgehoben hatte. Er war gerade von einer Überführung aus der Karibik zurückgekehrt und sollte schon bald ein weiteres Boot übernehmen, deshalb war es ein echter Glücksfall, dass sie ihn erwischt hatte.

»Was meinst du damit? Ich habe keine Freundin.«

»Du hast versprochen, mich zu heiraten, wenn deine Freundin tot ist.«

»Echt?« Er lächelte. »Welche war das noch mal?«

»Die, die verheiratet war.«

Die Affäre mit der Freundin seiner Mutter war längst Geschichte. Ihr Mann hatte Johnnys Socke mit dem eingenähten Namensschild darin unter dem Bett gefunden und ein bisschen Theater gemacht.

»Und?«

»Ich bin noch verfügbar«, antwortete er. »Wie wär's, wenn

wir vorher ein paar Mal miteinander ausgehen würden und so?«

Sie trafen sich im Blue Anchor in Hammersmith, als die Sonne unterging. Die Kneipe befand sich direkt am Fluss. Es herrschte Flut, und die Enten schwammen zwischen den Bäumen umher. Er war mit dem Motorrad gekommen, einer Triumph Tiger Cup, die er für einen Apfel und ein Ei bei Loot erstanden hatte und in Eigenregie auf Vordermann brachte. Obwohl er nagelneue Zündkerzen eingesetzt hatte, war die Karre auf der Brücke stehen geblieben, und er hatte sie den restlichen Weg zum Pub schieben müssen, weshalb er ein paar Minuten zu spät kam.

Er erkannte Clemence Bailey auf Anhieb wieder. Sie saß an einem Tisch im Freien und rauchte – als hätte sie ihr Lebtag nichts anderes getan. Als sie ihn erblickte, stand sie auf und winkte. Er war genauso hin und weg von ihr, wie er gehofft hatte. Hinter ihr türmten sich atemberaubende, rosafarbene Wolken in der unterergehenden Sonne – ein Szenario, für das sie, zumindest teilweise, verantwortlich zu sein schien. Sie trug Jeans und ein weites Top, unter dem er die sanfte Wölbung ihrer winzigen Titten erkennen konnte. Unwillkürlich kamen ihm ihre nassen Brustwarzen in den Sinn, die sich an seiner Haut gerieben hatten.

»Hi«, sagte sie und sah völlig hingerissen in seine leuchtend grünen Augen.

Er strich sich mit einer Hand durch sein Haar, das vom Helm platt gedrückt war. »Hallo, Clemency Bailey«, begrüßte er sie, legte den Helm auf den Tisch und beugte sich vor, um sie zu küssen. Ein moschusartiger Duft stieg ihm in die Nase, leinölartig, wie frisch verlegte Teakplanken auf einem Schiffsdeck.

»Hallo, Jonathan Love. Du siehst gut aus.«

Sie ebenfalls. Sie sah sogar gigantisch aus, aber das würde er ihr nicht sagen – Mädchen wie sie durften sich nie zu sicher fühlen. »Ich gebe mir Mühe«, gab er ironisch zurück. Sein

T-Shirt war mit Ölflecken übersät. Aber sie schenkte seinem T-Shirt ohnehin keine Beachtung, sondern sah ihm direkt in die Augen.

»Das mit deiner Mum tut mir leid«, sagte sie.

Seine Mutter war im Jahr zuvor gestorben. An Krebs. Am Ende hatte er sich in ihrem gesamten Körper ausgebreitet. Das einzig Gute war, dass sich keiner darum geschert hatte, als er durch die Abschlussprüfungen gerasselt war und die Schule geschmissen hatte. »Hast du dich schon mit meiner Schwester getroffen?«

Sie nickte.

»Was willst du trinken?«, fragte er.

»Ich nehme dasselbe wie du.«

Natürlich war sie noch nicht volljährig, genauso wenig wie er, aber das schien die Kneipenwirte nicht weiter zu kümmern. Er ging hinein, kaufte zwei Flaschen Bier, die er auf den Tisch stellte, und setzte sich hin. Dann schenkte er die beiden Gläser voll und schob ihr eines davon zu. Sie stießen an.

»Und?«, meinte er und blickte in ihre wunderschönen Augen. »Kommen wir gleich zur Sache ... Willst du Weiß tragen?«

Später, als ein Gewitter losbrach, gingen sie nach drinnen und suchten sich einen Tisch in der Ecke. Auf dem Tresen stand ein Fernseher, in dem leise die Übertragung eines Cricketspiels lief; es war das erste Testspiel in Edgbaston, und die Mannschaft der Karibischen Inseln machte aus ihren englischen Gegnern Hackfleisch. Johnny war noch nie einem Mädchen begegnet, das etwas für Cricket übrighatte, und verspürte einen eifersüchtigen Stich, als sie ihre Aufmerksamkeit auf den Fernseher richtete. Er war leidenschaftlicher Cricketfan. Sie erzählte ihm, dass sie sich die Spiele am liebsten im Radio anhörte, weil die Sprecher so großartig seien. Sie könne stundenlang im Bett lümmeln und Henry Blofelds affektierter, gedehnter Stimme lauschen. Johnny malte sich aus, wie sie im Bett fläzte und sich das Spiel anhörte, während er neben ihr lag, ihre Titten streichelte, ihren straffen, flachen Bauch bewunderte und seine Finger an ihrem Körper abwärtsgleiten ließ.

Er sah zu, wie sie in ihrer Handtasche kramte, die eine Fülle an unwichtigem Kram zu beherbergen schien. Sie zog allerlei Gegenstände heraus und legte alles auf den Tisch vor sich: Armreifen, Kaugummi, mehrere Stifte und vollgekritzelte Zettel. Endlich fand sie, wonach sie suchte: ihre Geldbörse, die sie mit derselben Sorgfalt zu durchforsten begann. Kaum zu glauben, wie jemand dermaßen viel Zeug mit sich herumschleppen konnte. Der Inhalt seiner Taschen beschränkte sich auf einen Zehner und einen Schraubenschlüssel.

»Das ist er«, erklärte sie mit einem Anflug von Ehrfurcht und zog ein reichlich zerknittertes Foto heraus. Johnny betrachtete es: Es zeigte einen großen, schlanken Mann mit einer Idiotenbrille und einer lächerlichen Fliege, der mit einem Schläger in der Hand unter einer karibischen Palme stand. »Für Clemency«, stand quer über dem unteren Rand. »Alles Liebe, Henry Blofeld.« Johnny fand, dass der Typ wie ein kompletter Schwachkopf aussah. Allerdings hätte er nichts dagegen einzuwenden, wenn sie mit dieser Bewunderung über ihn sprechen würde.

»Meiner Ansicht nach«, erklärte Clem und sah wieder zum Spiel hinüber, wo Botham gerade einen Sechserschlag gelandet hatte, »hat Botham England im Alleingang vor der ultimativen Blamage bewahrt.«

Lächelnd stand Johnny auf und klopfte seine Taschen nach Kleingeld für die Jukebox ab. »Ich find's gut, dass du so klare Ansichten hast.«

Einen Moment lang schien sie nicht sicher zu sein, ob das als Kritik gemeint war. »Na ja, ich bin aber bereit, sie auch mal zu ändern«, erklärte sie voller Optimismus. Was stimmte. Auf den ersten Blick schien sie stets eine klare Meinung zu vertreten, doch bei genauerem Hinsehen stellte sich heraus, dass ihre Ansichten lediglich Testballons waren, die sie aufsteigen ließ, um herauszufinden, wie es sich anhörte, wenn sie sie zum Besten gab. Manchmal war sie sich nicht einmal sicher, ob sie überhaupt eine eigene Meinung hatte.

Dass er über sie lachte, war jedenfalls nicht ihre Absicht gewesen. Sie sah ihm nach, als er breit grinsend zur Jukebox schlenderte und sich gegen den Rahmen lehnte, um seine Wahl zu treffen. Er sah so unglaublich gut aus und so vertraut, als wäre es gerade erst eine Woche her, seit sie in Cornwall am Strand gesessen hatten. Ihr wurde bewusst, dass seine Gegenwart exakt dasselbe Gefühl in ihr heraufbeschwor wie damals – eine eigentümliche Lebendigkeit.

Er entschied sich für einen Song, den sie nicht kannte, kehrte an ihren Tisch zurück und setzte sich wieder neben sie, diesmal jedoch ein kleines Stück näher. Es gefiel ihr, dass er den Text kannte und zwischen zwei Schlucken Bier mitsang. Sie mochte seine Stimme. Ehrlich gesagt, mochte sie alles an ihm. Was auch immer passierte – dieser Song würde sie für den Rest ihres Lebens an ihn erinnern.

Nach einer Weile stand er abermals auf und ging an die Bar, um noch eine Runde Bier zu holen. Während er wartete, tippte er im Takt von *Oblivious* von Aztec Camera mit dem Fuß auf den Boden. Inzwischen hatte sie den Song viermal nacheinander gedrückt. Er wünschte, er hätte ihn nie ausgesucht. Als er sich mit den Flaschen in der Hand umwandte, sah er, wie sie schnell den Daumen aus dem Mund nahm. Einen Moment lang machte es ihn verlegen, weil er sie erwischt hatte. Er hatte völlig vergessen, dass sie am Daumen lutschte, doch nun fiel ihm wieder ein, wie sie in Cornwall ständig daran genuckelt und sich mit der anderen Hand gedankenverloren selbst gestreichelt hatte.

Aber es spielte keine Rolle. Er war sowieso längst hin und weg von ihr.

Er kehrte an den Tisch zurück, stellte die Getränke ab und nahm das Foto, das immer noch zwischen den feuchten Abdrücken der Bierflaschen lag. »Ich bin letztes Jahr hingesegelt«, erklärte er beiläufig und ließ das Foto wieder fallen. *Tja, dann zeig mal, was du so draufhast, Blofeld.*

»Wohin denn?«, fragte sie und wandte sich ihm zu. Und mit einem Mal galt ihre Bewunderung nun doch ihm.

»In die Karibik. Nach Barbados.«

»Nein! Ganz allein?«

»Wir waren zu zweit. Bloß ich und der Skipper.«

Ihre Augen weiteten sich. Sie starrte ihn an und dachte an den Johnny mit vierzehn zurück, mit all seinen Träumen. Und nun lebte er sie. Kein Mensch setzte später um, was er mit vierzehn prophezeite. Aber Johnny war quer über den Atlantik gesegelt. Er redete nicht nur so daher. Er war alles, was sie sich erhofft hatte. Und noch ein bisschen mehr.

»Und wie war das so? Ganz allein so weit zu segeln, meine ich? Quer übers Meer? War es der reinste Wahnsinn? Ist es das Paradies?«

Johnny nahm einen kleinen Schluck aus seiner Bierflasche. Ihr Enthusiasmus erschlug ihn beinahe. Damit konnte Blofeld endgültig einpacken.

»Es war was ganz Besonderes«, sagte er. Und das war es auch. Nach Wochen auf dem Atlantik endlich Barbados am Horizont auftauchen zu sehen, war wie das reinste Wunder gewesen. Er hatte während der langen Überfahrt ein bisschen von seinem Verstand eingebüßt, aber das würde er ihr natürlich nicht auf die Nase binden.

Die Überfahrt hatte sechs Wochen gedauert. Sie hatten fast keinen Wind gehabt, und die Isolation hatte ihm gehörig zugesetzt. Irgendwann war er zu der Überzeugung gelangt, dass aus irgendeinem Grund – als Folge einer atomaren Katastrophe oder einer Kollision mit einem Kometen – jegliches Leben auf dem Planeten Erde ausgelöscht worden war. Seine apokalyptische Phantasie hatte ihn so sehr im Würgegriff gehabt, dass er geschworen hätte, sein Boot sei als Einziges auf der ganzen Welt verschont geblieben, und nun, da er all seine Freunde und seine

Familie tot glaubte, war ihm zum ersten Mal mit erschreckender Klarheit bewusst geworden, wie sehr er sie liebte. Natürlich ahnte Clem nichts davon, doch auch sie war ihm in den Sinn gekommen, als Beispiel dafür, wie leichtfertig man Gelegenheiten verstreichen ließ und dass man das Leben gefälligst beim Schopf packen musste. Er hatte Land gerochen, noch bevor es in Sichtweite gekommen war. Er hätte nie gedacht, dass von einem Landstrich ein so intensiver Geruch ausgehen könnte – satt, erdig und reich. Der Planet Erde riecht nach Erde. Er war an Deck getreten, hatte den Blick über die üppige Vegetation und das türkisfarbene Meer schweifen lassen, in der verzweifelten Hoffnung, irgendwo einen Hinweis auf menschliches Leben auszumachen. Schließlich hatte er ihn gefunden. Er hatte durch sein Fernglas geblickt, hatte die Boote und Strandbars gesehen, die winzigen Flugzeuge am Himmel, bei deren Anblick ihn ein überwältigendes Glücksgefühl und eine Woge der Liebe für die Menschheit überkommen hatten. Barbados war tatsächlich das Synonym für das Paradies gewesen, wenn auch aus anderen Gründen, als sie vermutete.

»Es *ist* das Paradies«, erklärte er. »In ein paar Monaten fahre ich wieder hin.«

Sie spürte, wie ihre Begeisterung ein klein wenig schwand, obwohl ihr bewusst war, wie unlogisch es war. Sie hatte ihn seit Jahren nicht gesehen, dennoch beschwor die Vorstellung, dass er bald wieder fort wäre, eine trostlose Leere in ihr herauf. »Darf ich mitkommen?«, fragte sie, doch er lachte nur, und sie kam sich blöd vor. Sie hatte sich von ihren Gefühlen mitreißen lassen. Sie musste vorsichtig sein, immer schön einen Schritt nach dem anderen machen. Er war ein Abenteurer, und Abenteurer zogen nun mal los, um Abenteuer zu erleben. Deshalb würde sie sich zu ihren eigenen Abenteuern aufmachen müssen. Und sie würde ebenso tapfer und furchtlos sein wie er.

»Vielleicht können wir uns ja irgendwo treffen. Ich fahre nämlich auch weg.« Sie schenkte ihr Bier ein und sah zu, wie sich eine dicke Schaumkrone im Glas bildete. »Ich muss die Welt sehen, Johnny. Ich habe keine Lust, hier bei meiner Mutter zu versauern.«

Mit einem Mal hatte er das dringende Bedürfnis, sich vorzubeugen und sie zu küssen. Ihm war nicht entgangen, dass ihr die Gesichtszüge entglitten waren, als er gesagt hatte, dass er bald wieder aufbrechen würde. Ihr Gesicht war wie ein offenes Buch für ihn. Zum allerersten Mal in seinem Leben dämmerte ihm, dass es auch noch etwas anderes auf der Welt geben könnte als Segeln.

»Ich sag dir etwas, Clem. Pfeif auf die Überführung. Lass uns zusammen wegfahren.« Er würde alles tun oder sagen, nur um diesen Ausdruck in ihren Augen noch einmal zu sehen. »Nach der Hochzeit, natürlich.«

Sie lachte und schien nicht sicher zu sein, welcher Teil seines Vorschlags als Scherz gemeint war. Doch das war egal. Mit ihm hier zu sitzen und Pläne zu schmieden, ganz gleich, ob sie sie umsetzen oder ob sie Phantasie bleiben würden, beschwor ein beinahe schmerzhaftes Glücksgefühl in ihr herauf.

»Und wo willst du hinfahren?«, fragte er sie und stieß ein weiteres Mal mit ihr an. Seine Finger berührten die ihren, und sein Blick verschlang sie förmlich.

»Lass uns nach Osten fahren.«

Alles an ihr machte ihn an: dass sie sich unübersehbar wohl in ihrer Haut fühlte; wie sich ihre Ober- und Unterlippe berührten; das verschmitzte Funkeln in ihren Augen, wenn sie ihn ansah; die Art und Weise, wie sie ihre Sachen trug und ihr holziger Duft. Ihre Anziehungskraft hatte etwas Magisches. Als Botham einen weiteren Sechser schlug, sie seinen Schenkel packte und ihre Hand für einen kurzen Moment dort liegen ließ, war er sicher, dass sie den Mörderständer bemerken würde, den er seit Stunden hatte.

Inzwischen war es längst dunkel, und sie waren reichlich angetrunken. Er meinte, er werde sie nach Hause fahren, vorausgesetzt, seine Karre springe an. Sie gingen um die Ecke, wo er das Motorrad abgestellt hatte. Sie schien ziemlich beeindruckt von seinen technischen Fähigkeiten zu sein oder tat zumindest so. Er gab ihr seine Lederjacke, setzte ihr den Helm auf und machte den Verschluss zu, wobei seine Finger ihre Wange streiften. Wieder überkam ihn der Drang, sie zu küssen, doch sie konnte es kaum erwarten, sich auf sein Motorrad zu schwingen. Er würde sich also noch gedulden müssen – am besten wäre es gewesen, er hätte sie vorhin im Pub geküsst. Er schwang das Bein über den Sattel und erklärte ihr, sie solle sich hinter ihn setzen und sich gut festhalten. Die Tiger sprang gleich beim ersten Versuch an.

Sie hatte noch nie auf einem Motorrad gesessen und lehnte sich auf die falsche Seite, was es ihm nicht gerade einfach machte. Doch sie klammerte sich mit aller Kraft an ihn, was sich ziemlich gut anfühlte, und brüllte ihm laut irgendwelche Sachen ins Ohr. Auch das gefiel ihm. Es fühlte sich gut an, ihr einen Kick zu verpassen.

Leider bemerkte er den Streifenwagen auf der Rocks's Lane in Richtung Putney erst, als er ihn bereits überholt hatte. Er bog bei der nächsten Gelegenheit nach links ab und ignorierte das Blaulicht im Rückspiegel, zumindest so lange, bis sich der Wagen näherte und sich auf derselben Höhe befand wie sie. Der Bulle auf dem Beifahrersitz streckte die Hand zum Fenster hinaus und machte die typische wedelnde Handbewegung, um ihm zu bedeuten, er solle abbremsen. Johnny gab ihm ein Zeichen, blinkte – oder hätte es getan, wenn er vorher die Blinkerglühbirnen hineingeschraubt hätte – und hielt bei der Kirche vor dem Wäldchen an, wo die Schwulen sich zum Vögeln trafen.

»Keine Angst, Clem«, sagte er, ohne den Motor abzuschalten. Er wollte ihn lieber laufen lassen, für den Fall, dass die Maschine später nicht mehr ansprang. Aber Clem machte nicht den Eindruck, als würde sie sich vor etwas fürchten. Stattdessen schien sie das Ganze eher spannend zu finden.

»Hier«, sagte sie und kramte in ihrer Riesentasche herum. Sie hatte noch nie mit der Polizei zu tun gehabt, doch sie wusste, dass ihr nichts passieren würde, solange er nur bei ihr war. Er hatte etwas Unbesiegbares an sich. »Nimm ein Pear Drop, damit sie das Bier nicht riechen.«

Er schob sich eines in den Mund. Seit Jahren hatte er diesen vertrauten süßsauren Geschmack nicht mehr auf der Zunge gehabt.

Sie sahen zu, wie der Streifenwagen anhielt und die Türen aufgingen. Zwei Polizisten stiegen aus. Einer hatte ein Walkie-Talkie in der Hand, während sich der andere, ein großer Typ mit einem breitbeinigen Angebergang, die Mütze aufsetzte.

Der kleinere der beiden beäugte neugierig Johnnys Maschine.

»Motor aus«, sagte er.

Johnny tat so, als hätte er ihn nicht gehört.

Der Große trat zu ihnen. »Machen Sie den Motor aus!«

»Aber dann springt sie vielleicht nicht mehr an«, gab Johnny zurück.

Der kleinere Bulle übernahm es höchstpersönlich, die Zündung auszuschalten. Dann trat er vorn um das Motorrad herum und beäugte es. »Oh. Oh. Oh. Was haben wir denn da?«

Er sagte allen Ernstes »Oh. Oh. Oh«, wie aus dem Lehrbuch der Polizeischule. »Kein Bremslicht? Kein Blinker? Kein Helm?«

Keine Versicherung. Kein TÜV. Und auch keine Zulassung, aber dafür war später noch Zeit genug.

»Kein Nummernschild?«, warf der Große ein. Johnny wusste nicht, wieso sie ihre Feststellungen als Fragen formulierten, fühlte sich jedoch nicht bemüßigt, etwas darauf zu erwidern.

»Dürfte ich mal Ihren Führerschein sehen, Sir?«

»Hab ich nicht dabei«, erklärte er, woraufhin der kleinere Bulle umständlich seinen Notizblock aus der Tasche zog.

»Name?«

Johnny war nicht blöd. Er würde ganz bestimmt nicht seinen richtigen Namen verraten. Er sah sich suchend um.

»Hood«, sagte er. Der Polizist begann zu schreiben. »Robin Hood.«

Er spürte, wie Clem ihn in die Taille kniff, jedoch keinen Ton von sich gab. Die Oberlippe des Polizisten kräuselte sich, als er aufsah. Doch Johnny erkannte die Buchstaben HOO auf seinem Block.

»Du wirst mir hier nicht meine kostbare Zeit stehlen, du kleiner Mistkerl.«

»Ganz ehrlich«, beharrte Johnny. »So heiße ich. Robin Hood.«

Die Polizisten tauschten einen Blick.

»Sind Sie verdammt noch mal taub?«, schrie der Große.

»So heiße ich aber, Sir«, gab Johnny zahm zurück.

»Wir können auch aufs Revier fahren. Dort können Sie ihn uns buchstabieren.«

»Aber«, sagte Johnny betrübt, »ich kann doch auch nichts dafür, dass meine Eltern solche Spinner waren. Ich leide schon mein ganzes Leben darunter, und ich schwöre, dass ich den Namen so schnell wie möglich ändern werde, aber was soll ich machen? Ich heiße Robin Hood. Wenn Sie wollen, kann ich Ihnen gern meine Geburtsurkunde zeigen.«

Johnny bemerkte einen hauchfeinen Riss in der beinharten Fassade des Kleineren. Vielleicht fragte er sich doch, ob der Junge recht haben könnte.

»Sehe ich aus, als wäre ich von gestern?«, blaffte er Johnny an, doch der Keim des Zweifels blieb.

Zutiefst bedrückt über die Grausamkeit des Lebens, zuckte Johnny mit den Achseln. »Es ist die Wahrheit.«

Der Bulle musterte ihn durchdringend, dann sah er seinen Partner an. Schließlich notierte er den Namen und wandte sich an Clem. »Und du, Kleine?«, fragte er. »Wie heißt du?«

Sie beugte sich vor und linste auf den Block. »Marian«, sagte sie mit klarer Stimme. »Lady Marian.«

## 2 FLITTERWOCHEN

Es war reichlich kühl, nachdem die Sonne erst einmal hinter den Bergen untergegangen war; typisch für Mitte März, wenn es an den Abenden meist noch sehr frisch wurde. Johnny stand auf dem Oberdeck und ließ den Blick über die Fischerboote hinweg zum Meer und schließlich in die Richtung schweifen, aus der sie gekommen waren: der Türkei. Er stellte sich auf die hölzerne Reling, um einen besseren Ausblick zu haben, doch das brachte nichts. Schon den ganzen Tag über hatte schlechte Sicht geherrscht. Er wandte sich um und konnte wieder einmal nur staunen, wie hässlich die Old Rangoon war – dreißig Meter Geschmacklosigkeit der Extraklasse, ein Millionärsspielzeug, ein schwimmender Beweis kompletter Seeuntüchtigkeit, ein Schickimicki-Plastikungetüm, das bestenfalls für Cocktailstunden in irgendeinem Nobelhafen zu gebrauchen war. Er hätte sich nie im Leben vorstellen können, jemals einen Fuß auf eine derartige Monstrosität zu setzen. Andererseits hatte er sich eine Menge andere Dinge nie vorstellen können – beispielsweise, mit Clemence Bailey verheiratet zu sein und die Gewissheit zu haben, dass ihnen die ganze Welt offenstand.

Er kletterte von der Reling und drehte sich eine Zigarette. Unten auf dem Steg stand eine Handvoll junger Griechen und beobachtete fasziniert, wie Charlie, der britische Skipper der Old Rangoon, mit der konzentrierten Routine eines Mannes, der an neugierige Blicke gewöhnt war, ein Klappfahrrad in Gang brachte. Im Vergleich zu Charlies eindrucksvoller Körpergröße war das Rad geradezu lächerlich winzig, und als er mit entschlossenen Bewegungen Hebel umlegte und Griffe einrasten ließ, sah es aus, als würde er sich für eine Zirkusnummer bereit machen. Mittlerweile hatte sich ein kleines, aber überaus interessiertes Publikum um ihn geschart und beobachtete ihn gespannt, als erwarteten sie, dass er sich gleich auf das Fahrrad schwingen und jonglieren oder ein Schwert schlucken würde. Stattdessen katapultierte Charlie sich mit einem völlig unnötigen Scherensprung auf den Sattel, nickte den Umstehenden flüchtig zu und radelte mit abgewinkelten Knien zum Zollgebäude von Kos hinüber. Fragend sahen die Jungs zu Johnny hoch, als wäre es seine Schuld, dass sie nicht Zeuge einer artistischen Einlage werden würden. Johnny zuckte nur mit den Schultern und zündete seine Zigarette an.

Johnny hatte Charlie gerade einmal sechs Stunden zuvor im Hafen von Bodrum kennengelernt, wo er sich nach einem Job umgesehen hatte. Charlie hatte auf dem Achterdeck der Old Rangoon gestanden und war in eine hitzige Debatte mit diesem Fettsack verstrickt gewesen, der ziemlich oft in seiner auf Hochglanz polierten Uniform im Jachthafen herumstolzierte und sich wichtig machte. Der Fettsack hatte sich vor der geöffneten Ladeklappe eines großen, nur wenige Meter vor dem Schiffsheck geparkten Lasters mit englischem Kennzeichen postiert und spähte in den Laderaum. Der Kerl war viel zu dick, um hineinklettern zu können, verschaffte sich jedoch Autorität, indem er sich gegen den Rahmen lehnte und irgendwelche Befehle in sein knisterndes Walkie-Talkie raunte.

Johnny, der das Schauspiel aus der Ferne beobachtet hatte, war um den Laster herumgegangen und hatte ebenfalls ins Innere gespäht. Allem Anschein nach zog irgendein reicher Typ um, denn die Ladefläche war mit feudalen Möbelstücken und riesigen Harrods-Kisten gefüllt.

Ein pickliger junger Türke stand zwischen dem Uniformierten und Charlie und versuchte zu dolmetschen. Johnny, der eine Chance witterte, trat hinter die drei, um zu lauschen. Er besaß die Gabe, stets zur richtigen Zeit am richtigen Ort zu sein und aufzufallen, was umso wertvoller war, da er und Clemmie dringend Geld brauchten. Sie waren komplett abgebrannt. Im Hafen gab es im Moment keine Arbeit, sie hausten in einem Zelt hinter Attilas Restaurant und hatten umgerechnet gerade noch drei Pfund Bargeld in der Tasche. Das bedeutete, noch zwei Tage, dann würden sie schon wieder ihr Essen klauen müssen.

Charlie hatte etwas Soldatisches an sich, was durch seine Angewohnheit noch verstärkt wurde, die Hacken zusammenzuschlagen, um seinen Worten mehr Gewicht zu verleihen. Sein Bart war mit militärischer Präzision gestutzt, und seine Sprechweise verriet, dass er an Gehorsam gewöhnt war. Er machte keinerlei Anstalten, mit den Türken langsamer zu sprechen als mit allen anderen.

»Wie mit den Behörden vereinbart, lassen wir den Laster hier beim Zoll stehen. Morgen früh um exakt null achthundert kommt der Besitzer her und fährt ihn weg. Verstanden?«

Die Version des pickligen Jungen fiel deutlich knapper aus. Der Uniformierte grunzte, schüttelte den Kopf und winkte ab, woraufhin sich der Junge wieder an Charlie wandte. »Kein Laster«, erklärte er.

»Mein Boss hat Sie aber schon dafür bezahlt, dass er ihn hier stehen lassen darf«, beharrte Charlie und schlug nachdrücklich die Hacken zusammen.

Der Dolmetscher übersetzte, doch der Uniformierte schüttelte abermals den Kopf und zündete sich eine weitere Zigarette an, während er mit lüsternem Blick über Charlies Schulter linste. Johnny folgte seinem Blick: Clem redete wenige Meter neben ihnen mit einem Mann auf einem Katamaran. Sie ging an Bord, wobei ihr Sarong ein Stück hochrutschte und den Blick auf ihre Beine freigab. Ihr von der Sonne gebleichtes, kupferrotes Haar flatterte im Wind.

»Okay«, schlug Charlie vor. »*Wir* laden die Sachen aus und lassen sie bei Ihnen, wo der Besitzer sie dann zur vereinbarten Uhrzeit abholt.«

Weder der Dolmetscher noch der Uniformierte zeigten sich sonderlich beeindruckt von dem Vorschlag.

»Bringen Sie die Sachen nach Kos!«, befahl der Uniformierte, wandte sich ab und kratzte sich ohne jede Hemmung im Schritt.

»Braucht ihr Hilfe?« Johnny trat vor. »Wir suchen Arbeit.« Er nickte in Clems Richtung, um zu signalisieren, dass sie zusammengehörten.

Charlie kratzte sich am Bart, den Blick immer noch auf den uniformierten Fettsack geheftet, der von dannen watschelte. »Was für ein Idiot«, brummte er. »Glaubt wohl, ich würde in Geld schwimmen …«

Dieser Gedanke war nicht allzu abwegig. Charlie besaß diese typische gewollt-lässige Eleganz reicher Leute. Seine schwarzen Jeans waren makellos sauber und scheinbar achtlos hochgekrempelt, sein gebügeltes Hemd war blütenweiß, und seine Segelschuhe wiesen keinerlei Schrammen oder Kratzer auf.

»Dann ist sie also gar nicht Ihr Boot?«, fragte Johnny und betrachtete die Old Rangoon eingehend, um herauszufinden, ob es den Aufwand wert war, weiter dranzubleiben.

Charlie beäugte Johnny argwöhnisch. »Sehe ich vielleicht wie ein stinkreicher Schiffsmagnat aus, verdammt? Würde ich diese Hurenschinderei auf mich nehmen, wenn ich am oberen Ende der Nahrungskette wäre?«

Johnny hatte noch nie im Leben jemanden das Wort »Hurenschinderei« in den Mund nehmen gehört.

»O nein, das kann ich dir versichern, Freundchen«, fuhr Charlie fort. »Ich bin nur der Blödmann, der dieses Ding segeln darf.«

Johnny schlenderte um den Laster herum. »Wem gehört der Laster dann?«, fragte er mit einer Kopfbewegung.

»Mein Boss ist für diesen Laster verantwortlich«, antwortete Charlie, nicht an Johnny, sondern an den Uniformierten gerichtet, der sich inzwischen in sein winziges Kabuff am Kai quetschte, was ihn aussehen ließ, als hätte er sich eine viereckige Schachtel übergestülpt.

»Und was macht er so, Ihr Boss? Umziehen?«, erkundigte sich Johnny weiter.

»Nein, nicht er selbst, sondern sein Blödmann von Freund. Ein Freund *mit ausgezeichneten Beziehungen.*« Wieder hob er die Stimme, damit der Uniformierte ihn hören konnte. »Ein Mann mit enormem Einfluss, musst du wissen.«

»Aber wenn er so einflussreich ist, wieso hat er dann nicht seinen eigenen Laster?«

»Gute Frage«, meinte Charlie und wandte sich ihm abrupt zu. Immerhin hatte Johnny nun seine volle Aufmerksamkeit. Charlie richtete seine dunklen Knopfaugen auf ihn und ließ den Blick über seine abgerissenen Klamotten schweifen. »Wieso werden die Reichen wohl immer noch reicher, was glaubst du, junger Mann? Ganz einfach, weil sie normalerweise nicht ihr eigenes Geld ausgeben. Dieser elende Schleimer hat ein gutes Geschäft gewittert. Er hat spitzgekriegt, dass wir runter nach Fethiye wollen, und gefragt, ob er ›ein, zwei Sachen‹ zu den paar Farbkübeln in unseren Laster dazupacken könnte, die aus England hergebracht werden sollten. *Ein, zwei Sachen.* Dass ich nicht lache!«

Charlie lachte tatsächlich über die Dreistigkeit, während Johnny sich redlich bemühte, angemessen aufgebracht dreinzusehen.

»Mein Boss ist auf hundertachtzig! Auf hundertachtzig.« Der Gedanke daran, wie sauer sein Boss war, schien ihn noch weiter anzustacheln. »So habe ich ihn noch nie erlebt. Das gibt mächtig Ärger. Er hat gesagt, ich soll den ganzen Plunder einfach hier am Zoll abstellen, aber dieses sture fette Walross da drüben …«

Charlie verschränkte die Arme vor der Brust und blickte zu dem Uniformierten hinüber, der von seinem hölzernen Kostüm aus interessiert die Vorgänge beobachtete. In diesem Moment schien Charlie eine zündende Idee zu haben. Er wandte sich wieder Johnny zu. »Kannst du so richtig anpacken?«

»Klar.«

»Das kann jeder behaupten.«

»Sie können jeden in der Gunduz-Werft fragen. Wir haben die letzten vier Wochen dort gearbeitet. Jeden Tag zwölf Stunden am Stück.«

»Und das Mädchen?« Charlie sah zu Clem hinüber, die inzwischen mit dem Katamaranbesitzer bei einem Bierchen zusammensaß. »Hat es Kraft? Es sieht ein bisschen schwächlich aus.«

»Nein, meine Frau ist klein, aber Kraft hat sie.«

»Deine Frau?« Charlie lachte. »Du bist ja selbst noch ein halbes Kind. Habt ihr Pässe?«

»Klar.«

»Wie lange seid ihr schon hier?«

»Seit einem Monat oder so. Eigentlich sind wir nur auf der Durchreise. Wir wollen in den Iran, den Irak, vielleicht weiter nach Pakistan oder nach Indien.«

»Schon gut, schon gut. Eure Lebensgeschichte interessiert mich nicht. Ihr seid angeheuert. Ich zahle zehn Pfund pro Tag und Nase. Dafür, dass ihr den Laster ausladet und den ganzen Krempel an Bord schafft. Wir fahren nach Kos.«

Ein Zwanziger pro Tag war ein ziemlich großzügiges Angebot. Bei der Werft hätten sie dafür vier Tage schuften müssen. Also waren Johnny und Clem zu ihrem Zelt gelaufen, hatten ein paar Sachen in ihre große, rote Segeltuchtasche gepackt und waren zur Old Rangoon zurückgekehrt, um sich an die Arbeit zu machen. Gemeinsam mit zwei von Charlies türkischen Crewmitgliedern hatten sie drei Stunden lang geackert, bis der gesamte Inhalt des Lasters an Bord gewesen war. Schließlich war die türkische Crew samt Laster verschwunden. Nach viel Wirbel um ihre Pässe und unter mächtigem Gestöhne des Uniformierten hatte sich das Trio schließlich an Bord des schwimmenden Riesenhotels auf den Weg nach Kos gemacht.

Johnny schnippte seinen Zigarettenstummel ins ölige Wasser des Hafenbeckens und fragte sich, wo Clem stecken mochte. Die jungen Griechen hatten sich mit ihren Angelruten mittlerweile ein Stück weiter den Kai hinunter verzogen. Er warf einen Blick auf das Deck unterhalb von ihm, wo sich die ungewollte Ladung türmte: stapelweise Kartons, ein weißer Steinway-Flügel, ein riesiger, auf die Seite gekippter Eichentisch, an dessen einem Bein ein Kronleuchter baumelte, ein sorgsam zerlegtes Himmelbett – der gesamte feudale Hausstand eines türkischen Millionärs.

Sein Rücken schmerzte, aber mit etwas Glück würden sie das ganze Zeug schnell abgeladen haben und noch vor Mitternacht zurück in Bodrum sein.

Er wandte sich um und begab sich auf die Suche nach Clem. Irgendwo auf diesem hässlichen Ungetüm musste sie doch stecken. Er schob eine Glastür neben dem Cockpit auf und trat in den Korridor, der entlang der Steuerbordseite des Schiffes verlief. Bisher hatte er noch keinen Fuß auf das obere Deck gesetzt.

»Clem?«, rief er.

Überall an den Korridorwänden hingen vergrößerte Fotos einer stark geschminkten Frau mittleren Alters mit blondierten Haaren. Weder die Vergrößerung noch die kessen Posen entpuppten sich als sonderlich vorteilhaft. Ihre Glupschaugen ließen eine Schilddrüsenerkrankung erahnen, und auch die ausladenden Schulterposter schmeichelten nicht gerade ihrer Figur.

Er blieb vor dem letzten Foto stehen, auf dem sie im Kreise ihrer Familie zu sehen war. Kein Wunder, dass Charlie jede Anweisung von Mr Schiffsmagnat unverzüglich befolgte: Der Mann hatte das Gesicht eines Boxers und die Augen eines Killers. Er war etwa doppelt so breit wie seine Frau, was einiges aussagte. An seinen Fingern, die groß wie Bananen waren und aussahen, als könnten sie mühelos jedes Lebewesen zerquetschen, prangte funkelnder Goldschmuck. Er hatte seine – perfekt manikürten – Pranken besitzergreifend auf die Schulterposter seiner Frau gelegt. Die tiefschwarzen, pomadisierten Haare saßen absolut perfekt, und sein Scheitel war so kerzengerade und Ehrfurcht gebietend wie eine antike Römerstraße. Auch seine Frau war sorgfältig frisiert und zurechtgemacht. Vor dem glücklichen Paar standen drei feiste Mädchen mit Zahnspangen, denen jetzt schon anzusehen war, dass sie eines Tages ein echtes Problem mit ihrer Gesichtsbehaarung bekommen würden.

»Clemmie?«, rief Johnny noch einmal. Wahrscheinlich schnüffelte sie irgendwo herum, ebenso wie er. Er öffnete eine Tür zu seiner Linken und blieb abrupt stehen. Vor ihm eröffnete sich eine Art Safaripark: ein Zebrafell lag auf dem Boden – die Augen des Tiers schienen ihn anzustarren –, ein Leopardenfell war mit sorgfältiger Nachlässigkeit über einem ledernen Sofa drapiert. Rechts von ihm befand sich eine galoppierende Holzgiraffe, die von einem Grüppchen magerer Holzeingeborener mit Speeren gejagt wurde, und über dem Pseudokamin hing ein riesiges Ölbild mit einer Herde Elefanten auf ihrem langen Weg durch die afrikanische Steppe.

Clem trat mit einem breiten Grinsen zu ihm. »Heiliger Strohsack«, stieß sie hervor und betrat den Raum, wobei die Sohlen ihrer Espadrilles leise gegen ihre Fußsohlen schnalzten. Sie strich mit der Hand über die Kunstfellkissen und bückte sich, um den Zebrakopf zu tätscheln, während sie Johnny ansah. Ihre Haut schimmerte in einem satten Goldton, und ihre braunen Augen funkelten. Die Sonne, die durch das große Backbordfenster hereinschien, ließ ihr Haar kupferfarben glänzen und verlieh ihren zerschlissenen Jeans eine Aura der Klasse und Eleganz. Sie ließ sich auf das dunkle Ledersofa fallen, das einen tiefen Seufzer ausstieß, als hätte es lange Zeit darauf gewartet, dass sich jemand auf es setzte.

»Ich hab Durst«, sagte sie.

Johnny öffnete sämtliche Schranktüren. Hinter einer von ihnen verbarg sich ein Kühlschrank. Er inspizierte den Inhalt und nahm zwei Dosen Cola heraus, von denen er ihr eine zuwarf. Sie riss den Verschluss auf und kippte gierig den Inhalt hinunter. Sein Blick hing an ihrer Kehle und an der dünnen Spur brauner Cola, die in den Ausschnitt ihres T-Shirts sickerte.

»Komm, wir suchen uns ein Zimmer.« Wie immer war er scharf auf sie. Er beugte sich vor und blickte auf den Hafen hinaus, wo die Schatten des Berges das Meer zu verschlingen drohten. Von Charlie war weit und breit nichts zu sehen. Er nahm sie bei der Hand und führte sie hinaus auf den Korridor, wo sie eine Tür nach der anderen aufrissen und hineinspähten.

»Hier!«, sagte sie und blieb vor einer Tür stehen. »Emperor Suite« stand darauf.

Sie drehte den Messingknauf und öffnete sie. Würde Pfeifen an Bord eines Boots nicht Unglück bringen, hätte er einen Pfiff ausgestoßen. So beschränkte er sich jedoch darauf, die Lippen zu schürzen. Die Kabine war riesig – weißer Teppichboden, so weit das Auge reichte und ein überbreites Bett mit massenweise roten Satinkissen. Auf der Backbordseite grenzte ein Badezimmer mit glänzenden goldenen Wasserhähnen, einer Badewanne und einer offenen Dusche an. Der einzige Hinweis, dass sie sich auf einem Schiff und nicht in einem Hotelzimmer befanden, war der Ausblick durch das Bullauge auf den Hafen.

Clem stürzte zum Bett, warf sich mit dem Gesicht voran auf die Matratze und strampelte begeistert mit den Beinen. »Ein richtiges Bett!«, rief sie mit von den Satinkissen gedämpfter Stimme. Es war eine halbe Ewigkeit her, seit sie das letzte Mal in einem anständigen Bett geschlafen hatten. Das Gras unter ihren Schlafsäcken war längst platt gedrückt, und nach ein paar Nächten im überhitzten Zelt hatte die Campingromantik ihren Reiz verloren.

Johnny schlüpfte aus seinen Turnschuhen und ließ sich neben ihr auf den Rücken fallen. Ein, zwei Minuten lang lagen sie reglos da, als wollten sie auf der Stelle einschlafen, doch dann fuhr er mit den Fingern den Schwung ihrer Hüfte nach, ließ seine

Hand an ihrem Arm emporwandern, über die von der Sonne gebleichten Härchen, ihre Haut mit diesem sattgoldenen Honigton, den er noch nie an einem anderen Menschen gesehen hatte. Er konnte einfach nicht die Finger von ihr lassen.

»In einer der Kisten …«, sagte sie, hob die Beine an und streifte mit einer raschen Bewegung ihre Jeans und ihr Höschen ab, »lag ein Kleid, das dreitausend Dollar gekostet hat. Das Preisschild war noch dran. Wie kann jemand dreitausend Dollar für ein Kleid ausgeben?«

Johnny zog ihr das T-Shirt über den Kopf und strich zärtlich mit den Lippen über ihre Brustwarzen. »Überleg bloß mal, was wir mit so viel Geld anstellen könnten …«, sagte er. »Wir könnten uns ein eigenes Boot davon kaufen. Die tolle doppelendige 20-Meter-Ketsch mit Teakdecks und allem Drum und Dran. Wir würden den Pazifik überqueren, hinfahren, wo wir wollen … und wann wir wollen.«

Sie lächelte ihn an. Manchmal schmerzte ihr Herz vor all der Liebe, die sie für ihn empfand. Keiner von ihnen hatte geahnt, dass man einen anderen Menschen so sehr lieben konnte. Und das Allererstaunlichste war, dass ihre Liebe immer weiter wuchs. Sie schien endlos zu sein, ohne Grenzen. Sie fühlte sich wie eine Astronautin, die in einer Blase der Liebe schwebte. Behutsam drückte sie ihm einen Kuss auf den Kopf und strich durch sein vom Salzwasser wild abstehendes Haar.

»Ich würde Fische für dich fangen«, fuhr er fort, setzte sich auf und küsste sie auf den Mund. »Und tauchen. Nach Perlen oder Seeschwämmen.«

Sie war daran gewöhnt, dass er sie umgarnte, ihr zu Füßen lag. Es war gewissermaßen an der Tagesordnung. Inzwischen war das Leben vor der Zeit ihres Wiedersehens unwichtig geworden, zu einer vagen Erinnerung verblasst. Seit jenem Abend, als sie knutschend in einer Zelle des Polizeireviers von Putney gesessen hatten, waren sie unzertrennlich. Sie war in sein Apartment in einem Hochhaus in Roehampton gezogen, und im selben Maß, wie ihre Gefühle für ihn tiefer geworden waren, hatte sich die Kluft zwischen ihr und ihrer Mutter vergrößert. Sie hatte ihn nicht leiden können und befürchtete, dass er nie einen anständigen, gut bezahlten Job finden würde, was exakt der Grund war, weshalb Clem ihn so mochte – in Wahrheit war es nur der Beweis dafür, dass ihre Mutter keine Ahnung hatte, was in ihrer Tochter vorging, dass sie unbeschreiblich engstirnig und in ihrer Welt gefangen war und niemals in der Lage sein würde, irgendetwas zu hinterfragen oder über den eigenen Tellerrand hinauszublicken. Natürlich konnte Clem ihr das nicht ins Gesicht sagen. Schließlich wusste sie, wie schwer es ihre Mutter im Leben gehabt hatte, wie tief sie enttäuscht worden war. Sie hatte sogar ein schlechtes Gewissen gehabt, weil sie so etwas Gemeines von ihr dachte, obwohl ihre Mutter doch ihr ganzes Leben lang für sie da gewesen war; auch jetzt noch, da sie Johnnys Gegenwart der ihren vorzog. Und so war Johnnys Familie zu ihrer Familie geworden. Sie liebte sie heiß und innig. Die Loves hatten Clem mit offenen Armen aufgenommen. Wann immer sie bei seinem Vater übernachteten, kam er morgens mit einer Kanne Tee in ihr Zimmer und rezitierte ein Sonett, während er die Vorhänge zurückzog. *Soll ich denn einen Sommertag dich nennen?* Mit diesen Worten begrüßte er den Tag. Er hatte sie in seiner Raumausstatterfirma angestellt, und wenn sie nicht gerade bei der Arbeit waren, lagen sie im Bett. Es bestand aus einer breiten Matratze, die sie unters Fenster gelegt hatten, um auf den Richmond Park hinausblicken zu können. Sie hatten pausenlos Sex; manchmal lagen sie auch nur da und sahen einander in die Augen, wie es nur Liebende oder komplette Schwachköpfe können – sprachlos vor Staunen darüber, einander gefunden zu haben, über das Wunder, dass zwei Vertreter derselben Spezies zu einer Einheit verschmolzen, eins geworden waren, nicht länger Individuen, sondern quasi die Verlängerung des anderen.

Clem löste sich von ihm. »Aber wird der Freund von Mr Supermagnat nicht komplett ausflippen, wenn er erfährt, dass sein gesamter Plunder einfach in Kos von Bord geschmissen worden ist, obwohl er doch dachte, dass er nach Fethiye geliefert wird?«

»Das ist nicht unser Problem, Clem«, erwiderte Johnny und wünschte, sie würde sich bloß ein einziges Mal auf eine einzige Sache konzentrieren. Er sog ihren herrlichen Geruch nach Meer und Teakholzöl ein. Minuten später liebten sie sich auf den roten Millionärslaken.

Sie hörten ihn nicht hereinkommen. Clem bemerkte ihn als Erste. Sie setzte sich ganz langsam auf, ohne sich die Mühe zu machen, ihre Blöße zu bedecken – manchmal nervte ihn ihr mangelndes Schamgefühl – und tippte Johnny auf die Schulter. Er drehte sich um und sah Charlie Potts im Türrahmen stehen.

»Oh, hier seid ihr«, sagte Charlie, der nicht einmal zu merken schien, dass sie gerade vögelten, und keinerlei Anstalten machte, den Rückzug anzutreten. Das Ganze war ihm offenkundig nicht im Mindesten peinlich. »Wenn ihr es euch schon nicht verkneifen könnt, wär's mir lieber, ihr würdet es nicht hier drin tun. Auf dem Unterdeck gibt es eine Kajüte für Fortpflanzungszwecke.«

Johnny fuhr sich mit der Hand durchs Haar. Die Fortpflanzung war ganz bestimmt nicht der Sinn und Zweck ihrer Aktivitäten. Clem nahm die Pille.

»Außerdem haben wir keine Zeit für diesen Kram«, fuhr Charlie fort, schlug die Hacken zusammen, trat ans Bett und drückte Johnny ein blaues Blatt Papier in die Hand.

»Hier ist ein Telegramm vom Boss«, erklärte er, wobei er demonstrativ den Blick von Clems Brüsten abgewandt hielt.

Johnny nahm das Blatt entgegen, und Clem beugte sich herüber, um einen Blick darauf zu werfen.

** ALLE STOPP SACHEN STOPP IN STOPP INTERNATIONALEN STOPP GEWÄSSERN STOPP VERSENKEN STOPP **

Clem und Johnny lachten und sahen Charlie an, der jedoch keine Miene verzog.

»Das ist doch wohl nicht sein Ernst, oder?«, fragte Johnny und wischte sich den Schweiß von der Stirn.

»Humor ist nicht gerade seine Stärke.« Ein Blick auf die Fotos an den Wänden untermauerte diese Aussage.

»Also wollten die hier die Sachen nicht nehmen?«, hakte Clem nach.

»Hast du das Zollgebäude gesehen? Das ist die reinste Streichholzschachtel.«

»Er will also, dass du alles über Bord wirfst?«, hakte Johnny nach. »Den ganzen Krempel?«

»Ja. Und genau das werden wir tun. Heute Abend. Und dann fahren wir weiter nach Fethiye. Ich zahle euch einen Fünfziger extra und das Ticket für die Heimfahrt. Klingt das okay für euch?«

»Aber wenn er weiß, dass wir nach Fethiye fahren, wird er doch dort auf uns warten, oder nicht?«, platzte Johnny heraus, obwohl er sich und Clem natürlich nicht um das zusätzliche Geld bringen wollte. Mit fünfzig Mäusen kam man in dieser Gegend ziemlich weit.

»Sei es, wie es will. Wenn nichts an Bord ist, ist eben nichts an Bord.«

Johnny und Clem tauschten einen Blick. Da gab es nichts zu überlegen. »Gut«, sagte Johnny und sah Charlie an. »Dann machen wir es so.«

Charlie nickte knapp. »Und jetzt würde ich vorschlagen, ihr unterbrecht eure außerplanmäßigen Aktivitäten entweder oder bringt sie zügig zu Ende und macht euch bereit, noch mal ein bisschen anzupacken.« Wieder schlug er die Hacken zweimal zusammen, machte kehrt und verließ die Kabine.

Als die Old Rangoon aus dem Jachthafen von Kos auslief – der Himmel hinter ihnen war mittlerweile in sanfte Rosatöne getaucht –, setzte Clem sich an den Steinway und begann, eine ziemlich komplizierte Beethoven-Sonate zu spielen, wohl wissend, dass Charlie sie beobachtete. Sie beherrschte die ersten rund zwanzig Takte einiger reichlich beeindruckender Stücke und tat stets so, als würde sie bloß die Lust verlieren oder sie irgendetwas ablenken, um nicht weiterspielen zu müssen, bevor der heikle Teil des Stücks kam. Sie genoss es, die Illusion ihres außerordentlichen Talents zu erschaffen, und im Gegensatz zu den meisten anderen durchschaute Johnny ihr Spielchen.

Charlie, der auf dem oberen Deck stand, schien angemessen beeindruckt zu sein. Er hielt nach anderen Booten Ausschau und bellte den Jungs auf dem Achterdeck von Zeit zu Zeit über das Mikrofon irgendwelche Befehle zu. Seine Stimme drang klar und deutlich aus dem Lautsprecher neben Johnny, der nacheinander Kisten und Kartons aufriss. Er konnte immer noch nicht recht glauben, dass sie den Hausrat tatsächlich gleich über Bord befördern würden; vielmehr rechnete er jeden Moment damit, eine neue Meldung des Bosses zu bekommen, dass alles nur ein Scherz gewesen sei – schließlich kippte kein Mensch, der halbwegs bei Trost war, Habseligkeiten im Wert von mehreren Millionen Pfund ins Meer. Eine Kiste bereitete ihm besonders Kopfzerbrechen: Sie enthielt einen nagelneuen Schiffskompass und ein Satellitennavigationssystem, die beide ein kleines Vermögen wert waren. Er hatte Charlie darauf aufmerksam gemacht, doch der hatte nur gemeint: »Super, die werden wie ein Stein sinken.« Johnny hatte protestiert. »Aber in dem Telegramm war ausdrücklich von allen Sachen die Rede, Jonathan. Du hast es selbst gelesen. In Fethiye wartet schon die Polizei auf uns, und mit den türkischen Bullen ist nicht zu spaßen, das kann ich dir versichern. Hast du *Midnight Express* gesehen?«, wollte Charlie wissen.

*Midnight Express* und Lokum waren so ziemlich das Einzige, was Johnny und Clem mit der Türkei in Verbindung gebracht hatten, als sie vor sieben Wochen hierhergekommen waren; inzwischen kam es ihnen wie eine halbe Ewigkeit vor. Sie waren auf einem Fischerboot mitten in der Nacht von Naxos herübergekommen und hatten die gelben Lichter des Hafens von Bodrum blinken sehen, lange bevor die kleinen weißen Häuser zu erkennen gewesen waren. Anfangs war ihnen alles ziemlich fremd vorgekommen: die weiße Moschee, das Kastell direkt am Wasser, der Duft nach frisch gebackenem Brot, vermischt mit der durchdringenden Süße der Blumen, das Gejaule vom Kirchturm um fünf Uhr morgens, mit dem der Muezzin ganze Horden von Männern zum Gebet rief, und die Tatsache, dass weit und breit keine Frau auf der Straße zu sehen war. Erst als sie durch die Stadt gegangen waren, war ihnen bewusst geworden, dass Europa hinter ihnen lag und sie sich auf einem anderen Kontinent und noch dazu in einem muslimischen Land befanden. Abgesehen von dem Typ aus der Kebab-Bude in Hammersmith und dem Alten aus Johnnys Hochhaus, der sich weigerte, den Lift zu benutzen, hatte keiner von ihnen jemals wissentlich einen Türken gesehen.

Johnny machte sich wieder an die Arbeit, während die Sonne achtern hinter der Steuerbordseite verschwand. Der Himmel war von rosa und violetten Streifen überzogen, die sich wie Krallen durch das endlose Blau schnitten. Charlie hatte angeordnet, dass sämtlichen Kisten und Kartons noch vor der Dunkelheit sortiert sein sollten, deshalb zogen sie das Tempo an. Clem hatte in einer der Harrod's-Kisten massenweise Bettzeug entdeckt und schlug vor, die Bettbezüge als Säcke zu benutzen, was sich als ziemlich gute Idee entpuppte. Sie sortierten alles nach dem Gewicht und danach, wie es sich am besten in den Säcken verpacken ließ. Einen schweren Goldspiegel rollten sie in einen Teppich ein und stopften ihn gemeinsam mit einem Stapel Bücher in einen Bettbezug; die Statue banden sie an den Mahagonitisch, von dem sie die Beine abgeschraubt hatten. Sie schlitzten zwei Rettungswesten auf, zerrten die Füllung heraus und schlangen sie um die Statue, in der Hoffnung, dass sie dadurch besser sinken würde. Johnny schwang den Schiffskompass auf das Klavier und verstaute ihn mit so viel Besteck unter dem Deckel, wie er nur finden konnte. Irgendwann stieß er auf einen nagelneuen Außenbordmotor, den er in einen Schrank voller Hüte und diversen Ledersachen wuchtete.

Clem hatte Mühe, sich auf ihre Arbeit zu konzentrieren. Ständig entdeckte sie etwas, das ihre Aufmerksamkeit erregte. Johnny verstand nur allzu gut, dass es die reinste Hölle für sie war. Clem gehörte zu den Menschen, die am liebsten alles aufbewahrten und selbst den überflüssigsten Krempel bunkerten. In der riesigen Tasche, die Johnnys Vater aus dem Segel eines der berühmten Cornish Crabber angefertigt hatte, fand er regelmäßig glatt gestrichene Bonbonpapierchen, leere Streichholzschachteln, hübsche Kieselsteine, Aschenbecher und sonstigen Krimskrams. Die Tasche besaß zahllose Fächer, die Clem als eine Art mobiles Museum benutzte, das Johnny für sie durch die Gegend schleppte. Und nun stand sie in einer viel zu weiten Lederhose an Deck und schlang Schmuck um das Geweih eines ausgestopften Elchschädels.

»Es geht *alles* mit, Clem«, drang Charlies Stimme aus dem Lautsprecher. »Wenn die auch nur ein einziges Kaugummipapierchen finden, nehmen sie uns komplett auseinander. Alles muss ins Meer.«

Als es dunkel war und lediglich der Mond das Deck erhellte, da Charlie die gesamte Navigationsbeleuchtung, einschließlich des Radars abgeschaltet hatte, ließen sie sich völlig geschafft und mit schmerzenden Armen und Beinen auf das Deck fallen, inmitten von vollgestopften Bettbezügen, und warten darauf, dass Charlie das Signal zum Loslegen gab. Johnny lehnte sich mit dem Rücken gegen den Kleiderschrank, Clem lag neben ihm, den Kopf auf seinem Schoß und die Beine gegen die Kommode gestützt. Sie teilten sich eine Zigarette. Clem schlang beiläufig ein Bein um Johnnys und hob den Kopf, um zuzusehen, wie die letzten minzgrünen Tageslichtstrahlen verschwanden und die Sterne zu funkeln begannen. Johnny streichelte ihr Bein und reichte ihr die Zigarette, während das stete Schwanken des Bootes sie einlullte.

Die Stille riss sie aus dem Schlaf. Klatschend schlugen die Wellen gegen den Schiffsrumpf. Eine Bö war aufgekommen. Charlies knappe Stimme drang aus dem Lautsprecher. »Radar abgeschaltet, Motor ausgeschaltet. Navigationsbeleuchtung ausgeschaltet. Keine anderen Schiffe weit und breit. Los geht's!«

Laute, getragene Orchesterklänge ertönten. Verblüfft sahen Clem und Johnny zu Charlie hinauf. »Verdis Requiem«, erklärte er und bedeutete ihnen, sich an die Arbeit zu machen.

Das Boot schwankte heftig auf den Wellen. Johnny löste die Drahtabsperrung zwischen den beiden hölzernen Pfosten achtern, dann ging er zurück, um den ersten Sack zu holen. Er enthielt den Bootsmotor, den Großteil des Schmucks und den goldenen Spiegel – das Ding würde wie ein Stein untergehen. Sie packten ihn jeweils an zwei Zipfeln und zerrten ihn quer übers Deck an die Heckkante.

»Okay, Clem«, sagte er.

Langsam hoben sie den Sack an und fingen an, ihn immer höher zu schwingen, während die Musik um sie herum weiter anschwoll. »Eins, zwei, drei …«

Sie ließen los und sahen zu, wie der unförmige Sack durch die Luft flog und wenig anmutig im Wasser landete. Wie auf Kommando stürzten sie zur Reling und beugten sich vor, um zuzusehen, wie das formlose Ungetüm einen Moment lang auf dem Wasser trieb, ehe die See es langsam schluckte und in die endlose Tiefe hinabzog – mindestens zwanzig Riesen wert, mit einem gewaltigen salzigen Schluck vertilgt.

Sie starrten einander an, gleichermaßen entsetzt und fasziniert von der Surrealität der Situation. Was sie hier taten – auf Recht und Ordnung zu pfeifen, zu tun, was sich niemals jemand trauen würde, der Welt schamlos den Stinkefinger zu zeigen –, war so absurd und grundverkehrt, dass es sich schon wieder richtig anfühlte.

»Noch mal!«, sagte sie. »Lass es uns noch mal tun.« *Dieses Gefühl muss ich mir unbedingt merken*, dachte sie. *Ich darf nie ver-*

*gessen, zu hinterfragen, was richtig und falsch ist.* Doch in derselben Sekunde war ihr klar, dass sie es schon bald wieder vergessen haben würde.

Sie machten sich an den nächsten Sack, der eine schwere Marmorlampe und all die silbernen Kerzenleuchter enthielt, die sie in das Dreitausend-Dollar-Kleid – an dem noch immer das Preisschild hing – eingeschlagen hatten. Sie hoben ihn an, schwangen ihn ein paar Mal hin und her, zählten bis drei und ließen los. Wieder rannten sie zur Reling und beobachteten, angestachelt vom schieren Wahnsinn ihres Tuns, wie er unterging. Inzwischen wurde an Bord in einer völlig neuen Währung gezählt – nicht der Wert der Gegenstände war maßgebend, sondern ihr Gewicht. Stein sank besser als Silber, und dies war das einzige Kriterium, das zählte. Letzten Endes war alles nur teurer Plunder, den ein nasses Schicksal in den Tiefen des Mittelmeers erwartete. Clem legte einen wilden Freudentanz aufs Parkett. »Wir sind frei, Johnny«, rief sie. »Wir sind frei!« Noch nie hatte sie sich so schwerelos gefühlt.

Mit den ohrenbetäubenden Klängen Verdis, dem peitschenden Wind, dem wild auf den Wellen tanzenden Boot und dem schieren Irrsinn dessen, was sie gerade taten, schienen ihre Kräfte grenzenlos zu sein. Eins, zwei, drei, ein Sack nach dem anderen segelte von Bord, der Kleiderschrank, die Kommode mit dem Elchkopf, der aus einer der Schubladen ragte und in dessen gläsernem Auge sich für einen Moment der Mondschein fing, ehe sie in der Tiefe versank, gefolgt von dem Himmelbett, dem Sekretär und allerlei anderem Mobiliar. Sie machten weiter, bis die letzten Säcke über Bord waren. Mittlerweile waren Verdis Klänge verebbt, und die Sterne hatten ihre Reise über den nächtlichen Himmel bis zur Hälfte fortgesetzt.

Das Klavier hoben sie sich bis zum Schluss auf. Es war der größte Gegenstand und verdiente eine Sonderbehandlung. Charlie kam höchstpersönlich herunter, um ihnen bei dem Steinway und dem Kompass unter die Arme zu greifen. Sie bugsierten es zum hinteren Teil des Decks, dann traten sie dahinter und schoben es so schnell wie möglich an. Es kippte über die Reling und landete mit einem eigentümlich melodiösen Akkord im Wasser, wo es eine ganze Weile dahintrieb, ehe es mit dem Hinterteil voran in der Tiefe versank.

Johnny starrte in die Finsternis, dann sah er sich auf dem Deck um. Alles weg, vom Meer verschluckt, als hätte es niemals existiert. Eine kleine Millionärswelt, die nun den Fischen als Spielwiese dienen würde. Er legte den Arm um Clem. Einen Moment lang standen sie alle drei da und blickten auf die mondbeschienenen Wellen hinaus, wo nicht einmal ein Bonbonpapierchen daran erinnerte, was sie gerade getan hatten.

»Mission erfüllt«, erklärte Charlie. Offenbar gehörte er nicht zu den Menschen, die gern über den Lauf der Welt sinnierten. »Ruht euch aus, Leute. Ich wecke euch, wenn wir da sind.« Er stieg, immer zwei Stufen auf einmal nehmend, die Treppe zum Cockpit hinauf und verschwand.

Johnny und Clem lagen auf ihrer schmalen Pritsche in einer winzigen Crewkajüte am Heck, Nase an Nase, ihre Blicke miteinander verschmolzen, regelrecht trunken von dem, was sie getan hatten. Es war, als hätten sie einen Blick auf eine wunderschöne Welt erhascht, in der sämtliche Regeln außer Kraft gesetzt waren. Sie waren so erschöpft, dass sie sich kaum noch rühren konnten. »Charlie sagt, wenn die Polizisten uns fragen sollten, was sie sowieso nicht tun werden, sollen wir einfach gar nichts sagen. Wir sollen ganz unschuldig tun. Wir haben nie einen Laster entladen, okay, Clem?«

»Okay«, erwiderte sie gähnend. Sie war völlig am Ende. Jeder einzelne Knochen im Leib schmerzte.

Zärtlich streichelte ihr Johnny übers Haar, bis sie eingeschlafen war. Er musste wach bleiben, bis sie einschlief; das war eine der Bedingungen, die sie zu Beginn ihrer Beziehung an ihn gestellt hatte. Und er erfüllte sie gern. Wenig später schloss auch er die Augen. Beide fielen in einen tiefen, traumlosen Schlaf.

Das Seltsame war, dass sie in Fethiye nicht bereits von der Polizei erwartet wurden. Die Old Rangoon lief kurz nach Tagesanbruch in den Hafen ein, die Zöllner mit ihren dicken, schwarzen Schnauzbärten kamen in ihren fluoreszierenden Jacken an Bord, rauchten filterlose Zigaretten und leuchteten mit ihren gleißend hellen Taschenlampen auf den Decks umher. Sie drückten sich eine Weile herum, ohne irgendwelche Fragen zu stellen, am Ende musste Charlie ein paar Formulare unterschreiben, dann verschwanden sie wieder.

Der Ärger fing erst an, als sie nach Bodrum zurückkehrten.

Es war spät, als das Sammeltaxi den Busbahnhof erreichte. Die Sterne funkelten wie winzige Farbkleckse am Himmel, und vom Meer wehte eine kräftige Brise herüber, die Abfälle durch die Straßen wirbelte und die langen Hemden der Männer aufbauschte, als sie dem Ruf des Muezzins zum Nachtgebet in die Moschee folgten. Inzwischen hatten Johnny und Clem sich so daran gewöhnt, dass es sich wie Nachhausekommen anfühlte. Sie hatten beschlossen, sich mit dem Extrageld zur Belohnung für ein paar Nächte in Genghis' Gästehaus einzuquartieren, ehe sie sich im Hafen wieder auf die Suche nach Arbeit machten. Einen Teil davon würden sie beiseitelegen, um in ein paar Wochen ihr Zelt abzuschlagen und weiter gen Osten aufzubrechen.

Johnny schwang sich die rote Segeltuchtasche über die Schulter und stieg aus dem Bus; die Tasche war halb so schwer wie sonst, weil sie lediglich Schlafsäcke und ein paar Sachen zum Wechseln eingepackt hatten, wohingegen der Großteil von Clems Zeug noch im Zelt lag. Wenn es nach ihm ginge, könnten sie auch weiterhin mit so leichtem Gepäck reisen.

Clem hatte auf der Fahrt ein Schnäppchen gemacht und war bester Dinge. Nicht einmal eine Stunde, nachdem sie losgefahren waren, hatte der Fahrer am Straßenrand angehalten, um einen Stapel Teppiche mitzunehmen. Durchs Fenster hatte Johnny zugesehen, wie sich der Teppichstapel erhoben hatte und scheinbar ohne fremde Hilfe eingestiegen war. Er hatte die Treppe erklommen und war bis ganz nach hinten gegangen, wo sie saßen. Johnny hatte innerlich gestöhnt: Touristen waren wie ein Magnet für die fliegenden Händler. Der Bus war bis auf ein paar alte Frauen und einen lüsternen alten Sack ein paar Reihen vor ihnen leer gewesen. Der Teppichstapel kam zum Stehen und ließ sich auf den Sitz neben Johnny in der hintersten Reihe sinken. Er erhaschte einen Blick auf eine wettergegerbte Hand und ein dunkles, von tiefen Furchen umgebenes Auge unter den zahllosen Teppichschichten. *Und los geht's.*

»Englisch?«, drang eine Stimme unter dem Stapel hervor, als der Bus mit dröhnendem Motor über die von Schlaglöchern übersäte Straße holperte. Johnny tat so, als hätte er nichts gehört.

»Amerika?«, fragte die Stimme weiter, während die Teppiche an seinem Arm entlangstreiften und ihm ein moschusartiger, jedoch keineswegs unangenehmer Geruch in die Nase stieg. Johnny schüttelte den Kopf, ohne von seinem Buch aufzusehen.

»Englisch«, bestätigte Clem und griff über Johnnys Schoß hinweg, um den blauroten Stoff eines Teppichs in der Mitte des Stapels zu befühlen. Johnny sah sie entsetzt an. Ebenso wie der Teppichhändler wusste auch er, dass dies das Zeichen zum Angriff gewesen war. Prompt flackerte das dunkle Auge unter den Schichten auf, und die wettergegerbte Hand zerrte den Teppich heraus.

»Schöner Teppich, handgemacht, hundertprozent naturfarben … Gebetsteppich«, sprudelten die Worte aus ihm heraus.

»Keine Lira«, sagte Clem.

»Gott hört Gebete auf dieser Matte … magischer Teppich … Sterling?«, fragte er mit einem gierigen Glitzern in den Augen. »Sterling gut!«, erklärte er. »Spezialpreis … für dich … vierhundert Pfund. Spezialpreis.«

Clem lachte kopfschüttelnd. »Vierhundert Pfund? Das soll wohl ein Witz sein.«

»Dreihundertneunzig … nur für euch. Nur für kurze Zeit.« Er machte eine wedelnde Handbewegung, als könnte er dieses unglaublich verlockende Angebot nur begrenzt aufrechterhalten. Dabei war Zeitmangel eindeutig ihr geringstes Problem. Sechs endlose Stunden lang saß der Teppichhändler neben ihnen, ohne auch nur eine Sekunde in seinen Verkaufsbemühungen nachzulassen. Sie ignorierten ihn, anfangs noch höflich, später ganz unverhohlen, indem sie sich ungeniert unterhielten. Irgendwann drehte Johnny sich aus einem Papiertaschentuch kleine Stöpsel, die er sich in die Ohren stopfte, und döste, nur um beim Aufwachen festzustellen, dass der Mann immer noch irgendwelche Summen vor sich hin brabbelte.

Irgendwann zwischen der fünften und sechsten Stunde ihrer Reise, nach einer Reifenpanne und einem lautstarken Streit zwischen den beiden alten Frauen in der ersten Reihe, begann Johnny, den Inhalt seiner Worte wieder bewusst wahrzunehmen. Mittlerweile war seine Stimme zu einem tonlosen Raunen abgeflacht, und sein Blick wirkte erschöpft, doch sein Durchhaltevermögen war umso eindrucksvoller. Ebenso wie der Preis, bei dem er inzwischen angelangt war.

»Sagten Sie gerade vier Pfund?« Johnny wandte sich langsam um und starrte auf den Teppichstapel. Das Auge erschien. Johnny sah es blinzeln, als würde sein Besitzer aus einem tranceartigen Zustand erwachen.

»Vier Pfund Sterling, ja, bitte sehr«, stieß er erschöpft hervor.

»Gemacht.«

Clem war völlig aus dem Häuschen. Den Rest der Fahrt brachte sie damit zu, ihren neuen Gebetsteppich zusammen- und wieder auseinanderzufalten. Er war nicht allzu groß, etwa einen Meter mal eins zwanzig, doch Clem war sicher, dass der Teppichhändler nicht gelogen hatte – der Teppich besaß magische Kräfte. Die Gebete, die darauf gen Himmel gesandt wurden, würden erhört werden. Sie konnte seine Magie förmlich spüren. Seine Vergangenheit und seine Zukunft lagen in ihren

Händen. Eines Tages würde sie ihn ihren Enkeln zeigen und ihnen erzählen, wie sie und Johnny ihn für vier Mäuse auf einer Busfahrt nach Bodrum erstanden hatten.

Clem klemmte sich den zusammengerollten Teppich unter den Arm, als sie aus dem Bus stiegen und über den Parkplatz schlenderten. Sie konnte es kaum erwarten, ihn Ghengis zu zeigen – Ghengis war ein kluger Mann, der sich mit den wichtigen Dingen im Leben auskannte, und würde sich von ihrem Schnäppchen bestimmt beeindruckt zeigen.

Sie schoben sich durch die Menge, hinunter zum Hafen, wo sämtliche Baumstämme weiß angestrichen waren, was sie aussehen ließ, als trügen sie Petticoats, um ihre Blöße zu bedecken. Der Wind rauschte laut durch die Blätter. Jemand hatte einen der Bäume mit kleinen Lichtern geschmückt, die in der Brise auf und ab wippten. Männergrüppchen saßen an den Straßenecken beisammen, die Älteren nippten an ihrem Tee und spielten Okki. Wie üblich unterbrachen sie ihre Gespräche und sahen ihnen nach. Kaum waren sie am Jazzcafé vorbeigegangen, schrie ihnen ein alter Mann mit einem gewaltigen, nikotinverfärbten Schnurrbart etwas hinterher und wedelte aufgebracht.

»Was hat der denn für ein Problem?«, fragte Clem.

Johnny nahm ihre Hand und beschleunigte seine Schritte. Er konnte es auf den Tod nicht ausstehen, wie die Männer sie angafften. Manchmal fassten sie sie sogar an, griffen ihr zwischen die Beine oder begrapschten ihre Brüste, obwohl Johnny direkt neben ihr stand. Er ging noch schneller. Vereinzelte Regentropfen sprenkelten den Bürgersteig. Sie eilten zum Hafen hinunter, wo sich der schwache Schein der Straßenlampen entlang der Uferpromenade auf der glitzernden Wasseroberfläche spiegelte. Verwaiste, an den schweren Eisenhaken vertäute Boote tanzten auf den Wellen auf und ab, begleitet vom Klirren der Takelage. Ein gelber Mond schob sich ab und an hinter den Wolken hervor und erhellte das Kastell auf der anderen Seite des Hafens, während Musik aus den Bars und Restaurants drang.

Inzwischen hatte der Regen zugenommen, deshalb legten sie das letzte Stück bis zu Ghengis' Pension im Laufschritt zurück. Sie bemerkten, dass drüben im Jachthafen Betrieb herrschte: Mehrere Streifenwagen standen herum, und uniformierte Polizisten leuchteten die Boote mit ihren Taschenlampen ab. Johnny klopfte an die Tür, doch es machte niemand auf. Er klopfte noch einmal, diesmal lauter. Ein Fensterladen wurde geöffnet, und Ghengis streckte den Kopf heraus. Er sagte etwas auf Türkisch, was sie nicht verstanden, und sah sich nervös um. Eilig schloss er das Fenster, und wenig später hörten sie ihn die Treppe heruntergelaufen kommen. Die Tür ging auf.

»Los, schnell rein«, sagte er, zog sie ins Haus, schloss eilig die Tür hinter ihnen und lehnte sich mit dem Rücken dagegen.

»Was ist denn passiert?«, fragte Johnny. So hatte er Ghengis noch nie gesehen. Normalerweise war er ein freundlicher Mann, der stets ein Lächeln auf den Lippen hatte.

»Ihr müsst gehen, Johnny«, flüsterte er. »Ihr müsst Bodrum sofort verlassen.«

»Was? Aber wieso?«

»Ich weiß nicht, was passiert ist, aber sie suchen euch überall.« Ghengis wirkte völlig verängstigt, sein Blick huschte immer wieder hektisch zur Tür.

»Wer? Wer sucht nach uns?«, fragte Johnny und spürte, wie seine Euphorie und Ausgelassenheit über ihr nächtliches Abenteuer schlagartig verflog.

»Heute Morgen waren sie bei eurem Zelt. Sie haben es abgerissen und eure Sachen genommen. Sie sind zu Attila gegangen und haben sich an einen Tisch gesetzt. Er hat nichts gesagt.«

»Wer, Ghengis? Von wem redest du? Von der Polizei?«

»Vielleicht. Ich weiß nicht. Ich glaube nicht. Böse Männer. Sie sind zum Hafen gegangen, zu dem Mann aus Australien …«

Johnny rutschte das Herz in die Hose. »Sie haben Aussie-Dave geschnappt?«

Mit dem Australier sollte man es sich tunlichst nicht verscherzen. Er und Clem hatten mehrere Wochen für ihn gearbeitet. Dave hatte sein eigenes Boot gebaut, mit dem er Waffen, Teppiche und Gott weiß was sonst noch schmuggelte. Er würde sich Johnny und Clem höchstpersönlich vorknöpfen, sofern die Typen sie nicht vorher erwischten.

»Er ist im Krankenhaus. Sie haben sein Boot kaputt gemacht …«

»O mein Gott«, rief Clem und wurde kreidebleich.

»Sie waren heute Morgen hier und haben mich nach einem Laster aus Großbritannien gefragt. Sie wissen, dass ihr auf Kos wart. Sie sind nach Kos gefahren und wieder zurückgekommen, dann sind sie nach Marmaris gefahren und auch wieder zurückgekommen. Sie warten schon auf euch. Ihr müsst fort. Bevor sie euch finden. Geht. Los, schnell, geht!«

»Aber das hatte nichts mit uns zu tun, Ghengis …«, begann Johnny.

»Nichts sagen. Ich will nichts wissen.« Er hob seine Hand. Die blanke Furcht stand ihm ins Gesicht geschrieben. »Ihr habt euch Feinde gemacht. Ihr müsst von hier verschwinden.«

»Was machen wir jetzt?« Clem sah Johnny beklommen an, während er sich die Segeltuchtasche über die Schulter schwang. Tja, wie sollte es jetzt weitergehen? Sie fielen auf wie ein bunter Hund. Die Touristensaison würde erst in ein paar Wochen anfangen, deshalb hielten sich so gut wie keine Fremden in Bodrum auf.

»Sie werden zurückkommen«, fuhr Ghengis fort. »Als es geklopft hat, dachte ich schon, sie wären es. Ihr seid hier nicht sicher. Ihr müsst gehen. Kommt mit. Durch die Hintertür.«

Er führte sie durch die Pension, wobei seine Hausschuhe leise auf den gesprenkelten Fliesen schmatzten. Johnny ergriff Clems Hand. Er spürte, wie sie zitterte, aber vielleicht waren es auch seine eigenen Finger. Ihm schwirrte der Kopf. »Wir hauen so schnell wie möglich ab und holen unsere Sachen aus dem Zelt.

Dann gehen wir runter zum Jachthafen. Vielleicht kann uns ja jemand mitnehmen.«

»Nix Zelt«, erklärte Ghengis und öffnete leise die Hintertür. »Nix Werft. Nix Hafen. Geht einfach. Ihr versteht nicht … Das hier ist nicht eure Heimat. Hier ist alles ganz anders. Mit der Polizei reden ist nicht gut. Vielleicht geht ihr zu einem Fischer. Habt ihr Geld?« Er kramte in seinen Taschen.

»Ja, ja, haben wir. Danke, Ghengis.«

»Nicht zum Jachthafen, okay? Sie warten auf euch.« Ein ernster Ausdruck lag auf seinem sonst so fröhlichen runden Gesicht, und wieder flackerte die Angst in seinen Augen auf.

Aus einem Impuls heraus beugte Johnny sich vor und drückte ihn an sich. »Danke, Ghengis«, sagte er.

»Türken sind gute Menschen. Es tut mir leid.«

Er öffnete die Tür einen Spalt und spähte hinaus, um zu sehen, ob die Luft rein war. Sie schlüpften aus der Pension und traten in den Regen, der sich als Vorteil entpuppte, da die Straßen leerer waren als sonst. Sie kletterten über eine niedrige Mauer, überquerten die Straße, wo keine Straßenlaternen standen, und liefen die kleine Straße hinter der Pension entlang. Erst nach ein paar Metern ging ihnen auf, dass sie geradewegs zu dem Feld führte, wo sie ihr Zelt aufgestellt hatten. Und siehe da – ein Wagen stand am Straßenrand geparkt und versperrte den Weg. Sie machten kehrt und gingen langsam die Straße wieder hinunter, bis zur Ecke, wo die Hafenstraße kreuzte.

»Vielleicht sollten wir einfach zur Polizei gehen und sagen, wie es wirklich war«, flüsterte Clem atemlos, die Gebetsmatte immer noch unterm Arm. »Wir hatten doch gar nichts damit zu tun. Also kann uns auch keiner die Schuld geben.«

»Nein«, sagte Johnny. Er traute grundsätzlich keinem Polizisten über den Weg. Seine Gedanken überschlugen sich. Inzwischen goss es in Strömen. Er sah die peitschenden Tropfen im Schein der Straßenlaternen. Im Jachthafen wendete ein Wagen. Seine Scheinwerfer glitten übers Wasser.

»Da kommt jemand«, flüsterte Clem und warf einen Blick über die Schulter. Das laute Klicken von Absätzen war in der Dunkelheit zu hören. Johnny ließ den Blick über die Straße schweifen, während er noch immer verzweifelt zu verstehen versuchte, was hier überhaupt los war. Die Männer, die vorhin noch vor den Teestuben gehockt hatten, waren mittlerweile im Inneren verschwunden, bis auf den Schnauzbärtigen, der mit einem Regenschirm an der Straßenecke stand und sich umsah. Johnny packte Clem an der Hand und zerrte sie quer über die Straße in einen Streifen Gebüsch zwischen Kai und Uferpromenade. Er musste nachdenken, musste sich dringend etwas einfallen lassen. Über den prasselnden Regen hinweg glaubte er das Knistern eines Walkie-Talkies oder eines Funkgeräts gehört zu haben. Der Fettsack von der Zollbehörde hatte doch so ein Ding.

»Wir müssen zur Straße«, sagte er.

»Aber nicht hier runter, wo der Typ steht«, flüsterte Clem.

»Nein, lass uns auf die andere Seite des Hafens gehen.«

Sie traten aus dem Gebüsch und liefen zum Kiesstrand hinunter, wo die Fischer ihre Boote aus dem Wasser gezogen hatten. Heftig atmend pressten sie sich mit dem Rücken gegen die Mauer.

»Hast du Angst, Johnny?«, fragte Clem, die noch immer ihren Gebetsteppich umklammert hielt. Der Regen hatte ihr Haar völlig durchnässt, sodass es platt am Kopf anlag.

»Ich hab die Hosen voll bis zum Anschlag«, gestand er.

Sie wünschte, er hätte sich die Antwort verkniffen, denn sie spürte, wie sie das letzte Fünkchen Mut verließ. So etwas durfte er nicht sagen. Johnny durfte keine Angst haben. Solange er keine Angst hatte, würde ihnen nichts passieren, sondern alles wieder gut werden. Sie spürte Panik in sich aufsteigen.

Er nahm ihre Hand. In der Dunkelheit rannten sie den Kiesstrand entlang. Der Regen schluckte das Geräusch ihrer Schritte. Am Ende des Strands kletterten sie auf die Kaimauer. Johnny schwang sich die Segeltuchtasche wieder über die Schulter. Mit abgewandten Gesichtern eilten sie im Halbdunkel am Ufer entlang. Immer wieder traten sie zwischen die vertäuten Segelschiffe, die allesamt verwaist und verschlossen dalagen, vorbei an den Fischerbooten und verlassenen Wracks. Clems Finger fühlten sich winzig und nass in seiner Hand an. Sie mussten an den Booten vorbei und dann wieder hinauf auf die Straße.

Lärm und Gelächter drangen aus dem Café mit der gelben Markise, als sie daran vorbeihasteten. Am Ende des Kais erschienen zwei Männer mit Taschenlampen an der Stelle, wo die Straße, die sie eigentlich erreichen wollten, die Hafenstraße kreuzte. Einer von ihnen rief dem anderen etwas zu, woraufhin Johnny und Clem sich eilig in den Schatten eines Segelboots zurückzogen. Johnny stieß einen unterdrückten Fluch aus.

»Johnny«, flüsterte Clem kleinlaut. »Hinter uns sind vier Männer.« Er fuhr herum. Clem hatte recht. Vier Gestalten standen etwa fünfzig Meter von ihnen entfernt in der Dunkelheit und kamen in ihre Richtung.

»Los, ins Boot«, befahl er. Sie stiegen über die Klampen und Taue hinweg, kletterten achtern über die Reling und arbeiteten sich geräuschlos in Richtung Cockpit vor. Vielleicht könnten sie eines der Boote klauen, aber das würde ihnen auch nichts nützen – sie mussten am Jachthafen vorbei. Es war die einzige Möglichkeit, den Männern zu entkommen.

»Wir müssen nur irgendwie dort rüber«, sagte er und spähte über das Heck hinweg in Richtung Straße, wo die Männer immer noch herumlungerten. »Es sei denn, wir nehmen die andere Seite …« Er blickte zum Kastell und den Felsen dahinter.

Mit eingezogenen Köpfen warteten sie im Cockpit, bis die Männer sich in zwei Gruppen aufgeteilt hatten – eine bezog unter der gelben Markise des Cafés Posten, die andere kehrte zum Jachthafen zurück. So leise wie möglich kletterten sie in der Dunkelheit auf das nächste Boot, dann aufs übernächste.

Johnny hatte sich die Tasche wie einen Rucksack umgeschnallt, während Clem nach wie vor ihren Gebetsteppich umklammert hielt.

Hinter ihnen ertönten laute Rufe, dann schweifte der Lichtkegel einer Taschenlampe über die Takelage und die Decks der Boote hinter ihnen. Damit blieb ihnen nur ein Fluchtweg: Sie mussten so schnell wie möglich zu den Felsen unter dem Kastell laufen, wo sich die riesigen, künstlich angelegten Wellenbrecher nebeneinander auftürmten.

Sie rannten durch den strömenden Regen, während hinter ihnen noch immer die Rufe ertönten und die Lichter der Taschenlampen über die Wasseroberfläche glitten, doch erst als sie die Felsen erreicht hatten, wagten sie es, sich umzudrehen. Atemlos, klatschnass und völlig verängstigt kletterten sie auf allen vieren über die regenfeuchten Findlinge. Prompt rutschte Clem auf einem von ihnen aus und stieß einen Schmerzensschrei aus. Sie hatte sich das Gesicht aufgeschürft. Johnny packte sie am Handgelenk und zerrte sie weiter. Er hielt sie so fest, dass das Blut in ihren Fingern pochte und sich ihr Arm anfühlte, als würde er ihn aus der Gelenkpfanne reißen. Erst als sie das Ende des Felsvorsprungs erreichten, blieben sie kurz stehen und drehten sich um. Von den Männern mit den Taschenlampen war nichts mehr zu sehen, zwei von ihnen suchten die Boote in der entgegengesetzten Richtung ab, und die anderen waren irgendwo entlang der Straße verschwunden.

»Großer Gott«, japste Clem und rang nach Atem, während ihr die Tränen übers Gesicht strömten. »Was wollten die von uns?« Sie zitterte unkontrolliert am ganzen Leib.

Johnny sah die Männer planlos auf den Booten herumklettern und ließ sich gegen den Felsen sinken.

»Was werden die mit uns machen?«, rief sie.

»Ich hab verdammt noch mal keine Ahnung, Clem«, antwortete er, während sein Blick hektisch über den Hafen schweifte. Woher zum Teufel sollte er ständig alles wissen? Er zog sie zu sich herüber, damit der Lichtkegel der Taschenlampen sie nicht erfassen konnte. Sie kauerten sich zwischen die Felsen und warteten, bis die Rufe und Schritte verklungen waren. Eine scheinbare Ewigkeit lang hockten sie da, mit hämmerndem Herzen, beide wie erstarrt vor Schock und Furcht. Endlich wurde es still bis auf die Geräusche des Wassers – das Rauschen des Regens und das Donnern der Wellen, die sich an den wuchtigen Felsen brachen. Johnny überlegte fieberhaft, was sie jetzt machen sollten.

Clem rutschte ein Stück zur Seite, kauerte sich zusammen und ließ die Stirn auf die Knie sinken. Irgendwo in der Ferne grollte ein Donner. Sie hob den Kopf und blickte aufs Meer hinaus. Es gab keinen Ort, wohin sie gehen konnten. Es gab nichts zu sagen. Als sie das Wort ergriff, war ihre Stimme tonlos. Ihre Panik war einer fast unheimlichen Ruhe gewichen.

»Wieso müssen wir eigentlich immer in der Scheiße sitzen, Johnny?«

»Tun wir doch gar nicht. Zumindest nicht *immer*.«

»Doch.«

Es war zwecklos, es leugnen zu wollen. Es gibt nun mal einen Punkt, an dem man anderen die Schuld nicht länger in die Schuhe schieben kann. In Frankreich hatten sie für einen Mistkerl gejobbt, der sie eiskalt um ihr Geld betrogen hatte; in Italien hatte man sie nicht nur ein-, sondern gleich zweimal ausgeraubt, und beim Trampen durch Jugoslawien waren sie im Wagen eines reichlich schrägen Vogels gelandet. Selbst ihre Hochzeitsnacht war eine einzige Katastrophe gewesen: Johnny hatte vergessen, Geld einzustecken, sodass ihnen nichts anderes übrig geblieben war, als durchs Fenster ihres schicken Hotelzimmers zu klettern und an der Regenrinne hinunterzurutschen.

»So was passiert nun mal, wenn man reist«, sagte er, doch insgeheim konnte er sich nur fragen, wie andere Leute es schafften, unbeschadet zu bleiben. Das Einzige, was Rob und seine Freundin von ihren Urlauben mitbrachten, waren eine herrliche

Bräune und Schwärmereien darüber, wie traumhaft es gewesen sei.

Statt einer Erwiderung starrte Clem lediglich weiter wortlos zum Horizont. Sie schloss die Augen, ließ den Kopf wieder auf die Knie sinken und tauchte in ihre Phantasiewelt ab – das gehörte zu den Dingen, die sie perfekt beherrschte. Sie konnte sich aus nahezu jeder Situation ausblenden und sich so lebhaft vorstellen, an einem anderen Ort zu sein, dass es ihr manchmal realer als die Realität erschien. Sie ließ den Regen auf sich niederprasseln und stellte sich vor, es wäre der Regen in Cornwall: Er schlug gegen die mit hübschen Vorhängen versehenen Fenster des Landhäuschens, während sie in einem behaglichen Lehnsessel vor einem knisternden Kamin saß und sich auf dem uralten Schwarz-Weiß-Fernseher einen schönen Film ansah. Johnny lümmelte auf dem Boden zu ihren Füßen, den Rücken gegen den Sessel gelehnt, während Johnnys Dad es sich in Shorts auf dem Sofa bequem gemacht hatte, die Hände hinter dem Kopf verschränkt, das weiße Haar wild vom Kopf abstehend. Immer wieder begann das Bild zu schneien, sodass Johnny oder sein Dad aufstehen mussten, um die Antenne aus einem umfunktionierten Kleiderbügel hin- und herzuschieben.

»Tut mir leid, Clem«, sagte Johnny.

Der Regen troff ihr über den Rücken und sickerte in ihre Hose. »Schon gut«, sagte sie resigniert und wandte ihm das Gesicht zu, ohne die Augen zu öffnen.

Er wusste genau, was sie da tat. Nur war ihre Einstellung in ihrer momentanen Lage alles andere als hilfreich. Selbst wenn man bis zum Hals in der Scheiße saß, konnte man sich immer noch am Schopf herausziehen. Er stand auf, blickte aufs Meer hinaus und tastete seine Taschen ab, um zu sehen, ob er noch etwas Tabak übrig hatte. Er trocknete seine Finger an seinem Hemd ab, drehte sich im Schutz seines Sweatshirts eine Zigarette und zündete sie an, indem er mit der Hand die Flamme gegen den Regen abschirmte. Sie würden einfach ein, zwei

Stunden hier warten und dann zurück zur Straße gehen. Alles wäre wieder in bester Ordnung. Clem würde schon sehen. Sie würden den Hügel erklimmen, ein Auto anhalten, und morgen Abend würden sie über den Vorfall herzlich lachen. Als er sich Clem wieder zuwandte, um ihr einen Zug anzubieten, kniete sie auf ihrem Teppich, hatte die Handflächen aneinandergepresst und murmelte lautlos etwas vor sich hin.

»Was machst du da?«

»Ich bete auf meinem Gebetsteppich. Dafür ist er schließlich da.«

»Aber nur, wenn du Moslem bist.«

»Gott kümmert es nicht, welcher Religion man angehört.«

Er schnippte die aufgeweichte Zigarette ins Wasser. Johnny wusste, dass Clem an Engel, Geister und an ihren eigenen Gott glaubte, der die Kirche zwar für reine Zeitverschwendung hielt, aber nichts dagegen hatte, mit der einen oder anderen Bitte belangt zu werden. Doch bislang hatte er sie noch nie beten oder auch nur auf den Knien gesehen. In diesem Augenblick war ihm klar, dass er sie ernsthaft im Stich gelassen hatte. Sie sollte nicht bei jemand anderem Trost suchen. Die Vorstellung, sie könnte zulassen, dass sie von jemand anderem mehr abhängig war als von ihm, war grauenhaft. *Gott, solltest du sie hören, dann hol uns bitte hier raus.*

Sie hörten die Musik im selben Moment. Sie schien geradewegs durch den strömenden Regen zu wehen: schmeichelnde Gitarrenklänge, begleitet von einer klaren, fast engelsgleichen Frauenstimme. Die Musik kam ganz aus der Nähe, von irgendwoher hinter den Felsen, als würde eine Meerjungfrau auf einem der Findlinge sitzen und sie mit ihrem süßen Gesang locken. Verblüfft sahen sie einander an. Keiner von ihnen regte sich, während die glockenklare Stimme sie für einen Moment aus ihrer Misere riss.

*»I see a bad moon arising … I see trouble on the way … I see earthquakes and lightening … I see bad times today …«*

Die Meerjungfrau sang für sie beide, fasste ihrer beider Sorgen und Nöte in Worte. Langsam reckte Johnny das Kinn gen Himmel und spürte, wie der Regen über sein Gesicht hinwegwusch und die Musik bis in sein Innerstes drang.

*»I hear hurricanes ablowing … I know the end is coming soon … I fear rivers overflowing … I hear the voice of rage and ruin …«*

Wie in Trance erhoben sie sich, ganz langsam, als könne jede abrupte Bewegung die Sängerin stören, und lauschten eindringlich. Johnny bückte sich und hob vorsichtig ihre Tasche vom Boden auf, während Clem wie in Zeitlupe ihren Gebetsteppich zusammenrollte und sich unter den Arm klemmte. Sie nahm Johnnys Hand, und sie folgten der Stimme, kletterten behände über die Felsen, erfüllt von Hoffnung und neuem Mut.

Sie gingen weiter, bis eine kleine, halb verlassene Bucht vor ihnen auftauchte. Seltsamerweise war sie ihnen bisher nie aufgefallen; vielmehr schien sie wie aus dem Nichts gekommen zu sein, nur um ihnen jetzt Schutz zu bieten. Unmittelbar dahinter befand sich die Werft, wo sie jeden Tag gearbeitet hatten, doch die Bucht war von der Straße aus nicht zu erkennen.

Mehrere kleine Boote lagen vor Anker, und in der Dunkelheit waren einige der typischen, weiß gestrichenen Häuser am Ufer zu erkennen. Die einzige Lichtquelle stammte von einem kleinen Boot, das an einem kurzen Anleger knapp fünfzig Meter vor ihnen festgemacht hatte und auf dem aufgewühlten Wasser tanzte. Die Cockpittüren waren angelehnt, sodass warmes, gelbliches Licht auf das Achterdeck fiel, in dessen Schein der prasselnde Regen zu erkennen war.

Die Stimme der Meerjungfrau kam eindeutig von dem Boot. Wie ein Sonnenstrahl drang sie durch den Regen und berührte sie mit ihrer Wärme.

*»Don't go round tonight … it's bound to take your life … there's a bad moon on the rise …«*

Mittlerweile war noch eine zweite Stimme eingefallen, eine

Kinderstimme, die sich in perfekter Harmonie mit der Frauenstimme vereinte.

Nun, da Johnny und Clem etwas besser sehen konnten, wirkten die Felsen weitaus weniger rutschig, sodass sie mühelos Halt fanden. Der Regen nahm weiter zu, während das Gewitter immer näher zu ziehen schien. Sie schwangen sich von den Felsen auf den schmalen Steg und gingen ein paar Meter nach vorn zu der hölzernen Plattform. Nun, da sie sich seitlich des Boots befanden, wurden die Stimmen ein wenig leiser. Johnny rückte die Tasche auf seinen Schultern gerade und nahm Clems Hand. Sie traten auf die Plattform. Ihre klitschnassen Schuhe gaben keinerlei Geräusch von sich, als sie sich langsam über die Planken dem Boot näherten und vor dem Heck stehen blieben. »The Little Utopia« stand in geschwungenen Lettern auf dem Spiegelheck. Und so erschien sie ihnen auch – eine Utopie, ein himmlischer Ort der Wärme, des Lichts und der Musik.

# 3 THE LITTLE UTOPIA

Die Little Utopia war ein kleines Boot, bestenfalls zwölf Meter lang. Die Schiebeluke war geschlossen, damit es nicht in die Kajüte hineinregnen konnte, die Cockpittüren waren jedoch nur angelehnt. Vom Achterstag über Johnnys Kopf flatterte der Union Jack wild im Wind. Sie standen reglos da, Hand in Hand, nass bis auf die Knochen, ohne den prasselnden Regen zu beachten, wie magisch angezogen von dem Licht und den Lauten, die aus der Kabine drangen. Die Engelsstimme hatte sie hierhergeführt. Das Lied näherte sich dem Ende. Trotz der Nässe und der Kälte wünschten beide, die Meerjungfrau würde weitersingen, bloß nicht menschlich werden. Für den Augenblick waren sie mit der Aussicht, gleich in Sicherheit zu sein, mehr als zufrieden.

*»Don't go round tonight … it's bound to take your life … there's a bad moon on the rise …«*

Als die Gitarrenklänge verebbten und der Regen wieder die Oberhand gewann, räusperte Johnny sich.

»Hallo?«, rief er über die Kakofonie der Elemente hinweg, während ein leuchtend heller Blitz über ihren Köpfen zuckte.

Sekunden später wurde der Riegel zurückgeschoben, und ein Mann streckte den Kopf heraus. Er war gut aussehend, sehr groß, dunkelhaarig und unrasiert, fast bärengleich. Mit beiden Händen schirmte er sein Gesicht gegen den Regen ab und spähte in die Dunkelheit.

»Hallo?«, rief er und trat auf den Niedergang. Er trug ein helles T-Shirt, das der Regen jedoch innerhalb kürzester Zeit dunkel färbte.

Sie beobachteten, wie sein Blick an ihnen hängen blieb und

sein Argwohn innerhalb weniger Sekunden aufrichtiger Besorgnis wich. Johnny dämmerte, was für einen erbarmungswürdigen Anblick sie bieten mussten. Er wandte sich Clem zu und sah im Schein der Kabinenbeleuchtung, dass sie sich eine Schnittverletzung am Kinn zugezogen hatte und das Blut in roten Schlieren an der Vorderseite ihres T-Shirts herablief. Sie hatte einen Schuh verloren, und ihre Füße und Knöchel waren von Schrammen und Kratzern übersät. Wenn man sie so sah, schätzte man sie höchstens auf fünfzehn, und auch er selbst wirkte nur unwesentlich älter.

»Großer Gott. Ist alles in Ordnung mit euch?«, fragte der Bärenmann, doch weder Johnny noch Clem war imstande, etwas zu erwidern. Es war ziemlich offensichtlich, dass mit ihnen keineswegs alles in Ordnung war. Der Mann ließ den Blick am Kai entlang zum Ufer schweifen, als rechnete er damit, dass noch mehr von ihrer Sorte auftauchen würden. Auch Johnny sah sich um, doch die Bucht war völlig verwaist.

Wieder ertönte ein lauter, grollender Donner.

»Bitte«, sagte der Bärenmann und winkte sie näher. »Kommt rein!« Er streckte die Hand aus.

Johnny reichte ihm die durchweichte Segeltuchtasche und wandte sich Clem zu, die reglos dastand, als wäre sie in der Kälte festgefroren.

»Ist schon gut, Kleine«, sagte der Mann, ergriff mit seiner Pranke ihre Hand, nahm ihr den Gebetsteppich ab und half ihr vorsichtig aufs Boot.

Sie sah ihn an. Mit einem Mal schien sie die Freundlichkeit des wildfremden Mannes zu überwältigen, und sie brach in Tränen aus.

»Los, kommt schnell rein«, befahl der Mann mit sanfter Stimme, trat mit dem Fuß die Cockpittür auf und schwang sich die triefende Segeltuchtasche über die Schulter. »Erst mal rein ins Warme.«

Johnny ging die Kombüsentreppe voran nach unten in die

Kajüte und blieb stehen. Innerhalb von Sekunden hatte sich eine Pfütze um seine Füße gebildet. Eine Frau, bei der es sich aller Wahrscheinlichkeit nach um die Meerjungfrau handelte, saß mit einer Gitarre auf dem Schoß auf der Backbordseite. Neben ihr hockte ein kleines Mädchen, das höchstens vier oder fünf Jahre alt sein konnte. Es war seiner Mutter wie aus dem Gesicht geschnitten, allerdings besaß es denselben dunklen Teint und die dunklen Haare wie sein Vater. Beide hatten denselben dichten Schrägpony, unter dem sie wortlos hervorlinsten und die beiden Fremden mit weit aufgerissenen Augen musterten. Mit feierlichem Ernst blickte das Mädchen von Johnny zu Clem und ihren blutenden, zerschrammten Beinen.

»Mommy, wieso weint die Frau?«, fragte die Kleine.

»Okay. Marsch ins Bett, Smudge«, sagte die Frau, stand auf und nahm das Mädchen bei der Hand.

Die Kleine entwand sich ihrem Griff und rannte zum Vorschiff, wo sie einen letzten Blick hinter der Tür hervor wagte, ehe sie sie langsam hinter sich schloss.

»Annie, hol den Verbandskasten«, sagte der Bärenmann mit sanfter Stimme und wandte sich Johnny zu.

»Sprecht ihr Englisch?«, fragte er.

»Wir sind Briten«, antwortete Johnny und nickte.

»Wurdet ihr überfallen?«

Johnny schüttelte den Kopf.

Der Mann nickte und trat an die Kombüsenspüle, um sich die Hände zu waschen. »Ihr solltet die nassen Sachen ausziehen …« Er beugte sich in die Koje neben dem Kartentisch und zog ein paar Handtücher heraus, dann trat er zu Clem und hob mit seinem riesigen Finger ihr Kinn an, um die Schnittwunde zu begutachten, ehe er sie mit einem der Handtücher trocken tupfte.

»Das sieht ziemlich schlimm aus«, stellte er fest, während ihm die dichten Locken ins Gesicht fielen.

Sie nickte. »Ich bin auf den Felsen ausgerutscht«, sagte sie, nahm ihm das Handtuch ab und betupfte die Wunde. Eine Frage flackerte in seinen Augen auf, erlosch jedoch sofort wieder, als sie keine Anstalten machte, fortzufahren. Sie wusste nicht recht, wo sie anfangen sollte. Stattdessen starrte sie ihn schweigend an, während sie noch immer zu verarbeiten versuchte, was passiert war. Ein Teil von ihr schien nach wie vor im strömenden Regen zu stehen und weder aus noch ein zu wissen.

»Na ja, da oben gibt es auch eine Straße«, gab der Bärenmann zwinkernd zurück.

Sie musterte ihn. Er musste Ende dreißig sein, mit dunklen Augen und dunklen Locken, einem tief gebräunten, wettergegerbten Gesicht mit unrasierten Wangen und Kinn. Doch am auffälligsten war der Geruch, den er verströmte. Ein Geruch, der ihr bekannt vorkam. Nach derselben Seife, die auch ihr Dad immer verwendet hatte. Sie schloss die Augen und ließ zu, dass er sie weiter untersuchte.

Johnny schälte sich aus seinen Sachen. Seine pitschnasse Jeans und sein T-Shirt lagen auf einem Haufen zu seinen Füßen. Splitternackt stand er mitten in der Kombüse und rubbelte sich mit einem Handtuch trocken, als die Frau und das kleine Mädchen zurückkehrten. »Oh, Entschuldigung«, sagte er und bedeckte eilig seine Blöße.

»Da ist nichts, was wir nicht schon mal gesehen hätten«, gab die Frau mit einem Lächeln zurück und stellte den Verbandskasten auf den Tisch. Verblüfft registrierte Johnny die Veränderung, die das Lächeln auf ihren Zügen bewirkte. Mit einem Mal war sie bildschön. Das kleine Mädchen legte einen Stapel Kleider auf den Tisch. »Da sollte sich etwas Passendes für euch finden«, meinte die Frau.

»Vielen Dank«, sagte Johnny zu dem kleinen Mädchen, das sich hinter den Beinen seiner Mutter versteckte, ohne jedoch die großen dunklen Augen von ihm zu lösen, als er die Sachen durchzusehen begann.

»Los, zurück ins Bett, Smudge«, sagte die Mutter und zerzauste der Kleinen das Haar, woraufhin sie davonflitzte. Die Frau öffnete den Verbandskasten, der Mittelchen gegen so ziemlich jede erdenkliche Krankheit enthielt. Der Mann kramte darin herum und zog eine ganze Reihe an Salben und Medikamenten heraus und machte sich an die Arbeit.

»Alles klar, Kleine?«, fragte er sie mit seiner sanften Stimme.

Sie öffnete die Augen und nickte, während er mit geübten Bewegungen den Deckel auf eine Salbentube schraubte. Ihr fiel auf, dass an zwei Fingern seiner rechten Hand die Spitzen fehlten.

»Tja, das sollte erst mal reichen«, sagte er und grinste sie an, wobei er zwei gerade, strahlend weiße Zahnreihen entblößte. »Und jetzt solltest du auch zusehen, dass du aus den nassen Sachen rauskommst.«

Johnny hatte sich inzwischen etwas Trockenes angezogen – ein Paar viel zu weiter Shorts, die er mit einem Gürtel in der Taille zusammengebunden hatte, und ein weites Sweatshirt, das augenscheinlich dem Bärenmann gehörte.

Clem schälte sich ebenfalls aus ihren triefnassen Hosen, während sie ihre zerschrammten Beine wie die einer Fremden betrachtete. In ihren Knöcheln und Füßen steckten etliche dünne, braune Seeigelstachel. Ganz langsam knöpfte sie ihre Bluse auf, streifte sie ab und reichte sie der Frau, die sie gemeinsam mit den restlichen nassen Sachen nahm und in die Dusche trug. Nackt bis auf die Unterhose, die ihre Blöße nur notdürftig bedeckte, stand Clem da und betrachtete ihren von blutenden Wunden übersäten Körper. Johnny schlang ein Handtuch um sie und begann, sie trocken zu rubbeln.

»Die werden wir gleich rausziehen«, sagte die Frau und nahm eine Pinzette aus dem Verbandskasten. »Hier, zieh das über.«

Sie reichte Clem ein weites T-Shirtkleid, half ihr beim Überziehen und legte ihr eine Strickjacke um die Schultern. Clem setzte sich neben Johnny an den Tisch und sah wortlos zu, wie die beiden Fremden einander Scheren, Pflaster und andere Utensilien reichten und sich an ihren Knöcheln und Füßen zu schaffen machten.

Johnnys Haut begann zu prickeln, als sich die Wärme in seinem Körper ausbreitete. Er lehnte sich zurück, lauschte dem Regen, der auf das Kajütendach prasselte, und dankte Clems Gott und ihrem Gebetsteppich dafür, dass sie sie zu diesen netten Menschen geführt hatten. Sie waren nicht mehr ganz jung, Mitte dreißig, schätzte er. Die Frau hatte die Stirn in Falten gelegt und biss sich konzentriert auf die Unterlippe. Ihre Augen waren hellblau und an den äußeren Winkeln leicht nach unten geneigt, was ihren Zügen eine gewisse Traurigkeit verlieh. Sie hob den Blick und ertappte ihn, dass er sie anstarrte. Wieder breitete sich dieses Lächeln auf ihrem Gesicht aus, bei dessen Anblick Johnny nur staunen konnte, wie schnell es die Traurigkeit vertrieb. Das Lächeln schien sie in einen völlig anderen Menschen zu verwandeln.

»Alles klar?«, fragte sie Clem, wischte die Pinzette ab und legte sie in den Verbandskasten zurück. »Die größten müssten draußen sein.«

»Danke«, sagte Clem und erwiderte das Lächeln der Frau. Inzwischen war ihr warm, und ihre Wunden waren versorgt. Sie konnte ihr Glück kaum fassen. Bestimmt waren ihre Gebete erhört worden. Diese Leute hatten sie gerettet. Sie nahm Johnnys Hand und küsste nacheinander seine Fingerspitzen, während sie zusahen, wie der Mann ein paar Gläser aus dem Kombüsenschrank über der Kochplatte nahm. Er wischte sie gemächlich und vorsichtig mit einem Geschirrtuch ab und stellte sie auf den Tisch. Dann beugte er sich vor, legte seine Pranke mit den fehlenden Fingerspitzen auf die Schulter seiner Frau und griff nach einer großen Flasche Raki im Regal hinter ihr, dann öffnete er den Kühlschrank und nahm eine Flasche Wasser heraus.

Es war genau das, was sie jetzt brauchten. Sie sahen zu, wie er den Raki einschenkte und mit Wasser auffüllte, woraufhin die milchige Flüssigkeit in den Gläsern zu kreiseln begann und die Kajüte mit köstlichem Anisduft erfüllte.

»Runter damit!«, erklärte er, setzte sich neben seine Frau und schob Johnny und Clem zwei Gläser zu.

Sie hoben sie an die Lippen und kippten den Inhalt in einem Zug hinunter. Johnny spürte das scharfe Brennen in seiner Kehle, gefolgt von einer glühend heißen Flamme, die sich durch seinen Magen bis in seinen Unterleib fraß. Der Bärenmann schenkte ohne Umschweife nach.

»Danke«, sagte Johnny und sog scharf den Atem ein, um den Brand in seinem Innern zu löschen. »Ich glaube, wir schulden Ihnen eine Erklärung.«

Der Bärenmann sah ihn an. Seine dunkelbraunen Augen funkelten. »Ihr schuldet uns gar nichts«, erwiderte er und nahm eine Schachtel Zigaretten aus dem Regal hinter sich. Es klemmte das Softpäckchen zwischen seine Finger, klopfte kräftig gegen den Boden und fing die herausschnellende Zigarette mit den Lippen auf. Dann legte er den Kopf schief und zündete sie an. Lächelnd legte er das Feuerzeug auf den Tisch, stieß es an und sah zu, wie es über die hölzerne Platte schlitterte.

»Habt ihr Hunger?«, fragte er. Ohne eine Antwort abzuwarten, standen er und seine Frau auf und zogen die Knie an, sodass er den Sitz unter ihnen hochklappen und eine große Tüte Chips herausholen konnte. Er riss sie mit seinen Pranken auf, legte sie auf den Tisch und bedeutete ihnen, sich zu bedienen, während er nach der Gitarre griff, die neben ihm auf dem Boden stand. Dieser Mann schien ständig in Bewegung zu sein. Johnny beobachtete, wie seine Finger mit beiläufiger Lässigkeit über die Saiten strichen.

Johnny und Clem hatten Bärenhunger und verputzten den gesamten Inhalt der Chipstüte, während der Mann und die Frau ihren Beschäftigungen nachgingen, als wäre es an der Tagesordnung, dass wildfremde Leute zu Besuch an Bord kamen. Er spielte Gitarre, und sie nähte einen Knopf an einem Kleidungsstück an. Als die Frau erneut zu singen anhob, hielt Johnny inne und lauschte völlig fasziniert ihrer Stimme. Er legte die Hand auf Clems Bein und sah ihr in die Augen.

*Siehst du?*, signalisierte er mit der Geste. *Am Ende ziehen wir uns doch immer wieder aus der Scheiße.* Das war seine felsenfeste Überzeugung. Er würde sie niemals im Stich lassen. Überglücklich, dass sie endlich sicher im Warmen saß, lächelte sie und stieß mit ihm an. Sie schlug die Beine unter und lauschte den Gitarrenklängen des Mannes und der herrlichen Stimme der Frau, während die Wellen gegen den Bootsrumpf schlugen und der Regen niederprasselte.

»Wir dachten, Sie wären eine Meerjungfrau«, sagte Clem, als die Frau ihren Gesang unterbrach.

Sie blickte von ihrem Nähzeug auf und lachte. Wieder gelang es Johnny nur mit Mühe, den Blick von ihrem Gesicht zu wenden.

»Als wir Sie hinter den Felsen gehört haben«, fuhr Clem fort, »hat es sich angehört, als würde ein Engel singen.«

»Tatsächlich?«

»Ich dachte, Sie seien wirklich ein Engel.«

»Ich kann dir versichern, dass ich kein Engel bin«, gab die Frau zurück, während das Lächeln von ihren Zügen verschwand und sie leicht die Stirn runzelte. Sie richtete ihre Aufmerksamkeit wieder auf ihre Näharbeit.

»Aber du hast die Stimme eines Engels«, wandte der Bärenmann ein und sah seine Frau an, ohne sein Spiel zu unterbrechen.

»Mag sein, aber ich bin ganz bestimmt keiner, oder?«, gab sie zurück, während ihre Augenwinkel wieder nach unten sackten. Sie griff nach ihrem Glas und kippte ihren restlichen Raki mit einem Zug herunter.

»Wir sind übrigens Frank und Annie, und ihr könnt Du zu uns sagen«, erklärte der Bärenmann.

»Johnny und Clem«, stellte Johnny sie vor und prostete ihnen zu.

In diesem Augenblick erschütterte ein so lautes Donnergrollen die Luft, dass alle vier abrupt die Köpfe hoben.

»Grundgütiger«, stieß der Mann hervor, als ein Blitz durch die Dunkelheit zuckte. Er stand auf, trat zur Kombüsenleiter und schob die Tür auf. Johnny glaubte ein leichtes Hinken zu bemerken. Er trug weite Bermudashorts, und seine kräftigen Beine waren mit dunklen Haaren bedeckt. Johnny bemerkte eine lange Narbe, die sich über die Innenseite seiner Wade zog. Er lehnte sich ins Cockpit hinaus und blickte zum Mast hinauf.

Johnny wandte sich um und sah durch die Plexiglasscheibe nach draußen. Gleißend helle Blitze flammten über den Bergen auf und erhellten die Bucht. Er konnte mehrere andere Boote ausmachen, die Mehrzahl davon Fischerboote, die jedoch alle verwaist zu sein schienen. Weit und breit war keine Menschenseele zu sehen – niemand suchte nach ihnen. Davon war Johnny fest überzeugt.

»Ziemlich heftiger Sturm«, stellte der Bärenmann fest, schloss die Cockpittüren hinter sich und setzte sich wieder an den Tisch. Er nahm abermals seine Gitarre zur Hand, während seine Frau ihre Näharbeit fortsetzte. Eine angenehme, entspannte Atmosphäre senkte sich über den Raum. Es war eine echte Wohltat. Auf diese Weise konnte Johnny wenigstens die Wirkung des Rakis in Ruhe genießen: Er liebte die Art und Weise, wie der Alkohol seine Sinne mit köstlichem Anisnebel umwölkte. Er ließ den Blick durch die Kajüte schweifen. Die pragmatische Hässlichkeit und der frappierende Mangel an Eleganz von Charterbooten verblüfften ihn immer wieder aufs Neue – die schwimmende Funktionalität und Schlichtheit. Das gesamte Holzdekor sah aus, als sei es mit einem bestenfalls zwei Millimeter dicken Furnier belegt.

»Macht ihr hier Ferien?«, fragte Johnny den Mann.

»Ferien?«, wiederholte der Mann und hielt mitten in einem

Akkord inne. »Nein, nein. Wir leben auf ihr. Die Little Utopia ist unser Zuhause.«

»Oh.« Johnny bemühte sich eilig, seine Gesichtszüge wieder unter Kontrolle zu bekommen und angemessen beeindruckt dreinzublicken. Er nahm noch einen Schluck Raki und spürte, wie seine Verlegenheit über den Fauxpas verebbte. Der Mann spielte weiter und sang mit tiefer, weicher Stimme dazu. Johnny hatte das Gefühl, dass er improvisierte und die Melodie erst beim Spielen erfand.

»Clem«, sagte Annie, als höre sie den Namen zum allerersten Mal. »Wofür ist das die Abkürzung?«

»Clemency«, antwortete Clem, »aber so nennt mich niemand.«

»Wie Smudge. Ihr richtiger Name ist Imogen. Aber wir nennen sie auch nicht so.«

»Woher stammt ihr?«, fragte der Bärenmann.

»Aus London. Putney«, antwortete Johnny.

»Wir sind vom anderen Ende der Stadt. Aus Kentish Town«, erklärte er.

»Wie lange lebt ihr schon auf dem Boot?«

Frank legte die Gitarre in den Schoß und ließ seinen Arm auf dem geschwungenen Korpus ruhen. Johnny fiel auf, wie glatt und sauber seine Hände für jemanden waren, der auf einem Boot lebte; seine eigenen waren schwielig und wiesen stets Schmutzränder auf, auch wenn er sie noch so heftig schrubbte, außerdem hatte dieser Kerl mindestens zwanzig Jahre mehr auf dem Buckel als er. Dann fiel sein Blick auf die fehlenden Fingerspitzen an Franks rechter Hand.

»Fünf Jahre?«, antwortete Frank mit einem Seitenblick auf seine Frau.

Sie nickte.

»Seither fahren wir von Küste zu Küste«, fuhr er fort. »In Frankreich sind wir in See gestochen, und jetzt sind wir hier.«

Das klang für Johnny wie der Himmel auf Erden – allerdings

nur auf einem anständigen Boot und nicht auf einem Plastikkutter wie diesem.

»Wenn es irgendwie ging, sind wir nie länger als eine Woche am selben Ort geblieben«, fuhr der Mann fort. »Ihr hattet Glück, dass ihr uns heute überhaupt noch erwischt habt. Ohne den Sturm wären wir längst weg.«

»Wohin soll es denn gehen?«, erkundigte sich Johnny.

»Wir wollten die gesamte türkische Bucht abfahren und dann geht es weiter. Zumindest ist das der Plan.«

Johnny und Clem tauschten einen raschen Blick. Sie hatten beide denselben Gedanken – die perfekte Gelegenheit, von hier wegzukommen. Johnny zog seinen Tabak aus der Tasche und nahm die Blättchen heraus. Sie waren nass geworden und klebten an der Gummierung in einer endlosen Wurst aneinander. Der Bärenmann schob Johnny sein Päckchen zu.

»Hier, nimm eine von denen. Ich vermute, ihr braucht etwas, wo ihr heute Nacht schlafen könnt. Das Ding hier lässt sich zu einem Doppelbett ausklappen«, sagte er mit einer Geste auf die Sitzbank, auf der Annie und er saßen.

»Was ist mit eurer Tochter?«, fragte Johnny.

»Kein Problem. Sie schläft gern bei uns.«

»Danke«, sagte Johnny. »Vielen, vielen Dank.« Er tippte eine von Franks Zigaretten aus dem Päckchen und spürte, wie Clem ihn unter dem Tisch mit dem Finger anstieß.

»Entschuldigung, wenn ich so dreist bin«, fuhr er fort, »aber gibt es zufällig die Möglichkeit, dass ihr uns irgendwo unterwegs absetzt? Im nächsten Dorf oder der nächstgrößeren Stadt?«

»Wir haben auch Geld«, fügte Clem hinzu.

Der Bärenmann und die Frau sahen einander an. »Klar«, sagte er dann. »Ich sehe keinen Grund, weshalb das nicht gehen sollte.«

»Oh, vielen Dank!«, rief Clem. »Tausend Dank! Ich könnte dich küssen«, stieß sie hervor.

Der Bärenmann und seine Frau lachten.

»Tu dir keinen Zwang an!«, erwiderte er, hob eine Braue und verzog das Gesicht zu einem Lächeln, während er sein Glas ein weiteres Mal hob.

Es brauchte nicht viel, um Clem betrunken zu machen. Johnny sah zu, wie sie ihren neuen Gastgebern über den Tisch hinweg Küsse zublies. Ihre Wangen waren gerötet vom Raki, und ihre dunklen Augen strahlten. Sie sah absolut hinreißend aus. Und auch dem Bärenmann entging diese Tatsache nicht. Johnny wurde Zeuge des Augenblicks, als der Bärenmann in voller Gänze erkannte, wie wunderschön Clem war. Er beugte sich vor, um nach seinem Feuerzeug zu greifen, und hob den Blick. Für einen kurzen Moment war er völlig verzaubert: Das Lächeln gefror auf seinen Zügen, ehe es langsam verflog. Manchmal, wenn Johnny beobachtete, wie den Leuten bei Clems Anblick der Atem stockte, erschien ihm ihre Schönheit wie eine Waffe. Frank sah aus, als würde Clem eine Pistole auf seine Brust richten. Für den Bruchteil einer Sekunde trat ein Ausdruck blanker Hilflosigkeit in seine Augen.

»Bitte entschuldigt, wenn ich das sage, aber ihr beide seht aus, als wärt ihr noch Kinder«, bemerkte er, wandte den Blick ab und widmete sich wieder seiner Gitarre.

»Tja, sind wir aber nicht. Wir sind sogar verheiratet«, erklärte Clem stolz und leerte ihr Glas. Wie immer entging ihr die Wirkung, die sie auf andere Leute hatte. »Ich bin fast achtzehn.«

»Der Ring ist mir schon aufgefallen«, sagte Frank.

Sie blickte auf den schmalen Goldring mit dem winzigen Saphir an ihrem Finger. Johnny hatte beim Pokern mächtig abgesahnt, und von dem Geld hatten sie den Ring für sechsunddreißig Mäuse vor ihrer Abreise im Kensington Market gekauft.

»Eigentlich sind wir gerade auf Hochzeitsreise«, erklärte sie. Ein Anflug von Melancholie erfasste sie, als ihr die Ereignisse dieses Abends wieder einfielen. Sie nahm Johnnys Hand, die nicht länger feucht und klamm, sondern warm war wie ihre eigene, strich mit den Fingern über seinen Handrücken und drückte sie, um die Erinnerung zu vertreiben.

»Wir wollten weiter nach Osten. Immer weiter, so lange es irgendwie geht. Könnte sein, dass das die längsten Flitterwochen der Menschheit werden«, erzählte sie weiter.

»Bevor ihr nach Hause zurückkehrt und euch irgendwo niederlasst?«, hakte Frank nach.

»O nein, wir werden wohl nie sesshaft werden«, wiegelte sie lachend ab und knibbelte an einem der Pflaster an ihrem Knöcheln herum.

»Wollt ihr denn keine Kinder?«

»Natürlich wollen wir Kinder. Einen ganzen Stall voll. Ich weiß sogar schon, wie sie heißen sollen.«

»Keinen Stall voll«, widersprach Johnny und schnippte seine Asche in den vor Kippen überquellenden Aschenbecher. Er wollte noch warten und zuerst ein Boot für sie kaufen, auf dem sie leben konnten. Für ein anständiges Boot brauchte man Zeit, um es auf Vordermann zu bringen. Am liebsten sollte es eine schlanke Holzketsch oder ein anständiges großes Hausboot sein, keine Nussschale aus Plastik wie dieses hier. Boote wie dieses sollten eigentlich verboten werden. Was für ein Schwachkopf musste man sein, um so ein Ding zu entwerfen?

Er war voll wie eine Haubitze und hätte nicht beschwören wollen, ob er den Gedanken vielleicht aus Versehen sogar laut ausgesprochen hatte.

»Bald«, erwiderte Clem, pflückte die Zigarette aus seiner Hand und nahm einen Zug. »Bald werden wir Kinder bekommen.«

»In etwa zehn Jahren«, warf Johnny ein.

Der Mann und die Frau lachten, obwohl das keineswegs als Scherz gemeint war. Frank bot Clem eine seiner Zigaretten an. Sie nahm sie und beugte sich mit jener besonderen Konzentration vor, die Betrunkene an den Tag legen, wenn sie sich Feuer geben lassen.

»Und wünscht ihr euch Jungs oder Mädchen?«, fragte Frank Clem.

»Beides.«

»Mädchen sind gut«, sagte er.

Es war nicht ganz leicht, den Alkoholpegel eines Fremden einzuschätzen, aber Johnny glaubte zu erkennen, dass der Bärenmann ebenfalls ziemlich einen in der Krone hatte. Sie alle hatten einen in der Krone. Eigentlich dürfte Raki nur mit einem entsprechenden Warnhinweis verkauft werden.

»Wollt ihr noch mehr Kinder?«, fragte Clem, an die Frau gewandt.

Ein Schatten legte sich über ihre großen, hellen Augen, und der Regen schien plötzlich ein wenig lauter auf das Dach zu prasseln.

Auf dem Kartentisch hinter Clem lag ein bildschöner Messingsextant. Johnny nahm ihn. »Hübscher Sextant«, bemerkte er, um das Thema zu wechseln. »Wo habt ihr den her?« Johnnys Vater sammelte Sextanten. Der hier würde ihm bestimmt gefallen.

»Er war schon an Bord, als ich sie gekauft habe. Allerdings glaube ich nicht, dass er funktioniert.«

Johnny wog ihn in der Hand und blickte durch das Glas. Eigentlich sah er keinen Grund, weshalb er nicht funktionieren sollte. »Wo habt ihr das Boot denn gekauft?«

»In Frankreich«, antwortete Frank.

»Ist eure Tochter dort zur Welt gekommen?«, fragte Clem Annie.

»Nein. Hier«, antwortete Annie.

»In der Türkei?«

»Nein. Hier auf diesem Boot.« Sie lachte. »Genau dort, wo Johnny gerade sitzt.«

Instinktiv zuckte Johnny zusammen, und alle lachten. Versehentlich hatte er sich schon wieder zum Narren gemacht, was ihn allerdings nicht im Geringsten störte. In gewisser Weise genoss er es sogar, die Frau zum Lachen zu bringen und zuzusehen, wie ihre Züge von diesem Leuchten erhellt wurden.

»Keine Sorge. Ich habe die Bezüge danach gewaschen«, beruhigte sie ihn mit spöttisch erhobener Braue und drückte behutsam ihre Zigarette im Aschenbecher aus. »Frank hat Smudge eigenhändig zur Welt gebracht«, fügte sie mit einem stolzen Blick auf ihren Mann hinzu.

»Bist du Arzt?«, erkundigte sich Clem.

»Nein«, antwortete Frank. Er ließ die Finger über die Gitarrensaiten gleiten und lauschte mit leicht schief gelegtem Kopf, als trennte ihn nur ein kurzer Moment der Inspiration von dem Akkord, nach dem er suchte. »Aber ich habe schon so oft gesehen, was sie tun«, erklärte er, und es klang fast wie die erste Zeile des Textes zu dem Song, den er spielte.

Sie wartete auf weitere Erklärungen, doch er schien völlig in seiner Musik versunken zu sein. Sie fand, dass Frank eher wie ein Künstler aussah, wie ein Regisseur oder ein Bühnenausstatter. Sie lauschten seinem Spiel und tranken noch mehr Raki. Nach einer Weile legte Frank die Gitarre auf seinen Knien ab, nahm sein Zigarettenpäckchen, schüttelte eine heraus und fing auch sie mit verblüffendem Geschick zwischen den Lippen auf.

»Ich finde es klasse, wie du das machst«, bemerkte Clem. Johnny war klar, dass sie sich hinsetzen und stundenlang üben würde, bis sie diesen Trick ebenfalls beherrschte. Sie beugte sich vor und gab ihm Feuer.

»Und wie regelt ihr das mit der Schule?«, wollte Clem wissen. »Geht Smudge zum Unterricht?«

»Pfeif auf die Schule«, gab Frank zurück und nahm einen tiefen Zug von seiner Zigarette, als wollte er sie auf einen Schlag herunterrauchen. »Schule wird doch völlig überbewertet.«

Das gefiel Johnny. Er war genau derselben Meinung.

»Wir unterrichten sie selbst«, fuhr Frank fort und verteilte den Rest der Flasche auf die vier Gläser. »Inzwischen spricht sie drei Sprachen so gut, dass sie überall durchkommt. Außerdem kann sie schon einigermaßen gut lesen und rechnen und weiß einiges über Geschichte. Was könnte ein Lehrer ihr schon beibringen, was sie nicht von mir lernen kann?«

»Geht es dir gut?«, fragte Annie, als Clem aufstand und versuchte, die Luke zu öffnen.

»Ja, mir ist nur ein bisschen heiß«, antwortete sie. Mittlerweile setzte ihr der Alkohol ziemlich zu.

»Du bist betrunken«, erklärte Johnny fröhlich.

»Stimmt«, bestätigte sie. »O Johnny, ich bin betrunken, und mir ist sehr heiß.« Sie setzte sich wieder hin, und er half ihr, die Strickjacke auszuziehen.

»Du siehst tatsächlich ein bisschen erhitzt aus«, stellte Annie fest und legte Clem mit besorgter Miene behutsam ihre mit Silberringen bestückte Hand auf die Stirn. Trotz seines vom Alkohol benebelten Gehirns registrierte Johnny diese intime, zutiefst feminine Geste, die geradewegs sein Herz zu berühren schien.

»Fieber hast du jedenfalls nicht«, stellte Annie fest und setzte sich wieder. »Wahrscheinlich ist der Raki schuld. Leg dich doch hin.«

Clem befolgte den Ratschlag, ohne zu zögern. Sie ließ sich auf die Bank sinken und legte den Kopf auf Johnnys Schoß. Mit einem tiefen Seufzer rollte sie sich zusammen und schob den Daumen in den Mund, während sie mit der anderen Hand den herzförmigen Stein an der Kette um ihren Hals betastete. Er wusste, dass sie spätestens in einer Minute eingeschlafen sein würde; Clem besaß das einzigartige Talent, jederzeit einzuschlafen, wenn sie es wollte. Er breitete die Strickjacke über ihren Beinen aus, zog eine ihrer Locken in die Länge und ließ sie wieder in ihre ursprüngliche Form zurückschnellen wie die Aufhängefedern an der alten Norton seines Vaters.

»Meine Mum hat das früher auch immer gemacht«, sagte Johnny und sah Annie an. »Als ich noch ein kleiner Junge war.«

»Was genau meinst du?«

»Das mit der Hand.« Er imitierte ihre Geste.

»Wirklich?«, fragte Annie und lächelte ihn an. »Ich schätze, das machen alle Mütter.«

»Kann sein.« Es war lange her, seit er das letzte Mal an seine Mutter gedacht hatte. Der Alkohol machte ihn offenbar sentimental. »Früher stand mein Bett direkt neben dem Heizlüfter, und manchmal, wenn ich morgens keine Lust auf die Schule hatte, habe ich einfach das Gesicht eine Weile davorgehalten, die Bettdecke weggestrampelt und ein bisschen herumgejammert. Dann ist meine Mutter reingekommen, hat mir die Hand auf die Stirn gelegt, so wie du gerade bei Clem, und hat mich ganz besorgt angesehen. ›Du glühst ja tatsächlich, Johnny. Ich rufe gleich in der Schule an‹, hat sie gesagt und siehe da, ich durfte den ganzen Tag im Bett bleiben und mir einen runterholen, bis der Morgen graute.«

Annie und Frank brachen in schallendes Gelächter aus. Heute Abend war er eindeutig der Scherzkeks in der Runde. »Genau das ist der Punkt«, sagte Frank. »Genau deswegen will ich keine Jungs.«

Annie zog einen Stapel frisch gewaschener Wäsche heran, legte eines der Kleiderstücke auf ihren Schoß und begann, es mit der flachen Hand zu glätten. Frank beugte sich vor und fuhr mit seiner Pranke über die Tischplatte. Als er aufsah, war sein Lächeln verschwunden. »Also hast du deine Mutter verloren, ja?«

Johnny starrte ihn wie vom Donner gerührt an. Er konnte sich nicht erinnern, erwähnt zu haben, dass sie nicht mehr lebte. Anderseits war seine Erinnerung an das, was er gesagt oder auch nicht gesagt hatte, durch den Alkohol reichlich getrübt.

»Keine Angst, Johnny.« Annie hielt inne und blickte ihn mit ihren großen, traurigen Augen an. »Frank kann Dinge sehen, die andere nicht sehen.« Sie musterte ihren Mann mit einer eigentümlichen Mischung aus Stolz und Trotz. »Er sieht einfach alles.«

»Stimmt«, sagte Johnny und blickte in Franks dunkle Augen. »Meine Mutter ist gestorben.«

»Wie alt warst du, als es passiert ist, Johnny? Vierzehn, fünfzehn?«, fragte er. Johnny musste genickt haben. Franks Stimme war so weich, dass es sich anfühlte, als befände sie sich in Johnnys Kopf, als würde sie mit dem Raki verschmelzen oder regelrecht darin ertrinken. Es war, als zerflösse er von innen heraus. Diesem Mann würde er alles erzählen, selbst seine tiefsten Gedanken, wenn er ihn danach fragen würde.

»Das muss sehr schwer für dich gewesen sein«, fuhr Frank fort. »Jungs brauchen ihre Mutter.«

Wieder nickte Johnny. Die Erinnerung an ihre Berührung war deutlicher in seinem Gedächtnis eingebrannt als die Details ihres Gesichts: die kühle, weiche Hand auf seiner Stirn, die Kälte ihrer Ringe, die Festigkeit ihrer Nägel. Sie waren stets rosa lackiert gewesen. All das sah er mit einer Klarheit vor sich, die ihn zu überwältigen drohte.

Erneut unterbrach Annie ihre Arbeit, streckte langsam die Hand über den Tisch und legte sie auf Johnnys. Er konnte nicht anders; er war viel zu betrunken, um sich darum zu scheren. Ohne jede Scheu ergriff er ihre Hand, hob sie an seine Stirn und schloss lächelnd die Augen. Alles, die ganze Situation, schien zu viel für ihn zu sein: die Ereignisse des Abends, ihre Flucht vor den unbekannten Männern, die Zuflucht, die sie hier an Bord gefunden hatten, die Freundlichkeit dieser Leute, die Musik, die Tatsache, dass sie so weit fort von zu Hause waren, seine Liebe zu Clem und zu seiner toten Mutter. All das trieb ihm die Tränen in die Augen. Zumindest glaubte er, dass er weinte.

»Ist schon gut, Johnny«, sagte Frank sanft. »Ihr habt einen schlimmen Abend hinter euch. Offenbar habt ihr mächtig in der Klemme gesteckt. Aber jetzt seid ihr in Sicherheit.«

In diesem Moment spürte er Franks Pranke, die ihm mit fast weiblicher Sanftheit übers Haar strich. Kein Mann hatte ihn jemals zuvor auf diese Weise berührt. »Es ist schon in Ordnung«, sagte er mit dieser tiefen, besänftigenden Stimme.

Johnny ließ den Kopf gegen das Regal hinter ihm sinken und schloss die Augen. Er spürte das Gewicht von Franks Hand auf seinem Kopf, Annies Finger, die noch immer seine Hand umschlossen, Clems Kopf auf seinem Schoß. Berührung. Er schwamm in einem Meer aus Berührung. Er lauschte dem Regen, der auf das Deck prasselte, inzwischen etwas weniger heftig, wie Fingerspitzen, die in einem komplexen Rhythmus auf eine Holzplatte trommelten. Er musste total blau sein. Irgendwann merkte er, wie Frank seine Hand wegnahm, nach seiner Gitarre griff und ein paar Akkorde spielte. Er und Annie begannen leise zu summen. Ihre Stimme drangen wie aus weiter Ferne an seine Ohren, und Johnny ließ sie ihn seinem Kopf umhertanzen, während er bei sich dachte, was für ein merkwürdiger und zugleich wunderbarer Abend dies doch war. Er fühlte sich, als hätte jemand einen Stöpsel in ihm herausgezogen, sodass sein Innerstes ungehindert nach draußen fließen konnte. Und es fühlte sich wunderbar an, ein süßes, wohliges Gefühl der Erlösung.

Als er die Augen wieder aufschlug, blickte er in ihre lächelnden Gesichter. Er lächelte ebenfalls, und Annie nahm ihre Arbeit wieder auf.

»So will ich es auch eines Tages haben«, sagte Johnny. »Genau dieses Leben: mit einem Kind auf einem Boot leben.«

Frank stützte sich mit dem Ellbogen auf dem Tisch auf und grinste ihn an. »Braver Junge. So und nicht anders.«

»Meinst du?« Johnny setzte sich auf. Seine Melancholie war so schnell verflogen, wie sie aufgeflackert war. »Erzähl mir mehr davon.«

Die dunklen Augen des Bärenmanns funkelten. Er stieß einen tiefen Seufzer aus. »Tja«, sagte er tiefgründig, als wollte er ein Geheimnis lüften. »Wir sind auf einem Boot, richtig? Und damit sind wir nicht an die Gesetze eines bestimmten Landes gebunden. Wir leben so, wie wir es gern wollen. Wir müssen uns all den lächerlichen Werten, die uns die Gesellschaft auferlegt, und Regeln anderer Leute nicht unterwerfen. Wie man sich benehmen muss, was richtig ist und was falsch, wie wir miteinander umgehen und unsere Kinder erziehen sollen. Keiner schreibt uns vor, wie wir leben, was unsere Kinder lernen und wie sie denken sollen. Hier auf der Little Utopia denken wir so, wie *wir* wollen. Es gibt keine Regeln, keine Beschränkungen, keine Schubladen und Etiketten. Soll ich dir sagen, was das ist, Johnny?« Er knallte sein Glas auf den Tisch, sodass der Raki über den Rand spritzte. Er war ebenso sturzbetrunken wie Johnny, daran gab es inzwischen keinen Zweifel mehr. »Das ist das verdammte Goldene Zeitalter!«

Johnny ließ sein Glas ebenfalls auf den Tisch krachen. Er hatte zwar keine Ahnung, was das verdammte Goldene Zeitalter war, aber es hörte sich verdammt noch mal gut an. Er grinste. In seinem ganzen Leben war er noch nie einem Mann wie Frank begegnet. Alle anderen schienen sich irgendwann einmal auf schale Kompromisse eingelassen zu haben, aber dieser Mann lebte einzig und allein nach seinen eigenen Regeln. Johnny schwor sich, eines Tages so zu sein wie er, sich mit nichts Geringerem zufriedenzugeben. Er würde sich nicht auf ein lauwarmes Leben in einer lauwarmen Beziehung und mit einem lauwarmen Job einlassen, so wie die meisten. Selbst sein Dad war irgendwann eingeknickt. Frank dagegen war ein tapferer Mann. Und Johnny würde ebenfalls ein tapferer Mann werden.

Frank zündete sich eine weitere Zigarette an, fing auch sie zwischen den Lippen auf – *wie cool ist das denn?*, dachte er – und zündete sie mit den etwas abrupten, hektischen Bewegungen an, ehe er sie an Johnny weiterreichte. Dann schnippte er eine weitere für sich selbst heraus. Auch das hatte noch kein Mann je für ihn getan.

»Sehe ich ebenfalls so.« Mittlerweile hatte sich ein unüberhörbares Nuscheln in Johnnys Stimme geschlichen. »Ich meine, was geht bloß bei den ganzen Leuten ab, wenn sie älter werden?«, ereiferte er sich lautstark. Inzwischen fühlte er sich, als hätte ihn der gesamte Rest der Welt gnadenlos im Stich gelassen. »Wieso steigen sie nicht einfach aus dem Hamsterrad aus?«

»Angst«, antwortete Frank. »Die Leute haben Angst. Aber wir nicht, mein Freund! Nicht wir hier auf der Little Utopia!« Und damit stieß er mit seinem Glas gegen Johnnys.

»Auf die Little Utopia!«, rief Johnny mit einigen Schwierigkeiten aus.

Annie stieß ebenfalls mit den Männern an. Auch sie war sturzbetrunken. Ihre Augenwinkel hingen so schlaff herab wie ihr schräg geschnittener Pony, und der Wäschestapel neben ihr war so schief wie der Turm von Pisa.

»Auf die internationalen Gewässer!«, fügte Johnny hinzu und dachte unvermittelt an den Elchkopf, der irgendwo in den Tiefen des Meers aus der Kommodenschublade in die Finsternis starrte, an die weißen Tasten des Steinways, auf denen nie wieder jemand klimpern würde, und an das ins Nichts weisende Navigationsgerät; all diese Gegenstände lagen tief, tief, tief auf dem Meeresgrund, tief in der Endlosigkeit des Ozeans. War es tatsächlich erst vierundzwanzig Stunden her, seit sie die Sachen über Bord gekippt hatten?

»Frei von jeglichen Regeln und Gesetzen eines Landes«, trompetete Frank und erhob sich, um mit Johnny anzustoßen, wobei er einen Blick auf die schlafende Clem erhaschte. Sie lag auf dem Rücken, ihre Brust hob und senkte sich rhythmisch unter seiner Hand, und ihr Daumen hing lose zwischen ihren Lippen, während Johnnys Finger mit dem herzförmigen Stein um ihren Hals spielten.

»Seht sie auch an«, stieß Frank staunend hervor. Er schwankte leicht. »Sie nuckelt ja am Daumen!«

Johnny nickte. Frank brach in Gelächter aus und ließ sich auf seinen Platz sinken, während sich ein ernster Ausdruck auf seinen bemerkenswert fein geschnittenen Zügen ausbreitete.

»Ich mag euch beide«, erklärte er. »Ihr seid etwas ganz Besonderes. Etwas sehr Kostbares.«

»Darauf kannst du deinen Arsch verwetten«, bestätigte Johnny, der mittlerweile komplett hinüber war. Aber es spielte keine Rolle. Nichts spielte mehr eine Rolle. Er fühlte sich frei, hier an Bord der Little Utopia.

Frank stieß eine Rauchwolke aus und legte seine Zigarette in den Aschenbecher. »Ja, genau«, sagte er und sah Johnny an. Seine dunklen Augen schienen ihn förmlich zu durchbohren. »Ich mag euch beide sehr gern.«

Er schnappte seine Gitarre, ließ die Saiten erklingen und stimmte voller Leidenschaft das Lied an, das die Meerjungfrau vorhin gesungen hatte.

»*Hope you've got your things together … hope you are quite prepared to die … looks like we're in for nasty wheather … one eye is taken for an eye … don't got round tonight … it's bound to take your life … there's a bad moon on the rise …*«

Erst in diesem Augenblick dämmerte Johnny, wie seltsam der Songtext war.

Das Geräusch des Bootsmotors riss Johnny aus dem Schlaf. Durch das Bullauge erblickte er den grauen Himmel. Er wandte den Kopf und spürte, wie sein verkatertes Gehirn gegen die Schädelwände zu schwappen schien. Clem schlief tief und fest neben ihm. Sie trug immer noch das T-Shirtkleid vom Vorabend. Er konnte sich nicht erinnern, zu Bett gegangen zu sein, doch sie lagen längsseits an der Bootswand, dort, wo sich gestern Abend noch der Kartentisch befunden hatte. Jemand hatte einen Schlafsack über sie gebreitet. Dann fiel es ihm wieder ein. Sie waren in Sicherheit. Sie würden von hier wegkommen. Einen Moment lang betrachtete er die schlafende Clem, dann streckte er die Hand aus und öffnete den obersten Knopf an ihrem Kleid, um einen Blick auf ihre Brust zu erhaschen. Er strich über ihre hellbraune Brustwarze, dann ließ er seine Finger an ihrem Hals entlang aufwärtswandern und zeichnete zärtlich den Schwung ihrer Lippen nach. Sie schlug die Augen auf und lächelte schläfrig, kuschelte sich an ihn und schloss sie wieder, nur um sie eine Sekunde später abrupt erneut aufzuschlagen.

»Wir fahren ja!«, sagte sie.

Er nickte. »Siehst du, wir stecken nicht immer in der Scheiße.«

Sie lächelte, doch dann schien ihr ein Gedanke zu kommen. »Welcher Tag ist heute?«, flüsterte sie.

Es war Freitag.

»Freitag?« Besorgnis zeichnete sich auf ihrer Miene ab.

»Ich bin nicht sicher.«

»Doch«, sagte sie. »Heute ist Freitag.«

»Clem.« Johnny legte den Arm um sie. »Sei nicht albern ...«

Sie drehte sich auf den Rücken. Er sah ihr ihr Unbehagen an, denn es hieß, an einem Freitag auszulaufen, bringe Unglück. In diesem Moment hob Frank im Cockpit zu einem hohen Pfeifkonzert an, als wüsste er ganz genau, was in ihr vorging, und wollte sich über sie lustig machen. Clem wandte den Kopf und starrte Johnny an. Er lächelte.

»Das ist nicht witzig«, flüsterte sie. Es war gemein von ihm, sie auszulachen. Gerade *er* sollte doch wissen, wie wichtig Aberglaube war. Schließlich war sein eigener Onkel bei einem Sturm vor der Küste Cornwalls ums Leben gekommen. Er war mitten in der Nacht über Bord gegangen, und Johnnys Vater hatte zwei geschlagene Tage nach ihm gesucht. Erst nach einer Woche war seine Leiche ans Ufer gespült worden. Es stellte sich heraus, dass sie nicht nur an einem Freitag in See gestochen waren, sondern auch noch den Rumpf des Boots grün gestrichen hatten – eine weitere absolute Todsünde. Clems Liebe zum Segeln rührte vor allem daher, dass der Aberglaube bereits existierte und sie ihn nicht mehr selbst zu erfinden brauchte. Dafür hatte sie viele andere Dinge – in Wahrheit sogar die meisten – mit merkwürdigen Ritualen verknüpft: Beim Autofahren musste sie zwischen den Laternenpfählen die Luft anhalten und beim Fahrradfahren mit dem Vorderreifen wackeln, wann immer sie an einem Briefkasten oder an einem roten Bus vorbeifuhr. Es gab bestimmte Regeln, wie man ein Sandwich schmierte, das Badewasser einließ, die Vorhänge zuzog und in seine Kleider schlüpfte. Bevor sie Johnny kennengelernt hatte, war ihr nie in den Sinn gekommen, dass ihr Verhalten höchst ungewöhnlich sein könnte; für sie hatte jeder Mensch seine ureigenen Methoden, die Dinge anzugehen. Johnnys Art, seine Socken anzuziehen, war beispielsweise so umständlich, dass es jedes Mal eine halbe Ewigkeit dauerte, außerdem putzte er seine Zähne immer fünf Minuten lang, aber *sie* zog *ihn* niemals damit auf.

»Clem, wir sehen doch bloß zu, dass wir hier wegkommen. Im nächsten Dorf gehen wir von Bord und nehmen einen Bus nach Osten. Das ist alles. Das hier ist keine Überfahrt oder so was.«

Sie musterte ihn einen Moment lang, dann küsste sie ihn. Sie liebte seinen nüchternen Pragmatismus, wohingegen sie, auf sich allein gestellt, dazu neigte, sich in den Details zu verlieren. Sie rückte etwas näher und küsste ihn noch einmal. Er schob ihr Kleid hoch und ließ seine Hand zwischen ihre Beine wandern.

»Klopf, klopf.«

Sie hoben die Köpfe. Offenbar waren sie nicht allein in der Kajüte. Am Fußende des Bettes saß das kleine Mädchen von gestern Abend. Johnny konnte sich nicht mehr an ihren Namen erinnern. Sie trug eine rote Samtjacke im Piratenstil mit schmutzigen, einst weißen Manschetten, unter der sie jedoch splitternackt war, und hielt ein Plüschtier in der Hand. Das dunkle Haar stand ihr wild vom Kopf ab.

»Hallo«, sagte Johnny. »Da sitzt ja ein Pirat auf dem Bett.«

»Ich bin kein Pirat, sondern Captain Hook.«

Er machte sich nicht die Mühe, ihr zu erklären, dass der Captain ein Pirat *war*. »Und wo ist dein Haken?«, fragte Clem.

»Den hab ich beim Jagen im Meer verloren«, antwortete sie.

»Was hast du denn gejagt?«, wollte Johnny wissen.

»Seeungeheuer«, erklärte sie.

»Ja, klar! Und hast du eines erwischt?«

»Ich kann deinen Busen sehen«, sagte das kleine Mädchen.

Das Kleid war Clem über die Schulter gerutscht. Sie zog es wieder hoch.

»Und ich deinen«, gab Clem zurück.

»Aber ich bin doch ein Mann«, erwiderte das Mädchen stirnrunzelnd. »Männerbusen funktionieren nicht.«

»Und wer ist das da?« Clem zeigte auf den reichlich zerfransten Affen in ihrem Arm.

»Das ist Gilla«, antwortete sie. »Er ist ein Grilla. Seeungeheuer mögen keine Grillas.«

»Früher hatte ich auch mal so einen«, sagte Clem. Beim Anblick seines zerfledderten Gesichts musste sie wieder daran denken, mit welcher Hingabe sie ihren eigenen Plüschaffen geliebt hatte.

»Bald hab ich Geburtstag.«

»Ehrlich?«, fragte Johnny. »Und wie alt wirst du?«

»Fünf. Mein richtiger Name ist Imogen. Das ist ein irischer Name und bedeutet: Das ist nicht meine Schuld.«

»Smudge?«, drang die Stimme des Bärenmannes aus dem Cockpit. »Ich habe gesagt, du sollst sie nicht stören. Lass die beiden schlafen und komm rauf zu mir.«

Durchs Fenster erhaschte Johnny einen Blick auf Frank. Er trug ein grünes Hemd. Das machte er bestimmt mit Absicht. Johnny erinnerte sich nicht einmal mehr daran, wieso Grün an Bord Unglück brachte. Es hatte irgendetwas damit zu tun, dass die Seemänner beim Anblick der Farbe Heimweh bekamen und unglückliche Seemänner einem Schiff nicht guttaten. Clem wusste es bestimmt.

Smudge sprang vom Bett und kletterte mit ihrem Gilla in der Hand die Kombüsentreppe hinauf. Dieses Boot war augenscheinlich ihr Spielplatz: Mit der Behändigkeit eines Wiesels erklomm sie den Niedergang. Johnny richtete sich auf die Knie auf und spähte durch eines der Kajütenfenster. Backbord zogen die Wohngebiete von Bodrum an ihnen vorbei. In der Ferne ragte das Kastell in die Höhe, und die Küste war von kleinen weißen Häusern gesäumt. In etwa hundert Metern Entfernung pflügte steuerbord ein kleines Schnellboot durchs Wasser. Johnny machte zwei Männer aus, die mit Ferngläsern zur Little Utopia herübersahen, und duckte sich schnell.

Frank erschien auf dem Niedergang und lehnte sich gegen die Luke, den Blick auf den Horizont vor ihnen gerichtet. »Vielleicht wollt ihr ja lieber unten warten«, sagte er zu Johnny. »Das Boot folgt uns schon eine ganze Weile. Ihr habt doch nicht etwa Drogen an Bord geschmuggelt, oder?«

»Nein«, antwortete Johnny.

»Wink ihnen mal, Smudge. So ist es gut. Braves Mädchen.«

Clem setzte sich ebenfalls auf. »Die suchen doch nicht immer noch nach uns, oder?«

»Glaube ich nicht. Willst du trotzdem lieber bis Samstag hierbleiben?«, fragte er, ohne den Blick von dem Schnellboot zu lösen. Abgesehen vom einen oder anderen Fischerboot, das aus dem Hafen hinter ihnen auslief, war niemand auf dem Meer zu sehen. Die Touristen hatten Bodrum gerade erst als Urlaubsziel entdeckt; zweifellos würde die Stadt über kurz oder lang ihren eigenen Flughafen bekommen.

»Nehmt euch einen Kaffee. Auf dem Herd steht welcher«, sagte Frank, der mitten im Cockpit stand und ihnen einen Ausblick auf das Ausmaß seines grünen Outfits gestattete – er trug nicht nur ein grünes Hemd, sondern auch noch eine kakifarbene Hose dazu.

»In ein paar Stunden gehen wir von Bord«, sagte Johnny zu Clem, stand auf und schenkte ihnen Kaffee ein, während Clem das Bettzeug verstaute. Dann setzten sie sich an den Küchentisch und warteten, bis Frank den Kopf hereinstreckte.

»Die Luft ist rein«, sagte er.

Johnny trat an Deck und sah sich um. Der Himmel war grau, und es herrschte Flaute. Weit und breit war keine Menschenseele zu sehen. Johnny ließ den Blick über die knapp eine Meile entfernte Küste schweifen – nichts als karge, von Sträuchern bedeckte Hügel mit vereinzelten schlichten Bretterbuden oder Schuppen. Sie fuhren mit vier Knoten; erst jetzt bemerkte Johnny das Beiboot, ein kleines hölzernes Ding, das schon bessere Tage gesehen hatte.

Kaum vorstellbar, dass vor wenigen Stunden noch ein heftiger Sturm an der Küste getobt hatte. Bis auf den etwas höheren Seegang und die klare Frische der morgendlichen Luft erinnerte nichts mehr daran. Kein Lüftchen regte sich, und die Wolken lichteten sich bereits, sodass eine fahlgelbe Sonne zum Vorschein kam.

Das Tageslicht ließ Frank und Annie älter wirken als am Vorabend: Durchaus möglich, dass Frank bereits vierzig war. Im Gegensatz zu Johnny schien er nicht unter den Nachwirkungen ihres Besäufnisses zu leiden. Er hatte eine Zigarette in der Hand und sah aus, als hätte er sich noch nicht einmal die Mühe gemacht, ins Bett zu gehen. Annie dagegen wirkte reichlich mitgenommen: Sie hockte mit angezogenen Knien und einer Kaffeetasse in der Hand in einer Ecke, die Augen hinter einer Sonnenbrille verborgen, während Smudge auf ihr herumkletterte. »Hör auf damit, Smudge!«, sagte sie müde und schob ihre Tochter mit behutsamer Beharrlichkeit von sich.

»Ich glaube nicht, dass die euch jetzt noch kriegen«, sagte Frank.

»Ich auch nicht. Wie weit ist es bis zum nächsten Dorf?« Johnny blickte in die endlose Leere hinaus.

»Sieh doch mal auf der Karte nach«, gab Frank zurück.

Clem trat mit ihrer Kaffeetasse in der Hand an Deck. »Morgen!«, begrüßte sie die beiden mit übertriebener Munterkeit. Johnny wusste, dass sie sich bemühte, sich ihre Sorge über die grünen Kleider, das Pfeifen und die Tatsache, dass sie an einem

Freitag in See stachen, nicht anmerken zu lassen. Sie setzte sich auf die Steuerbordseite und blickte auf die trostlose Landschaft hinaus.

»Sobald Johnny an Bord eines Schiffes ist, hat er Glück«, erklärte sie aus einem spontanen Impuls heraus.

»Tatsächlich?« Frank wandte sich ihr zu.

»Er ist ein Glückskind. Von Geburt an.«

»Tja, wenn das so ist …« Frank beugte sich vor, legte eine Hand auf den Ganghebel und schaltete zurück.

»Er wurde mit einer Glückshaube geboren. Die Fruchtblase war völlig intakt, als er zur Welt kam. Sein Dad sagt, er hätte ausgesehen, als wäre er mit Frischhaltefolie überzogen gewesen.«

»Und das gilt als Glückszeichen, stimmt's?«, fragte Frank und schnippte seine Zigarettenasche über die Reling.

»Sie hat mich frisch gehalten«, erklärte Johnny und ging die Kombüsentreppe nach unten, um einen Blick auf die Karte zu werfen.

»Das bedeutet, dass er niemals ertrinken wird«, fuhr Clem fort.

Johnny breitete die Karte auf dem Tisch aus, die sich jedoch als höchst notdürftig entpuppte und etwa so hilfreich war wie eine Ansichtskarte. Kein einziges Dorf war darauf eingezeichnet, und beim Anblick der kargen Landschaft musste man sich fragen, ob hier überhaupt eine Menschenseele lebte. Großbritannien war so dicht bevölkert, dass ihn die scheinbar endlose Zivilisationslosigkeit in manchen anderen Ländern immer wieder in Erstaunen versetzte. Auf der Karte war eine Handvoll Kleinstädte eingezeichnet, eine davon im Herzen der weitläufigen Bucht, doch die größeren Städte, Datça und Marmaris, wo es Busverbindungen und möglicherweise auch einen Bahnhof gab, befanden sich in der angrenzenden Bucht. Er glaubte sich zu erinnern, dass Frank gestern Abend erwähnt hatte, sie führen »von Küste zu Küste«. Bestimmt kamen sie bald an einem Dorf vorbei, wo sie von Bord gehen konnten und eine Mitfahrgelegenheit finden würden. Das sollte eigentlich kein Problem sein.

»Nein, ehrlich«, beharrte Clem, als Johnny ins Cockpit zurückkehrte. »In früheren Zeiten hätten Seeleute einiges darum gegeben, jemanden wie Johnny an Bord zu haben, weil man glaubte, mit ihm würde das Schiff nicht sinken.«

»Bin ich auch mit einer Glücksgaube geboren?«

»Glücks*haube*. Nein, Schatz.«

»Bist du tatsächlich abergläubisch, Clem?«, fragte Frank amüsiert.

»Du etwa nicht?«

»Nein. Und? Wie sieht's aus, Johnny?«

»Na ja, Dörfer sind auf der Karte nicht eingezeichnet, aber demnächst sollten wir an einer Ortschaft vorbeikommen, wo wir von Bord gehen und eine Mitfahrgelegenheit suchen können.«

»Irgendwann müssten wir nach Datça kommen, oder?«, fragte Frank.

»Ja, aber so weit braucht ihr uns nicht mitzunehmen. Danke, Frank.«

»Aber manchmal passieren positive Dinge, weil das Schicksal es so will«, sagte Clem zu Annie. »Und manchmal passieren eben auch schlimme Dinge. Das weiß doch jedes Kind.« Aber keiner machte Anstalten, sie in ihrer Meinung zu bestätigen. »Bist du denn überhaupt nicht abergläubisch?«, fragte sie Frank, als wäre die Vorstellung völlig absurd. Selbst Johnny verkniff es sich, an Bord eines Boots zu pfeifen.

»Ich glaube an nichts, was nur darauf abzielt, den Leuten Angst zu machen. Glück und Pech sind nur Mittel, um Kontrolle über andere auszuüben. Sie beschwören Angst herauf. Genauso wie die Religion. Oder Regierungen. Es ist nur eine andere Form der Manipulation durch den Staat.«

Clem starrte ihn fassungslos an.

Johnny, der sich nur vage daran erinnern konnte, wie sympathisch ihm dieser Mann gestern Abend gewesen war, fiel wieder ein, wie sehr er sich bei ihrem Besäufnis vergessen hatte. Irgendwo im hintersten Winkel seines Gedächtnisses geisterte die Erinnerung herum, dass er sogar geflennt hatte. »Das mit gestern Abend tut mir leid«, sagte er und drehte sich die erste Zigarette dieses Tages. »Ich glaube, der Raki hat mir den Rest gegeben.«

»Entschuldige dich nie dafür, wie du bist«, gab Frank zurück, schnippte seine Zigarette über Bord und sah Johnny in die Augen. »Das ist Schwachsinn.«

»Also glaubst du an die These, dass wir selbst unseres Glückes Schmied sind, Frank?«, fragte Clem und blickte aufs Meer hinaus.

»Allerdings«, bestätigte er. »Ursache und Wirkung, das ist das Prinzip, auf dem alles beruht.«

Und damit begann er erneut zu pfeifen.

Den Rest des Vormittags schipperten sie dahin und genossen den Frieden und die Einsamkeit, während das Blau des Himmels immer satter und intensiver wurde. Annie half Clem, die Segeltuchtasche auszuräumen und ihre Sachen mit Wäscheklammern an der Reling entlang aufzuhängen. Der Inhalt war reichlich überschaubar: ein paar T-Shirts, Hosen, zwei Pullis, Clems Gebetsteppich und ihre Schlafsäcke, die langsam zu trocknen begannen. Smudge, die ihnen nicht von der Seite wich, imitierte ihre Handbewegungen. Als sie fertig waren, setzten sie sich mit einer Tasse Tee auf ein paar Handtücher, die sie auf dem Bug ausgebreitet hatten. Johnny sah, wie Clem sich angeregt mit Captain Hook unterhielt, während er und Frank mit Zigarette in der einen und Bechern mit Tee ohne Milch in der anderen im Cockpit saßen und die Küste nach Hinweisen auf Besiedelung absuchten. Je weiter sie sich von der Zivilisation entfernten, umso stärker verspürte Johnny jenes eigentümliche, jedoch durchaus vertraute Gefühl der Isolation; so als drohten sie jede Sekunde über die Kante des Planeten zu fallen.

Aus dem an zwei Boxen angeschlossenen Kassettenrekorder in der Kajüte drang die Stimme von Cat Stevens, der vom Pech im Leben sang und davon, dass die erste Verletzung immer am meisten wehtat.

»Du hast also schon einiges an Segelerfahrung, Johnny?«, fragte Frank.

»Vorwiegend mit Jollen, aber, ja, ich habe schon ein paar Überquerungen gemacht.«

»Was für Überquerungen?« Frank, der seinen Tee umrührte, hielt mitten in der Bewegung inne.

»Des Atlantiks.«

Frank hob eine Braue und nickte sichtlich beeindruckt.

Johnny drehte sich eine Zigarette. Frank schob ihm das Feuerzeug zu. Eine Weile saßen sie schweigend da, sahen den Frauen zu und ließen gelegentlich den Blick über die Landschaft schweifen. Johnny war nirgendwo glücklicher als auf See. Sobald er einen Fuß auf ein Boot setzte, schien sich etwas in ihm zu verändern, etwas Grundlegendes, irgendwo tief im Innersten seiner Zellen. Seit ihm sein Vater als kleiner Junge – er musste in Smudges Alter gewesen sein – auf der Fireball in Cornwall das Segeln beigebracht hatte, fühlte er sich auf dem Wasser heimischer als an Land.

Seufzend legte Johnny die Beine auf den Cockpitsitz und streckte sich. Das Leben war schon eine feine Sache, dachte er, und dies war mit Abstand die bequemste Art des Reisens. Sie würden einfach bei der nächsten Möglichkeit von Bord gehen, ein Auto anhalten und dorthin fahren, wo der Fahrer hinwollte, solange es nicht Bodrum war. Er ließ den Blick über den Ozean schweifen, in der Hoffnung, dass bald Wind aufkäme und Frank die Segel setzen würde. Es wäre eine Schande, auf einem Segelboot zu sein, ohne zumindest eine kleine Runde gesegelt zu sein.

Inzwischen herrschte strahlender Sonnenschein. Johnny beobachtete das kleine Mädchen, das viel zu viel Sonnencreme auf

Clems Rücken verteilte, sodass die Träger ihres gelben Bikinis beinahe in der weißen Lotion ertranken. Ihre Mutter machte sich eilig daran, die Schweinerei zu beseitigen, wischte eine Handvoll nach der anderen von Clems Rücken und verteilte die Sonnencreme auf ihrem eigenen Körper. Johnny konnte immer wieder nur staunen, wie entspannt und unverkrampft Frauen mit ihren Körpern umgingen. Die drei sahen aus wie Äffinnen, die sich gegenseitig lausten.

Er nippte an seinem Tee und sah zu, wie Clem sich auf den Bauch drehte und Annie die Sonnencreme auf der Rückseite ihrer Schenkel und an ihrem Poansatz zu verteilen begann. Augenblicklich spürte er, wie er einen Ständer bekam. Für einen kurzen Moment wandte er den Kopf ab, und als er wieder hinsah, hatte Annie die Flasche weggestellt und zog sich zu seiner Verblüffung das T-Shirt über den Kopf, um die restliche Sonnencreme auf ihren blanken Brüsten zu verteilen. Um ein Haar verschluckte er sich an seinem Tee. Wider Erwarten besaß Annie absolut erstklassige Titten, daran gab es nichts zu rütteln.

Er starrte sie an, dann zwang er sich, den Blick loszureißen und seine ungeteilte Aufmerksamkeit auf eine Horde großer Seevögel zu richten, die nur wenige Zentimeter über der schiefergrauen Wasseroberfläche durch die Luft zischten und immer wieder in den Fluten abtauchten, um einen Fisch zu ergattern.

»Sagenhaft, was?«, sagte Frank und hob seine Tasse an die Lippen. »Echte Wahnsinnsdinger.«

Johnny fuhr herum und starrte Frank erschrocken an. »Die Vögel, meine ich. Das sind Tölpel«, fügte Frank mit einem Blick auf Annie hinzu. Dann warf er den Kopf in den Nacken und brach in schallendes Gelächter aus.

Johnny stimmte ein. Frank lachte so herzhaft, dass ihm die Tränen herabliefen.

»Stimmt. Die Burschen sind auch ziemlich klasse«, bestätigte Johnny wahrheitsgetreu, fragte sich jedoch flüchtig, ob er vielleicht zu weit gegangen war. Worüber Frank sich auch immer ausschütten mochte – sein Gelächter war so laut, dass Annie und Clem herübersahen und sich offenbar fragten, was so lustig war.

Den ganzen Nachmittag schipperten sie über die nahezu windstille See, ohne einen einzigen Hinweis auf Zivilisation zu entdecken. Irgendwann ging Johnny unter Deck, um abermals einen Blick auf die Karte zu werfen. In der Mitte der Bucht musste es eine Ortschaft geben, die jedoch so weit im Landesinneren lag, dass sie sie nicht würden erreichen können. Er kehrte mit dem Fernglas an Deck zurück und ließ den Blick über die hügelige Landschaft schweifen: Meile um Meile endloses Nichts, lediglich die eine oder andere Hütte, karge Sträucher und vereinzelte Ziegenherden. Er richtete das Fernglas ein weiteres Mal auf Annies Titten und justierte es, um den Blick über ihren Körper schweifen zu lassen. Sie war kräftig gebaut und wirkte durchtrainiert und athletisch. Johnnys Blick blieb an einer Reihe kleiner weißer Narben hängen, die auf der Innenseite ihres ausgestreckten Beins verliefen. Er ließ das Fernglas sinken, setzte sich mit dem Rücken gegen die Kabine auf das Deck und döste im warmen Sonnenschein. Bilder von nackten Brüsten und Beinen flammten vor seinem geistigen Auge auf und erloschen wieder.

Nach einer Weile bat Frank ihn, das Ruder zu übernehmen, damit er Smudge für ihr Mittagsschläfchen nach unten bringen konnte. Clem und Johnny setzten sich neben die Ruderpinne und spielten mit Annie Karten. Sie brachte ihnen Five Hundred bei, ein extrem anspruchsvolles Spiel, ähnlich wie Bridge, nur mit noch chaotischeren, komplexeren Regeln. Wieder fielen ihm die winzigen Narben auf, die sich in feinen, weißen Linien über ihre gesamten Oberschenkel zogen.

Am späten Nachmittag kam die lang ersehnte Brise auf, doch Frank schlug vor, dass sie sich eine ruhige Bucht suchten und den Anker warfen. Nun, da sie endlich Wind hatten, hätte

Johnny am liebsten die Segel gesetzt – er liebte nächtliche Segeltörns, aber das Boot gehörte nicht ihm. Außerdem hatte er nichts dagegen, noch eine Nacht an Bord zu verbringen. Je weiter sie Bodrum hinter sich ließen, umso besser. Bestimmt fanden sie morgen eine geeignete Stelle, um von Bord zu gehen.

Und so näherte sich die Little Utopia dem Ufer, bis ein passender Ankerplatz gefunden war, während die Sonne allmählich unterging. Sie brauchten nicht allzu lange zu suchen. Im Schutz der Berge, die den Wind abhielten, tuckerten sie dahin. Clem und Johnny standen an Deck, um die Wassertiefe im Auge zu behalten, Captain Hook an ihrer Seite, die sie auf die unter der Wasseroberfläche dahinflitzenden Fische hinwies. Der Untergrund war felsig mit einigen sandigen Stellen, und als Johnny den Anker warf, fand er schnell Halt, ehe sich das Boot mit der Nase in die Brise drehte.

Die unvermittelte Stille, nachdem Frank den Motor abgeschaltet hatte, war herrlich. Johnny hatte völlig vergessen, wie sehr er Motoren hasste. Die Menschen waren über Jahrhunderte ohne sie ausgekommen, trotzdem hielt sie heutzutage jeder für unerlässlich. Vor zwei Jahren hatten Rob, Clem und er ein Boot von Gibraltar nach Falmouth überführt, ohne ein einziges Mal den Motor anzuwerfen – ein mittlerweile so seltenes Phänomen, dass sie beim Einlaufen in den Hafen mit Applaus begrüßt worden waren.

Eine Zeit lang standen sie nur da, still in der plötzlichen, ungewohnten Stille, und genossen den atemberaubenden Anblick, während die Brise die Wellen kräuseln und gegen den Bootsrumpf schlagen ließ und hier und da der Schrei eines Raubvogels ertönte. Sie befanden sich mitten in einem Stück Nichts von einzigartiger Schönheit, und die Sonne hinter ihnen warf lange, schlanke Schatten aufs Wasser und auf die Felsen am Fuß der Hügel.

Sie machten das Deck und die Kajüte sauber; Captain Hook, die vor Kälte bereits eine Gänsehaut am ganzen Körper hatte, bekam einen Wutanfall, weil sie ihre schmutzige Piratenjacke aus- und wärmere Sachen darunterziehen sollte. Johnny gelang es, sie auf andere Gedanken zu bringen, indem er sie mit der wichtigen Mission betraute, nach dem »grünen Blitz« Ausschau zu halten, jenem magischen Moment, wenn die Sonne endgültig hinterm Horizont verschwand und ein leuchtend grünes Licht am Himmel aufflackerte. Er habe sein ganzes Leben mit der Suche danach zugebracht, es jedoch nie geschafft, weil seine Augen nicht gut genug seien, erklärte er. Sein Dad habe es gesehen, ebenso wie sein Bruder, aber es gelinge eben nur den Allerbesten. Augenblicklich waren Smudges Tränen versiegt. Sie war auf seinen Schoß geklettert und hatte mit weit aufgerissenen Augen in die Sonne geblickt, sorgsam darauf bedacht, nicht zu blinzeln, während Annie ihr ein paar wärmere Sachen angezogen und Johnny dankbar das Haar zerzaust hatte.

Der Himmel war von rosafarbenen und violetten Streifen überzogen, die sich wie lange Finger gen Osten erstreckten, wo die ersten Sterne funkelten. Frank und Clem gesellten sich, in dicken Pullovern und mit Gläsern voll Rotwein in der Hand, zu ihnen ins Cockpit, wo sie alle nebeneinandersaßen und auf jenen magischen Moment warteten, wenn das grüne Licht aufflammte, ehe der rote Feuerball endgültig vom Himmel verschwand. Captain Hook war die Einzige, die den grünen Blitz sah, sogar gleich mehrmals nacheinander, behauptete sie – genau in dem Moment, als die anderen offenbar geblinzelt hatten. Sie beschrieb den kurzen Augenblick in sämtlichen Details, erklärte, wie die Regenbogen aufgeflackert seien und wie besonders ihre Augen doch sein müssten, wenn sie so etwas erkennen könnten. Für die anderen hingegen küsste die Sonne lediglich den Horizont und glitt ohne großes Brimborium außer Sichtweite.

Als die Sterne über ihnen funkelten und der Mond aufging, saßen sie mit ihren Tellern auf dem Schoß da und verputzten ihre Nudeln. Dann brachte Annie Captain Hook ins Bett. Sie leistete zwar kurz Widerstand – sie hörten ihren müden Protest aus dem Vorschiff –, doch wenig später kehrte Annie mit einer weiteren Flasche Wein ins Cockpit zurück. Clem stand auf und trat auf die andere Seite des Cockpits zu Johnny, hob seine Füße auf ihren Schoß und begann, sanft seine Ballen zu massieren. Frank saß neben ihr, die Beine über der Ruderpinne, blickte zum Himmel hinauf und beschrieb mit dem Finger die Flugbahnen der einzelnen Sterne und Planeten, was unweigerlich eine Diskussion über die Bedeutungslosigkeit eines einzelnen, winzigen Menschenlebens heraufbeschwor. Wenn Beteigeuze die Größe einer Orange besitze, habe der Planet Erde im Vergleich dazu gerade einmal den Durchmesser eines Stecknadelkopfs, erklärte er. Clem beugte sich hinüber und folgte seinem Finger. Sie trug Johnnys Poloshirt und hatte ihr Haar im Nacken zusammengebunden, aus dem sich vereinzelte Locken lösten und ihr Gesicht umrahmten. Johnny ertappte sich bei dem Gedanken, wie gern er jetzt mit seiner Frau schlafen würde. Einen Moment lang überlegte er, einfach aufzustehen und ihre Hand zu nehmen, nach dem Motto: *»Entschuldigung, aber ich gehe jetzt mal und vögle meine Frau. Wird nicht lange dauern.«* Er war ziemlich sicher, dass sich keiner an Bord daran stören würde. Er trank einen Schluck Wein und prostete Annie zu, die ihr Glas auf ihre typisch ruhige, unaufgeregte Art leerte. Das Schweigen war entspannt und behaglich. Sie genossen die Wärme des Weins und lauschten dem steten Schlagen der Wellen, ohne das Bedürfnis zu verspüren, die Stille zu durchbrechen.

»Das war ein herrlicher Tag. Damit hätte ich nicht gerechnet«, sagte Clem, an niemand Bestimmtes gerichtet.

»Ein wunderbarer Tag, wie er nicht wunderbarer sein könnte«, bestätigte Frank, ohne den Blick vom Nachthimmel zu lösen.

Mit einem tiefen, zufriedenen Seufzer legte sie den Kopf in den Nacken und blickte zu den Millionen Sternen hinauf. »Eines Tages wird der Mensch bestimmt all die Geheimnisse des Universums gelüftet haben«, sagte sie und drückte mit dem

Finger gegen Johnnys Fußgewölbe. »Sogar die große Frage, was es mit den schwarzen Löchern auf sich hat.«

»Hm«, stimmte Frank leise zu.

»Aber wenn wir die Antworten auf all diese Fragen erst mal kennen, war's das höchstwahrscheinlich mit unserer Welt«, fuhr sie fort.

»Ich wette, wir kennen die Geheimnisse des Universums längst«, widersprach Frank mit seiner leisen, weichen Stimme. »Sie sind direkt vor unserer Nase.«

»Hm«, machte sie ebenfalls.

»Durchaus möglich, dass das der göttliche Witz schlechthin ist«, fuhr Frank fort. »Dass wir all die Antworten längst kennen, es nur noch nicht wissen.«

»Kann sein«, erwiderte sie wenig überzeugt und hielt mitten in der Massage inne, als wäre es zu viel, ihm zuzuhören und zugleich Johnnys Füße zu verwöhnen.

Johnny wackelte mit den Zehen, um sie an ihre Aufgabe zu erinnern.

»Aber vielleicht kannten wir sie auch schon mal, haben sie aber wieder vergessen.«

»Ja«, sagte Frank und wandte sich ihr zu. »Das ist es! Vielleicht besteht der Zweck unseres Daseins auf der Erde nur darin, all die Lösungen wiederzuentdecken!«

»Vielleicht hat unser Dasein auch überhaupt keinen tieferen Sinn«, warf Johnny ein und hörte, wie Annie leise lachte.

»Ach, Johnny«, sagte Clem und drückte ihre Fingerknöchel kräftig gegen seinen Fuß. »Sei nicht albern. Natürlich erfüllt unser Dasein einen bestimmten Zweck. Worin liegt sonst der Sinn des Ganzen?«

»Ah, wenigstens in diesem Punkt sind wir uns einig, Clem.« Frank lächelte und entblößte dabei sein perfektes Gebiss.

»Was soll deiner Meinung nach der Sinn des Lebens sein, Frank?«, hakte Clem nach. »Du sagtest vorhin etwas von einem göttlichen Witz. Heißt das, du glaubst an Gott?«

Frank blickte zum Nachthimmel hinauf und schien seine Worte mit Bedacht zu wählen. Etwas an der Art, wie er sprach, zwang einen, ihm zuzuhören, um bloß kein Wort zu versäumen. Frank hätte einen erstklassigen Lehrer abgegeben. Mit Lehrern wie ihm hätte Johnny in der Schule bestimmt wesentlich mehr Begeisterung an den Tag gelegt.

»Ich kann mir nicht vorstellen, dass das Leben völlig sinnlos ist«, sagte er. »Ich glaube nicht an Gott selbst, sondern vielmehr an eine universelle Kraft. Daran, dass eine Art Ordnung in unserem Chaos herrscht.« Er sah zwar nur Clem an, doch seine Worte waren an sie alle gerichtet. »Und ich bin absolut sicher, dass die menschliche Zivilisation eines Tages ein zweites Goldenes Zeitalter erleben wird.«

Clem nahm sein Zigarettenpäckchen und legte fragend den Kopf schief. Frank musste genickt haben, doch es war zu dunkel, als dass Johnny es erkennen konnte. Sie nahm eine heraus, während Frank sich umdrehte, um sie ihr anzuzünden. Seine Züge wirkten verblüffend alt im rötlichen Schein der Flamme. Tiefe Furchen gruben sich in seine Stirn ein, und Johnny fragte sich, ob auch Clem es bemerkt hatte.

»Was *ist* denn dieses Goldene Zeitalter?«, fragte Johnny.

»Ah«, sagte Frank, als käme ihm eine lieb gewonnene Erinnerung in den Sinn, schwang die Beine von der Ruderpinne, setzte sich aufrecht hin und zupfte am Bündchen seines alten, löchrigen Pullovers herum. »Laut zahlreicher historischer Texte war das Goldene Zeitalter eine Ära in der Geschichte, in der die Menschen in perfekter Harmonie mit den Naturgesetzen gelebt haben.«

Clem, die eindringlich lauschte, zog an ihrer Zigarette. Im Lauf der Jahre war sie zu einer eleganten Raucherin herangewachsen, wie ein Filmstar aus den Zwanzigern.

»Es war ein Zeitalter, in dem die Welt von Harmonie und Frieden bestimmt wurde und die Menschen in völliger Übereinstimmung mit der Natur leben konnten«, fuhr er fort.

»Und was genau versteht man unter Naturgesetzen?«, wollte Clem wissen.

»Ein Naturgesetz ist ein von der Natur festgelegtes Gesetz, dessen Auswirkungen sich jedoch auch in jedem anderen Bereich niederschlagen.«

»Das verstehe ich nicht. In welchem denn?«

»Na ja, das naheliegendste ...«, antwortete Frank langsam mit seiner typisch leisen Stimme, die Johnny zwang, sorgfältig zu lauschen, um bloß kein Wort zu versäumen, »... ist, dass wir alle Teil des großen Ganzen sind. Wir, die Menschen, der Planet Erde, das Universum, all das besteht aus denselben chemischen Elementen. In dir schlummert dasselbe Potenzial wie in einem drei Trilliarden Meilen entfernten Stern am Himmel.«

Johnny begann sich eine Zigarette zu drehen, ganz langsam und gemächlich; eine schöne, dünne Zigarette mit sorgfältig verteiltem Tabak. Was Frank sagte, war an sich nichts Neues – man brauchte kein Genie zu sein, um zu wissen, dass das gesamte Universum mit allem, was dazugehörte, aus einer begrenzten Zahl an Elementen bestand –, doch die Art, wie er es darlegte, ließ es originell und innovativ klingen. Johnny war dankbar, dass sie eine zweite Nacht an Bord der Little Utopia verbringen durften. Er wollte mehr hören; und er wünschte, Clem fahre mit ihrer Massage fort, doch sie schien seine Füße komplett vergessen zu haben und hing stattdessen wie gebannt an Franks Lippen.

»Denk nur mal an eine Eichel«, sagte Frank, beugte sich vor und blickte sie eindringlich an. »In dieser winzigen Frucht steckt das Potenzial, zu einer mächtigen Eiche heranzuwachsen. Folglich kann der Sinn unseres Lebens nur sein, unser ureigenes Potenzial zu erkennen und dafür zu sorgen, dass die in uns schlummernden Talente ans Licht kommen.«

Clem und Johnny schwiegen. Mit seinen Worten hatte er sie völlig in seinen Bann geschlagen. Seine Augen waren von einem Feuer erhellt, das ganz tief in seinem Innern zu lodern schien.

»Ihr könnt es genauso gut so betrachten: Tief in jedem von uns befindet sich eine Mine voll kostbarer Steine. All die Reichtümer der Erde stehen uns zur Verfügung. Vielleicht besteht unsere Pflicht als menschliche Wesen ja darin, in diesen Minen zu schürfen und all die wertvollen Diamanten ans Tageslicht zu holen. Wir alle könnten dauerhaft in einem Zustand des vollkommenen Glücks und der Harmonie leben, wenn wir es nur wollten.«

»Aber wie sollen wir dort hinunterkommen?«, fragte Clem atemlos vor Staunen.

»Ganz einfach. Indem du dir dein Potenzial zunutze machst.«

»Und wie soll das gehen?«, fragte sie, schob Johnnys Bein beiseite, als würde sein Gewicht sie auf einmal stören, und zog die Knie an.

Eine Fülle an verborgenen Sehnsüchten schien in dem Seufzer mitzuschwingen, den Frank ausstieß. Er wandte sich ihr zu. »Das wird von ganz allein passieren, wenn du erst einmal all den anderen Naturgesetzen gefolgt bist. Als Erstes musst du begreifen, dass du allein die Kontrolle über dein Leben hast. Du bist kein Opfer, sondern die Welt ist so, wie du sie haben willst. Das sage ich zu Annie auch immer. Stimmt's, Schatz?«

Er erwartete keine Antwort von ihr, ja, er sah sie noch nicht einmal an. Johnny hingegen schon. Sie kippte ihren Wein hinunter, als hätte sie all das schon x-mal gehört. Hinter ihrer scheinbar bekümmerten Fassade verbarg sich eine Kampflust, die ihm mit jeder Minute besser gefiel. Für Johnny hingegen war alles, was Frank sagte, absolutes Neuland, deshalb wollte er mehr davon hören. Noch nie in seinem Leben hatte er jemand solche Dinge sagen gehört.

»Du musst in jeglicher Hinsicht die Verantwortung für dein Handeln übernehmen. Und das gilt für jegliche Art, wie du auf das reagierst, was das Leben mit sich bringt. Um dafür in der Lage zu sein, musst du all die Schutzwälle einreißen, die du um dein Inneres errichtet hast.«

»Aber ich kann doch nicht steuern, wie ich auf etwas reagiere, sondern reagiere eben«, wandte Clem ein.

Lachend setzte Frank sich zurück. »Du irrst dich ganz gewaltig, Clem. *Natürlich* kannst du es beeinflussen.«

»Nein, das kann ich nicht.«

»Doch. Indem du versucht, deine Wahl ganz bewusst wahrzunehmen, wenn du sie triffst.«

Er saß mit gespreizten Beinen da, die Fingerspitzen und die beiden Stümpfe nachdenklich aneinandergelegt, und wog seine Erklärung sorgsam ab. Dann sah er ihr direkt in die Augen. »Das ist mein voller Ernst, Clem«, sagte er und hielt inne. Clem und Johnny beugten sich noch ein Stück vor. »Du bist eine der schönsten Frauen, denen ich in meinem ganzen Leben begegnet bin«, fuhr er dann fort, ohne den Blick von ihr zu lösen.

Für den Bruchteil einer Sekunde schien die Zeit stehen zu bleiben. Johnny beobachtete, wie Clem ihre Freude zu verhehlen versuchte. Ihre Mundwinkel zuckten kaum merklich, dann wandte sie den Blick ab und klimperte flüchtig mit den Wimpern. Schließlich warf sie Johnny einen unbekümmerten Blick zu, als wäre ihr Franks Kompliment höchst peinlich. Im hellen Tageslicht hätte er die sanfte Röte gesehen, die sich auf ihren Wangen ausbreitete. Johnny spürte, wie Bitterkeit, gepaart mit einer neuen, unbekannten Empfindung, in ihm aufstieg.

»Okay«, fuhr Frank fort und zog sein Zigarettenpäckchen hervor. Er tippte eine Zigarette heraus, fing sie zwischen den Lippen auf und zündete sie auf seine typisch hastige und zugleich lässige Weise an. »Du hast dich entschieden, dich geschmeichelt zu fühlen«, sagte er in einem Tonfall, als sei das Ganze lediglich ein Experiment. Er zog an seiner Zigarette, lehnte sich zurück und ließ den Rauch in einem steten Strom entweichen. »Du hast eine Entscheidung getroffen. Du hattest die Wahl und hättest ebenso gut beschließen können, meine Worte als Kränkung aufzufassen.« Er wandte sich Johnny zu.

»Und deinem Ego könnte es einen gehörigen Dämpfer versetzen, wenn ein anderer Mann die Schönheit deiner Frau hervorhebt.« Er hielt inne. »Trotzdem bist immer noch du derjenige, der die Entscheidung trifft.«

Johnny wollte nicht, dass Frank ihn für eines dieser Weicheier hielt, deren Ego sich im Handumdrehen in Grund und Boden stampfen ließ. Er wollte besser als andere Männer sein. Clem war eine Schönheit, daran gab es nichts zu rütteln, und Johnny genoss es sogar, andere Männer von ihrer Schönheit schwärmen zu hören. Deshalb beschloss er, den Anflug von Bitterkeit zu bekämpfen. Prompt spürte er, wie das Gefühl nachließ. Er fasste den Entschluss, nicht beleidigt zu sein. Und es fühlte sich gut an. So als hätte er alles unter Kontrolle. Plötzlich konnte er verstehen, was Annie am Vorabend mit ihrer Bemerkung gemeint hatte, Frank könne *Dinge sehen*. Er blickte zu Annie hinüber, die zusammengesunken dasaß, das Gesicht hinter dem dichten Vorhang ihres Haars verborgen.

»Ich werde es als Kompliment für meinen bemerkenswerten guten Geschmack auffassen«, sagte er und zündete seine Selbstgedrehte an. Frank lächelte und nickte zustimmend, woraufhin Johnny sich sogar noch besser fühlte, als hätte er eine Art Prüfung bestanden.

»Okay, ich hab's kapiert, Frank«, sagte Clem in einem Tonfall, den Johnny noch nie an ihr gehört hatte. Kampflustig und aufsässig, wie eine Schülerin, die beim Lehrer Eindruck zu schinden versuchte. »Mir schmeichelt es allerdings nicht. Dann findet mich eben jemand schön. Na und?«

»Auch das ist eine Entscheidung, die du selbst triffst, Clem.« Noch immer sprach Frank ganz langsam und mit Bedacht, als stünde ihm nur ein begrenztes Kontingent an Worten zur Verfügung. »Aber du wirst feststellen, dass es für jede Situation eine richtige Entscheidung gibt.«

»Und woher soll ich wissen, welche die richtige ist?«, fragte sie.

»Die Entscheidung, mit der du und dein Umfeld glücklich bist, ist die richtige«, antwortete er und richtete seine dunklen, funkelnden Augen zuerst auf Clem, dann auf Johnny. »Dein Bauch weiß es. Auf ihn musst du vertrauen. Er kennt immer die richtige Antwort.«

Niemand hatte Johnny bisher geraten, auf sein Bauchgefühl zu hören. Stattdessen hatte man ihn stets angehalten, sich bei seinen Entscheidungen rein auf seinen Verstand zu verlassen. Doch er bezweifelte keine Sekunde, dass Frank mit dem, was er sagte, völlig recht hatte.

»Ihr werdet euch wundern, was passiert, wenn ihr erst einmal damit angefangen habt. Die Barrieren, die euch umgeben, werden von euch abfallen wie Kleider, die ihr abstreifen wollt.«

»Apropos Kleider«, warf Annie ein. Johnny hatte gedacht, sie wäre inzwischen eingeschlafen, doch nun setzte sie sich mit einer abrupten Bewegung auf. »Frank findet, keiner von uns sollte Kleider tragen. Im Goldenen Zeitalter sind alle nackt herumgelaufen.«

»Du bist betrunken, Schatz«, bemerkte Frank, wenn auch keineswegs unfreundlich.

»Tut mir leid«, sagte sie und ließ den Kopf wieder sinken.

Er beugte sich vor, nahm ihre Hand und sah Johnny an. »Annie hat ein schweres Leben gehabt …«, erklärte er zärtlich. »Stimmt's, Liebste?«

Sie hob den Kopf und blickte ihn aus ihren hellen, traurigen Augen an, sagte jedoch nichts.

»Stimmt das?«, wollte Clem nach einer Weile wissen, nachdem klar geworden war, dass Annie sich nicht weiter zu Franks Bemerkung äußern würde. »Dass im Goldenen Zeitalter alle nackt herumgelaufen sind?«

»Ja, es stimmt«, antwortete er und ließ die Hand seiner Frau los. »Kleidung ist nichts als ein weiteres Mittel, um sich von anderen abzugrenzen. Kleider bedeuteten noch mehr Barrieren zwischen uns und der Welt. Nur in der Nacktheit können wir wirklich offen sein und unsere Hemmungen ablegen. Nur in der Nacktheit gelingt es uns, unser Innerstes zu enthüllen.«

»Aber hätten nicht alle Menschen ständig Sex, wenn wir nackt herumliefen?«, fragte Johnny, den die Vorstellung von einem dauerhaften Verzicht auf Kleidung erregte und zugleich bestürzte. Er schnippte seine Zigarette über Bord und sah zu, wie sie wie ein fliegender Komet ins Wasser sauste.

»Anfangs vielleicht schon, aber ich kann mir nicht vorstellen, dass es auf Dauer so wäre«, warf Clem ein. »Nicht, wenn alle so herumlaufen.«

»Das sehe ich auch so«, stimmte Frank zu.

»Vielleicht hast du ja recht«, meinte Johnny. »Irgendwann wären wir der Nacktheit überdrüssig und würden einen umgekehrten Striptease hinlegen, um unseren Partner zu erregen. Und der dicke Wollpulli wäre der Höhepunkt.« Annie war die Einzige, die über seinen Scherz lachte.

»Seid ihr beide Naturisten? Lauft ihr sonst nackt an Bord herum?«, fragte Clem.

»Wenn wir allein auf dem Boot sind und es warm genug ist, bleiben wir tatsächlich nackt. Stimmt's, Annie?«

Annie nickte. Ihre herrlichen Brüste kamen Johnny wieder in den Sinn. Sein Blick streifte darüber hinweg, während er sein Glas leerte. Er warf Clem einen Blick zu, die mit einer Haarsträhne herumspielte und Frank nachdenklich betrachtete. Grundsätzlich war ihm die Vorstellung, nackt zu sein und sein Innerstes zu entblößen, durchaus sympathisch, doch Clems Nacktheit würde er ganz bestimmt nicht mit anderen teilen wollen. Ihr Körper gehörte ihm ganz allein.

Annie rappelte sich mühsam auf und zerzauste ihm das Haar. »Mach dir keine Sorgen«, sagte sie. »Ich geh jetzt ins Bett. Sofern Smudge es nicht für sich allein beansprucht.«

Frank folgte ihr wenig später, während Clem und Johnny sich in ihr Quartier zurückzogen, das durch die gerade einmal einen knappen Meter breite Toilette von Annies und Franks Bett getrennt war. Heilfroh, einen Moment für sich zu haben, putzte Johnny sich ausgiebig die Zähne. Etwas beschäftigte ihn, doch er konnte es nicht genau benennen.

Er blickte zum Mond hinauf, der beinahe voll am Himmel stand und einen scharf gezackten Streifen Wasser in kaltes, weißes Licht tauchte. Die Sterne glitzerten und funkelten millionenfach am Himmel und erinnerten ihn daran, wie klein und unbedeutend die eigene Existenz doch war. »Lass es gut sein«, sagte er sich. »Lass es einfach gut sein.« Er spuckte den Zahnpastaschaum ins Waschbecken und kehrte in die Kabine zurück.

Inzwischen hatte Clem das Bett hergerichtet. Sie verband ihre Schlafsäcke mit dem Reißverschluss und hatte die Zwischentür geschlossen. Johnny zog sich aus, kletterte hinein und versuchte, es sich so bequem wie möglich zu machen. Doch er ertappte sich dabei, dass er »es« nicht einfach gut sein lassen konnte. »Es« blieb beharrlich, wollte sich offenbar nicht aus seinen Gedanken vertreiben lassen. Er hatte keine Lust, wie gewohnt auf Clem zu warten, den Schlafsack zurückzuschlagen, sie zuzudecken und an sich zu ziehen, um sie zu wärmen. Aber er wollte sich auch nicht wegdrehen. Das wäre zu demonstrativ gewesen. Also lag er reglos auf dem Rücken, während sie ihre Ohrringe ablegte und die allabendlichen Rituale vollzog, die bei Frauen so viel länger zu dauern schienen. Er verschränkte die Hände hinter dem Kopf, doch seine Beine waren zu lang, deshalb musste er sie anziehen.

Sie knipste das Licht aus, bevor sie nach oben an Deck ging, um sich die Zähne zu putzen, wofür er dankbar war. Er wollte nicht, dass sie ihn sah. Einen Moment lang überlegte er, sich einfach schlafend zu stellen, doch damit würde er nur ihren Verdacht erregen. Er schlief niemals vor ihr ein. Stattdessen lag er da, lauschte grübelnd den Wellen, die klatschend gegen den Bootsrumpf schlugen, während das helle Mondlicht die Kajüte erhellte, als sich das Boot abwechselnd hob und wieder senkte.

Franks gedämpfte Stimme drang aus dem Nebenraum, dann verstummte sie.

Clem stand im Cockpit und blickte, staunend und von einem neuen, ungekannten Gefühl der Leichtigkeit erfüllt, zum Mond hinauf. Sie verspürte nicht einmal den Anflug von Müdigkeit. Ganz im Gegenteil. Vielmehr durchströmte sie eine ungewohnte Erregung, ein Flattern ganz tief in ihrem Innern, das etwas befreite, was all die Jahre in ihr gefangen gewesen war. Sie blickte zu den Millionen und Abermillionen Sternen hinauf und begriff zum ersten Mal die Verbindung zwischen ihr und ihnen, zwischen ihr und dem Universum. Es gab kein *anders*; vielmehr war es eine Illusion, zu glauben, die Dinge voneinander trennen zu müssen. Sie wusste nun, dass sie ein Teil von alldem war. Ihr Körper bestand aus denselben Elementen, aus denen auch alles andere auf diesem Planeten erschaffen worden war. Damit gab es auch für sie keine Grenzen mehr. Sie konnte alles erreichen. Sie sog die klare, kühle Nachtluft, den Sternenstaub, tief in ihre Lungen, in der Hoffnung, ihre Empfindung für immer in ihrem Innern abspeichern zu können. Sie musste unbedingt Johnny davon erzählen. Oder es niederschreiben. Sie lief hinunter, um sich auszuziehen, doch es schien ihr nicht zu gelingen, ihre Gefühle in die passenden Worte zu kleiden. Außerdem lag Johnny auf dem Rücken und hatte den Kopf abgewandt. Sie legte sich neben ihn, doch er machte keine Anstalten, sich ihr zuzuwenden. Sie kuschelte sich an ihn und schlang seinen Arm um ihren Körper. Keine Reaktion.

»Was ist los, Robin Hood?«, flüsterte sie.

»Nichts.« Eigentlich hätte er mit »Nichts, Lady Marian« antworten sollen, doch er konnte sich nicht dazu durchringen. Mit einem Mal spürte er eine Distanz zwischen ihnen. Er konnte keine Wärme mimen. In Wahrheit wünschte er sich nur eins von ihr: Dass sie sich für ein Vergehen entschuldigte, dessen sie sich noch nicht einmal bewusst war. Deshalb lag er so reglos da, wie er nur konnte, weil dies die einzige Möglichkeit war, um in Ruhe über alles nachzudenken, was ihn aufwühlte.

»Mit dir stimmt doch etwas nicht.« Besorgt stützte sie sich auf dem Ellbogen auf.

Johnny schwieg, bis er hörte, dass sie sich seufzend in die Kissen zurücksinken ließ. Dann wandte er den Kopf ab, sorgsam darauf bedacht, keinen Laut von sich zu geben, sich möglichst unsichtbar zu machen. Aber es war zwecklos.

»Bist du scharf auf Frank?«, flüsterte er so beiläufig, wie er nur irgend konnte. Nach einer kurzen Pause hörte er das leise Rascheln ihres Kopfes auf dem Kissen, als sie sich ihm zuwandte.

»Wovon redest du?« Schlagartig kam er sich wie ein Vollidiot vor. »Bist du etwa eifersüchtig?« Sie klang überrascht und ein ganz klein wenig geschmeichelt. Johnny war noch nie eifersüchtig gewesen.

»Blödsinn«, wiegelte er ab. »Weshalb sollte ich eifersüchtig sein?« Er lachte kurz auf, als wäre dies die absurdeste Idee des Jahrhunderts. »Es sah nur so aus, als hättest du mit ihm geflirtet, das ist alles.«

»Geflirtet?«

»Ja«, antwortete er in einem Tonfall, der keinen Zweifel daran ließ, dass ihr peinliches Benehmen keinem von ihnen entgangen war.

»Aber ich *habe* nicht mit ihm geflirtet.« Er machte alles kaputt. Die Magie, die sie vor wenigen Minuten an Deck noch empfunden hatte, verflog. Langsam drehte sie sich um, weg von ihm.

Es lief alles ganz falsch. Und er war selbst schuld. Er wünschte, er würde sie nicht so sehr lieben. Sein Inneres fühlte sich wie eine riesige klaffende Wunde an, die regelrecht danach schrie, dass sie Salz hineinrieb. Er stieß einen tiefen Seufzer aus, ein einzelner Atemzug, der ihr all die komplexen und widersprüchlichen Gedanken verraten sollte, die in ihm rangen. Eifersucht war ein abscheuliches Ungeheuer, das sich hinter jeder Ecke verbergen konnte. Er wandte das Gesicht ab und spürte, wie sie sich zu ihm umdrehte – eine liebevolle Geste, die er in Wahrheit gar nicht verdiente.

»Es tut mir leid, Clem«, sagte er.

Sie vergab ihm auf der Stelle, rückte ein Stück tiefer und legte ihren Kopf auf seine Brust. Nach einer Weile strich sie zärtlich mit den Fingern durch sein Brusthaar. Er schloss die Augen und versuchte, sich ihrer Berührung hinzugeben. Sie hob den Kopf, legte die Hände um sein Gesicht und küsste die Kuhle unter seinem Wangenknochen, die wie geschaffen für ihre Lippen zu sein schien. Dann küsste sie ihn auf den Mund, der sich zur Strafe ein, zwei Sekunden lang gegen die Berührung sträubte, ehe er nachgab. Sie küsste ihn voller Leidenschaft, um ihm zu zeigen, dass sie ihm gehörte. Sie wusste ganz genau, was er brauchte. Sie würde mit ihm schlafen.

»Warte«, sagte sie und löste sich von ihm. Er sah zu, wie sie aufstand. Ihr perfekt geformter Körper schimmerte im kalten Mondlicht. Sie kramte in ihren Sachen und zog eine Kassette aus der Segeltuchtasche, die sie triumphierend in die Höhe hielt. Es war ihre Otis-Kassette.

Sie kniete sich hin und versuchte, den Rekorder auf dem Regal in Gang zu bringen. Ihre Hinterbacken, reif und glatt wie ein Pfirsich, reckten sich ihm einladend entgegen, und er spürte, wie die Lust seine Eifersucht unter sich begrub. Er stopfte sich das Kissen in den Nacken, um sie besser sehen zu können – die Konturen ihres Körpers, die weiche, glatte Haut ihres Rückens, die weiße Bikini-Linie, die sich wie gemeißelter Marmor um ihre Gesäßbacken zog und sich sanft im Mondlicht zu bewegen schien. Und dann hob Otis Reddings weiche Stimme zu *These Arms of Mine* an. Sie war so verrückt nach diesem Song, dass sie ihn in einer fünfundvierzigminütigen Endlosschleife auf Band aufgenommen hatte. Sie drehte die Lautstärke so weit auf, wie es ging, ohne die anderen aufzuwecken, und begann, die Schultern im Takt der eindringlichen Bluesklänge zu bewegen.

Sie warf Johnny einen verführerischen Blick über die Schulter zu und verzog das Gesicht zu einem Lächeln à la *Lehn dich zurück und genieß die Show.* Als sie den Kopf in den Nacken sinken ließ, ergoss sich ihr Haar in einer lockigen Kaskade über ihren Rücken. Sie wirkte regelrecht überirdisch, wie Gottes Skizze für ein Wesen von unnachahmlicher Schönheit. Während Otis' klagende Stimme den Raum erfüllte, bewegte sich ihr Körper, als würde er instinktiv auf jede traurige Note reagieren, die aus seinem Mund drang. Dieser Tanz galt einzig und allein Johnny. Er sollte ihm sagen, dass sie nur ihm allein gehörte, und als er sich zurücklehnte, um ihr zuzusehen, spürte er, wie ihre Liebe ihn wie Balsam umschmeichelte, wie ein Gegengift zu den hässlichen Gefühlen, die ihn gequält hatten. Er spürte, wie seine Eifersucht verflog, mitgerissen von der Flut seiner wachsenden Begierde. Er sehnte sich mit aller Macht nach ihr. Er liebte sie mehr als jemals zuvor, liebte sie mehr, als je ein Mann eine Frau geliebt hatte.

Manchmal war der Sex zwischen ihnen beinahe zu intensiv für ihn. Wenn er in ihr war, sie rittlings auf ihm saß, fühlte es sich an, als würde er innerlich zerbersten; als könne kein menschliches Wesen diese extremen Empfindungen überleben. Es schien schlicht unmöglich zu sein, ein anderes menschliches Wesen so sehr zu lieben, ohne dabei in tausend Teile zu zerspringen.

»Langsam, Clem«, sagte er und umfasste die Pfirsichhälften ihres Hinterns, während sie mit einem scharfen Atemzug ihre Zähne in seine Schulter grub, in der Gewissheit, dass er es keine Sekunde länger aushielt.

In diesem Moment sah er das Glitzern eines Auges in dem winzigen Spalt zwischen den Planken der Zwischentür, als der Mondschein darüber hinwegglitt. Johnny holte scharf Luft. Für den Bruchteil einer Sekunde erstarrte er, doch noch bevor er mit Gewissheit sagen konnte, was er gesehen hatte, war das Auge bereits verschwunden.

# 4 HART AM WIND

Am zweiten Morgen war es ebenfalls bewölkt, und es herrschte eine schwache Brise. Sie frühstückten im Cockpit. Eine friedliche Stille und Einsamkeit umgab sie, sodass es unvorstellbar schien, jemals wieder eine Menschenseele zu Gesicht zu bekommen. Außer dem sanften, rhythmischen Plätschern der Wellen und dem Zirpen der Grillen auf den Hügeln gab es keinerlei Geräusche. Sie befanden sich etwa dreißig Meter vom felsigen Ufer entfernt. Annie und Frank wirkten derart entspannt, dass Johnny sich fragte, ob es nur Einbildung gewesen war, dass er und Clem gestern Abend beim Sex beobachtet worden waren. Im klaren Licht des Tages erschien ihm die Vorstellung reichlich absurd.

Annie spähte durchs Fernglas auf die kleine Bucht. Ganz langsam schwenkte sie es hin und her, als würde sie nach etwas Bestimmtem Ausschau halten. Clem hatte eine Angelschnur über den Bug geworfen und ließ sich von Frank das Angeln beibringen. Er und Smudge waren früh aufgestanden, um ans Ufer zu rudern und nach Ködern zu suchen, und mit einer ganzen Tasse voll toter Fliegen und Käfer zurückgekehrt.

Johnny und Smudge saßen auf dem Kabinendach und spielten Karten. Sie trug noch immer ihre Captain-Hook-Jacke, unter der sie nackt war. Johnny hatte Mühe, sich auf das Spiel zu konzentrieren. Am liebsten hätte er die Segel gesetzt. Wieder und wieder ließ er den Blick über den Horizont schweifen, um zu überprüfen, ob Wind aufkam – falls ja, käme er von Westen. Er hatte die unbrauchbare Karte noch einmal genau unter die Lupe genommen, und allmählich keimte der Verdacht in ihm auf, dass es durchaus noch ein paar Tage dauern konnte, bis sie an einem Dorf vorbeikamen. Franks Aufmerksamkeit dagegen schien eher dem Angeln als dem Segeln zu gelten. Er zeigte keinerlei Interesse daran, aus welcher Richtung der Wind kam oder wie sie am schnellsten zum nächsten Dorf gelangten. Stattdessen war er offenbar vollauf zufrieden damit, von Bucht zu Bucht zu schippern, zu angeln und am Ufer herumzudümpeln. Er schien voll und ganz in der Gegenwart, im Hier und Jetzt, zu leben. Seine und Annies Pläne für die nächsten Wochen waren vage und flexibel – die Südküste der Türkei erreichen, ehe der Sommer kam.

Inzwischen hatte Johnny ein Spiel für Smudge erfunden – Olympia, oder Lympia, wie Smudge es nannte. Gilla, der Grilla, entpuppte sich als außerordentlich sportlich, als eine wahre Kanone in sämtlichen Disziplinen. Er hatte alle Vorrunden bewältigt und überall das Finale erreicht – im Augenblick ging es um den letzten Durchgang im Turmspringen. Er stand mit Smudges Taucherbrille und Schwimmflügeln und einer Schnur um die Arme auf der Spiere und wartete voller Anspannung auf seinen alles entscheidenden Sprung: einen dreifachen Rückwärtssalto mit Schraube. Noch war er dabei, sein umfassendes Aufwärmprogramm zu absolvieren und seine Glieder zu dehnen und zu strecken, um die Nerven etwas zu beruhigen. Smudge war hin und weg von Johnnys Kommentaren. Sie kreischte vor Entsetzen, wann immer Gilla seinen Mut zusammennahm und auf Zehenspitzen über die Spiere tänzelte, und vor Verzückung, als ihn die Angst überkam, er schlotternd einen Rückzieher machen und sich von den Sanitätern behandeln lassen musste. Doch diesmal sprang er todesmutig in die Höhe und stürzte sich unter Saltos und Schrauben von der Spiere in die See. Smudge rannte zur Reling und zog den vollgesogenen Affen wieder an Bord.

»Diesmal wird sein Mut mit einer glatten Zehn von sämtlichen Kampfrichtern belohnt!«, trompetete Johnny mit seiner besten Kommentatorenstimme und holte die Schnur ein. »Jaaa,

Gilla, der Grilla, hat die Goldmedaille für Großbritannien geholt!« Smudge und er brachen in begeisterten Beifall und laute Rufe aus, ehe das kleine Mädchen unter Deck verschwand, um etwas zu holen.

»Da hast du einen echten Fan gewonnen«, sagte Frank und beugte sich über den Eimer, um einen frischen Köder herauszuholen. »Ich glaube, Smudge ist das erste Mal im Leben verliebt.«

In diesem Augenblick tauchte Smudge strahlend mit einer Goldmünze an einem Band aus der Kabine auf. »Sieh mal! Gillas Goldmedaille!«, verkündete sie stolz.

»Was ist denn das?« Johnny nahm ihr die Medaille aus der Hand.

»Daddys Medaille«, antwortete sie und schwang sich wieder aufs Kabinendach. »Aber wir können sie auch als Lympiamedaille benutzen.«

Johnny sah zu Frank hinüber, der einen Angelhaken zurechtbog.

»Franks Medaille?«, wiederholte Johnny und betrachtete die Vorderseite der Medaille mit den Profilen eines Königs und einer Königin und den vier ringsum angeordneten hellblauen Emailleblättern. »Für Gott und das Empire« lautete die Gravur.

»Was ist das?«, fragte Johnny. »Ein Order of the British Empire?«

»So was in der Art«, antwortete Frank, den Blick fest auf den Haken gerichtet, an dem er einen Tausendfüßler befestigte.

»Die Queen hat ihn ihm verleiht«, erklärte Smudge.

»Verliehen, Smudge«, korrigierte Frank und drückte den Haken mit den Zähnen zusammen. »Verliehen.«

»Die Queen hat ihn ihm verliehen«, wiederholte sie. »Los, Johnny, jetzt gibt's die Medaillen.«

»Wow! Wofür?«, hakte Johnny nach und drehte die Medaille hin und her. »Was hast du gemacht?«

»Nicht viel. Nur meinen Job«, erwiderte Frank desinteressiert und durchstieß den Tausendfüßler mit einer beherzten Bewegung.

»Und was war das für ein Job?«

»Ein stinklangweiliger«, sagte Smudge und zerrte Johnny am Arm. »Los, komm.«

Frank zwinkerte seiner Tochter zu. »Die Met«, antwortete er und zog behutsam den gekrümmten Tausendfüßler in die Länge. »Ich habe für die Met gearbeitet.«

Johnny starrte ihn mit offenem Mund an. »Du bist Bulle?«

»*War*. Ich war Bulle. Aber nach einer ziemlich fiesen Begegnung mit einem Zehntonner auf der M4 musste ich in den Frühruhestand versetzt werden.«

»Soll das ein Witz sein?«

»Nein«, erwiderte Frank und betrachtete den Tausendfüßler, der inzwischen leblos am Haken hing.

Johnny musterte Frank forschend, in der Hoffnung auf eine Erklärung. Oder ein Lächeln. Doch Franks Miene war ausdruckslos.

»Ich dachte, du wärst gegen das Establishment und alles, wofür es steht.«

»Und welche bessere Ausgangsposition gibt es, um die Strukturen zu verändern, als es von innen heraus auszuhöhlen?« Er schnippte ein Stück Tausendfüßler mit der Zehe ins Wasser.

Johnny rieb sich den Nacken, den Blick immer noch auf den Orden geheftet. »Wofür hast du den verliehen bekommen?«

»Sagen wir einfach, es war meine Spezialität, Leute zu knacken.« Er trat zu Clem. »Alles halb so wild, Johnny«, wiegelte Frank ab und hielt die Angelrute mit dem Tausendfüßler daran von sich. »Der offizielle Segen des Establishments … Es bedeutet rein gar nichts.«

Er wandte sich ab und kehrte zu Clem aufs Deck zurück.

»Wieso hast du den Orden dann angenommen?«, rief Johnny ihm hinterher.

Lachend schwang Frank die Angelrute über die Reling. »Weil es unverschämt gewesen wäre, es nicht zu tun.«

»Wieso beißen die Fische denn nicht?«, hörte Johnny Clem fragen, während sie sich über die Reling lehnte und ins seichte Wasser blickte. Ihre Stimme hörte sich ganz anders an, voll Staunen und neu erwachter Bewunderung; wie gut Johnny diesen Tonfall kannte.

»Geduld, Clem. Was lange währt, wird endlich gut«, sagte Frank und legte sich einen Finger auf die Lippen.

Inzwischen schien sie ihren Aberglauben über grün gestrichene Boote komplett vergessen zu haben und amüsierte sich offenbar prächtig an Bord. Wieso auch nicht? Sie verbrachten hier ein paar herrliche Tage, mit denen keiner gerechnet hatte, selbst wenn Bullen offenbar Dauergäste in ihrem Leben waren.

»Da drüben wachsen Beeren!«

Johnny wandte sich dem Achterdeck zu. Er hatte Annie völlig vergessen. Sie ließ das Fernglas sinken und zeigte auf die Hügel. »Wir könnten Apfel-Blaubeer-Kuchen zu Mittag essen.« Sie lächelte. »Nach dem Fisch, versteht sich.«

»Tja, und das kann dauern«, stieß Clem halblaut hervor, während Frank eine zweite Angelrute sowie eine Handvoll Mais ins Wasser warf und sich zurücklehnte.

Es war bereits später Vormittag, bis sie alles aufgeräumt, Smudges zweiten Schuh und eine Tasche für die Beeren gefunden, eine Flasche mit Wasser gefüllt und Clem eine Weile zugesehen hatten, wie sie sich mehrere Fische durch die Lappen gehen ließ. Schließlich kletterten Annie, Smudge und Johnny in das kleine Beiboot. Es war reichlich alt, und die weißen Planken wiesen mehrere Lecks auf, die notdürftig mit Flaschenkorken gestopft waren. Der Boden war ein bisschen feucht, doch es würde seinen Zweck erfüllen.

Johnny hielt die Hand ins kühle Wasser, während Annie ans Ufer ruderte. Inzwischen klarte der Himmel ein wenig auf, sodass das trübe Grau einem fahlen Blau wich, unter dem sich die Farbe des Meeres vor ihren Augen veränderte. Es gab massenweise Fische hier. Johnny drehte sich um und blickte zur Little Utopia hinüber, die aus dieser Entfernung sogar recht hübsch aussah. Frank zeigte Clem gerade, wie man die Angel auswarf. Er stand hinter ihr und griff um sie herum. Es sah aus, als würden sie einander umarmen, und wieder verspürte Johnny diesen Anflug von Bitterkeit. Er sah zu Annie hinüber, die jedoch nichts davon mitzubekommen schien. Plötzlich kamen ihm Franks Worte, dass jeder Mensch stets die Wahl hatte, wieder in den Sinn. Er wandte sich ab und traf eine bessere Wahl. Annie sah ihn an.

»Das war kein einfacher OBE«, sagte sie. »Sondern ein Commander of the British Empire.« Ihre Stimme klang völlig ausdruckslos, ohne den Hauch von Prahlerei.

»*Row, row, row your boat gently down the stream*«, sang Smudge.

Johnny lauschte ihr verblüfft. Er hatte völlig vergessen, dass auch sie eine sehr hübsche Stimme besaß. Sie lehnte sich über die Bootskante und spähte ins klare, seichte Wasser. Er wusste genau, weshalb sie das tat – den Großteil ihrer Zeit verbrachte das Mädchen damit, nach Seeungeheuern Ausschau zu halten.

»*Merrily, merrily, merrily, merrily*«, sang sie, ehe auch Annie einstimmte.

Johnny saß da und lauschte, wie ihre Stimmen übers Meer getragen wurden und von den Felsen der Küste widerhallten.

»Er lässt sich niemals von seinem Ziel abbringen«, sagte Annie. »Das muss dir klar sein.«

Johnny hatte keine Ahnung, worauf sie anspielte, zweifelte jedoch nicht eine Sekunde an ihren Worten. Frank war kein gewöhnlicher Mann. Er sah Annie beim Rudern zu. Sie war eine ausgezeichnete Ruderin, groß und athletisch, sodass sie im Handumdrehen das Ufer erreichten. Sie steuerte das Boot auf eine kleine Sandbank, dann sprangen sie und Johnny heraus und trugen es, mit Smudge noch an Bord, auf den gekiesten Strand.

Es hatte etwas Verwegenes, an Land zu sein, nur sie drei, weit weg von der Little Utopia. Er befestigte die Leine an einem Felsbrocken, während er überlegte, ob er den einhändigen Palstek noch beherrschte. Ja. Tat er.

»Angeber«, bemerkte Annie, nahm die Taschen heraus und lehnte sich zu ihm herüber, wobei er einen Blick auf ihr Dekolleté unter ihrer Karobluse erhaschte.

Spielerisch warf er sich in die Brust. »Tja, entweder man hat's oder man hat's eben nicht, Schätzchen«, konterte er, woraufhin sie neuerlich lächelte.

»Wo hast du die Beeren denn gesehen?«, fragte er und ließ den Blick über die mit Sträuchern bedeckte Landschaft schweifen. Hier, an Land, war es deutlich wärmer. Eine Woge der Hitze schien von den Hügeln herunterzuziehen. Es würde ein heißer Tag werden.

»Da oben«, antwortete Annie, nahm Smudges Hand und machte sich auf den Weg.

Johnny folgte dem kleinen Mädchen, das sich, Gilla fest in einer Hand, ebenso flink und mühelos bewegte wie seine Mutter. Die rote Jacke leuchtete in der Sonne, als sie den Hügel erklommen, wobei Gillas Pfote im Staub schleifte. Der Boden war hellorangefarben und erstaunlich fruchtbar – offenbar hatte der Sturm ganze Arbeit geleistet und alles anständig durchfeuchtet. Hunderte winziger Blumen blühten rings um sie, und winzige Vögel stoben aus dem Gebüsch auf. Eine Eidechse flitzte vor ihnen über den Pfad, die Smudge minutenlang vergeblich einzufangen versuchte.

Inzwischen kam die Sonne vollends heraus. Der Dunst löste sich auf, während sich der Himmel in einem tiefen, satten Blau färbte. Auf halbem Weg blieben sie stehen, um einen Schluck Wasser zu trinken, und blickten auf das Boot mit den beiden winzigen Gestalten hinunter – die eine war so viel kleiner als die andere, dass es den Anschein hatte, als gehörten sie nicht einmal derselben Spezies an. Mittlerweile saßen sie ein Stück voneinander entfernt auf dem Deck, und Johnnys Laune hob sich augenblicklich.

»Daddy!«, rief Smudge und winkte, doch weder er noch Clem sahen auf. Offenbar hatten sie den Kassettenrekorder eingeschaltet. Leise Musik wehte über das Wasser herüber, doch Johnny konnte nicht ausmachen, um welchen Song es sich handelte. Das Wasser rings um das Boot war türkisblau und so klar, dass er sogar die Ankerkette und die Felsen erkennen konnte, an der er sich festgehakt hatte.

»Siehst du?« Johnny beugte sich zu Smudge hinunter, die neben ihm stand. »Keine Ungeheuer heute.«

»Während des Tages verstecken sie sich«, erklärte sie sachlich und wandte sich ihm zu. »Hast du schon mal ein Ungeheuer gesehen, Johnny?«

»Nein, ich nicht. Aber ich bin mal mit einem Mann gesegelt, der eines gesehen hat. Er war draußen auf dem Pazifik, Tausende Meilen vom Land entfernt. In einer dunklen, mondlosen Nacht saß er draußen und hielt Wache, als ihm plötzlich zwei leuchtende grüne Augen aus dem Wasser links und rechts vom Bug ansahen. Sie seien immer näher gekommen, meinte er, während das Ungeheuer aus dem Wasser gestiegen sei, immer höher und höher, den Mast hinauf bis ganz nach oben.«

Smudges Augen wurden immer größer. »Und was hat es dann gemacht?«

»Gar nichts. Das Ungeheuer hat ihn bloß angestarrt, dann ist es ganz langsam wieder verschwunden.«

»Hat er es gefangen?«

»Nein.«

»Ich hätte es gefangen. Mit meinem Netz«, sagte sie, legte ihre kleine Hand in Johnnys und hielt sie ein ganz klein wenig fester umklammert als vorher.

Annie hatte recht: An den Sträuchern hingen Beeren in Hülle und Fülle. Er bückte sich, um sie von den dünnen, dornigen Zweigen zu pflücken. Im Nu war seine Tasche gefüllt. Smudge blieb eine ganze Weile an seiner Seite und half ihm, auch wenn nur die eine oder andere zerdrückte Beere den Weg in die Tasche fand.

»Heb dir ein paar fürs Mittagessen auf«, sagte Johnny zu ihr.

»Aber ich esse sie doch gar nicht«, erklärte sie und blickte ihn mit dunkelviolett verschmiertem Kinn und Mund an.

Er zerzauste ihr das ohnehin zerzauste Haar. Als sie sich satt gegessen hatte, verlor sie das Interesse und schlenderte ein bisschen herum, spielte und summte leise vor sich hin. Annie war den Hang ein Stück hinaufgegangen und pflückte mit raschen, routinierten Bewegungen.

Winzige blaue Schmetterlinge umkreisten ihn. Einige setzten sich auf sein Hemd, weil sie ihn irrtümlich für eine Blüte hielten. Er sah ein paar Eidechsen und einer großen Spinne zu, die sich eilig vor ihnen in Sicherheit brachten. Dieses Fleckchen Erde war von Leben erfüllt. Innerhalb kürzester Zeit war seine Tasche prall mit Blaubeeren gefüllt. Mittlerweile hatte er seine Technik verfeinert und konnte gleich acht oder neun der dunklen Beeren auf einmal pflücken. Er mochte dieses Gefühl der Genügsamkeit, sich aus der Fülle bedienen zu dürfen, die das Land oder die See ihm boten. Es war eine befriedigende Art und Weise, sein Leben zu verbringen. Er sah es klar und deutlich vor sich: er und Clem an Bord ihres eigenen Boots, einer doppelendigen, mit Teakholz belegten Ketsche. Er wischte sich den Schweiß von der Stirn und sah zu Annie hinauf, die noch immer eifrig pflückte.

»Johnny«, flüsterte eine kleine Stimme über die Sträucher hinweg.

»Was ist denn?« Er trat zu Smudge, die im Gebüsch kauerte. Ihre Piratenjacke hatte sich in den Sträuchern verfangen und stand an den Ecken wie ein Zelt ab, sodass ihr nacktes Hinterteil entblößt war. Sie hielt etwas in den Händen. »Was hast du denn da?«

Sie öffnete ihre Hände, sodass die perfekteste Miniaturschildkröte zum Vorschein kam, die er je gesehen hatte. Im ersten Moment dachte er, sie sei aus Plastik, doch dann hob das Tier den Kopf und blickte ihn an. Er ging neben Smudge in die Knie. Die Schildkröte musste gerade erst geschlüpft sein. »Captain Hook«, flüsterte er ehrfürchtig. »Du hast einen Schatz gefunden!« Behutsam strich er mit dem Finger über den glatten, weichen Panzer. »Wo hast du die denn her?«

»Von da drüben. Da sind noch ganz viele!« Sie war sichtlich stolz auf ihre Klugheit.

»Zeig mal«, sagte er.

Sie sprang auf, zerrte so heftig an ihrer Jacke, dass sie prompt noch einige weitere Löcher bekam, und lief davon. Er folgte ihr durch die Sträucher und blieb nur gelegentlich kurz stehen, um sich an einem Mückenstich zu kratzen.

»Hier!«, rief sie und blieb unvermittelt stehen. Und siehe da – vor ihr trottete eine Schildkrötenmutter mit fünf Jungen durchs Gebüsch. Die Kleinen hatten sichtlich Mühe, ihr zu folgen, und mussten zehn Schritte machen, wo das Muttertier gerade einmal einen benötigte. Vorsichtig beugte Johnny sich vor, um sie genauer in Augenschein zu nehmen. Smudge trat neben ihn, legte den Arm um seinen Hals und lehnte sich gegen ihn. In der einen Hand hielt sie noch immer das Schildkrötenbaby, während sie ihm mit der anderen das Haar zerzauste, so wie er es zuvor bei ihr gemacht hatte. Sie roch nach Heidelbeeren und Seife. Schließlich ging sie ebenfalls in die Hocke und versuchte, der Babyschildkröte unter gemurmelten Ermutigungen eine Blaubeere ins Maul zu schieben. Sie war hinreißend, mit ihrer von Sommersprossen übersäten Himmelfahrtsnase, ihrer weichen Babyhaut, den dunkelvioletten Heidelbeerlippen und den riesigen dunklen Augen.

»Ich glaube, sie will sie nicht essen«, sagte Smudge und sah zu Johnny auf. »Trinken Schildkröten Milch?«

»Nein«, antwortete Johnny. »Sie gehören zu den Reptilien.«

»Und Orangina?«

»Auch nicht.«

»Können Schildkröten springen?«

»Nein.«

»Sie sieht aber aus, als könnte sie es.«

»Tut sie aber nicht.«

»Sie wird mein neues Haustier.«

»Du solltest sie lieber bei ihrer Mami lassen«, meinte Johnny.

»Nein«, erklärte sie, als wäre das eine ganz schlechte Idee. »Sie gehört mir. Ich hab ihr auch schon einen Namen gegeben.«

»So? Wie heißt sie denn?«

»Granny.«

»Granny?«

»Ja.«

»Das ist aber ein hübscher Name«, lobte Johnny und streichelte eine der anderen Schildkröten.

»Hast du denn eine Granny, Smudge?«, fragte er und setzte sich auf den Boden.

Sie schüttelte den Kopf. Dann nickte sie und zog nachdenklich die Nase kraus. »Na ja, doch, ich hab eine. Ich hab sogar schon mal mit ihr telefoniert. Aber sie kann uns nicht leiden.«

»Ich bin sicher, sie kann euch leiden.«

»Nein, kann sie nicht. Sie hat gesagt, meine Mummy sei eine dämliche Kuh und meinen Daddy sollte man einsperren und den Schlüssel wegwerfen.« Bei den letzten Worten hob sie die Stimme und sprach mit einem leicht irischen Akzent, dann bückte sie sich erneut, um der Schildkrötenmutter eine Blaubeere ins Maul zu schieben.

»So, brave Schildkröte«, murmelte sie, an ihre Handfläche gewandt. »Wir werden jetzt ein schönes Bad nehmen und eine Tasse Tee trinken.«

Johnny sah auf. Annie winkte ihnen zu und schwenkte die Wasserflasche. Er bedeutete ihr, zu ihnen herunterzukommen.

»Und was ist mit Cousins und Cousinen?«, fragte Johnny, doch wieder schüttelte Smudge den Kopf. »Und sonst auch keine Familie?«

Sie zuckte mit den Achseln. »Ich wünsche mir einen großen Bruder, aber Mami will kein Baby mehr. Aber mein Daddy schon.« Sie sah ihn an und kniff die Augen gegen die Sonne zusammen. »Ich weiß, wie die Babys in Mamis Bauch kommen …«

»Sehr gut«, lobte Johnny und tat so, als wäre er völlig fasziniert von den Schildkröten.

Wenig später gesellte sich Annie mit einer Tasche voller Beeren zu ihnen. Sie hatte ihr Haar zu einem Pferdeschwanz zusammengebunden, und auf ihrer Haut schimmerte eine dünne Schweißschicht. Beim Anblick der Schildkröten erhellten sich ihre Züge.

»Na, so was!«, rief sie und ging in die Hocke.

»Ich hab sie gefunden«, erklärte Smudge voller Stolz.

»Sind die nicht süß? O Smudge, du bist mein kluges kleines Mädchen.«

»Die hier gehört mir. Sie ist mein Haustier.« Sie öffnete ihre Hand, um ihrer Mutter die winzige Schildkröte zu zeigen.

»Nein, Schatz, die kannst du nicht behalten. Sie gehört zu ihrer Mami.«

»Nein!«

»Na gut, eine Weile darfst du dich noch um sie kümmern«, lenkte Annie ein.

»Sie könnte doch mein Geburtstagsgeschenk sein«, schlug Smudge vor, als wäre dies die perfekte Lösung.

Annie drückte ihr einen Kuss auf die Stirn. »Hier, trink«, sagte sie und hielt ihr die Wasserflasche vor die Lippen. Smudge nahm einen Schluck, dann goss sie ein paar Tropfen in ihre Handfläche für Granny, die brav den Kopf senkte und trank.

Noch eine Weile beobachteten sie die Schildkröten, dann zogen Annie und Johnny sich in den Schatten eines Olivenbaums zurück. Schulter an Schulter saßen sie gegen den Baumstamm gelehnt, während die Kakofonie der Grillen für einen Moment verstummte. Annie hielt Johnny die Wasserflasche hin.

»Nach dir«, sagte er und sah zu, wie sie gierig ein paar Schlucke trank, ehe sie ihm die Flasche reichte.

Die Aussicht war herrlich. Von hier aus konnten sie lediglich die Mastspitze der Little Utopia sehen, die leicht hin und her schwankte wie das Pendel eines Metronoms. Das Wasser war ein Flickenteppich aus Türkis- und Grüntönen. Ein Stück weiter draußen, wo die See ein tiefes Blau besaß, machte Johnny ein Boot mit gesetzten Segeln aus. Das weiße Dreieck schien recht zügig dahinzusegeln, was auf eine stramme Brise schließen ließ. Johnny wünschte sich, an Bord dieses Schiffes zu sein. Er schloss die Augen und lauschte den Grillen. In der Ferne hörte er Smudges melodiöse Stimme, als sie den Schildkröten selbst erfundene Lieder vorsang. Er trank noch einen Schluck Wasser und beobachtete mit einem Auge die blauen Schmetterlinge, die ihn dutzendweise umschwirrten. Als er sich den Schweiß von der Stirn wischte, streifte er versehentlich Annies Arm.

»Wann hat Smudge denn Geburtstag?«, fragte er.

Annie, die offenbar gedöst hatte, schlug die Augen auf. »In drei Tagen.«

»Sie hat gesagt, sie werde fünf.«

Lächelnd schloss Annie erneut die Augen, und Johnny sah das Lächeln verschwinden, wie zerfließendes Wachs, während die Traurigkeit abermals die Oberhand gewann. Das Leben musste ihr irgendwann eine herbe Enttäuschung zugefügt haben. Er fragte sich, wie so etwas vonstattengehen mochte, ob es unvermittelt oder auf eine heimtückische Weise geschah. Sie schlug die Augen wieder auf, und Johnny wandte eilig den Blick ab.

»Du musst mich für eine Rabenmutter halten«, sagte sie. »Eine erbärmliche alte Säuferin.«

»Natürlich nicht«, widersprach er und setzte sich auf. »Außerdem kenne ich dich doch überhaupt nicht.«

»Stimmt«, sagte sie leise, legte ihre Hand auf seine und tätschelte sie behutsam. »Du kennst mich nicht.«

Sie nahm ihm die Flasche aus der Hand, schraubte sie auf und nahm einen Schluck. Er blickte in die Richtung, wo Smudge spielte. Er konnte sie zwar nicht sehen, doch ihr leises Summen wehte zu ihnen herüber.

»Er hat mich gerettet«, sagte Annie. Sie hatte in die Ferne geblickt, doch nun wandte sie sich ihm zu. »Was auch immer Frank sonst getan haben mag, mich hat er jedenfalls gerettet.«

Verwirrt fuhr er sich mit der Hand durchs Haar. »Wovor denn?«

Sie lächelte und schüttelte den Kopf, als wäre ihr gerade klar geworden, wie idiotisch es war zu glauben, er könne sie verstehen. »Vor mir selbst«, sagte sie.

Nun war Johnny derjenige, der sich wie ein Idiot vorkam, weil er nicht die leiseste Ahnung hatte, wovon sie sprach. »Tja, er scheint ein sehr außergewöhnlicher Mann zu sein, dein Frank«, bemerkte er.

»Ja, das ist er«, bestätigte sie mit derselben tonlosen Stimme wie zuvor.

Eine Weile saßen sie schweigend da.

»Ich könnte ihn niemals verlassen. Niemals.«

»Natürlich nicht«, erwiderte Johnny verwirrt. »Weshalb solltest du auch?«

Sie gab einen Laut von sich, der wie ein Lachen klang, ihr jedoch im Halse stecken blieb. »Ich bin kein schlechter Mensch, Johnny.«

Er hatte den Eindruck, dass sie kurz davor stand, in Tränen auszubrechen, wusste jedoch nicht, wie er damit umgehen sollte. »Natürlich nicht.«

Wieder wandte sie den Blick ab und blickte, ebenso wie er, aufs Meer hinaus. Er wollte ihr helfen, sie ein wenig aufmuntern, diese Melancholie verjagen, deren Ursache er nicht erahnen konnte. Er zog seinen Tabak aus der Tasche und drehte sich eine Zigarette, die er anzündete und ihr reichte.

»Danke«, sagte sie, gerührt über diese Geste.

Er spürte ihren Blick auf sich ruhen, als er sich eine Zigarette für sich selbst drehte. Es machte ihn verlegen. Als er sie anzündete und den Kopf hob, stellte er fest, dass sie ihn immer noch beobachtete. Diesmal wandte er den Blick nicht ab.

»Ich hab mitbekommen, wie du meine Brüste angesehen hast, Johnny«, sagte sie und ließ den Rauch zwischen ihren Lippen entweichen. Sie saß völlig reglos da, nur ihre Lippen bewegten sich. Johnny fühlte die Kühle ihres Atems auf seiner Haut. Er ließ sein Feuerzeug zuschnappen und nahm einen Zug. Er war nicht sicher, ob sie ihn hochnehmen wollte oder es ernst meinte. Plötzlich hatte er Mühe, Luft zu bekommen. Sein Atem kam schnell und abgehackt, und er fürchtete, dass er nur ein hohes Krächzen herausbringen würde, wenn er jetzt etwas sagte.

»Du kannst sie gern berühren, wenn du magst.«

Sie sprach so leise, dass er kurz überlegte, so zu tun, als hätte er es nicht gehört. Doch sie wussten beide, dass er sie sehr wohl verstanden hatte. Mit langsamen, gleichmäßigen Bewegungen begann sie ihre Bluse aufzuknöpfen, ohne den Blick von ihm zu wenden, während er dasaß und weder wusste, wo er hinsehen, noch was er machen sollte. Also tat er gar nichts. Ein leises Lächeln umspielte ihre Lippen, als amüsierte sie seine Verlegenheit. Schließlich schlug sie den Stoff zurück, und Johnny betrachtete sie – weil es schlicht unmöglich war, es nicht zu tun. Er spürte, wie sich sein Herzschlag beschleunigte. Annie besaß die Art von Titten, für die jeder Mann sein letztes Hemd geben würde. Als er den Kopf hob und wieder in ihre fahlblauen Augen sah, erkannte er etwas darin, das ihm bislang noch nicht aufgefallen war. Frank hatte recht: *Nur in der Nacktheit gelingt es uns, unser Innerstes zu entblößen.* Ja, dachte er, er glaubte einen Blick auf Annies wahres Ich erhascht zu haben.

»Fass sie an, Johnny«, forderte sie ihn auf.

Er musste eine Geste gemacht haben, denn sie streckte die Finger aus, nahm seine von den Blaubeeren violett verfärbte Hand und legte sie auf ihre Brust. Sie fühlte sich warm, leicht feucht und unfassbar voll an. Seine Finger strichen über ihre

Haut. Behutsam kniff er ihre Brustwarze zwischen Daumen und Zeigefinger zusammen. Sie ließ den Kopf in den Nacken sinken und stieß ein leises Stöhnen aus. Sie zu berühren war ganz gewiss keine bewusste Entscheidung gewesen, und doch spürte er, wie sein Mund trocken und sein Schwanz hart wurde.

»Mama!« Eilig zog er seine Hand weg. »Mama?«, rief Smudge. »Ich glaube, ich habe Granny aus Versehen kaputt gemacht ...«

Johnny sprang auf, wobei er die Flasche umstieß. Er stellte sie wieder hin, während Annie langsam ihre Bluse zuknöpfte.

Clem hatte zwei dicke Fische gefangen, die sich, soweit sie es beurteilen konnten, im Eimer hinter ihr tot stellten. Frank hatte fünf Stück gefangen. Auch sie trieben reglos im Wasser, doch sobald sie sie anstieß, flappten sie mit den Flossen, ehe sie wieder in Starre verfielen. Erwartungsvoll saß sie mit ihrer Angelrute in der Hand auf dem Deck, blickte aufs glitzernde Meer hinaus und summte leise *Space Oddity* vor sich hin. Frank trat mit zwei Tassen Kaffee zu ihr. Er hatte sein Hemd ausgezogen, unter dem sein bemerkenswert durchtrainierter Oberkörper zum Vorschein kam. Sie musste zugeben, dass er eine ziemlich eindrucksvolle Gestalt war. Er bückte sich und reichte ihr eine der Tassen, dann setzte er sich mit dem Rücken zu ihr und griff nach seiner Angelrute. Sie hatte ihn bisher noch nicht ohne Hemd gesehen. Eilig wandte sie den Blick ab. Der Anblick hatte etwas eigentümlich Intimes.

Sie sah aufs Meer hinaus und lauschte. *Planet earth is blue and there's nothing I can do*. Armer alter Major Tom. Sie dachte an ihren Dad; daran, wie er diesen Song immer mitgesungen und sie mit seiner Imitation von David Bowie oder Mick Jagger zum Lachen gebracht hatte.

»Sind deine Mum und dein Dad immer noch zusammen?«, fragte Frank. Es war fast unheimlich, dass er stets genau zu wissen schien, was sie gerade dachte.

»Gott, nein, sie sind seit Jahren geschieden.« Sie registrierte die Lässigkeit ihres Tonfalls. Sie hatte diesen Satz über die Jahre perfektioniert.

»Geschwister?«

»Ja. Zwei Halbbrüder.« Obwohl sie sich um denselben Tonfall bemühte, kamen die Worte nicht ganz so mühelos über ihre Lippen. Ein Anflug von Risiko schwang darin mit. Sie war auf einem Boot, der Little Utopia. Erinnerungen stiegen ungewollt in ihr auf. Die fehlende Abwechslung und der scheinbar endlose Horizont schienen düstere Gedanken an die Oberfläche steigen zu lassen, wie Blasen aus einem tiefen Gewässer.

Eine Weile saßen sie schweigend da. Sie sah einen Vogel über ihnen vorbeifliegen. Frank beugte sich herüber, um nach einer Zigarette zu greifen. Ihr Blick fiel auf seinen Rücken. Über die gesamte Länge zog sich eine glatte Narbe, die in der Sonne schimmerte. Sein rechtes Schulterblatt wies mehrere wellenförmige Vertiefungen auf, als wären Teile davon herausgeschnitten worden. Sie fand die Verstümmelungen eigentümlich schön; in gewisser Weise hoben sie seine Einzigartigkeit hervor. Sie verspürte das Bedürfnis, sie zu berühren.

»Nicht besonders hübsch, was?«, sagte er, ohne sich umzudrehen. Er musste ihren Blick bemerkt haben.

Verlegen sah Clem weg.

»Aber ich kann von Glück sagen, dass ich überhaupt noch lebe«, fuhr er fort. Er streckte die Beine aus. Sie betrachtete die lange Narbe an seiner Wade. »Ich habe sechs Monate im Hotel KV verbracht.«

Sie hatte immer ein wenig Mühe zu erkennen, wann er scherzte und wann nicht. Deshalb überlegte sie einen Moment lang, weshalb er sich für so lange Zeit in einem Hotel einquartieren sollte. Schließlich fiel der Groschen – Hotel Krankenversicherung. »Du hast sechs Monate im Krankenhaus gelegen? Das ist ja grauenhaft«, sagte sie.

»Na ja, rückblickend betrachtet, war es gar nicht so übel.« Er griff nach seiner Tasse und nippte daran. »Ich hatte endlich Zeit für all die Bücher, die ich schon seit Jahren lesen wollte.«

Sie schlug eine Fliege weg, die um ihren Kopf summte. Sie war nie eine Leseratte gewesen, sondern hatte lieber ihre Zeit damit verbracht, die Dinge in Angriff zu nehmen. Erst vor Kurzem hatte sie Bücher für sich entdeckt. »Zum Beispiel?«

»All die Klassiker. Ovid, Hermes, Ficino. Die ganzen Philosophen.«

Keiner dieser Namen sagte ihr etwas, doch sie hoffte, dass er es nicht merken würde. Sie wünschte, sie wäre ein klein wenig belesener. Erst allmählich ging ihr auf, wie ungebildet sie in Wahrheit war. »Hast du Philosophie studiert, Frank?«

»Nein, zumindest nicht offiziell.«

»Ich würde auch gern Philosophie studieren. Es wäre schön, etwas mehr zu lesen. Ich habe den Eindruck, als hätte ich in dieser Hinsicht Nachholbedarf.«

Er zog seine Angel ein Stück weiter heran und verlagerte das Gewicht. »Was würdest du denn gern wissen?«

»Ich will ...« *Ich will so sein wie du, mich so gut auskennen wie du,* hätte sie am liebsten geantwortet. »Schätzungsweise würde ich einfach gern nach der Wahrheit hinter allem suchen.«

»Ah! Die Wahrheit!« Er drehte sich um und lächelte sie an. Wieder war es schwer zu beurteilen, ob er sich über sie lustig machte oder nicht. »Du bist also auf der Suche nach Wissen ...«

»Ja«, gab sie vorsichtig zurück, doch er machte keine Anstalten, fortzufahren. »Wo sollte ich deiner Meinung nach anfangen?«

»Wenn du nach den Antworten suchst, wäre es wohl am besten, erst einmal die richtigen Fragen zu stellen.«

Schlagartig war ihr Gehirn wie leer gefegt, keine einzige Frage fiel ihr ein.

»Ich meine nicht jetzt gleich, Clem.« Er sah sie so liebevoll an, dass es ihr nichts ausmachte, wenn er sie auslachte.

»Johnny und ich wollen nach Indien. Vielleicht könnte ich ja in einen Aschram gehen.« Er gab keinerlei Kommentar dazu ab. »Und vielleicht einen Guru finden«, fügte sie hinzu, obwohl sie nicht einmal genau wusste, was ein Guru überhaupt machte. Aber Rob hatte einen kennengelernt und in den höchsten Tönen von ihm geschwärmt.

»Du brauchst keinen Guru, Clem. *Du* bist diejenige, die Antworten auf die Fragen finden muss, die dich beschäftigen. Das ist ja das Schöne im Leben.« Er zwinkerte ihr zu, dann wandten sie sich wieder dem Angeln zu.

»Hast du schon mal von Krishnamurti gehört?«

Sie tat so, als läute es beim Klang dieses Namens vage. »Sollte ich etwas von ihm gelesen haben?«

Er legte seinen Arm auf die Reling. »Er war ein großartiger Mann, ein wirklich außergewöhnlicher Denker.« Er lächelte, und Clem fragte sich, ob die beiden wohl Freunde gewesen waren, worüber sie geredet und diskutiert haben mochten.

»Wo auch immer er gesprochen hat, wollten die Leute mehr erfahren. Sie haben ihn mit Fragen bombardiert, bis er eine riesige Gefolgschaft um sich geschart hatte. Eines Tages erklärte er vor dreitausend seiner eingefleischtesten Anhänger, dass es das gewesen sei. Sie sollten sich verziehen und endlich anfangen, sich um ihren eigenen Kram zu kümmern, sagte er zu ihnen.« Frank schien das rasend komisch zu finden. »Die Leute haben geweint und geschrien. Für sie war es der Weltuntergang. Was sollten sie jetzt tun, wem sollten sie folgen?«

»Warst du auch da?«

Er drehte sich zu ihr um und lachte noch ein bisschen lauter. »Ich mag alt sein, Clem, aber das Ganze ist 1929 passiert.«

Auch Clem brach in Gelächter aus.

»Aber ich habe die Rede gelesen, die er damals gehalten hat. Sie ist wirklich gut. Die solltest du dir mal ansehen.«

»Das werde ich. Was genau hat er denn gesagt?«

Die Fliege, die sie umkreist hatte, suchte nun Frank heim und spazierte ungeniert auf seiner nackten Haut herum. Bei ihrem

Anblick verspürte Clem einen Anflug von Neid auf ihre Unverfrorenheit. Unwirsch schlug er sie weg.

»Er hat ihnen erklärt, die *Wahrheit* sei ein pfadloses Land. Es gebe keine Pfade, die die Menschen zu ihr führen würden, weder Religionen noch Sekten. Stattdessen sei die Wahrheit grenzenlos und könne weder konditioniert noch organisiert werden. Falls man es doch tue, werde sie zu etwas Totem, Starrem. Diese Organisationen würden das Individuum verkrüppeln und daran hindern, zu wachsen und seine Einzigartigkeit zu leben, die darin liege, ganz allein die uneingeschränkte Wahrheit zu finden.«

Voller Mitgefühl dachte sie an all die weinenden und schreienden Anhänger. Wie um alles in der Welt sollte man seine eigene Wahrheit finden?

»Glaubst du, Jesus dreht sich wegen der Massenbewegung, die er versehentlich ausgelöst hat, im Grabe um?«, fragte sie, in der Hoffnung, damit bei ihm Eindruck zu schinden. »Immerhin war er doch derjenige, der gesagt hat, man solle sich selbst treu sein.«

Wieder drehte Frank sich um und lächelte. »Aber hallo. Wie ein Brummkreisel, Clem.«

Sie saßen in einträchtigem Schweigen da und angelten weiter. Er tippte sich eine Zigarette aus dem Päckchen, zündete sie an und reichte sie ihr. »Es ist schwer, sich selbst gegenüber aufrichtig zu sein, zu seinen Überzeugungen zu stehen. Manchmal muss man dafür gegen die allgemein gültigen Regeln verstoßen.«

Sie stützte sich mit dem Kinn auf der Reling ab und streifte dabei die Wunde, die sie sich auf den Felsen zugezogen hatte. Sie schob die Hände unter die Oberschenkel und fragte sich, gegen welche allgemein gültigen Regeln er verstoßen haben mochte.

»Regierungen und Religionen müssen uns kontrollieren. Und ich weiß, wovon ich rede, glaub mir«, sagte er mit seiner typischen Samtstimme. »Deshalb richten wir uns nach ihren Regeln.« Er zündete eine zweite Zigarette an, wandte sich ihr zu und blies den Rauch in die Luft. »Aber wer profitiert deiner Meinung nach in Wahrheit von all diesen Regeln?«

»Wir alle, schätze ich«, gab sie trotzig zurück, als Versuch, gegen *seine* Regeln zu verstoßen.

»Kann sein«, sagte er und stützte sich auf seiner Hand ab, doch sein Tonfall verriet, dass er ihre Meinung nicht teilte. »Wieso verstößt es gegen das Gesetz, den Mann zu töten, der in dein Haus einbricht und deine Frau vergewaltigt? Und wieso ist es jedoch absolut in Ordnung, einen Wildfremden in einem Krieg wegen Ölreserven abzuknallen, der einen in Wahrheit überhaupt nicht betrifft?«

Sie hoffte nur, dass er keine Antwort von ihr erwartete. Johnny war besser darin, kluge Antworten auf derartige Fragen zu geben. Seine Meinung beruhte stets auf einer präzisen Logik.

»Für die Gesellschaft ist es wichtig, dass wir gewisse Denkmuster verfolgen, damit sie funktionieren und uns für ihre Zwecke vor den Karren spannen kann. Sie muss uns sagen, auf wen wir mit dem Finger zeigen sollen, wer die ›Opfer‹ und wer die ›Täter‹ sind.« Er sah ihr direkt in die Augen. Es fühlte sich an, als könnte er geradewegs in sie hineinblicken. »Du musst deinen eigenen Kompass ausrichten, Clem. Vergiss das nie.«

Seine Augen waren so dunkel, sein Blick so eindringlich, dass sie im ersten Moment nicht merkte, wie etwas heftig an ihrer Angelschnur zog.

Bereits auf dem Rückweg hörte Johnny Franks leise Stimme übers Meer wehen. Er wünschte, er wäre nie von Bord gegangen, hätte niemals Beeren gepflückt und schon gar nicht Annies Brüste berührt. Beladen mit neuer Schuld, kehrte er an Bord zurück. Vor wenigen Stunden hätte er geschworen, dass Clem ihn betrügen würde, doch nun hatte sich das Blatt gewendet, und er war ihr zuvorgekommen. Er spürte, wie die Lust und die Selbstverachtung in ihm widerstritten, hasste sich dafür, seinem Schwanz derart ausgeliefert zu sein. Es war allerhöchste Zeit, von Bord zu gehen, das nächste Dorf zu finden und die drei auf der Little Utopia zurückzulassen. Dafür würde er schnellstens sorgen. Die Wahrheit war, dass er sich in Annies Gegenwart selbst nicht über den Weg traute.

Sie saß mit geschlossenen Augen direkt vor ihm, ließ die Zehen ins Wasser baumeln und stützte sich auf den Ellbogen ab, sodass sich ihre Wahnsinnsbrüste nur umso verlockender vorwölbten. Auf ihrem Gesicht spielte ein müßiges Lächeln. Was vorhin passiert war, schien sie nicht im Mindesten zu kümmern. Sie tat, als sei alles in bester Ordnung, und schenkte Johnny nicht mehr und nicht weniger Aufmerksamkeit als zuvor, so als hätte keiner von ihnen je eine Grenze überschritten.

»Hey, Smudge«, sagte er, um sich von seinen Gedanken abzulenken, »wie geht's Granny?«

Smudge, die hinter ihm am Bug saß und Granny irgendwelche Sinnlosigkeiten in die nicht erkennbaren Ohren flüsterte, hatte das winzige Tierchen im Zuge eines Sprungkraftexperiments auf einen Felsen fallen lassen.

»Eines ihrer Beine wackelt ein bisschen«, antwortete sie. Nun, da Grannys Lebenserwartung in der freien Wildbahn drastisch gesunken war, hatte Annie ihr erlaubt, sie als Haustier mit an Bord zu nehmen.

Johnny ruderte weiter und sah zu, wie die Ruderblätter durch das glasklare grüne Wasser zischten. Er hörte Clem lachen, gefolgt vom leisen Platschen, als ihre Angelrute im Wasser landete. Er hielt einen Moment lang inne, um der Stille zu lauschen, und blickte zur Küste zu seiner Linken – Meile um Meile nichts als Sträucher und Gebüsch, ein fast klaustrophobischer Anblick. Er sah zu Annie hinüber, die ihn beobachtete, und wandte schnell den Blick ab. Er und Clem mussten so schnell wie möglich von Bord gehen. Sie mussten verschwinden, in ihr altes Leben zurückkehren, wo sie allein waren, nur sie beide. Er warf einen Blick nach Norden, woher sie gekommen waren. Auch dort nichts als endlose Leere, eine Bucht an der anderen, weit und breit keine Möglichkeit, an Land zu gehen und wegzukommen.

»Hey, Leute, wir haben das Mittagessen gefangen!«, rief Frank und stand auf, als sie näher kamen. Er hatte sein Hemd ausgezogen und schwenkte einen Eimer.

Johnny konnte ihm nicht in die Augen sehen, also richtete er seinen Blick auf Franks Brust, die weniger behaart war, als er vermutet hatte. Johnny reichte ihm die Tasche mit den Blaubeeren und das neue Crewmitglied, dann half er Smudge an Bord und schwang sich über die Reling – ohne ihm ins Gesicht zu sehen.

»Hey, Johnny«, flüsterte Frank und hielt ihn am Arm zurück, während die anderen ihre Schätze unter Deck brachten.

Johnny blieb nichts anderes übrig, als ihn anzusehen. In Franks Augen lag ein verschmitztes Glitzern. *Er sieht alles.*

»Du siehst aus, als könntest du eine kleine Aufmunterung vertragen. Hast du Lust, nach dem Essen die Segel zu setzen und mir mal zu zeigen, was du draufhast?«

Johnny nickte. Das war genau das Richtige. Frank entging tatsächlich nichts. »Definitiv«, sagte er.

Annie nahm die Fische aus, und Frank kochte sie, während Johnny sich um Grannys Bein kümmerte: Aus einem alten Lutscherstängel bastelte er eine Schiene für die kleine Schildkröte. Smudge und Clem bauten ihr ein neues Zuhause aus einer leeren Müslischachtel, deren Wände die Kleine mit Filzstiftzeichnungen von agileren, fröhlich durchs Gebüsch hüpfenden Schildkröten verzierte. Schließlich ließen sie Granny mit ihrem geschienten Beinchen einziehen. Das kleine Tier zeigte sich allerdings wenig beeindruckt, sondern starrte tumb die Wände an, völlig verblüfft über die unerwartete Wendung, die sein Leben genommen hatte.

Johnny rutschte neben Clem, legte die Arme um sie und flüsterte ihr ins Ohr, worauf er jetzt am meisten Lust hätte: noch einmal ans Ufer rudern und sich ein hübsches, schattiges Plätzchen suchen, wo sie ein bisschen für sich sein könnten. Smudge, die auf der anderen Seite des Tisches saß, war hellauf begeistert von dieser Idee. In diesem Fall könnten sie noch mehr Schildkröten holen – nicht ganz das, was Johnny im Sinn hatte. Stattdessen schnippelten sie Äpfel und machten Streusel für den Kuchen, und Johnny vergaß Annies Brüste, bis sie sich zu ihnen gesellte und er sie unter ihrer Bluse wippen sah.

Aber es würde nicht mehr lange dauern. Vielleicht fanden sie ja noch heute Nachmittag ein Dorf.

Zu Johnnys Erleichterung verließen sie die Bucht nach dem Mittagessen. Er holte den Anker ein, und Frank warf den Motor an. Eine Zeit lang schipperten sie an der Küste entlang, während Johnny auf das Zeichen wartete, die Segel zu setzen. Er saß gegen den Mast gelehnt neben Clem und genoss die warme Brise. Von Zeit zu Zeit warf er einen Blick zu Frank hinüber, um zu sehen, ob er bereit war. Ohne seine Erlaubnis durfte er die Segel nicht setzen. Das wäre so, als würde man sich im Haus eines Fremden unaufgefordert an der Hausbar bedienen. Er fragte Clem, worauf Frank wohl wartete.

»Nichts, was er tut, geschieht ohne Grund«, antwortete Clem und lutschte lautstark ihr Pear Drop – sie hatte einen Vorrat aus England mitgebracht und ihn auf ein Bonbon pro Tag rationiert, damit er für drei Monate hielt. Sie war süchtig nach den Dingern. »Hast du das noch nicht gemerkt?«

»Doch«, meinte Johnny und streichelte abwesend ihr Bein. Sie sahen zu Frank hinüber, der mit einer Zigarette im Mundwinkel am Ruder stand, während sein dunkles Haar wild im Wind flatterte – beinahe wie Gregory Peck in *Moby Dick*.

»Er hat uns gerettet, stimmt's?«, fuhr sie fort.

Johnny sah sie an. Genau dasselbe hatte auch Annie vorhin gesagt.

»Neulich Abend, meine ich …«

»Ja, wahrscheinlich«, stimmte er zu und nahm ihre Hand. »Trotzdem finde ich, wir sollten im nächsten Dorf von Bord gehen und nicht bis zur nächstgrößeren Stadt warten. Sonst sitzen wir hier noch eine ganze Woche fest.«

Clem wandte sich ihm abrupt zu. »Was ist los? Gefällt es dir hier nicht?«

»Doch, doch«, wiegelte er ab und versuchte, gelassen und vernünftig zu klingen. »Ich will nur ihre Gastfreundschaft nicht überstrapazieren, das ist alles.«

»Aber das tun wir doch nicht. Frank hat gesagt, wir können so lange bleiben, wie wir wollen.« Sie hielt inne und reckte das Gesicht der Sonne entgegen, als ihr ein Gedanke zu kommen schien. »Wieso? Hat Annie etwas gesagt? Was ist vorhin an Land passiert?«

»Gar nichts«, antwortete er viel zu schnell. Sein Magen verkrampfte sich. Er drückte ihre Hand. »Gar nichts ist passiert.«

»Weshalb dann die Eile?« Sie blickte zum Ufer. Ihm fiel auf, dass die Spitzen ihrer Wimpern von der Sonne ausgebleicht waren. Er folgte ihrem Blick. *Gar nichts.* Das arrhythmische Heben und Senken des Bugs der Little Utopia hatte etwas Beruhigendes und lullte sie ein.

»Irgendwie will ich noch nicht weg von hier«, sagte sie und strich über seine Finger. »Ich habe das Gefühl, als wäre der richtige Zeitpunkt noch nicht gekommen. Lass uns warten, bis wir eine richtige Stadt finden.«

Er nahm ihren Vorschlag mit Erleichterung und Besorgnis zugleich zur Kenntnis. Wäre die Sache mit Annie vorhin nicht passiert, würde er ihr aus vollem Herzen zustimmen. Diese Leute hatten etwas an sich, das sie von anderen unterschied. Etwas, das sie reizvoll machte, attraktiv. Doch die Attraktivität hatte nichts mit körperlicher Anziehung zu tun – na ja, irgendwie schon, aber sie schien sich ebenso auf einer tieferen Ebene abzuspielen. Noch verstand er nicht genau, woraus sie bestand. Er wusste nur, dass er sich fühlte, als wäre er eine Ewigkeit durchs Meer geschwommen und als hätte ihm erst jetzt jemand eine Tauchermaske und einen Schnorchel geschenkt.

»Okay«, sagte er. Zumindest hatte er es versucht. »Na ja, entscheiden wir spontan.«

»Richte dich bloß nicht zu häuslich ein da hinten«, rief Frank aus dem Cockpit. »Sie gehört ganz dir.«

Johnny sprang auf und machte sich daran, die Taue zu lösen. »Aye, Aye«, rief er und zog das Hauptsegel auf, doch es klemmte, sodass er sich mit seinem Gewicht dagegenstemmen und einen Fuß am Mast abstützen musste, um es loszubekommen. Das Segel war steif, makellos sauber und blähte sich fast augenblicklich auf. Der Wind hatte ein wenig gedreht, sodass sie dagegen segeln mussten.

»Los, in den Wind, Frank«, schrie Johnny, doch Frank konnte ihn über das Dröhnen des Motors nicht hören. »Clem, dreh sie um, okay?«

Clem rannte los. Frank machte den Motor aus und verschwand unter Deck, während Clem das Ruder übernahm und das Boot in den Wind ausrichtete. Das Segel flatterte heftig, als Johnny es setzte. Er löste das Tau, holte das Hauptsegel ein und rollte das Genuasegel auf. Annie und Smudge kauerten auf der Backbordseite und verfolgten jede seiner Bewegungen; wie er auf dem Deck herumlief, die Segel überprüfte, nach oben spähte, sich über die Reling beugte oder Clem irgendwelche Anweisungen zurief. Frank stand in seinem Fischerpulli auf dem Niedergang und sah breit grinsend zu, wie Johnny das Boot auf maximale Geschwindigkeit brachte.

Johnny übernahm das Ruder und wendete das Boot in einem engen Kreis, wobei es sich gefährlich zur Seite neigte. Prompt schrien Annie und Smudge vor Schreck auf und klammerten sich mit aller Kraft an der Reling fest.

Erstaunt stellte Johnny fest, dass sich die Little Utopia als recht wendig entpuppte. »Ziemlich flott für so eine fette Schnecke«, sagte er mit einem Blick auf Frank und zog das Hauptsegel noch ein paar Zentimeter hoch.

Sie fuhren weiter auf die offene See hinaus, und Johnny spürte förmlich, wie der Wind seine Zweifel und Sorgen wegfegte. Genau das war es. Darauf hatte er die ganze Zeit gewartet – den Kick der Geschwindigkeit, angetrieben allein von der Kraft des Windes. Und Johnny war nicht der Einzige, der einen Adrenalinrausch erlebte. Der Anblick der anderen verriet ihm, dass es ihnen ebenfalls so ging. Man konnte sich ihm nicht entziehen. Ausgeschlossen. Clem setzte sich neben ihn, schob ihre Hand hinten in seinen Hosenbund und küsste die Kuhle unter seinem Wangenknochen, die wie geschaffen für ihre Lippen war. Eine Zeit lang schien alles perfekt zu sein, bis ihm bewusst wurde, dass Annie – mit ihren Wahnsinnsbrüsten – auf der anderen Seite saß. Er musste damit aufhören. Er versuchte, sich mit dem Gedanken abzulenken, dass sie steinalt war. Aber das funktionierte nicht. Stattdessen fiel ihm ein, wie er als Junge auf die Kinder der Nachbarin aufgepasst hatte. Als Nächstes versuchte er, sich auszumalen, wie sie mit Frank schlief, doch auch das war vergeblich, denn es weckte lediglich seine Neugier. Er küsste Clem flüchtig auf den Mund und korrigierte das Segel. *Maximal noch zwei Tage*, dachte er und lehnte sich über die Reling.

Ohne den Schutz der Berge war es wesentlich windiger. Klatschend schlug der Bootsrumpf auf den Wellen auf und sandte einen heftigen Gischtregen über die Reling. Smudge quiekte jedes Mal vor Vergnügen und leckte sich strahlend das Salzwasser vom Gesicht. Sie war ein wildes, tapferes kleines Ding. Rhythmisch pflügte die Little Utopia durch die Fluten.

»O mein Gott!« Verängstigt blickte Annie zu Johnny hoch und hielt Smudge eng an sich gepresst, während er mit zusammengekniffenen Augen das Großsegel im Blick behielt. »Frank!«, schrie er. »Wollen wir ein Reffsegel hissen?«

Frank, der immer noch auf den Stufen stand und aufs Meer hinausblickte, sah zuerst Johnny an, dann die Segel. »Wie du willst«, sagte er.

»Lass uns eins hissen«, sagte Johnny, doch Frank rührte sich nicht vom Fleck.

»Los, mach schon, Frank«, wiederholte Johnny, der dachte, Frank hätte ihn nicht verstanden.

Wieder blickte Frank zuerst zum Segel hinauf, dann sah er Johnny an. »Was ist ein Reffsegel?«, fragte er.

Johnny lachte. *Was ist ein Reffsegel?*

»Das ist mein Ernst«, sagte Frank achselzuckend. »Was zum Teufel ist ein Reffsegel?«

Johnny sah zu Annie hinüber, die ihn ausdruckslos musterte.

»Du weißt doch wohl, was das ist.« Wieder lachte Johnny und fragte sich, ob Frank ihn auf die Probe stellen wollte oder so etwas. »Hast du etwa noch nie gesegelt?«, fragte er und reichte Clem das Ruder.

Frank schüttelte den Kopf. »Nein«, antwortete er. »Ich habe noch nie gesegelt.«

Wieder lachte Johnny, wusste jedoch nicht recht, was er von alldem halten sollte. Vielleicht wollte Frank ihn auf die Probe stellen. Er zog das Reffsegel selbst auf, dann kehrte er ins Cockpit zurück und wendete das Boot, sodass sie nun wieder in Richtung Ufer fuhren. Allmählich dämmerte ihm, dass Frank ihn keineswegs testen wollte. Dass die Segel so nagelneu aussahen, hatte einen ganz einfachen Grund: Sie *waren* nagelneu. Frank hatte keinen Scherz gemacht. Als er gesagt hatte, sie seien die letzten sechs Jahre im Mittelmeer herumgesegelt, hatte er in Wahrheit gemeint, dass sie *gefahren* waren. Mit Motorkraft. Er *konnte* nicht einmal segeln. Eine Hand auf dem Ruder, starrte er Frank völlig entgeistert an. Wie zum Teufel kam ein Mann, der nicht segeln konnte, auf die Idee, mit seiner Familie auf einem Segelboot leben zu wollen? Man musste doch komplett den Verstand verloren haben, um so etwas zu tun. Doch allein die Verrücktheit hinter dieser Idee war beeindruckend.

»Aber wieso hast du dann ausgerechnet ein Segelboot gekauft, Frank? Und kein Motorboot?«, fragte er etwas später, als sie mit einer Flasche Bier in der Hand allein im Cockpit saßen. Frank tippte eine Zigarette aus dem Päckchen, fing sie mit den

Lippen auf und zündete sie an, wobei er die Hand schützend um die Flamme legte. Dann machte er es sich mit einem verschmitzten Grinsen auf seinem Platz bequem.

»Vielleicht hatte ich es beim Aufbruch ja auch ein bisschen eilig. Genauso wie du, Johnny«, antwortete er.

Johnny musterte ihn neugierig. Er wartete, doch Frank machte keine Anstalten, fortzufahren, und Johnny wollte ihn nicht fragen. Er wollte nicht aufdringlich erscheinen; das würde einen Mangel an männlicher Überlegenheit beweisen, und es war ihm immer noch daran gelegen, Eindruck bei dem Mann zu schinden. Frank sollte glauben, dass er anders war als andere, dass er seiner Freundschaft und seines Respekts würdig war.

»Ich kann dir nur so viel sagen, Johnny«, fuhr Frank dann fort und belohnte Johnny für seine Geduld. »Ich habe nichts getan, wofür ich mich schäme.«

Johnny blickte zum Segel hinauf. Mittlerweile war der Wind ein wenig abgeflaut. Er hatte das Hauptsegel festgemacht und das Genuasegel ein Stück weiter geöffnet, während sie ihr Bier tranken. Clem und Annie waren in der Kombüse und plauderten.

»Hast du überhaupt schon mal etwas getan, wofür du dich geschämt hast?«, fragte Johnny, wohl wissend, dass diese allgemeinen Fragen akzeptabel waren.

»Nicht, dass ich wüsste«, gab Frank zurück. Johnny sah, wie der Wind die Asche von seiner Zigarette wehte. »Ich übernehme grundsätzlich die volle Verantwortung für das, was ich tue.«

Johnny wünschte, er könnte dasselbe von sich behaupten.

»Wir alle kriegen das, was wir verdienen, Johnny. Niemand entgeht seinem Karma. Deshalb ist es ja so wichtig, sich genau zu überlegen, welche Wahl man trifft. Man muss zusehen, dass man ein gutes Karma für sich selbst schafft.«

*Ein bisschen spät*, dachte Johnny.

»Bleibt wenigstens, bis wir Datça erreichen«, sagte Frank, als hätte Johnny mit *ihm* über seine Pläne gesprochen, statt mit

Clem, und legte ihm lässig den Arm um die Schultern. »Hier ist doch die totale Einöde.«

Damit war die Entscheidung gefallen. Sie würden bleiben. So einfach war das.

Die Sonne wanderte weiter über den Horizont. In der Ferne erspähte Johnny ein weiteres Segelboot, ansonsten gehörte der Ozean ganz allein ihnen. Er brachte den Rest des Nachmittags damit zu, die Höhe der Segel minimal zu korrigieren, das Genuasegel hochzurollen und wieder zu bergen, ein Reffsegel zu setzen, Taue zu lösen und wieder zu befestigen; alles, was der Wind von ihm verlangte. Frank gefiel das Ganze sichtlich: Beim Segeln hatte man keine Wahl, sondern musste sich zwangsläufig den Gesetzen des Hier und Jetzt beugen, jeder Windbö, die aufkam und wieder verflog. Hier hatte keiner Zeit, der Vergangenheit nachzutrauern. Johnny zeigte ihm, wie man die Segel korrekt las, wie man auf seinen Instinkt vertraute. Es war ein tolles Gefühl, sich bei Frank für all die Großzügigkeit zu revanchieren, die er ihm und Clem hatte angedeihen lassen.

Annie und Smudge zogen sich zurück, um sich etwas auszuruhen. Frank schloss sich ihnen an, während Clem sich mit ihrem schwarzen Notizbuch aufs Deck setzte und zeichnete. Johnny sah ihr zu, beobachtete die methodischen Bewegungen ihrer Finger und fragte sich, was um alles in der Welt es zu zeichnen geben mochte. Schließlich gab es außer der offenen See weit und breit nichts zu sehen. Er dachte daran, wie es eines Tages sein würde, wenn sie ihr eigenes Boot hatten und überall hinsegeln konnte, wo sie wollten, die Welt auf eigene Faust entdecken.

Inzwischen hielt er nicht länger Ausschau nach Dörfern am Ufer. Wozu auch? Heute Vormittag hatte er komplett überreagiert. Es war doch gar nichts passiert, das Ganze war absolut belanglos. Es lag auf der Hand, dass es Annie nichts bedeutete, und ihm ebenso wenig. Sie konnten genauso gut zwei weitere Tage an Bord bleiben und warten, bis sie in eine größere Stadt kamen.

Es wäre doch komplett schwachsinnig, in irgendeinem verlassenen Kaff herumzuhängen. Und nun, da er die Entscheidung, cool zu bleiben und nicht von Bord zu gehen, erst einmal getroffen hatte, spürte er, dass es die richtige war. Sein Bauch sagte es ihm ganz deutlich, genau so, wie Frank es prophezeit hatte. Er konzentrierte sich so sehr auf die Segel, den Horizont und die See, dass er nicht einmal mitbekam, wie sie sich immer weiter von der realen Welt entfernten. Inzwischen beschränkte sich seine Welt einzig und allein auf dieses zehn Meter lange Boot mit seinen fünf Passagieren darauf und auf die Regeln ihres Zusammenlebens, die ihn immer wieder aufs Neue überraschten.

Annie kam als Erste wieder an Deck, gähnend und mit Kissenfalten auf der Wange. Sie trug Franks Hemd, jedoch offensichtlich keine Shorts darunter. Johnny tat so, als würde er es nicht bemerken, obwohl er sich ihrer Gegenwart überdeutlich bewusst war. Da Clem auf dem Bug lag und döste, waren sie ganz allein im Cockpit. Sie reichte ihm eine Tasse Tee, und Johnny stellte fest, dass sie nun diejenige war, die jeden Blickkontakt mied. Sie wirkte fahrig und unglücklich. Vielleicht hatte ja auch sie ein schlechtes Gewissen. Er sah ihr zu, wie sie in der Kombüse herumwerkelte. Sie legte Musik auf, Aretha Franklin, begann zu kochen, las ein Rezept. Die Brise war abgeflaut. Johnny griff nach dem Sextanten und fummelte daran herum. Gerade als er die Linse und die Spiegel gesäubert hatte, kam Annie mit einer Tüte voll Kartoffeln nach oben. Sie löste den Eimer vom Haken, füllte ihn mit Meerwasser, den Blick fest auf den Horizont gerichtet, kippte die Kartoffeln in den Eimer und fing an, sie zu schälen.

»So weit waren wir noch nie vom Ufer entfernt«, sagte sie.

Johnny ließ den Sextanten sinken und sah sie an. »Ernsthaft?«

Sie nickte und blickte ihn aus ihren hellen Augen an – das erste Mal, seit er sie unter dem Olivenbaum berührt hatte –, dann sah sie verstohlen zum Vorschiff. Johnny, der dachte, sie wolle etwas zu dem morgendlichen Zwischenfall sagen, flüchtete sich eilig in die Betrachtung des Horizonts.

»Er kann noch nicht mal schwimmen!«, sagte sie. In ihrem Tonfall schwang ein Anflug von Hohn, von Verachtung mit.

Johnny ließ den Sextanten sinken. »Er kann weder schwimmen noch segeln?«, hakte er nach, obwohl er sich gemein vorkam, hinter Franks Rücken über ihn zu lästern. »Seid ihr beide Masochisten? Wieso zum Teufel habt ihr euch kein Haus, sondern ein Boot gekauft?«

Sie schrubbte beherzt eine Kartoffel. »Auf einem Boot kann einen schließlich keiner finden, oder?«, erwiderte sie, warf einen weiteren Blick unter Deck, wischte sich mit dem Ärmel übers Gesicht und erhob sich eilig, als hätte sie schon viel zu viel verraten.

Wenig später trat Frank in Shorts aus dem Vorschiff. Johnny sah zu, wie er in der Kombüse herumhantierte. Er betrachtete seine breiten Schultern, die Vertiefungen auf seinem Rücken, das gebrochene Schulterblatt. Clem hatte erzählt, er sei von einem Laster überfahren worden, doch es sah eher aus, als wäre er in einen Mähdrescher geraten.

Inzwischen war es Abend. Die benebelnde Wirkung des Alkohols hatte ihren Teil dazu beigetragen, das Gemeinschaftsgefühl zu stärken. Sie waren in eine weitere einsame Bucht eingelaufen, hatten zu Abend gegessen, während sich der Himmel rosa verfärbt und die Erde der Sonne den Rücken zugekehrt hatte. Die Mädchen waren nach unten gegangen, um Smudge eine Gutenachtgeschichte vorzulesen, und tanzten inzwischen zu Hippiemusik in der Kajüte herum. Frank und Johnny saßen mit einer Flasche Rotwein im Cockpit, wo sich der Himmel von seiner spektakulärsten Seite zeigte. Etwas ganz Großes spielte sich dort oben ab. Wohin man auch sah, eine Sternschnuppe nach der anderen flitzte durch die Dunkelheit, ein Schauspiel, das bereits seit Stunden andauerte.

Frank lag auf dem Achterdecksitz, ließ die Beine übers Ruder baumeln und fragte Johnny nach seinen Segelerfahrungen aus, während er den Nachthimmel beobachtete. Johnny erzählte ihm vom einzigen Mal, als er in einen heftigen Sturm geraten war. Sie waren mitten im Golf von Biskaya gewesen, bei einem Wind, der ihnen anfangs noch mit steten sechzig, später jedoch mit achtzig Stundenkilometern entgegengepeitscht war. Er und Rob hatten bei Windstärke zehn eine hölzerne 10-Meter-Segeljolle über die See gesteuert. Das Meer rings um sie herum war weiß gewesen und die Gischt in gewaltigen Zickzacklinien über die Wasseroberfläche gefegt. Sie hatten sämtliche Segel vertäut und sich an die Masten gebunden, in der Hoffnung, dass alles gut gehen würde. Er erinnerte sich noch ganz genau an diese geradezu aberwitzig hohe Woge, die sich über ihm aufgetürmt und gebrochen hatte. Er hatte kaum mehr als einen taschentuchgroßen Streifen Himmel über sich erkennen können, während der Rest nichts als eine gewaltige Wasserwand war, die über ihnen niederging.

»Großer Gott«, sagte Frank und wandte sich Johnny zu. »Und was hast du in diesem Moment gedacht?«

»Ich habe nur gehofft, dass das verdammte Boot nicht absäuft.«

»Ah!«, sagte Frank. »Aber wir dürfen nicht vergessen, dass du ja mit einer Glückshaube geboren wurdest.« Er schwenkte den Wein in seinem Glas.

Johnny lachte.

»Hattest du Angst?«, fragte er weiter.

Befriedigt stellte Johnny fest, dass Frank beeindruckt zu sein schien, und konnte sich einen Anflug von Selbstgefälligkeit nicht verkneifen.

»Angst, Erregung … ist doch sowieso alles ziemlich dasselbe«, sagte er. Er wollte nicht arrogant klingen, außerdem war es keineswegs gelogen. Die einzige Gefühlsregung, die er im Angesicht der unglaublichen Flutwelle empfunden hatte, war ein unbeschreibliches Hochgefühl gewesen.

Frank lachte. »Du bist aus einem anständigen Holz geschnitzt, Johnny. Das gefällt mir«, sagte er und setzte sich auf. Er zündete sich eine Zigarette an, ließ sich zurücksinken und blies den Rauch in den Nachthimmel. Er tippte im Takt der Musik mit dem Fuß auf den Boden und betrachtete Johnny. In seinem Blick lag eine intime, fast sexuelle Direktheit, die ein keineswegs unangenehmes Unbehagen in Johnny auslöste. Ein seltsamer Gedanke kam ihm in den Sinn: Wäre er eine Frau, wäre Frank durchaus der Typ Mann, in den er sich verlieben würde.

Frank starrte ihn unverhohlen an. »Ich glaube, ich habe lange auf dich gewartet, Johnny. Ich glaube, es war Schicksal, dass sich unsere Wege eines Tages kreuzen würden.«

Johnny spürte, wie er rot wurde. Noch nie in seinem Leben hatte er sich so nach der Anerkennung eines anderen Menschen gesehnt. Er kämpfte gegen den Drang an, sich geschmeichelt zu fühlen, sondern gab sich cool, doch als er an seinem Glas nickte und zum Nachthimmel hinaufsah, spürte er, wie er innerlich glühte.

»Ich glaube nicht an Zufälle«, fuhr Frank fort und betrachtete ihn, als sähe er ihn heute zum allerersten Mal. »Für mich ist es einzig und allein eine Frage dessen, eine Gelegenheit zu erkennen und vorbereitet zu sein, wenn sie sich ergibt.«

All das war völliges Neuland für Johnny – die Theorie, dass nichts ohne Grund passierte. Die Idee gefiel ihm. Auf diese Weise war das Leben gleich viel interessanter. Er zog an seiner Zigarette und lauschte dem tröstlichen Knistern der Glut.

»Du magst es, wenn es ein bisschen gefährlich wird, stimmt's, Johnny?«

Johnny war nicht ganz sicher, worauf er anspielte. Nachdenklich lehnte er sich zurück und ließ den Kopf gegen das Kabinendach sinken. Hoch oben am Himmel schoss ein Meteorit durch die Atmosphäre. »Ich denke, ja«, antwortete er schließlich.

»Hat sich das heute auch gefährlich angefühlt?«, fragte Frank leise.

»Nein, das war noch nicht mal eine Fünf.« Langsam ließ er den Rauch entweichen und beobachtete, wie er sich in der Dunkelheit auflöste.

»Nein, ich rede nicht vom Segeln«, sagte Frank. »Sondern von der Sache heute oben auf dem Hügel ... davon, meine Frau anzufassen.«

Johnny erstarrte. Die Musik, die von unten aus der Kabine drang, hallte mit einem Mal ohrenbetäubend in seinem Kopf wider, und er war sich des Hämmerns seines Herzens und der Enge in seiner Brust überdeutlich bewusst.

»War es aufregend?«, fragte Frank mit leiser Stimme.

Johnny setzte sich auf und beugte sich vor. »Sie hat es dir erzählt?«, flüsterte er.

»Sie erzählt mir alles, Johnny.«

Johnny fiel die Kinnlade herunter. Er schluckte gegen den Kloß an, der ihm die Luft abzuschnüren drohte. Sein Blick fiel auf die Kombüse, wo Annie und Clem immer noch abwechselnd herumtanzten oder sich über ein aufgeschlagenes Buch beugten. Johnny rutschte auf seinem Platz vor. »Es tut mir wahnsinnig leid, Frank. Aufrichtig leid. Ich habe keine Ahnung, wie das passieren konnte ... Ich habe nicht gewusst, was ich tue ...«

»Hey«, sagte Frank, rutschte näher und legte Johnny seine Pranke auf die Schulter. »Krieg dich wieder ein. Es macht mir überhaupt nichts aus. Es ist nicht wichtig.« Er winkte ab.

*Es ist nicht wichtig*. Franks riesige Finger kneteten seine Schulter, entspannten ihn. Erteilten ihm Absolution. Das ergab doch keinerlei Sinn.

»Viel mehr interessiert mich das mit der Gefahr.« Er rutschte wieder nach hinten und zog an seiner Zigarette. »Außerdem kann Annie tun, was sie für richtig hält. Andere zu unterdrücken, ist nicht mein Ding. Wir sollten uns selbst keine Zensur auferlegen. Sondern sein, wer wir sind.«

Johnny starrte ihn völlig perplex an. »Glaubst du das wirklich?«, fragte er.

»Leugnen verstößt gegen all meine Prinzipien«, erwiderte Frank, wenngleich mit einem leisen Funkeln in den Augen.

»Du bist echt Wahnsinn, Frank.«

Frank bot ihm eine Zigarette an. Johnny nahm sie, wenn auch mit leicht zitternder Hand, entgegen.

»Um man selbst sein zu können, muss man frei sein, Johnny. So ist nun mal das Leben. Alles andere ist sinnlos.«

»Aber du wirst doch Clem nichts sagen, oder?« Johnny sah ihn an und beugte sich vor, als Frank ihm Feuer gab. Im Schein der Flamme wirkte sein Gesicht dunkel und zerfurcht.

»Wenn du es nicht willst, nein.«

»Wird Annie es Clem erzählen?«

»Wovor hast du denn solche Angst?«, fragte Frank und ließ die Flamme erlöschen, sodass seine Züge in der Dunkelheit versanken. »Ich dachte, Angst und Erregung seien praktisch ein und dasselbe«, bemerkte er grinsend und zerzauste Johnny das Haar, als wäre er ein naiver Schuljunge.

Einen Moment lang verfiel er in Schweigen, dann beugte er sich wieder vor. »Für die Angst ist in der Liebe kein Platz, Johnny.«

Johnny starrte ihn an, wünschte sich, zu verstehen. Manchmal gab Frank ihm das Gefühl, als hätte er sein ganzes Leben lang auf dem Kopf gestanden und die Welt aus der verkehrten Perspektive betrachtet.

»Genau das musst du begreifen!« Ganz langsam pochte er ihm mit den Fingerknöcheln gegen die Schläfe. »Du musst anfangen, die Dinge aus einem anderen Blickwinkel zu betrachten.«

Genau das wollte Johnny. Er wollte die Welt genau so sehen wie Frank, aus seinem Blickwinkel. »Angst haben wir nur vor dem, was wir nicht kennen, Johnny. Das ist alles.«

Johnny nickte. Das klang einleuchtend.

»Willst du wissen, wie du dich von der Angst befreien kannst?«, flüsterte Frank, während er erneut lächelte.

»Ja, sag es mir.«

»Indem du die Ungewissheit ganz einfach willkommen heißt.«

Johnny lauschte verunsichert.

Frank schlug die Beine übereinander und rieb sich nachdenklich das Kinn. »Wieso hast du solche Angst davor, dass Clem davon erfahren könnte?«, fragte er, obwohl er offenkundig keine Antwort von Johnny erwartete. »Was bereitet dir solche Sorgen? Irgendein Schwachsinn, den du dir selbst ausgedacht hast … Glaubenssätze wie, du könntest sie damit verletzen oder sie verärgern. Also lügst du. Oder du sagst zumindest nicht die Wahrheit. Du willst sie schützen. So ist es doch, oder?«, fuhr er mit leiser Stimme fort, während die Mädchen unten weiter tanzten.

Johnny nickte.

»Tja, das ist alles wunderbar, Johnny, aber früher oder später wirst du begreifen, dass es nur eine einzige Lebensform gibt, in der es sich zu leben lohnt – ein freies Leben. Ein Leben ohne Lügen, Halbwahrheiten, Zensur und Missverständnisse. Du hast Annie angefasst, weil du es wolltest. Daran ist doch nichts Schlimmes.«

»Nein?«, fragte Johnny, der ziemlich sicher war, dass Frank damit auf dem Holzweg war.

»Nein.«

»Aber es würde Clem sehr verletzen.«

»Das stimmt«, bestätigte Frank mit leuchtenden Augen. »Weil ihr beide im Moment noch im Gefängnis eurer einstigen Konditionierungen lebt … mit den alten Denkstrukturen und Werten. Aber solange das so bleibt, kann keine Weiterentwicklung stattfinden, sondern nur Stagnation und Verfall. Du musst dich weiterentwickeln, Johnny.« Aus seinem Mund klang dieses Wort wie die wunderbarste Sache der Welt. »Wahre Liebe kennt keine Grenzen«, fügte er hinzu. »Keine Beschränkungen.«

Johnny blickte Frank in die Augen. Er spürte, wie etwas in seinem Inneren aufflackerte, ein flüchtiger Ausblick darauf, wie das Leben sein könnte, eine Absolution der dunkleren Begierde, die in den Tiefen seines Herzens schlummerte. Mit einem Mal glaubte er das Potenzial all dessen zu erahnen, was sich ihm eröffnen könnte. Er wollte sich weiterentwickeln. Das musste doch der Sinn des Lebens sein – sofern es überhaupt einen gab. Für den Menschen als Spezies musste die Weiterentwicklung an oberster Stelle stehen.

»Eines kann ich dir versichern«, fuhr Frank lächelnd fort und entblößte dabei seine strahlend weißen Zähne. »Sobald du die Ungewissheit mit offenen Armen akzeptierst und dich mit vollem Herzen ins Unbekannte stürzt, ist das Leben reine Magie. Es ist der Hammer, und zwar nicht nur an manchen Tagen, sondern jeden Tag.«

In diesem Moment erschien Annie auf dem Niedergang und streckte Frank zwei Gläser entgegen. »Hey, ihr beiden. Los, schenk mal ein.« Sie hatte geduscht, und ihr Haar duftete und glänzte.

Frank zog den Korken aus der Flasche und schenkte Wein ein. »Los, kommt nach oben«, sagte er. »Hier geht eine Sternschnuppe nach der anderen nieder. Das ist die Gelegenheit, dass all eure Wünsche in Erfüllung gehen.«

»Schläft Smudge?«, fragte Johnny. Ihm fiel auf, dass er Annie inzwischen wieder ohne Hemmungen in die Augen sehen konnte.

»Endlich«, antwortete sie. »Ich muss allerdings Granny noch in ihren Käfig setzen. Im Moment schläft sie neben ihr auf dem Kopfkissen.«

Sie sah zum Himmel hinauf und kniff die Augen zusammen, um ihren Wunsch zu formulieren. »Frische Eier für Dienstag, bitte«, sagte sie und schlug sie wieder auf. »Wir haben uns gerade Rezepte für einen Geburtstagskuchen angesehen.« Sie drehte sich um. »Mach das Licht aus, Clem, und gib mir bitte die Gitarre.«

Clem und Annie traten im Dunkeln aus der Kajüte und setzten sich gegenüber von Johnny aufs Deck. Die Glut ihrer Zigaretten und die Sterne waren die einzige Lichtquelle. Annie begann ein Stück von Fleetwood Mac zu singen, das in ihrer Interpretation jedoch völlig anders klang. Clem saß dicht neben Frank, hatte die Beine auf Annies Schoß gelegt und ließ sich nach hinten sinken. Sie lauschten Annies Version von *Songbird*, während die Meteoriten über das Firmament jagten. Johnny durchströmte ein unbändiges Gefühl des Glücks und der Freude, am Leben zu sein. *Genau das, jetzt, in diesem Moment, das ist Magie*, dachte er. In diesem Augenblick begriff er sie – die Macht der Ungewissheit, die wahre Freiheit, und es fühlte sich an wie Liebe. Er war völlig betrunken, aber das spielte keine Rolle.

Wie gewohnt entführte Annies Stimme sie, und sie folgten ihr bereitwillig, überallhin, wohin sie sie trug. Irgendwann griff Johnny nach der Weinflasche, um Frank nachzuschenken. Er war betrunkener, als er angenommen hatte. Prompt entglitt ihm die leere Flasche. Annie versuchte, sie mit dem Fuß zu stoppen, doch sie schlitterte quer über das Deck, wo sie in der Dunkelheit auf dem Cockpitboden kreiselte.

»O ja«, rief Annie, löste die Finger von den Saiten und ließ das Kinn auf die Gitarre sinken. »Flaschendrehen …« Sie hob die Brauen und sah die anderen an. »Wer darf mich wohl gleich küssen?«

Alle lachten, doch dann beugte sich einer nach dem anderen gespannt vor. Schweigend sahen sie zu, bis die Flasche zum Stillstand kam. Es schien eine halbe Ewigkeit zu dauern. Wieder und wieder blitzte das Glas in der Finsternis auf. Kurz überlegte Johnny, einfach aufzustehen und sie zu küssen. Er dachte daran, wie er sich oben auf dem Hügel danach gesehnt hatte, ihre Lippen zu berühren, das Gesicht zwischen ihren Brüsten zu vergraben – mit dem Unterschied, dass er nun kein schlechtes Gewissen mehr deswegen hatte. Er hatte einfach losgelassen, all die Beschränkungen über Bord geworfen. Er würde sich nicht länger diesen Denkmustern unterwerfen. Die Flasche drehte sich immer langsamer, eine Runde um die andere, während seine Hoffnungen zusehends schwanden. *Stürze dich ins Unbekannte.* Die Flasche stoppte bei Clem.

Erschrocken wich Clem zurück. »Oh«, stieß sie verblüfft hervor. »Ich.«

Sie blickte Johnny an. Er sah die Erwartung in ihren Augen – er sollte ihr sagen, was sie tun sollte. Lächelnd zuckte er mit den Achseln und gab sein Einverständnis, doch Annie hatte bereits einen Finger unter Clems Kinn gelegt und ihr Gesicht zu sich gedreht. Sie beugte sich vor und küsste sie behutsam auf den Mund. Clem war die Überraschung ins Gesicht geschrieben. Noch nie war sie von einer Frau geküsst worden. Doch nach ein, zwei Sekunden bemerkte er, dass sie keine Anstalten machte, sich von Annie zu lösen. Annie küsste sie noch einmal, so zärtlich, dass Johnny förmlich die Weichheit ihrer Lippen spüren konnte. Dann küssten sie sich richtig, ein tiefer, leidenschaftlicher Kuss. Er wurde so hart, dass er demnächst seine Jeans öffnen müsste, wenn es so weiterging. Frank lehnte sich zurück und legte die Arme über den Querbalken, doch es war zu dunkel, um seine Miene zu erkennen.

»Jetzt du«, flüsterte Annie, als sie sich schließlich von ihr löste.

Clem war ein wenig atemlos, ihre Lippen leicht geöffnet und feucht. Sie war scharf, genauso wie Johnny. Wie sie alle. Für den Bruchteil einer Sekunde begegneten sich ihre Blicke, dann bückte sie sich und drehte die Flasche. Sie sahen zu, wie sie kreiselte, ein dunkler Wirbel auf dem Cockpitboden. Sie prallte gegen den Sitz und kam abrupt zum Stehen. Ihr Hals zeigte zu dem Eimer, der am Heck festgebunden war. Der Einzige, der dort saß, war Frank. Johnny sah ihr Profil im Dunkel.

Ihr Mund war leicht geöffnet, ihre Zungenspitze ragte zwischen den Lippen vor, und er wusste, dass ihre Augen vor Lust glitzerten.

»Keine Sorge, Clem«, sagte Frank mit seiner samtigen, beruhigenden Stimme in der Dunkelheit. »Du brauchst dieses Spielchen nicht zu spielen.«

Sie starrte ihn reglos an.

»Nein, nein, tu es ruhig«, hörte Johnny sich sagen. »Küss ihn, Clem.«

Und dann sah er zu, wie seine Frau aufstand und sich über Frank beugte. Er sah zu, wie sich seine riesigen Pranken mit unendlicher Zärtlichkeit um ihr Gesicht legten. Er hörte die leisen, feuchten Geräusche ihrer Küsse, sah, wie die Pranke langsam auf ihrem Rücken abwärtswanderte und wie Clem sich ihm entgegenwölbte, sich ihm ohne jede Hemmung hingab.

Clemmie saß auf dem Beifahrersitz des blauen Cortina. Sie war noch nie mit ihrem Vater allein verreist. Normalerweise waren sie immer zu dritt unterwegs, ihre Mutter vorn und Clemmie auf dem Rücksitz, wo sie zwischen zwei Laternenpfählen die Luft anhielt und dem Gelächter und Geplapper ihrer Mutter lauschte. Manchmal beugte sie sich auch vor, wenn sie besonders laut lachten, begriff aber nie, was so besonders lustig gewesen war, und zog sich wieder zurück, um sich ihren Atemspielen zu widmen. Manchmal schafften Mum und Dad es auch, dass sie sich ein klein wenig ausgeschlossen fühlte. Ab und zu versuchte sie sogar, sich an ihrer Unterhaltung zu beteiligen, zwängte sich in die Lücke zwischen den Vordersitzen und nahm alle beide bei den Händen. Dann strich ihre Mutter ihr das Haar aus dem Gesicht, spuckte auf ihr Taschentuch, um ihr den Schmutz von der Wange zu rubbeln, oder zog ihr den Daumen aus dem Mund. Aber heute war sie mit ihrem Dad allein, und ihm waren solche Dinge nicht wichtig. Für ihn zählte nur, rechtzeitig in die Bar zu kommen, bevor sie zumachte, das Cricketspiel nicht zu verpassen und England gewinnen zu sehen – wichtige Dinge eben.

Die Straße war schmal und von hohen Hecken gesäumt. Wenn sie zur Windschutzscheibe hinaussehen wollte, musste sie sich auf den Sitz knien. Allerdings musste sie sich mit den Händen auf dem Armaturenbrett abstützen, da ihr Vater immer wieder anhielt, um einen Blick auf die Karte zu werfen. Er war zwar schon einmal in dem Hotel gewesen, probierte aber immer wieder neue, schnellere Strecken aus, um seinen Rekord zu unterbieten. Die Sonne schien ihr direkt ins Gesicht, deshalb musste sie die Sonnenblende herunterklappen und sich folglich ständig ansehen. Ihre Mutter hatte ihr das Haar glatt gebürstet, deshalb lag es oben ganz platt an. Sie strich sich über die Locken.

»Du siehst sehr hübsch aus«, bemerkte Dad zwinkernd. Augenblicklich fühlte sie sich besser. Abgesehen von ihrem Haar fand sie das auch. Sie hatte sich große Mühe bei der Auswahl ihrer Kleider gegeben: Sie trug ihr türkisfarbenes Cordkleid mit ihrer roten Lieblingsstrumpfhose und hatte es geschafft, dass es noch keinen Fleck abbekommen hatte. Allerdings drückten ihre Schuhe ein klein wenig, weil sie allmählich aus ihnen herauswuchs: braune Schnürschuhe in Größe 29, deren Absätze auf dem Asphalt klapperten und ihre Füße so schön nach innen bogen, genauso wie bei Sarah. Nach innen gekehrte Füße fanden alle in der Schule ganz toll.

»*My sweet lord*«, sang Dad zu dem Song aus dem Radio. »*Hmmm … my lord … hmmm … my Lord.*«

Er trug seinen blauen Anzug, dazu ein hellgrünes Hemd mit breitem Kragen, und die Sonne fing sich in seiner goldenen Armbanduhr. Sein Kinn war von Bartstoppeln bedeckt. Das mochte sie überhaupt nicht. Er hätte keine Zeit gehabt, sich zu rasieren, hatte er behauptet. Sie fragte sich, wie lange man dafür brauchte. Er trug seine Starsky-Sonnenbrille und wippte im Takt der Musik. Sie musste lachen.

»*I really want so see you, Lord.*« Er imitierte George Harrison perfekt, legte dieselbe flehende Verzweiflung in seine Stimme, machte sich über ihn lustig und war doch mit vollem Ernst bei der Sache. Er tat so, als reiche er das Mikrofon an sie weiter, damit sie in die »*Hallelujas*« im Hintergrund einstimmen konnte.

»Okay. Bist du bereit?« fragte er nach einer Weile, woraufhin sie ihn anstrahlte. Jetzt kam das Allerbeste; die Stelle, an der ihre Mutter sagen würde: »Also wirklich, Jim, ich weiß nicht, ob das so eine gute Idee ist.« Sie hatten schon damit angefangen, als Clemmie noch ganz klein war. Clemmie musste nicht zweimal überlegen. Sie kletterte über den Ganghebel hinweg auf seinen Schoß und legte vorsichtig die Hände ums Steuer. Er ließ los und hob die Hände. »Sie gehört dir ganz allein. Etwas nach links! So ist es gut, Clembo. Jetzt geradeaus! Vorsicht, Kurve …« Er schaltete einen Gang herunter, sodass sie kurz auf seinem Knie wippte, und spähte über das Lenkrad hinweg. »Da vorn nach rechts. Los, und jetzt hupen!« Sie fuhr seine Cortina, seinen ganzen Stolz, gute zehn Minuten lang ganz allein. Nur die Pedale musste ihr Vater bedienen.

Als sie das Hotel erreichten, stand die Sonne bereits tief am Himmel. Clemmie, die eingeschlafen war, schlug die Augen auf und war völlig überrascht, an der Küste zu sein. Sie parkten auf der Rückseite des Hotels und trugen ihr Gepäck zum Vordereingang. Vorsichtig navigierte Clemmie in ihren hübschen Schuhen um den weißen Möwenkot auf den Stufen herum.

Ein alter Mann, der ihren Vater gut zu kennen schien, nahm sie in Empfang. »Hallo, Jim«, begrüßte er ihn. »Und wer ist diese hübsche junge Dame?« Einen Moment lang fragte sie sich, wen er meinte, doch dann antwortete ihr Vater: »Das ist meine Tochter, Harry. Das tollste, klügste, junge Turn-As der nördlichen Hemisphäre.« Sie spürte, wie sie vor Stolz fast platzte, und versuchte, nicht wie eine Klugscheißerin dreinzusehen – *niemand mag Klugscheißer*, sagte ihre Mutter immer. Trotzdem konnte sie sich ein Lächeln nicht verkneifen. Noch nie in ihrem

Leben hatte sie sich so erwachsen gefühlt. Vielleicht lag es ja an ihrer roten Strumpfhose und den klappernden Absätzen.

Der alte Mann wollte ihr den Koffer abnehmen, doch sie hielt ihn fest. Er schob sie vor sich her durch die Lobby. An der hohen, gewölbten Decke über ihnen hing ein riesiger Kronleuchter. Links von ihnen befand sich eine Bar. Drei Frauen saßen nebeneinander auf ihren Hockern und tranken Cocktails aus dreieckigen Gläsern. Sie trugen alle Pelzmäntel, obwohl es eigentlich gar nicht kalt war. Ihr Vater begrüßte sie, als sie an der Rezeption eincheckten. Das war eine Gewohnheit von ihm, zu allen Leuten Hallo zu sagen, und es gefiel Clemmie, wie sich die Frauen umdrehten und sie ansahen, als wäre sie der größte Glückspilz auf der Welt, was sie wohl auch war.

In ihrem Zimmer standen zwei breite Doppelbetten, auf die ihr Vater die Koffer wuchtete. Er packte seine Sachen aus, während Clemmie auf dem Bett neben dem Fenster herumhüpfte. Als Nächstes klappte er ihren Koffer auf. Es stellte sich heraus, dass sie vergessen hatte, das Notwendigste einzupacken. Sie hatte darauf bestanden, ihren Koffer selbst zu packen. Aber an die wirklich wichtigen Sachen hatte sie gedacht: ihre Rollschuhe, ihre Spielfiguren und ein paar Schachteln zum Sammeln von irgendwelchen Sachen, die sie fand. Dafür hatte sie weder ein Nachthemd noch eine Zahnbürste oder frische Sachen zum Wechseln eingepackt.

Ihr Vater ging ins Badezimmer, um sich zu rasieren, während sie weiter auf dem Bett herumhüpfte. Er hatte sein Hemd ausgezogen, sorgfältig zusammengelegt und über den Klodeckel gehängt. Was seine Kleider anging, war er ziemlich pingelig. Nun stand er vor dem Spiegel. Mit seinem Rasierschaumbart sah er wie der Weihnachtsmann aus, außerdem musste er den Mund beim Sprechen verziehen, um sich nicht versehentlich zu schneiden.

»Wohin willst du als Erstes? Worauf hast du Lust? Auf einen Spaziergang am Meer?«

»Eiscreme«, antwortete sie und probierte einen Purzelbaum.

»Gute Idee. Ein Eis am Strand.«

»Jipppieh!« Sie probierte es noch einmal. Diesmal klappte es. »Kriege ich zwei?«

»So viele, wie du willst.«

»Sechs?«

»Du bekommst so viel Eis, wie du willst, Clemence Bailey.«

Sie drehte sich im Kreis, immer schneller, immer schneller.

Die Wellen schwappten ans Ufer, als sie mit ihren Eistüten in der Hand am Strand entlangschlenderten. Er schimpfte nicht, als sie eine Welle falsch einschätzte und prompt ihre Schuhe klitschnass wurden. Es sei nicht so schlimm, meinte er – sie könnten sie später im Zimmer mit dem Hotelföhn trocknen. Sie suchten nach außergewöhnlich geformten Kieselsteinen, die sie in ihre Schachtel legten. Ohne ihre Mutter war es so viel stiller. Nicht dieses ständige Lachen und Plappern, sondern nur das Wasser, Eiscreme und das Meer, auf das man endlos lange hinausblicken konnte. Mit ihrer Mutter wäre all das nicht möglich gewesen.

Clemmie schleckte ihr Himbeereis und sah ihren Vater an, der gedankenverloren und mit hängenden Mundwinkeln wie ein auf dem Kopf stehendes Smiley zum Himmel hinaufblickte. Erst jetzt wurde ihr bewusst, dass sie sich geirrt hatte. Sie hatte geglaubt, dies sei der schönste Tag seines und ihres Lebens, dabei empfand nur sie es so. Sie spürte, dass er lieber woanders wäre, mit jemand anderem zusammen. Mit ihrer Mutter. In diesem Moment hasste sie ihre Mutter. Sie hasste sie dafür, dass sie immer so lustig war, dass ihr Jim Baileys ganze Liebe gehörte und sie seine Aufmerksamkeit stahl, die in Wahrheit ihr gehörte. Sie durchforstete ihr Gehirn nach irgendetwas Interessantem, um seine Aufmerksamkeit auf sich zu ziehen.

»Wusstest du eigentlich, dass ein Niesen mit dreihundert Meilen pro Stunde durch die Nase rast?«

»Nein.« Er löste den Blick vom Horizont und richtete ihn auf Clemmie. »Nein, wusste ich nicht.«

»Ist aber so. Sarahs Bruder Johnny hat es mir erzählt.«

»Tatsächlich.«

»Ja. Und Sarahs Brüder haben Raketenpopos. Wenn sie wollen, kommt bei ihnen hinten Feuer heraus.«

»Klingt ja reizend.« Er zog seine Zigarrendose heraus. Sie wusste, dass er sie ihr schenken würde, wenn sie leer war, und fragte sich, wie viele noch drin sein mochten.

»Ja. Ich hätte gern einen gut aussehenden, großen Bruder. Die Loves haben einen Schuppen im Garten, wo es immer nach Zigaretten riecht. Und einen Billardtisch und eine Dartscheibe gibt es auch. Johnny ist bei *hundertachtzig*«, erklärte sie im selben übermütigen Singsang wie Rob und Sarah, als sie ihr davon erzählt hatten. Sie erinnerte sich noch genau, wie ausgeschlossen sie sich gefühlt hatte, als die beiden sich vor Lachen ausgeschüttet hatten. »Können wir nicht auch einen Billardtisch und eine Dartscheibe kaufen? Johnny sagt, man kriegt sie überall.«

»Da ist wohl jemand ein klein bisschen verknallt in diesen Johnny«, neckte er und stieß sie an.

»Nein, bin ich nicht.« So hatte sie das nicht gemeint. Daddy machte alles kaputt. Johnny war nur ein großer Bruder. Mehr nicht. Sie wünschte, sie hätte den Mund gehalten.

Inzwischen hatten sie die Uferpromenade erreicht und gingen an den dunklen, von Möwenscheiße übersäten Häusern vorbei.

»Sieh nur!«, rief er aus und zeigte auf die funkelnden Lichter eines Jahrmarkts, die sich verführerisch vom malvenfarbenen Abendhimmel abhoben.

Schlagartig waren seine Sticheleien vergessen. Sie packte seine Hand und zog ihn mit sich, dem herrlichen Duft nach kandierten Äpfeln und Zuckerwatte, der Musik und den kreischenden Schreien entgegen, die aus der Ferne herüberwehten.

Dann standen sie mitten im Trubel: das Riesenrad, die Schiffschaukel, der Autoscooter, zahllose Kinder, riesige Typen mit tätowierten Armen, überall Abfälle auf dem Boden, Stände mit Schoko-Äpfeln. Eine dicke Frau in Stiefeln und mit toupiertem Haar stand vor einer kleinen Hütte mit aufgemalten Vorhängen und einem Schild mit verschnörkelten Buchstaben – WAHRSAGERIN – und beäugte ihren Vater. »Hallo, schöner Mann, soll ich Ihnen die Zukunft voraussagen?«, fragte sie. In ihrem Mundwinkel klemmte eine Zigarette wie bei einem Filmstar, und ihre Stimme war so tief wie die eines Mannes.

Aufgeregt drückte Clemmie die Hand ihres Vaters. »Oh, bitte, Daddy!«, bettelte sie. »Ich will meine Zukunft wissen!« Sie war ganz verrückt nach allem, was mit der Zukunft und solchen Dingen zu tun hatte.

Also folgten sie der Frau in die Hütte und quetschten sich an einen kleinen Tisch mit einem Körbchen darunter, in dem ein Hund lag. Er blinzelte schläfrig, knurrte jedoch böse, als Clemmie die Hand nach ihm ausstreckte. Bevor sie loslegte, verlangte die Wahrsagerin ihr Geld. Sie machte keine Anstalten, die Asche von ihrer Zigarette zu schnippen. Prompt landete sie Augenblicke später auf der Spitzentischdecke vor ihnen. Dann setzte sie eine Lesebrille auf – nicht besonders nach Zigeunerart –, bat Clemmie, ihre Hand vorzustrecken, und beugte sich darüber. Sie roch genauso wie der Pfarrer zu Weihnachten, nachdem er vom Blut Christi getrunken hatte.

Clemmie gehorchte.

Die Frau ergriff sie, drehte sie hin und her und beäugte sie mit zusammengekniffenen Augen – was allerdings auch an der Zigarette liegen konnte, die immer noch in ihrem Mundwinkel klemmte. »Ich sehe einen jungen, gut aussehenden Prinzen … viele Kinder …«

Hingerissen starrte Clemmie sie an. Ihr Vater lachte. »Immer schön langsam mit den jungen Pferden«, sagte er. »Sie ist gerade einmal acht.«

Die Frau warf ihm einen kurzen Blick über den Rand ihrer

Brille hinweg zu. »Morgen ist Freitag, der Dreizehnte«, sagte sie und riss ihre blutunterlaufenen Augen auf. »Nimm dich vor dem Freitag, dem Dreizehnten in Acht.« Sie machte eine ominöse Kreisbewegung mit den Händen, dann stand sie auf und stieß einen tiefen Seufzer aus, als hätten sie ihre Prophezeiungen zutiefst erschöpft. »War's das?«, fragte ihr Vater grob.

Sie schlenderten über den Jahrmarkt und landeten schließlich beim Autoscooter, wo sie zusahen, wie die Wägelchen langsamer wurden und vollends zum Stehen kamen. Clemmie umklammerte die Hand ihres Vaters, während er sie quer durch die Massen über den glatten Kunststoffboden zog und in einen roten Wagen sprang. Dann ging es los – die Wägelchen flitzten umher und rempelten einander an, begleitet vom schrillen Kreischen und ohrenbetäubender Musik. Clemmie legte den Kopf in den Nacken und betrachtete die funkelnde Disco-Kugel über ihnen.

»Was jetzt? Was jetzt?«, rief sie, als die Fahrt endete und er sie aus dem Wagen hob. Inzwischen war er ebenso ausgelassen wie sie. Offenbar hatte er ihre Mutter völlig vergessen. Sie gingen zu einer Schießbude, wo er ihr einen Affen schoss. Sie klemmte ihn sich unter den Arm und schob sich neben ihm durch die Massen. Es gab so viel zu sehen. Die bunten Lichter verliehen dem abendlichen Himmel ein tiefes, sattes Blau. Mittlerweile hatte sie kalte Füße in ihren nassen Schuhen, sagte jedoch nichts. Sie blieben bei einem Fahrgeschäft namens Walzerglück stehen und beobachteten wie gebannt die Leute in den überdimensionialen Kaffeetassen, die umhersausten, sich immer schneller um die eigene Achse drehten und einander dabei nur um Haaresbreite verfehlten.

»Das! Das will ich auch!«, schrie Clemmie und sah ihren Vater an.

»Bist du sicher?«

»Ja. Das machen wir!«

»Aber nach drei Tüten Eiscreme wird dir bestimmt schlecht!«

»Nein, mir wird nicht schlecht. Ganz sicher nicht. Bitte, Daddy.«

Also warteten sie, bis die Tassen zum Stehen kamen und die Leute mit wackligen Beinen ausstiegen. Die Hand ihres Vaters fest umklammernd, folgte sie ihm in eine blaue Tasse, die genauso aussah wie das Sonntagsporzellan ihrer Oma. Ihr Vater stopfte sich den Affen in die Tasche, während sie darauf warteten, dass sich die anderen Tassen füllten. Unterdessen hüpfte ein Mann von Tasse zu Tasse und streckte den Leuten seine tätowierte Hand hin, um das Fahrgeld zu kassieren, ehe er die Sicherheitsbügel nach vorn zog.

»Gut festhalten«, warnte eine Lautsprecherstimme, dann ging es auch schon los. Ganz langsam begannen sich die Tassen zu drehen. Whooosch. Whooosch.

Um ein Haar wären sie mit der Tasse neben ihnen kollidiert, in der ein paar Jungs saßen. Sie schrie vor Freude auf. *Siehst du, ich hab dir doch gleich gesagt, dass es Spaß macht!*

Allmählich nahmen sie immer mehr Tempo auf. Clemmie spürte, dass sie quer über den Sitz rutschte. Sie wünschte, sie hätte ihre rote Strumpfhose nicht angezogen. Trotzdem machte es Riesenspaß. Alle schrien vor Freude. Ihr Vater grinste. Der Wind zerzauste sein lockiges Haar, sodass es auf einer Seite abstand. Er hatte den Arm um sie gelegt. Clemmie rutschte wieder nach hinten, während die Tasse wild herumschlitterte. Immer schneller fuhren sie. Fremde Gesichter kamen ihnen entgegen und verschwanden wieder. Sie umklammerte die Sicherungsstange so fest, dass ihre Knöchel weiß hervortraten. Und die Tasse wurde immer schneller. Eigentlich sogar zu schnell. Sie bekam die Füße nicht auf den Boden. Ihr Vater musste seinen Arm wegnehmen und sich mit beiden Händen festhalten, und sie konnte ihn nicht länger ansehen, weil sie all ihre Kraft brauchte, um nicht kreuz und quer umhergeschleudert zu werden. Wegen ihres geringen Körpergewichts und ihrer rutschigen Strumpfhose schlitterte sie unkontrolliert auf dem Sitz herum.

Mit einem Mal war es überhaupt nicht mehr lustig. Sie rutschte, konnte nichts dagegen tun. Sie versuchte, die Füße auf den Boden zu bekommen, doch ihre Beine waren zu kurz, und nun schaffte sie es noch nicht einmal mehr, sich auf den Sitz zurückzuschieben. Sie spürte, wie sie unter der Stange hindurchzugleiten drohte.

»Anhalten!«, schrie sie. »Mach, dass es anhält, Daddy!« Doch er konnte sie nicht hören. Gleich würde sie hinausrutschten. Sie wusste es. »Anhalten!«, kreischte sie. Die Angst drohte sie zu überwältigen. Sie war wie erstarrt vor Entsetzen, Übelkeit stieg in ihr auf. Sie würde sterben – sie würde aus der Tasse fliegen, in Teile zerfetzt, von den Eisenstangen zerquetscht werden.

Trotzdem flitzte die Tasse immer schneller herum, und als sie abrupt die Richtung änderte, spürte Clemmie, wie sie herausgerissen wurde. Wie ein Blitz segelte sie unter der Stange hindurch. Trotzdem ließ sie nicht los. Sie blickte nach oben, zur Decke des roten Zelts, umklammerte die Stange mit all ihrer Kraft, während ihre braunen Schuhe unkontrolliert gegen das Blech schlugen. Sie hörte ihren Vater schreien und fluchen, dann spürte sie seine Hand um ihren Arm. Er kämpfte darum, sie in die Tasse zu ziehen, doch es gelang ihm nicht, da sie in diesem Moment abrupt die Richtung wechselte.

»Haltet das verdammte Scheißding an!«, brüllte er. Sie hatte noch nie so schlimme Worte aus seinem Mund gehört und war heilfroh, dass er endlich begriffen hatte, weshalb sie wie am Spieß schrie. Sie war kein Angsthase. Er hielt sich mit einer Hand an der Tasse fest, mit der anderen umklammerte er ihren Arm. Als sie den Kopf hob, sah sie die Panik in seinen Augen.

»Ich hab dich, Clemmie! Ich hab dich! Ich lasse dich nicht los!«, rief er. »Niemals.«

Und sie hatte ihm geglaubt.

# 5 IM NACHHALL DER EREIGNISSE

Es herrschte kaum Wind. Das Segel flappte schlaff hin und her. Immer wieder wehte eine warme Brise von Norden herüber, und die Little Utopia nahm etwas Fahrt auf; genug, dass Johnny überlegte, den Spinnaker zu setzen, doch sobald er sich an die Arbeit machen wollte, verebbte die Brise und zwang ihn, das Segel wieder durch die Lasche zu stopfen. Sie schipperten mit gerade einmal drei Knoten dahin. Es war, als hätte sich eine tiefe Trägheit über sie gesenkt. Von Zeit zu Zeit sirrte ein Insekt vorbei, oder ein Vogel flatterte müßig über ihre Köpfe hinweg, ansonsten schien alles in der glühenden Hitze und der Windstille erstarrt zu sein. Frank hatte gemeint, es sei klüger, den letzten Rest Diesel aufzusparen, um abends die Buchten anzufahren und morgens wieder zu verlassen.

Clem lag auf dem Deck und genoss die warme Sonne auf ihrer Haut. Sie hatte die Füße auf den Baum gelegt, vorgeblich, damit er nicht ständig hin- und herschlug, in Wahrheit jedoch nur um ihrer eigenen Bequemlichkeit willen. Ihre Hüften und Zehen bewegten sich kaum merklich im Takt zu einem Stevie-Wonder-Song, der aus der offenen Kabinenluke drang. Ihre Gedanken kreisten um das, was gestern Abend vorgefallen war. Bilder flammten auf und vermischten sich mit unterschiedlichsten Empfindungen. Sie spürte noch das Nachbeben ihrer Erregung, und ihr Gesicht war rau und wund von Franks Bart. Sie hatte noch nie einen bärtigen Mann geküsst. Anfangs hatte es sich seltsam angefühlt, irgendwie höhlenmenschartig nach der bemerkenswerten Weichheit von Annies Lippen. Es war auch ihr erster Kuss mit einer Frau gewesen. Johnny war der Einzige, mit dem sie jemals zusammen gewesen war. Sie war noch nicht einmal sicher, ob sie sich überhaupt zu Frank hingezogen fühlte, zumindest jedoch nicht auf dieselbe Weise wie zu Johnny. Er war so viel älter und kräftiger, ein Mann, kein Junge. Und doch bestand eine Verbindung zwischen ihnen, die sie unglaublich erregt und die dem sexuellen Akt eine Tiefe verliehen hatte, die weit über die körperliche Attraktivität hinausging. Allein der Gedanke daran erregte sie aufs Neue.

Johnny beobachtete sie. Seine Gedanken überschlugen sich – sie waren das Einzige, was in der endlosen, omnipräsenten Stille in Bewegung war. Er hatte Kopfschmerzen. Clem war nackt, bis auf die Herzkette um ihren Hals. Sie hatte sich den Daumen in den Mund geschoben, während ihre rechte Hand müßig die Erregbarkeit ihres Körpers erkundete. Ihre Hotspots, wie sie sie nannte. Wie zwei kleine Vögel bewegten sich ihre Hände – die Linke hielt die Stellung, während die andere auf Wanderschaft ging und wenig später zurückkehrte. Solange sie angezogen war, beschränkten sich ihre Berührungen auf die Hotspots ihres Gesicht – der Knochen unterhalb ihrer Braue, ihre Schläfe, die winzige Kuhle in ihrer Oberlippe, die Vertiefung oberhalb ihres Schlüsselbeins, doch nun, da sie splitternackt auf dem Deck lag, hatte sie offenbar keinerlei Scheu, die weiche Wärme ihrer Brüste, den Schwung ihrer Hüften oder ihre Achselhöhle zu befühlen – allesamt Körperteile, denen sonst lediglich Aufmerksamkeit zuteilwurde, wenn sie im Bett waren. Allein. Doch nach den Vorfällen des gestrigen Abends hatte sie offenkundig jegliche Hemmung abgelegt, sich am helllichten Tag zu berühren, vor den Augen von jedem, der zusehen wollte. Ihre provozierende Art, sich selbst ungeniert zu streicheln und zu liebkosen, passte ihm nicht. Das tat sie nur, um *ihn* zu erregen. Das Problem war nur, dass *er* sie nicht einmal ansah, was sie jedoch noch nicht bemerkt zu haben schien. Stattdessen saß Frank unter dem Genuasegel und war in ein Geschichtsbuch vertieft. Johnny empfand eine unselige Mischung aus Mitleid, Eifersucht und Verlegenheit um ihrer willen. Sie machte sich komplett lächerlich.

*Was für ein Schwachsinn, so etwas zu denken*, sagte er sich. Höchste Zeit, dass Wind aufkam. Er brauchte dringend etwas, um seinen Kopf durchzupusten.

»Hey, Smudge, brauchst du Hilfe?«, fragte er voller Neid auf die Überschaubarkeit ihrer kindlichen Welt. Sie stand auf der Kombüsentreppe und schleppte allerlei Utensilien an Deck – eine Schlüssel voll Wasser, verschiedene Cremes, Lotionen, Handtücher und Lappen, und schließlich Gilla, dem sie ihren Bikini übergezogen hatte – was ein klein wenig grotesk wirkte, da sich die meisten Erwachsenen an Bord nicht die Mühe machten, in Kleidern herumzulaufen. Schließlich brachte sie Granny herauf, um deren Leib ein Band gebunden war – Franks Orden, der als Gürtel für die kleine Schildkröte herhalten musste.

Smudge ließ Granny auf das Handtuch fallen, das diese prompt als Toilette benutzte. Sie trug ihre Captain-Hook-Jacke, die noch schmuddeliger aussah als sonst. »Böse Granny … kackt einfach auf das Handtuch!«, schimpfte sie, packte die arme Granny und drehte sie um, sodass ihr bleicher Bauch zum Vorschein kam. Sie löste das Ordensband, tauchte einen Wattebausch ins Wasser und begann Granny zu säubern, als wäre sie ein Baby.

Granny strampelte hoffnungslos mit ihren Beinchen, reckte ihren faltigen Hals und blinzelte Johnny mit ihren Altmänneraugen an.

»Also wirklich, Granny«, schimpfte Smudge, drehte sie wieder um und ließ sie über der Wasserschüssel baumeln. »Hör auf damit. Ich hab endgültig genug von deinen Faxen. Du kommst jetzt in die Badewanne, ob es dir nun passt oder nicht.« Ihre Annie-Imitation war ziemlich beeindruckend. Offenbar besaß sie Talent.

Granny schien nicht allzu versessen auf ein Bad zu sein. Eigentlich hätte er erwartet, dass Smudge ein wenig mehr Mitgefühl für die Notlage der kleinen Schildkröte an den Tag legte, da sie sich schließlich selbst mit Händen und Füßen gegen die Wanne sträubte.

»Schluss jetzt mit dem Unsinn«, wetterte Smudge, tauchte sie ins Wasser und griff nach der Shampooflasche.

»Kein Shampoo, Smudge«, sagte Johnny und nahm ihr die Flasche aus der Hand. »Granny hat doch gar keine Haare. Nur einmal ganz kurz ins Wasser ... Smudge?«, fragte er und beugte sich vor, um Grannys Füße in Augenschein zu nehmen. Leuchtend rote Punkte zierten ihre winzigen Klauen. »Was hast du mit ihren Füßen angestellt?«

»Oh. Sie wollte unbedingt Schönheitssalon spielen«, erklärte sie kopfschüttelnd, als hätte sie bereits versucht, Granny davon abzubringen.

Er setzte sich wieder ans Ruder und sah zu Frank hinüber, der nach wie vor in sein Buch vertieft war. Annie hatte sich auf einen Sessel in der Kabine verzogen und schlief. Irgendjemand von ihnen schien immer zu schlafen. Clem briet noch in der Sonne. Inzwischen hatte sie aufgehört, sich zu streicheln, und sich von ihm abgewandt. Ihre Haut hatte eine walnussfarbene Bräune angenommen, selbst die Falten unter ihren Pobacken.

Noch immer kreisten seine Gedanken darum, was gestern Abend vorgefallen war, wie schnell sich alles verändert hatte. *Nur in der Nacktheit gelingt es uns, unser Innerstes zu enthüllen.* In diesem Punkt musste er Frank recht geben. Sie hatten eine neue Ebene erreicht, alle vier. Es gab kaum etwas, was sie noch voreinander verbergen konnten. Die Grenzen existierten nicht länger. Es gab wohl nichts Intimeres, als Zeuge des Orgasmus eines anderen Menschen zu werden. Es erstaunte ihn, wie schnell die Nacktheit an Bord zur Normalität geworden war, wie ungehemmt die anderen damit umgingen. Er selbst jedoch hatte sich glasklare Grenzen auferlegt: Für ihn war Nacktheit akzeptabel, wenn er sich wusch, in der Sonne brutzelte oder mit

Clem schlief – Dinge, bei denen es auf der Hand lag, dass man sie nackt verrichtete –, wohingegen die Menschen angezogen sein mussten, wenn sie aßen, diskutierten oder kochten. Ja, er mochte Grenzen; er mochte es, eine öffentliche und eine private Seite zu haben.

Er war nicht ganz sicher, was er von den Vorkommnissen halten sollte. Anfangs war es okay gewesen, direkt danach, und auch heute Morgen noch, doch im Lauf des Tages hatte ihn ein seltsames Gefühl beschlichen; als wäre er beraubt worden oder hätte etwas verloren, das ihm sehr am Herzen gelegen hatte. Solange sie hier an Bord waren, jeder in seiner eigenen kleinen Welt, war es nur schwer vorstellbar, dass es tatsächlich passiert war. Dass er sich freiwillig daran beteiligt hatte, seine Frau großzügig einem anderen Mann zu überlassen. Und sie hatte sich keineswegs dagegen gewehrt. Er hatte zugesehen, wie Frank sie im Schein der Sterne auf den Cockpitsitz gelegt hatte, ohne den Mund von ihren Lippen zu lösen. Wie sie ihren Rock hochgeschoben, ihr Höschen abgestreift und die Beine gespreizt hatte, als hätte sie nur auf ihn gewartet und sich nach ihm gesehnt. Doch zugleich war Johnny stolz auf sie gewesen; darauf, wie wunderschön sie ausgesehen hatte, wie gierig sie nach Frank gewesen war. Er hatte gewollt, dass Frank beeindruckt von ihr war. Er hatte gewollt, dass sie ihm Freude bereitete und Frank den Wert von Johnnys Geschenk, Clem, zu schätzen wusste. *Ich schenke dir meine Frau*. Natürlich bedeutete dies automatisch, dass er selbst Annie haben durfte, womit jede Schuld getilgt war. Sie war auf die Knie gegangen, hatte Johnnys Jeans aufgeknöpft und ihn in den Mund genommen. Die ganze Zeit über hatte Johnny zu Frank und Clem hinübergesehen, hatte beobachtet, wie Frank seine Finger zwischen ihre Beine und in ihre Vagina geschoben hatte. Er hatte gelauscht, wie Frank wieder und wieder »Du kleines Ding, du wunderschönes kleines Ding« geraunt hatte, während er sie mit seiner Hand gevögelt hatte. Er hatte zugesehen, wie sie sich ihm stöhnend entgegengewölbt hatte, angetörnt von seiner Berührung. Oder von seinen Worten? Nur eines hatte sie dabei nicht mitbekommen – und genau das ließ ihre Liebkosungen in aller Öffentlichkeit so lächerlich erschienen: Während Frank sie gevögelt hatte, war Johnny derjenige gewesen, von dem er keine Sekunde den Blick hatte lösen können. Als Frank gekommen war, in jenem magischen Moment höchster Erregung, dem Höhepunkt männlicher Hilflosigkeit und Jämmerlichkeit, hatte Frank *Johnny* in die Augen gesehen, ehe er sich erschaudernd in Clem ergossen hatte. Und Johnny, der wenig später ebenfalls zum Höhepunkt gekommen war, hatte den Blick mit einer Mischung aus Entsetzen und Erregung registriert.

»Hast du ein Geschenk für mich?«, fragte Smudge, die die resignierte Granny in ein Handtuch gehüllt hatte und nun großzügig mit Talkumpuder bestäubte. In der langen Geschichte der Schildkröten war wohl noch nie ein Exemplar in den Genuss einer so hingebungsvollen Körperpflege gekommen.

Er hatte Smudges bevorstehenden Geburtstag komplett vergessen. »Vielleicht ja, vielleicht auch nein«, antwortete er und hob vielsagend die Brauen. »Du wirst wohl abwarten müssen, bis es so weit ist.«

»Aber ich kann nicht«, erklärte sie und kletterte mit einem breiten Milchzahnlächeln auf seinen Schoß. Er zerzauste ihr das verworrene Haar. »Nur noch zweimal schlafen, dann bist du fünf. Überleg bloß mal! So ein großes Mädchen!«

»Stimmt«, bestätigte sie und erschauderte vor Erregung. »Daddy sagt, fünf ist das wichtigste Alter auf der ganzen Welt.« Sie ließ ihre Füße gegen seine Beine baumeln. »Was können große Mädchen mit fünf, was kleine Mädchen nicht können?«, fragte sie und drehte sich auf seinem Schoß um, damit sie ihm ins Gesicht sehen konnte.

»Na ja, große Mädchen können … schwimmen. Oder?«, meinte er. In Wahrheit wusste er nicht das Geringste über fünfjährige Mädchen.

»Ja, stimmt«, antwortete sie mit weit aufgerissenen Augen. »Werde ich an meinem Geburtstag schwimmen können?«

»Na ja, an deinem Geburtstag vielleicht noch nicht, aber bald.«

»Und was können große Mädchen noch?«

»Äh … große Mädchen können lesen und schreiben.«

Wieder weiteten sich ihre Augen vor Staunen angesichts all der wunderbaren Möglichkeiten, die das Größerwerden mit sich brachte. »Als ich noch klein war, also vier oder so, konnte ich nicht richtig schreiben, oder?«, fragte sie, als gehörte dieser Zustand längst der Vergangenheit an, und strich sich mit einer Erwachsenengeste eine Strähne ihres zerzausten Haars hinters Ohr. »Da konnte ich nur gut kritzeln.«

Er lachte und sah zu Frank hinüber, der sie lächelnd beobachtete. Johnny winkte ihm zu.

»Und wenn du wolltest, könnte ich mein Geschenk auch schon früher bekommen? … Jetzt gleich vielleicht?«, fragte sie hoffnungsvoll.

Am Vortag waren sie an einer Bucht vorbeigekommen, die tatsächlich bewohnt gewesen war. Johnny hatte durchs Fernglas die beiden Häuser in Augenschein genommen. Zwar war weit und breit kein Fahrzeug zu sehen gewesen, aber es hatte kein Zweifel bestanden, dass in den aus Stein gebauten Häusern jemand lebte. Sie waren ans Ufer gerudert, wo sie eine alte Frau in Empfang genommen hatte. Sie hatte sie begrüßt und in ihre äußert bescheidene Bleibe eingeladen, die aus einem einzelnen Raum mit einer Feuerstelle in der Mitte und einer steinernen Spüle bestand. Fließendes Wasser gab es nicht, aber zwischen den beiden Häusern verlief ein Bach, der vom Berg herunterfloss. Die Frau lebte völlig isoliert in dieser gottverlassenen Gegend, in die, soweit sie beurteilen konnten, keine Menschenseele je einen Fuß gesetzt hatte. Beim Anblick einiger Lira hatte sie etwas Unverständliches gebrabbelt, den Mund mit den einzelnen, verrotteten Zähnen zu einem Lächeln verzogen und sie durch den Raum ins Freie geführt, wo ein alter, abgemagerter Esel unter einem Baum gestanden und sie seelenvoll angeblickt hatte. Sie war auf alle viere gegangen, in einen Verschlag gekrochen und mit einem dürren Huhn in der einen Hand und einem Ei in der anderen wieder herausgekommen. Sie hatte ihnen das angstvoll flatternde Tier in die Hand gedrückt und beim Anblick ihrer ausdruckslosen Mienen aufgelacht. Wieder hatte sie etwas gebrabbelt, das Huhn geschnappt und ihm mit einer abrupten Bewegung kurzerhand den Hals umgedreht. Dann hatte sie bemerkt, dass Johnny sich eine Zigarette drehte, nach seinem Tabak gegriffen und sich mit ihren behänden Mörderinnenfingern ebenfalls eine Zigarette gerollt. Am Strand war Johnny auf ein Stück Treibholz gestoßen, und Clem hatte etliche Muscheln gesammelt, in die irgendein Tier freundlicherweise bereits mehrere Löcher gebohrt hatte. Abends, als Smudge im Bett gewesen war, hatte sie die Muscheln auf ein Stück Angelschnur gefädelt, während Johnny aus dem Treibholz einen Speer geschnitzt hatte, mit dem sie den Seeungeheuern zu Leibe rücken konnte. Damit würde Smudge nicht nur eine Halskette und einen Speer bekommen, sondern auch noch einen Geburtstagskuchen und gebratenes Hühnchen.

Johnny blickte aufs Meer hinaus »Klar zur Halse«, rief er, um die anderen vor dem Wendemanöver zu warnen.

Smudge sprang von ihm herab, und Johnny kehrte zum Ruder zurück. Frank blickte von seinem Buch auf, während Clem die Füße vom Baum nahm und sich aufsetzte. Sie zog die Knie an und duckte sich, als der Baum auf die andere Seite schwang und die Little Utopia sich träge im nicht vorhandenen Wind drehte. Schließlich stand sie auf und schlang den Sarong um ihren nackten Körper – ganz langsam, wie Johnny bemerkte. Provokant. Sie wollte, dass Frank sie dabei beobachtete.

»Verdammter Scheißwind, wo bist du?«, brummte Johnny und spürte neuerlich den pochenden Schmerz hinter seinen Schläfen.

»Verdammter Scheißwind«, wiederholte Smudge, klemmte sich Gilla unter den einen und Granny unter den anderen Arm und sah aufs Meer hinaus, wobei sie sich alle Mühe gab, genauso frustriert dreinzuschauen wie Johnny. Dann fiel ihr Blick auf ihren Vater, und sie schlenderte quer übers Deck zu ihm. Er ließ sein Buch sinken, nahm sie in die Arme und pustete auf ihren kleinen Bauchnabel. »Und wer wird bald fünf?«, rief er mit dröhnender Stimme.

Clem ging nach unten in die Kabine und setzte ihre Sonnenbrille auf. Ihr Haar war mittlerweile so gelockt und ihr Haut so dunkelbraun gebrannt, dass nichts an die Clem erinnerte, die er aus England kannte. Mit einem Anflug von Wehmut dachte er an die andere Clem zurück; die Clem, die er in- und auswendig kannte. Die nur ihm allein gehörte. Sie ließ sich neben dem Cockpitsitz nieder, wo Schatten herrschte, und lächelte ihn an. Doch es war kein aufrichtiges Lächeln, sondern eher ein vorsichtiges, tastendes, als würde sie seine Stimmung sondieren. Seit dem Vorabend hing ein unausgesprochener Konflikt zwischen ihnen. Sie gähnte.

»Eigentlich kannst du gar nicht müde sein. So viel, wie du schläfst«, sagte er. In allem, was er heute von sich gab, schwang einen genervter Unterton mit.

»Ich wusste gar nicht, dass ich unter Beobachtung stehe …«

»Nein? Ich dachte, schon«, gab er zurück. »Ich dachte, das sei der Grund, weshalb du hier herumliegst und dich die ganze Zeit befummelst.«

Sie nahm die Sonnenbrille ab, um ihn besser sehen zu können.

»Er hat noch nicht mal zu dir herübergesehen«, fuhr Johnny fort und korrigierte leicht das Ruder. Er war alles andere als stolz auf sein Verhalten. Mittlerweile wusste er noch nicht einmal mehr, ob die Eifersucht schuld war, oder ob er lediglich Streit suchte. Sie starrte ihn finster an. So hatte sie ihn noch nie angesehen; diesen Blick hob sie sich sonst für ihren Vater auf.

»Wieso fragst du nicht einfach, was du in Wahrheit fragen willst?«, sagte sie. »Wieso fragst du mich nicht, ob ich lieber mit ihm schlafe als mit dir?«

Und so hatten sie auch noch nie miteinander gesprochen – andererseits waren die Umstände alles andere als gewöhnlich. Johnny schnappte Franks Zigarettenpäckchen vom Sitz und zündete sich eine an. Seine Finger zitterten leicht. In diesem Moment hasste er sie. Und sich selbst ebenfalls.

»Und? Ist es so?«, fragte er so schnippisch, wie er nur konnte.

Sie nahm sich ebenfalls eine Zigarette. »Es war anders«, sagte sie.

*Falsche Antwort*. Er hob den Kopf, um zu überprüfen, ob das Segel sich aufgebläht hatte, ob der Wind abgeflaut oder ob der Himmel herabgestürzt war – alles, nur um sie nicht ansehen zu müssen. *Er hat noch nicht mal dich dabei angesehen, sondern mich*. Es war entsetzlich, furchtbar, sich mit ihr zu streiten.

Seufzend zog sie die Beine an und wandte sich von ihm ab. Er konnte ihr Gesicht zwar nicht erkennen, doch ihm entging nicht, wie sie sich mit einer unwirschen Bewegung über die Augen fuhr. »Du hast damit angefangen …«, sagte sie.

Er hatte sie zum Weinen gebracht. Am liebsten hätte er die Hand ausgestreckt und sie gestreichelt, doch er konnte sich nicht dazu durchringen.

»Du hast damit angefangen, Johnny. Du hattest auch Sex mit ihr, und jetzt tust du so, als wäre ich diejenige, die einen Fehler gemacht hat«, fuhr sie fort, als sie sich ihm wieder zuwandte.

Sie hatte recht. Er sah ihr an, wie unglücklich sie war, und versuchte, ihr mit einem Blick zu verstehen zu geben, dass es ihm leidtat.

»Lass uns von diesem verdammten Boot verschwinden«, sagte sie, während er ihr mit dem Daumen eine Träne von der Wange wischte. Die Geste hätte zärtlich sein sollen, doch es gelang ihm nicht, sie auch so wirken zu lassen. Allem Anschein nach hatte er seine Fähigkeit zur Zärtlichkeit eingebüßt. *Ja, sie mussten dringend weg von hier.*

»Wir brauchen Wind«, erwiderte er. »Uns geht bald der Diesel aus.«

Am Nachmittag herrschte absolute Windstille, und das Meer erstreckte sich in seiner glatten, glitzernden Endlosigkeit vor ihnen. Sie waren gefangen, mitten auf dem offenen Meer. Die Segel hingen schlaff herab, und der Baum schwang träge hin und her. Sein Kopf tat immer noch weh. Das Boot bewegte sich kaum vom Fleck. Rings um sie herum schwammen Delfine – sie kamen auch problemlos ohne Wind zurecht –, und etwa hundert Meter vor ihnen tauchten die stumpfen Nasen von pilzfarbenen Walen aus dem Wasser auf. Frank hatte sie sofort im Lexikon nachgeschlagen, während Johnny maulte, wieso die Leute ständig die Namen von allem und jedem in Erfahrung bringen mussten, statt die Dinge einfach nur wahrzunehmen. Musste alles mit einem Etikett versehen und kategorisiert werden? Seither schien Frank ihn aufmerksam im Auge zu behalten, als würde ihm seine miese Stimmung Sorgen bereiten.

Annie saß im Cockpit – sie hatte sich einen leichten Sonnenbrand auf dem Rücken geholt und ein geblümtes Sommerkleid übergezogen, das Johnny noch nie an ihr gesehen hatte – und rupfte das Huhn. Sie hielt das Tier mit einer Hand fest und riss ihm mit beherzten Bewegungen die Federn aus, die sie über Bord warf. Ein Teil davon verfing sich am Bug und legte sich wie ein weißer Schnurrbart auf die grün gestrichene Bootsschnauze, während der andere Teil als eine Art fedriger Schwanz in Kielwasser trieb. Smudge saß mit Clem am Bug. Gemeinsam sangen sie ein Kinderlied und lackierten sich die Fußnägel in derselben Farbe wie Grannys Krallen, über sich eine stinkende Acrylwolke, die sich nicht verziehen wollte.

Frank war in der Kombüse und klapperte mit dem Kaffeegeschirr. Er reichte Johnny und Annie eine Tasse, ehe er sich mit seiner Gitarre zu ihnen gesellte. Den Blick aufs Meer gewandt, strich er behutsam mit den Fingern über die Saiten. Die Klänge wehten weit über die offene See. Er fragte sich, ob irgendjemand sie wohl hören konnte. Johnny sah mit zusammengekniffenen Augen gen Horizont. Es war ein echter Scheißtag; sie saßen im wahrsten Sinne des Worts fest, ausgebremst von der nicht enden wollenden Flaute. Dieser Zustand könnte ohne Weiteres noch eine halbe Ewigkeit andauern.

»Ich finde nicht, dass ihr uns verlassen solltet, Johnny«, sagte Frank, der einmal mehr seine Gedanken gelesen zu haben schien.

»Unter diesen Umständen ist es sowieso völlig ausgeschlossen«, gab Johnny zurück und hielt weiter beharrlich nach Wind Ausschau.

»Das wird schon mit euch beiden«, fuhr Frank leise mit einem Blick auf Clem fort. »Lösungen kann man nicht erzwingen, Johnny. Sie müssen von ganz allein kommen.«

Den Blick auf Frank gerichtet, griff Johnny nach seinem Tabak. Annie riss eine weitere Handvoll Federn aus und warf sie über Bord. Johnny sah zu, wie sie wippend auf den Wellen dahintrieben.

»Ihr beide steht am Anfang einer Reise«, erklärte Frank. »Und eine Geburt geht nun mal nicht ohne Schmerzen über die Bühne.« Er tippte sich eine Zigarette aus dem Päckchen und fing sie zwischen den Lippen auf.

»Als wüsstest du so genau darüber Bescheid«, warf Annie ein und verdrehte die Augen.

»Sei nicht sauer auf sie«, fuhr Frank fort, ohne auf Annies Bemerkung einzugehen, und zündete sich die Zigarette an. »Oder auf uns.«

Johnny sah ihn an. Er wollte nicht, dass Frank aufhörte zu reden.

»Wenn man wegen etwas oder jemandem frustriert oder wütend ist, Johnny, sollte man sich immer vor Augen führen, dass in Wahrheit gar nicht derjenige oder die Situation dafür verantwortlich ist, sondern die eigenen Gefühle, die man damit verbindet.«

Er beugte sich vor und gab Johnny Feuer. Johnny lehnte sich zurück und sog tief den Rauch ein, ohne den Blick von Frank zu lösen. »Aber manchmal ist vielleicht doch jemand anderes schuld, Frank«, wandte er ein.

»Mag sein. Trotzdem sind es deine Gefühle, die du damit verknüpfst. Deine ureigenen Gefühle, nicht die eines anderen Menschen. *Du* bist für dein Handeln verantwortlich, Johnny. Und verantwortlich zu sein, heißt, dass man nicht etwas oder jemand anderes dafür zur Rechenschaft zieht.« Er lächelte voller Verständnis und Zuneigung. »Nicht mal dich selbst.«

Wieder einmal gelang es Frank scheinbar mühelos, Johnny zu besänftigen. Seine Worte wirkten wie ein lindernder Balsam auf seine spröden, widerborstigen Gedanken. Das Schlimmste war das Gefühl, die Dinge nicht unter Kontrolle zu haben, ihnen ausgesetzt zu sein, ohne etwas dagegen unternehmen zu können. Er blickte auf die ausgerupften Federn im glasklaren Wasser, die hinter ihnen herschwammen, so weit das Auge reichte. Die Little Utopia trieb mit einem Federschwanz im Kielwasser dahin, während die Zeit gerade so schnell verging, dass man sie mit bloßem Auge nicht mehr wahrnehmen konnte.

Er schloss die Augen und holte tief Luft, während er vorsichtig in sich hineinhorchte. Zu seinem Erstaunen registrierte er, dass die Eifersucht nicht länger schmerzend in seinem Innern brannte; er fragte sich, wovor er solche Angst gehabt hatte. Wovor fürchtete er sich? Dass Clem aufhören könnte, ihn zu lieben? Dass sie Frank lieben könnte? *Sie wird dich immer lieben.* Hatte sein Vater nicht genau das nach dem Tod seiner Mutter zu ihm gesagt? Diese Liebe wirst du niemals verlieren. Wenn Clem Frank liebte … Na und? Johnny liebte Frank doch ebenfalls. Alles würde sich in Wohlgefallen auflösen, und eines Tages wäre alles, was sie heute erlebten, nichts als eine Erinnerung.

Johnny sah zu, wie die Qualmwolke seiner Zigarette reglos über dem Cockpit schwebte, dann blickte er zu Frank hinüber, der wieder zu spielen begonnen hatte. Die Melodie kam ihm vage bekannt vor; ein Song, den seine Mutter früher immer gesungen hatte.

»*The day breaks … Your mind aches … You find that all her words of kindness linger on when she no longer needs you … She wakes up …*«

Johnny lehnte sich zurück und lauschte, den Blick wie immer aufs Wasser gerichtet. Wie schaffte Frank es bloß, scheinbar jede Situation auf Anhieb zu erfassen, zum Kern vorzudringen und herauszufinden, was wirklich los war, den Keim der Wahrheit zu finden? Sein Gehirn schien wie ein Sieb zu funktionieren, das alles aussortierte, was nicht von Bedeutung war. Annie hatte vollkommen recht – Frank sah alles. Er fragte sich, wie Frank wohl gewesen sein mochte, als er so alt gewesen war wie er heute. Wie gern hätte er ihn damals gekannt.

Frank hörte abrupt auf zu spielen. »Hey, Smudge«, rief er. Clem und Smudge sahen auf. Die Ähnlichkeit zwischen den beiden Mädchen war unverkennbar und beschränkte sich nicht nur auf ihre im selben Ton lackierten Nägel und ihre Haarfarbe. Auch der Ausdruck auf ihren Gesichtern war derselbe. Sie könnten Schwestern sein – Clems zierlicher Körperbau ließ den Altersunterschied zwischen ihnen weniger groß erscheinen.

»Wie wär's mit einer kleinen Show?«, schlug Frank vor.

Johnny war durchaus bewusst, dass dies ein Versuch war, sie ein wenig aufzuheitern.

Smudges Züge erhellten sich. »Ja! Ja!«, rief sie, rannte quer über das Deck ins Cockpit und flüsterte ihrem Vater etwas ins Ohr.

Er flüsterte etwas zurück.

»Ja! Au ja!«, rief sie. »Ich muss mein Kostüm anziehen!« Damit stürzte sie die Kombüsentreppe hinunter und knallte die Cockpittüren hinter sich zu.

Frank legte seine Hand auf Johnnys Oberschenkel. »Bleibt bei uns. Ihr wollt nach Osten? Dann fahren wir eben nach Osten. Wir schippern einfach durch den Suezkanal und dann weiter bis zum Indischen Ozean.«

Wann immer Frank solche Dinge sagte, erschien es Johnny ausgeschlossen, sie an Bord zurückzulassen. Es wäre komplett schwachsinnig, ein solches Angebot abzuschlagen. Trotzdem würden sie es tun. Sie mussten ihren Weg allein fortsetzen. Er und Clem wussten es beide. Sie waren sich einig. Aber der Reiz, an Bord zu bleiben, war gewaltig. Es war, als befände er sich mitten in einer Art Metamorphose, einer Verwandlung, die, wenn sie Annie und Frank jetzt verließen, unvollständig bliebe. Er sah es klar und deutlich vor sich – sein altes Leben, in seliger Unkenntnis gelebt, und sein neues Leben, wo sich ihm ein Wunder nach dem anderen eröffnete. Es war lediglich eine Frage der Bereitschaft, den Schritt in die Ungewissheit zu wagen.

»Manchmal muss man ein Risiko eingehen, wenn man etwas wirklich Bedeutendes gewinnen will«, erklärte Frank. Seine dunklen Augen schienen sich bis in sein Innerstes zu bohren und wie in einem offenen Buch in ihm zu lesen, während die Spitze seiner Zigarette dunkelorange aufglühte, als er voller Leidenschaft daran zog. Annie, die neben Frank saß, warf ihm einen Blick zu. Er sah ihr an, wie sehr sie sich wünschte, dass sie blieben. »In dem Augenblick, wenn man seine Entscheidungen spontan aus dem Bauch heraus trifft, ergibt sich alles von ganz allein, ganz mühelos, Johnny. Versuch nicht, eine Lösung zu erzwingen. Dieser Moment, wie du ihn jetzt erlebst, ist so, wie er sein soll. Er ist das Ergebnis all deiner bisherigen Entscheidungen«, sagte Frank mit kaum hörbarer Stimme.

Johnny versuchte, den Moment zu erspüren, so wie er in dieser Sekunde war, und es fühlte sich richtig an. Er lächelte und sah zu, wie Annie das gerupfte Huhn in den mit Meerwasser gefüllten Eimer warf und es wusch, ehe sie sich die Hände an einem Geschirrtuch abtrocknete. Er starrte den Kadaver an, der, weiß, nackt, ohne die schützenden Federn, wie das Skrotum eines alten Mannes aus dem Wasser ragte.

In diesem Augenblick öffneten sich die Cockpittüren einen Spaltbreit, und Smudges Nase erschien. »Meine Damen und Herren, bitte nehmen Sie Ihre Plätze ein!«, rief sie, ehe sie die Türen wieder zuzog.

Clem legte ihr Buch beiseite und setzte sich neben Johnny, der ihre Hand nahm. Sie wehrte sich nicht dagegen. Alles war in Ordnung zwischen ihnen. Alles würde wieder in Ordnung kommen. Der Abend zuvor war lediglich ein Schock für sie beide gewesen.

Smudge warf sich in Pose. Sie trug eines von Annies rosafarbenen Rüschenhöschen, einen dazu passenden BH, den sie mit Socken ausgestopft hatte, und ein Paar viel zu großer Schuhe mit hohem Absatz. Sie sah zum Schreien komisch aus, nicht zuletzt wegen der konzentrierten Ernsthaftigkeit, mit der sie zu Werke ging. Johnny hatte Mühe, nicht laut loszulachen.

Frank begann zu spielen. Johnny konnte kaum mehr an sich halten, doch Smudge schien sich vom Gelächter ihres Publikums nicht im Mindesten irritieren zu lassen. Stattdessen hob sie provokant eine Braue und begann, die Hüften im Takt mit der Musik zu wiegen. Die Knie leicht gebeugt, sodass ihr Hinterteil nach hinten ragte und ihrem Publikum Einblick in ihr Socken-Dekolleté gewährt wurde, legte sie den Kopf in den Nacken und schürzte die Lippen zu einem Kuss.

»*I wanna be loved by you* …«, sang sie mit der atemlosen Sinnlichkeit einer Marilyn Monroe. Und sie machte ihre Sache ganz ausgezeichnet. Weder Clem noch Johnny waren jemals Zeuge einer derartigen Vorstellung geworden – die Souveränität, die Tonlage, die verführerische Mimik. Smudge war unglaublich.

Clem presste sich die Hand vor den Mund, um ihr Gelächter zu kaschieren.

Smudge musste *Manche mögen's heiß* gesehen haben, denn

sie bot die Posen und den Gesang mit beinahe beängstigender Akkuratesse dar. »*I want do be kissed by you, just you … boo booobee doo.*« Sie zeigte mit dem Finger auf Johnny und wippte im Takt, woraufhin prompt eine Socke aus ihrem Dekolleté fiel. Mit professioneller Lässigkeit bückte sie sich, hob sie auf und stopfte sie wieder hinein, ohne ihren Gesang zu unterbrechen. »*I couldn't aspire … to anything higher …*«, trällerte sie mit ihrer glockenhellen Kinderstimme und zog sich das Höschen hoch. »*… than to fell the desire … to make you my own …*«

Johnny wischte sich die Lachtränen ab und rang noch immer verzweifelt um eine ernste Miene, was ihm jedoch jämmerlich misslang, als der Instrumentalteil erklang und sie sich mit klackernden Absätzen um die eigene Achse drehte und die Schlusspose einnahm. »*I want to be loved by you alone … deedily deedily deedily dum … boop boop bee doop!*«

Sie klatschten und jubelten begeistert. Smudge trat sich die Schuhe von den Füßen und sonnte sich in ihrem verdienten Applaus. »Noch eins!«, verkündete sie und lief die Kombüsentreppe hinunter.

»Ich glaube, das genügt«, rief Frank ihr hinterher.

»O mein Gott!«, rief Clem, immer noch lachend. »Sie ist unglaublich. Bestimmt geht sie eines Tages auf die Bühne!«

Strahlend wandte Frank sich Clem und Johnny zu und legte seine Gitarre beiseite. »Und, wie sieht's aus? Bleibt ihr noch eine Weile bei uns oder was?«

Clem und Johnny sahen einander an, während ihr Lachen verebbte.

»Wir werden sehen«, erwiderte Johnny. Entscheidungen waren bedeutungslos, solange man bei völliger Windstille in einem Boot über die offene See trieb.

Viel später – inzwischen hatte sich seine Stimmung merklich gehoben – warf Johnny den Motor an und steuerte die Little Utopia in eine weitere verwaiste Bucht, wo sie über Nacht vor

Anker gehen würden. Sie waren bestenfalls zehn Meilen weit gefahren, doch inzwischen hatte Johnny vereinzelte dünne Wolken am Himmel ausgemacht, die Wind verhießen – Wind, der sie weiterbringen würde. Die Bucht war von drei Seiten von hohen Bergen umgeben. Raubvögel stürzten sich von den Hängen, um Jagd auf Kaninchen, Nager oder sonstiges Getier zu machen, das auf ihrem Speiseplan stand. Die Sonne ging unter. Sie saßen im Cockpit, tranken Wein und lauschten dem unheimlichen Heulen der Wölfe in den Bergen.

In den frühen Morgenstunden saßen sie um den Küchentisch herum, betrunken und in konzentriertem Schweigen bei einer Partie Five Hundred. Sie spielten bereits seit Stunden und hatten dabei eine Flasche Wein nach der anderen vernichtet. Five Hundred war ein hoch kompliziertes Spiel, doch allmählich hatten sie den Dreh raus. Es ging darum, sich mit einem Partner zusammenzutun, zu reizen und möglichst hoch zu stechen. Clem hatte dreimal hintereinander den höchsten Trumpf, die Karo zwei, ausgeteilt bekommen, und sie und Johnny entpuppten sich als erstklassige Spieler, die Frank und Annie das Leben ziemlich schwer machten. Johnny liebte Kartenspiele; sie hatten etwas erfrischend Schnörkelloses an sich – es gab klare Regeln, keinen Verhandlungsspielraum. Entweder man gewann, oder man verlor. Er hatte Zahlen, die Präzision von Mathematik, schon immer gemocht. Bei der nächsten Runde tat er sich mit Annie zusammen, während Clem sich Frank als Partner auswählte. Zwischen Clem, Frank und Johnny entbrannte ein wilder Konkurrenzkampf, wohingegen Annie die Strategie verfolgte, ihrem Partner auf dem Weg zum Sieg möglichst wenige Steine in den Weg zu legen. Johnny fiel auf, dass sie sich mächtig in Schale geworfen hatte. Sie trug eine saubere weiße Bluse ohne BH darunter und hatte Wimperntusche und Glitzerzeug auf die Lippen aufgetragen, als wollte sie zu einer Kneipentour aufbrechen – wozu es definitiv nicht kommen würde. Das nächste Kaff konnte Gott weiß wie weit entfernt sein.

Frank und Clem gewannen zweimal nacheinander haushoch, und Frank war mit Geben an der Reihe. Clem nuckelte eifrig am Daumen, als die Karten vor ihr auf dem Tisch landeten, und massierte sich einen ihrer Hotspots hinter dem Ohrläppchen, als hänge ihr Leben davon ab. Johnny verteilte den restlichen Wein auf die Gläser.

»Du siehst wie ein Kind aus, wenn du das tust. Als wärst du keinen Tag älter als Smudge«, bemerkte Frank. »Und was stellst du mit der anderen Hand an?«

Johnny hatte sich geirrt. Er hatte sie also doch beobachtet.

»Hotspots anfassen«, räumte sie leise ein und nahm widerstrebend den Daumen aus dem Mund.

Johnny musste zugeben, dass er ihr Unrecht angetan hatte. Daumenlutschen war ihre Methode, Trost zu finden. Sie hatte es nicht getan, um Frank damit zu provozieren. Alkohol stimmte ihn wohl gnädiger. Das musste er im Hinterkopf behalten. Ein tiefes Gefühl der Liebe durchströmte ihn. Alles würde wieder gut werden. Immer schön eins nach dem anderen.

»Hotspots?«, hakte Annie nach.

»Die Teile des Körpers, die vor Hitze glühen«, erklärte Clem.

»Und welche wären das?«, fragte Annie. Sie war in Flirtlaune, das war unübersehbar. Clem sah Johnny in die Augen. Er schenkte ihr ein aufrichtiges Lächeln. Wie in Zeitlupe streckte sie die Hand aus und legte die Fingerspitzen auf Annies Schläfe.

»Siehst du? Deine Schläfe ist ganz warm. Und zwar immer. Deshalb ist sie ein Hotspot.«

»Was für ein sinnlicher Mensch du bist«, meinte Frank und widmete sich wieder dem Kartengeben.

Johnny wusste genau, was als Nächstes kommen würde. Er spürte das Knistern in der Luft. Keiner im Raum konnte sich dem entziehen. Sein Körper hatte die Spannung bereits wahrgenommen – er spürte ein leises Ziehen in den Lenden –, während sein Verstand noch einen Moment brauchte, um sich darüber klar zu werden. Immer schön eins nach dem anderen.

»Das fühlt sich gut an«, sagte Anne und legte ihre Fingerspitzen auf Clems Schläfe. Sie schien stets diejenige zu sein, die den Impuls gab, und ehe er sich's versah, gab es nur noch einen einzigen Gedanken in seinem Kopf. Staunend sah er zu, mit welcher Selbstverständlichkeit Clem auf Annies Zärtlichkeit einging. Behutsam begannen die beiden Frauen, gegenseitig ihre Gesichter zu erkunden. Frank hatte die Karten beiseitegelegt und lehnte sich zurück, wobei er einen Arm hinter Johnny auf die Couch schob, während Johnny vorgab, sein Blatt zu studieren. Er wollte das Spiel hinauszögern, die sexuelle Spannung bis an die Grenze des Erträglichen steigern. Er hob sein Glas an die Lippen und nahm einen Schluck, während er den Mädchen einen verstohlenen Blick zuwarf.

»Die beste ...«, sagte Clem und suchte seinen Blick, um herauszufinden, ob er bereit war, »... ist die hier.«

Er beobachtete, wie sie die obersten Knöpfe von Annies Bluse öffnete und ihre Hand über ihre Brust legte, sodass sie beinahe ihre Achselhöhle berührte. Inzwischen war er hart.

Er spürte Franks Hand, die sich hinter ihm zwischen die Kissen und sein Rückgrat schob und sanft darüberstrich, doch er konnte nicht sagen, ob es Zufall oder Absicht war. Er wollte es lieber gar nicht wissen. Sein Blick hing wie gebannt auf Annies Brust, während sich seine Atemzüge beschleunigten und flacher wurden. Gleichzeitig wünschte er, Frank würde seine Hand nicht wieder wegnehmen. Und auch Frank hatte einen Ständer. Die sexuelle Spannung war mit Händen greifbar. Er blickte auf seine Karten. Verdammt, was für ein beschissener Moment, ausgerechnet jetzt die Karo zwei zugeteilt zu bekommen.

»Du musst die Augen zumachen«, sagte Clem zu Annie.

»O ja, ich spüre es«, erwiderte Annie. Johnny konnte durch die halb offene Bluse ihre Titten erkennen. »Lass mich mal«, sagte sie und übernahm erneut die Zügel. Ohne die Augen zu öffnen und auf eine Antwort zu warten, knöpfte sie Clems Bluse auf. Wieder sah Clem zu Johnny hinüber, während Annie ihre

Hand in ihren Ausschnitt schob. Sie rutschte ein Stück auf ihrem Platz nach vorn und beugte sich vor, um Clems gebräunte Brustwarze in den Mund zu nehmen und behutsam daran zu saugen.

Johnny legte seine Karten auf den Tisch; jeder Gedanke an die Karo zwei war längst vergessen. Er sah den beiden Frauen zu und wünschte, er könnte seine Hose aufmachen und seinen Schwanz herausholen, ohne den Kontakt zu Franks Hand zu verlieren.

Ein Schrei zerriss die Stille. Johnny sprang auf. Der Schrei war kurz, aber hoch, und er kam aus dem Vorschiff. Er hatte völlig vergessen, dass nebenan ein Kind schlief. Der Schrei zerstörte jäh seine Lust. Er spürte, wie sein Ständer erschlaffte. Wie hatte er das bloß vergessen können? Er setzte sich auf, heilfroh, dass er seine Hose nicht geöffnet hatte. Doch außer ihm schien niemand es gehört zu haben, nicht einmal Frank, der am nächsten zur Tür saß.

Smudge schrie ein zweites Mal auf, diesmal lauter. Clem, die es offenbar gehört hatte, löste sich von Annie und schloss eilig ihre Bluse.

»Frank! Smudge ist wach.« Johnny stieß ihn an und sah zu Annie hinüber, die keine Anstalten machte, ihre Bluse zuzuknöpfen. Ihre Brüste hingen heraus, und ihr Blick war auf ihren Mann gerichtet. Frank lauschte mit schief gelegtem Kopf und zog langsam seinen Arm hinter Johnnys Rücken hervor. Inzwischen hatte Johnny endgültig keinen Zweifel mehr daran, dass er sie absichtlich dort hingelegt hatte.

Aber niemand stand auf, um nach Smudge zu sehen. Seufzend zog Frank den Korken aus der Weinflasche und füllte die Gläser, ehe er sich Johnny zuwandte. »Schade, gerade als es anfing, spannend zu werden.«

»Zum Glück haben wir sie gehört«, meinte Johnny und griff nach seinem Tabak. »Sonst wäre es wahrscheinlich ziemlich peinlich geworden.«

»Wegen Smudge brauchst du dir keine Sorgen zu machen«, sagte Frank, dessen Gesichtsfarbe sich allmählich wieder normalisierte, und drehte das Zigarettenpäckchen zwischen den Fingern hin und her. »Sie ist daran gewöhnt.« Mit der anderen Hand machte er eine ausholende Geste, die den Tisch mit den Karten, den Alkohol, den Sex und alles andere einschloss.

»Was meinst du damit? Einen ausschweifenden Lebensstil im Allgemeinen?«, fragte Johnny und ließ sich in die Kissen sinken. Eigentlich würde er am liebsten weiterspielen, wollte aber nicht übereifrig wirken, weil die anderen sonst sofort wüssten, dass er die Karo zwei auf der Hand hatte. Wieder drang ein Laut aus dem Vorschiff; diesmal war es eher ein Stöhnen im Traum, als sei sie im Begriff, wieder in Tiefschlaf zu fallen. Noch regte sich niemand, um nach ihr zu sehen.

Frank tippte sich eine Zigarette aus dem Päckchen und fing sie mit den Lippen auf, dann zündete er sie an, legte das Feuerzeug auf den Tisch und ließ es über die Tischplatte schlittern. »Das Boot ist ziemlich klein«, bemerkte er und musterte Johnny.

»Allerdings«, bestätigte er. »Nicht viel Platz für ein Schäferstündchen.«

»Stimmt.« Frank zog kräftig an seiner Zigarette. »Außerdem kann sie es nicht leiden, wenn sie den ganzen Spaß verpasst.« Lächelnd schnippte er die nicht vorhandene Asche von seiner Zigarette in den Aschenbecher. »Wer mag das schon?«

Frank ließ den Zigarettenrauch in einer langen Wolke durch seinen Mundwinkel entweichen, Annie und Clem griffen nach ihren Karten.

Wie in Zeitlupe hob Frank den Arm und legte ihn um Johnnys Schultern. Seine Hand schloss sich um seinen Nacken, und er spürte die Wärme seiner Finger mit den abgetrennten Spitzen. Das Gesicht des älteren Mannes schwebte dicht vor seinem. Franks Pupillen waren geweitet, sodass der Übergang zur Iris nicht länger erkennbar war, zwei gähnend schwarze Löcher.

»Das Schicksal hat dich zu mir geführt, Johnny. Gleich und

gleich gesellt sich gern. Es ist kein Zufall, dass du ausgerechnet jetzt, in dieser Phase, zu uns gekommen bist.«

Eine unbehagliche Stille breitete sich im Raum aus. Johnny schluckte. Seine Kehle fühlte sich rau und trocken an. »Welche Phase?«

Hinter Frank öffnete sich die Tür zum Vorschiff. Alle vier drehten sich um. Eine völlig verschlafene Smudge stand, splitternackt unter ihrer Captain-Hook-Jacke und mit Gilla in der Hand, im Türrahmen und rieb sich die Augen. Ihr Pony stand senkrecht in die Höhe. Frank löste seine Hand von Johnnys Nacken, beugte sich langsam vor und hob seine Tochter auf seinen Schoß. Sie schmiegte sich an ihn und murmelte etwas im Halbschlaf. Johnny starrte die beiden an.

Etwas an der Art, wie er sie festhielt, wie seine Finger ihren kleinen Schenkel berührten, wie Frank sie hochhob und an sich drückte, wie seine Pranke ihr Gesäß umschloss, wie er sie ins Vorschiff trug und an dem Ausdruck in seinen Augen, als er verschwand, beschwor ein mulmiges Gefühl in Johnny herauf. Mit einem Mal schien eisige Kälte in die Kabine zu dringen. Eine Woge der Übelkeit stieg in ihm auf. All die Siestas, die zahlreichen Schläfchen, ihre aufreizenden Tanzbewegungen, die Finger mit den fehlenden Spitzen, deren Berührung er vor wenigen Minuten noch herbeigesehnt hatte – die Übelkeit schlug in gallig-bitteren Ekel vor sich selbst um. Er blickte über den Tisch hinweg zu Clem. Sie hatte nichts davon bemerkt. Ahnungslos ordnete sie ihre Karten. Dann blickte er Annie an. Sie erwiderte seinen Blick gerade lange genug, um ihn die Angst in ihren Augen erkennen zu lassen. Ihre Finger, die an den Knöpfen ihrer Bluse herumgefummelt hatten, zitterten. Johnny öffnete den Mund, doch er brachte keinen Laut hervor. Seine Lippen waren nicht imstande, die Worte zu formen; seine Zunge lag zentnerschwer in seiner Mundhöhle, während sein Körper plötzlich schwerelos zu werden schien. Er hatte das Gefühl, in der Luft zu schweben, über dem Tisch, hinaus aus der Kajüte, weg von hier, von alldem. Annie starrte ihn blinzelnd an, als wäre sie Zeuge davon, wie er davonschwebte. Ein klaustrophobisches Gefühl erfasste ihn, wie er es noch nie zuvor erlebt hatte. Die Schiffswände schienen immer näher zu kommen, während er mit einem Mal das Gefühl hatte, aus großer Höhe in die Tiefe zu stürzen. Taumelnd kam er auf die Füße und fegte dabei die Spielkarten vom Tisch. Er sah, wie die Karo zwei zu Boden trudelte.

Er murmelte etwas von »frischer Luft« und stürzte die Treppe in die nächtliche Finsternis hinauf. Er schlug die Kajütentür hinter sich zu und sog verzweifelt die kühle Nachtluft in seine Lungen, während er den Blick über seine Umgebung schweifen ließ – dreihundertsechzig Grad blankes Nichts. Sie waren im Niemandsland, einer endlosen Einöde.

Er taumelte aus der Kabine und quer über das Deck und klammerte sich am Vorstag fest. Er fühlte sich, als wäre er Opfer eines brutalen Überfalls geworden, als hätte ihm jemand die Seele aus dem Leib geprügelt. Nach einer Weile gewöhnten sich seine Augen an die Dunkelheit. Sie lagen rund zweihundert Meter vom Ufer entfernt im Herzen einer kleinen Bucht vor Anker. Er wünschte sich nichts sehnlicher, als dort zu sein, weg von diesem Boot. Unvermittelt kam ihm die Galle hoch, und er übergab sich heftig ins Meer. Prustend und spuckend sank er auf die Knie, während ihm der Speichel aus dem Mund troff. Dann schleppte er sich mühsam auf allen vieren zum Mast zurück, barg das Gesicht in den Händen und versuchte verzweifelt, sich einzureden, dass er sich irrte. Frank war ein anständiger Mann, ein außergewöhnlicher Mann. Ein Mann voll ehrenwerter Wünsche und Vorstellungen; ein Mann, der seine Ziele höher gesteckt hatte als die meisten anderen; ein Mann mit beeindruckendem Tiefgang; ein Mann, der vieles durchblickte und verstand; ein Mann, der nach der Wahrheit suchte, ein Philosoph und ein Menschenfreund. Er hatte Johnny in einer Art und Weise berührt wie noch nie jemand zuvor. Er hatte sein

Herz berührt und ihm beigebracht, die Welt aus einem völlig neuen Blickwinkel zu betrachten, und die Dinge zu akzeptieren, wie sie waren, statt dagegen anzukämpfen. Johnnys Dankbarkeit war grenzenlos gewesen, er hätte alles für diesen Mann getan. Er *hatte* alles für ihn getan – er hatte ihm geschenkt, was ihm am meisten am Herzen lag: Clemency Bailey. Für Johnny war er wie ein Vater gewesen. Wie ein Lehrer. Er hatte sogar daran gedacht, selbst mit ihm zu schlafen. Ja, er hatte darüber nachgedacht. O Gott. O Gott. O Gott. Es gab keinen Zweifel – Johnny hatte mitbekommen, wie er sie betrachtet hatte, hatte diese riesigen Finger auf ihrem Körper gesehen. Frank war ein Betrüger, ein Heuchler, ein Kinderschänder, ein Ungeheuer. *Einsperren und den Schlüssel wegwerfen.*

Er presste den Kopf gegen den Mast, bis sein Nacken zu schmerzen begann. Er musste den Schmerz spüren, um die abscheulichen Bilder aus seinen Gedanken zu verscheuchen. Nach einer Weile öffneten sich die Kajütentüren, und Clem trat heraus. Sogar sie beide selbst waren besudelt, ebenso wie alles andere. Ihre Liebe, er und sie, alles war vergiftet. Sie kam langsam über das Deck auf ihn zu und schlang ihre Strickjacke enger um sich. Besorgnis zeichnete sich auf ihrer Miene ab.

»Was ist denn mit dir?«, fragte sie, ging neben ihm in die Hocke und strich ihm das Haar aus dem Gesicht, während sie sich mit einer Hand auf seinem Oberschenkel aufstützte.

Er brachte keinen Ton heraus.

»Ich dachte, du wolltest … Ich dachte, es sei okay.«

»Wir müssen hier weg«, sagte er und fuhr sich mit der Hand über die Lippen. Er hatte noch immer den Geschmack nach Erbrochenem im Mund. Sie schien seine Verzweiflung zu spüren. Er hatte nur einen Wunsch: in das Rettungsboot steigen und von hier verschwinden, egal wohin.

»Ich weiß.«

Aber sie wusste gar nichts. Sie konnte die Wahrheit nicht sehen. Sie war so unschuldig, und genau das sollte sie auch bleiben. Obwohl ihre Hand auf seinem Schenkel lag, konnte er die Distanz zwischen ihnen nicht leugnen. Er musste versuchen, die Kluft zu überwinden, ihr alles erklären, doch auch jetzt schienen die Worte nicht über seine Lippen kommen zu wollen.

»Siehst du es denn nicht, Clem?«, flüsterte er.

»Sehen? Was denn sehen?«, fragte sie und sah ihn an. »Was meinst du?« Sie *wollte* ihn verstehen, das begriff er.

Ja – was meinte er eigentlich? Was war denn schon passiert? Gar nichts. Nichts Konkretes; nichts, was er in Worte fassen könnte. Nur ein Vater, der seine kleine Tochter auf dem Arm gehalten hatte. Sie sah ihn an, wartete darauf, dass er es ihr erklärte. Ihre Augen bohrten sich förmlich in ihn hinein. Er musste sich beruhigen. Er blickte hinauf zu den Sternen, die über ihnen am Himmel funkelten, und wischte sich mit dem Handrücken den Mund. Na schön, dann würde er es mit einer anderen Taktik versuchen. »Wie fandest du Smudges Darbietung?«

Verwirrt sah sie ihn an. »Was willst du damit sagen?«

»Wie fandest du sie?«

»Sehr lustig.«

»Genau. Das fand ich auch«, sagte er und starrte wieder in die Dunkelheit. »Aber ich glaube nicht, dass er vorhatte, uns damit zum Lachen zu bringen.«

»Wieso denn nicht?«

Er wandte sich ihr zu. »Ich traue ihm nicht über den Weg.«

Einen Moment lang starrte sie ihn wortlos an, ehe sie einen abfälligen Seufzer ausstieß. »Herrgott noch mal, Johnny, allmählich bin ich es wirklich leid.«

»Er hat irgendetwas an sich … Du solltest ihm auch nicht trauen. Ich will nicht, dass du allein mit ihm bist.«

»Was?« Wütend fuhr sie zu ihm herum. »Wieso tust du so etwas? Wieso bist du so eifersüchtig?«

Es war schrecklich, diesen Ausdruck in ihren Augen sehen zu

müssen. Kein Fünkchen Liebe war darin zu erkennen. Aber er musste sie warnen. »Man kann ihm nicht trauen.«

Erneut zog sie ihre Strickjacke fester um sich. »Ich dachte, du hättest mehr Format.« Die Enttäuschung in ihrer Stimme war nicht zu überhören. »Ich hätte nicht gedacht, dass du so …« Sie suchte nach dem richtigen Wort, doch jedes, das ihr in den Sinn kam, schien einen schlechten Beigeschmack zu haben. »… so engstirnig bist.«

Sie erhob sich, ohne ihn eines Blickes zu würdigen, kehrte mit einer wegwerfenden Handbewegung wieder unter Deck zurück. *Engstirnig.* Er konnte nur hoffen, dass sie recht hatte – dass dies ihr einziges Problem an Bord war. Er spähte durchs Fenster und entdeckte Annie und Frank, wie sie den Tisch beiseiteschoben, während Clem die Karten vom Boden aufhob und ihnen beim Aufräumen half – die üblichen Tätigkeiten, als wäre dies ein ganz gewöhnlicher Abend.

Er blieb den Rest der Nacht auf dem Deck sitzen, starrte zum Himmel hinauf, wartete, dachte nach und lauschte den Wölfen, die in der Finsternis heulten. Vielleicht befand sich der wahre Wolf ja hier an Bord. Er saß da und wartete auf das Einzige, das Rettung verhieß: Wind. Er lauschte den Wellen, spürte die ohnmächtige Wut, die in ihm hochkochte und wieder verebbte, während sich seine Gedanken sinnlos im Kreis drehten. Irgendwann machte er die Lichter eines Boots am Horizont aus und fragte sich, wer sich an Bord befinden mochte, was die Leute taten, was sie dachten. Er beneidete sie um ihre alltäglichen Sorgen. Es schien so unvorstellbar, dass das Leben überall rings um sie herum seinen gewohnten Gang ging, während seine eigene kleine Welt in sich zusammenzufallen drohte.

Die Nacht zog sich endlos dahin, als weigerte sich die Sonne, je wieder auf sie herabzuscheinen, und als verdiente die Little Utopia nichts als immerwährende Finsternis. Aber irgendwann verstummte das Geheul der Wölfe, die Dämmerung kroch langsam über den Horizont und tauchte die Welt ringsum ein weiteres Mal in bunte Farben. Doch Johnny hatte keinen Blick für die Schönheit mehr.

Am nächsten Tag machten sie sich auf den Rückweg von der Küste. Clemmies Dad hämmerte die ganze Fahrt über mit den Fingerknöcheln auf das Armaturenbrett. Seine Stimmung hatte umgeschlagen. Er war still und ernst, außerdem schien er sich pausenlos zu ärgern, vor allem über andere Autofahrer. Sie solle ihrer Mutter nicht erzählen, wie sie am Vortag um ein Haar aus der Walzerbahn gefallen sei, hatte er gesagt. Sie hatte es versprochen, obwohl sie es ein bisschen unfair fand, das Gefährlichste, was sie je in ihrem Leben getan hatte, verschweigen zu müssen. Aber er war nicht in der Stimmung für lange Diskussionen, deshalb wollte sie ihn lieber nicht noch reizen. Sie lutschte einen Pear Drop nach dem anderen und sah zu, wie der Wind über die Bäume und Felder rauschte, statt Abfälle herumzuwirbeln wie in London. Nach einer knappen Stunde Fahrt fing das Auto plötzlich zu ruckeln an. Ihr Vater stieß wilde Flüche aus, als der Wagen nach wenigen Metern mitten auf der langen, engen Straße, auf der kaum zwei Autos aneinander vorbeipassten, zum Stehen kam. Er drosch so heftig auf das Lenkrad ein, dass die Krähen auf einem Baum neben ihnen aufstoben und seine Hand ganz rot wurde. Clemmie sagte vorsichtshalber kein Wort.

Er stieg aus und schlug die Wagentür mit voller Wucht zu, sodass das Duftbäumchen am Rückspiegel kreiselte. Sie sah zu, wie er seine Starsky-Sonnenbrille abnahm und sein Jackett auszog. Dann öffnete er die Wagentür noch einmal, um es sorgfältig zusammengefaltet auf seinen Sitz zu legen. Er sah nicht einmal in ihre Richtung. Anschließend trat er vor den Wagen und öffnete die Motorhaube. Verstohlen mopste sie eine Handvoll Pear Drops und starrte auf die glänzende Motorhaube, die vor der Windschutzscheibe aufragte. Nach einer Weile tauchte ihr Dad wieder auf, ging um den Wagen herum zum Kofferraum. Sie hörte ihn herumkramen, dann schlug er die Klappe zu und schwenkte einen roten Plastikkanister.

»Die Tankanzeige ist kaputt. Wir brauchen Benzin. Wir müssen zu der Tankstelle auf der Hauptstraße.«

Es war ein stürmischer, aber schöner Tag, und die verwaiste Straße entlangzugehen, fühlte sich an, als würden sie zu einem Abenteuer aufbrechen. Sie hatte Monkey, den Affen, in der einen, den Benzinkanister in der anderen Hand. Ihr Vater schimpfte und zeterte immer noch, hielt Ausschau nach vorbeifahrenden Autos und sah ständig auf die Uhr. Sie musste traben, um mit ihm Schritt halten zu können.

Nach einer Weile schien die Anspannung allmählich von ihm abzufallen, und er plauderte sogar mit ihr über dies und jenes. Er kannte sich mit allem aus. Gäbe es einen Wettbewerb um den klügsten Menschen Englands, würde er ihn ohne Weiteres gewinnen. Als sie an einem überfahrenen Hasen vorbeikamen, erklärte er ihr sämtliche herausquellenden Eingeweide, welches Organ welche Funktion besaß, wie das winzige Herz arbeitete, woran man erkennen konnte, ob der Hase Raucher oder Nichtraucher gewesen war, und allerlei andere wichtige Dinge. Dann erläuterte er ihr, wie die hohen Holzmasten die Telefongespräche überallhin übertrugen, wie der Asphalt auf die Straßen kam und dass Vögel manchmal sogar Menschenhaare für den Bau ihrer Nester benutzten. Sie unterhielten sich so angeregt, dass sie sogar versäumten, einen vorbeifahrenden Wagen anzuhalten. Ihr Vater rannte ihm ein Stück nach, doch es war zu spät. Er war wütend darüber, und als sie ihn einholte, schimpfte auch sie, obwohl es sie in Wahrheit gar nicht kümmerte. Sie waren ein tolles Team.

In einträchtigem Schweigen gingen sie weiter. »Ich kann es dir ebenso gut auch jetzt gleich sagen, Clemmie«, meinte er irgendwann. »Eigentlich wollte ich irgendwo haltmachen, wo es nett ist, und Tee trinken, aber …«

Er zog seine Zigarrendose heraus. Clemmie sah, dass nur

noch zwei darin lagen. Ihr fiel auf, dass seine Hand zitterte, als er sie anzündete. Es gefiel ihr, wie der Rauch kräuselnd in seinen Nasenlöchern verschwand. Wie eine glitschige blaue Schlange. Sie ergriff wieder seine Hand, und sie gingen weiter. »Ich werde eine Zeit lang anderswo wohnen.«

Sie sah auf und folgte seinem Blick. Er starrte zum Himmel hinauf, wo ein Schwarm Vögel in V-Formation flog. Das Wort hatte sie von Miss Bradley in der Schule gelernt. »Wohin gehen wir?«

»Nur ich, Schatz.« Er sah sie kurz an.

»Und ich auch«, sagte sie, in der festen Überzeugung, dass er das in Wahrheit gemeint hatte.

»Nein. Du und deine Mum bleibt im Haus wohnen.«

»Oh. Weiß Mummy das schon?«, fragte sie. *Wie seltsam,* dachte sie.

Er nickte. »Ich ziehe nach Somerset.«

»Was ist Somerset?«

»Eine Gegend.«

»Und was ist so gut an Somerset?«

»Eine Freundin von mir wohnt dort.«

»Aber wieso kann ich nicht mitkommen?«

Er zog an seiner Zigarre. »Weil es nun mal nicht geht.«

Sie blieb stehen. Ihm blieb nichts anderes übrig, als ebenfalls stehen zu bleiben. »Ich will aber mit. Wie lange bleibst du dort?«

»Das weiß ich noch nicht.«

»Übers Wochenende?«

»Deine Mum und ich … na ja, wir sind nicht mehr zusammen.«

»Aber wenn du zu Hause bleiben würdest, wärt ihr doch zusammen.« Sie lächelte ihn an, aber er erwiderte das Lächeln nicht.

Stattdessen wandte er den Blick ab. »Wir lassen uns scheiden, Clemmie.«

»Was ist das? Scheiden lassen?«

»Herrgott noch mal, du weißt doch, was eine Scheidung ist.« Plötzlich klang er verärgert. »So wie Onkel Tim und Sandy. Wir trennen uns.« Hektisch nahm er einen Zug von seiner Zigarre und stieß den Rauch aus.

Sie sah ihn verwirrt an. Er musste sich irren. »Aber Onkel Tim und Sandy mögen sich nicht mehr. Sandy hat Marks Zaubertafel aus dem Fenster geworfen. Aber du und Mummy werft doch keine Sachen aus dem Fenster.«

Sie wartete darauf, dass er sagte: *Ja, du hast völlig recht. Ich wollte dich nur auf den Arm nehmen*. Aber das tat er nicht.

»Wir werden uns trotzdem noch sehen.« Er lächelte, doch es war ein angespanntes Lächeln.

Davon ganz abgesehen – natürlich würden sie sich weiterhin sehen; schließlich war er ihr Vater. Allmählich machte sie sich Sorgen. Es gefiel ihr gar nicht, wie er sie ansah, so traurig. Irgendwo tief in ihrem Innern spürte sie, wie ihr etwas zu entgleiten drohte. So als würde sie den Halt verlieren, wie gestern im Walzerglück. Sie musste sich gut festhalten. Bloß nicht loslassen! Sie klammerte sich an seiner Hand fest, als die Panik über ihr zusammenschlug.

»Liegt es an mir? Weil ich immer so unordentlich bin? Oder an meinen Sammelschachteln? Du darfst nicht nach Somerset gehen! Ich kann auch aufhören, Sachen zu sammeln, wenn du willst.«

Der Wind hatte ihm die Tränen in die Augen getrieben, und seine Stimme klang ganz anders als sonst. »Nein, Schatz. Das ist nicht der Grund. Du musst weiterhin Sachen sammeln.«

Sie drückte noch fester zu, doch er reagierte nicht auf die Berührung. Seine Hand war schlaff und leblos. Der Wind erfasste den Rauch, der zwischen seinen bebenden Lippen hervorquoll, und riss ihn fort. Er sah ihr ins Gesicht, doch das gefiel ihr ebenso wenig, denn sie konnte das Ende in seinen Augen erkennen. In diesem Moment begriff sie. Schlagartig verbanden sich die Punkte zu einem Bild, und ein riesiges Ungeheuer ragte vor ihr empor. »Du verlässt uns«, sagte sie.

Er stritt es nicht ab, sondern stand lediglich da, den Blick auf den Boden geheftet, die Hand noch immer um ihre Finger gelegt. Dann hob er den Kopf und blickte sie an. Und für den Bruchteil einer Sekunde erkannte sie die Angst in seinen Augen. Er hatte Angst vor ihr. Das war alles; die einzige Macht, die sie besaß. Alles andere war nutzlos, völlig egal, was sie sagte oder tat. Ihre Meinung, ihre Bedürfnisse, ihre Gefühle spielten nicht die geringste Rolle für ihn. Sie war nicht wichtig. Er hatte seine Entscheidung gefällt. *Sie* hatten die Entscheidung gefällt. Sie ließ seine Hand los.

»Das wird schon, Clemmie.« Er ließ sich auf ein Knie sinken, als wollte er sie zum Tanz auffordern, doch sie wich zurück. Sie wollte nicht tanzen. Er streckte die Hand nach ihr aus.

»Ich hasse dich«, spie sie ihm entgegen, wirbelte herum und lief so schnell davon, wie sie nur konnte. Ihre Absätze klapperten auf dem Asphalt. Sie hörte, dass er ihr nachlief, und rannte in das Maisfeld rechts von ihr, quer durch die hohen Stauden mit den grünen Blättern, die über ihr zusammenschlugen. Sie spürte die Tränen über ihre Wangen laufen. Immer weiter lief sie durch das endlose Grün, Monkey und den Benzinkanister immer noch in den Händen, behände wie ein Vögelchen, während der Schlamm an ihren braunen Schuhen kleben blieb und sie zwang, ihr Tempo zu drosseln.

»Clemmie! Clemmie! Komm zurück!«, hörte sie ihn hinter sich rufen.

# 6 HAPPY BIRTHDAY

Als er aufwachte, lag er einen Moment lang ganz ruhig da, ehe die Erinnerung an die Vorkommnisse des vergangenen Abends wie Abwasser aus einem stinkenden Kanal sein Gehirn flutete. Er hatte sich nicht vorstellen können, dass er Schlaf finden würde, aber offensichtlich hatte er sich geirrt. Jemand hatte einen Schlafsack über ihn ausgebreitet – eine zärtliche Geste, die er dankbar zur Kenntnis nahm, wer auch immer es getan hatte. Er setzte sich auf und ließ den Blick über das reglose Wasser und den weißgoldenen Sommerhimmel schweifen, während er mit großer Erleichterung feststellte, dass die Erkenntnisse des Vorabends über Nacht etwas von ihrer Unumstößlichkeit verloren hatten. Im harschen Licht des Tages waren sie zu vagen Schemen verblasst, mit weichen Konturen, von Zweifeln verwischt.

Er und Clem mussten lediglich von Bord gehen, dann wäre alles wieder in Ordnung. Es wäre vorbei. Und es wäre nicht länger von Bedeutung, ob er mit seiner Vermutung richtiggelegen hatte oder nicht. Sie würden an einer Stadt oder einem Dorf vorbeikommen, irgendwann, vielleicht sogar heute noch, und dann könnten sie Abschied nehmen. Die Panik, die Fluchtgedanken hatten über Nacht ihre Dringlichkeit eingebüßt. Inzwischen war die Vorstellung, mitten in der Nacht mit dem Beiboot an Land zu rudern und anschließend durch die Dunkelheit zu stolpern, absolut lächerlich. Die lange Zeit auf See forderte ihren Tribut. Sein Gehirn spielte ihm Streiche, seine Phantasie ging mit ihm durch. *Bitte, Gott*. Er schloss die Augen und spürte die Wärme der Sonnenstrahlen, die seine Lider liebkosten.

Dies war der erste Morgen seit einer halben Ewigkeit, an dem er ohne Clem an seiner Seite aufwachte, und es gefiel ihm überhaupt nicht. Er fühlte sich einsam. In diesem Moment wurde die Kajütentür aufgerissen, und Smudge streckte den Kopf heraus. Sie strahlte von einem Ohr zum andern.

»Hey«, sagte er und tat so, als hätte er ihren Geburtstag vergessen.

»Du sollst ihn nicht wecken!«, rief Frank aus der Kajüte.

»Schon gut«, rief Johnny zurück. »Ich bin sowieso wach.«

Wie leicht es ihm fiel, mit Frank zu reden, als wäre nichts geschehen. Wie war es möglich, dass seine unumstößliche Gewissheit nun von Zweifeln durchsetzt, seine Wut verraucht, seine Bitterkeit verflogen war? Das ergab doch keinerlei Sinn. Gestern Abend hatte er Frank noch als Ungeheuer bezeichnet, und heute schienen seine Vorwürfe unbegründet und beinahe wenig absurd zu sein. Wenn er in Smudges strahlendes Gesicht blickte, konnte er kein Opfer erkennen. Keinen Missbrauch. Keine Angst. Es gab wohl kein fröhlicheres, unbeschwerteres Geschöpf auf der Welt.

»Happy Birthday«, sagte er, woraufhin sie sich ungestüm auf ihn stürzte. Ihr wirres schwarzes Haar hob sich scharf vom leuchtend blauen Himmel ab. Ihre dunklen Augen waren so undurchdringlich wie die ihres Vaters.

»Kaffee, Johnny?«, rief Frank aus der Kombüse.

»Bitte.«

»Mami sagt, ich darf mein Geschenk nicht verlangen.« Sie starrte ihn durchdringend an. »Also tue ich es auch nicht.«

»Vielleicht musst du ja Clem fragen.«

Er würde sich bei Clem entschuldigen, ihr sagen, dass sie recht hatte.

»Wieso schläfst du hier oben?«, wollte Smudge wissen, drehte sich um und zwängte sich so zwischen seine Beine, dass sie beide Arme auf seinen Knien abstützen konnte.

Er fuhr sich mit der Hand durchs Haar. »Ich habe nach Wind Ausschau gehalten«, antwortete er so fröhlich, wie er nur konnte – die Wasseroberfläche war noch genauso spiegelglatt wie die ganzen Tage zuvor. Sie hielt ebenfalls nach Wind Ausschau. Nach einer Weile drehte sie sich wieder um.

»Sollen wir über fünf reden?«

»Ja, bitte«, erwiderte er. »Erzähl mir alles darüber.« Er fragte sich, ob Clem schon aufgestanden war. Er wollte sie sehen, sich entschuldigen, dafür sorgen, dass alles wieder so war wie zuvor.

»Also, fünf ist eins plus vier. Und zwei plus drei. Und fünf plus null …« Sie dachte angestrengt nach.

Er betrachtete ihre weichen molligen Kinderfinger, als sie die Möglichkeiten abzählte, ihre konzentriert gerunzelte Stirn. Sie war hinreißend. Sie würde ihm fehlen.

»Mehr fällt mir nicht ein«, meinte sie schließlich.

»Sechs minus eins«, sagte er.

»Ach ja. Und sieben minus zwei.«

»Und zweieinhalb plus zwei plus ein halb.«

Ihre Augen begannen zu leuchten. »Wer hätte gedacht, dass man mit fünf so viel machen kann. Wie alt bist du?« Sie reckte den Hals, um ihm ins Gesicht sehen zu können.

»Einundzwanzig.«

»Wie viel mal fünf ist das?«

»Viermal plus eins.«

»Ich bin fünf«, verkündete sie, als erklärte das alles. Er nickte und drückte ihr einen Kuss auf den Kopf. Ein Glück, dass sie seine Augen und die Hässlichkeit, die sich dahinter verbarg, nicht sehen konnte. Was er gedacht hatte, war abscheulich, unverzeihlich. Es fühlte sich so viel besser an, sich nicht länger mit diesen Gedanken herumschlagen zu müssen.

»Kaffee ist fertig.« Frank stand auf der Kombüsentreppe und stellte zwei Tassen auf das Kajütendach. In seinem Mundwinkel hing eine Zigarette, und sein dunkles lockiges Haar stand ihm auf der einen Seite wirr vom Kopf ab. Es war ein Morgen wie jeder andere. *Genauso wie jeder andere*, dachte Johnny, während ihm das bittersüße Kaffeearoma in die Nase stieg.

»Heute wird der schönste Tag meines Lebens. Wir spielen Reise nach Jerusalem«, verkündete Smudge und zerrte Johnny hinter sich her über das Deck. »Wir machen ein Picknick am Strand, und Mami backt mir einen Kuchen.« Sie grinste von einem Ohr zum anderen. »Und ein gebratenes Huhn gibt's auch. Und wir können Verstecken spielen.«

Clem stand mit Smudges Geschenken in der Hand im Cockpit. Sie hatte die Halskette in einer ihrer Schachteln verpackt und den Monsterspeer in Handtücher gewickelt. Sie beäugte Johnny vorsichtig, um herauszufinden, wie seine Stimmung war. Er beugte sich vor und küsste sie. Lächelnd strich sie ihm über die Hand. Sie hatte ihm verziehen.

»Das hier ist von mir«, sagte sie zu Smudge und drückte ihr die Schachtel in die Hand.

Smudge war außer sich vor Freude, hielt das Päckchen fest an ihre Brust gedrückt und hüpfte ausgelassen im Kreis herum. Ihr kleiner Kinderkörper war gespannt wie eine Feder. Johnny konnte sich nicht erinnern, jemals wegen eines Geburtstags so aufgeregt gewesen zu sein. In seiner Familie war dieser Tag nie besonders gewürdigt worden.

Annie kam aus der Kombüse, als Clem Smudge die Kette anzulegen versuchte. Johnny fiel auf, dass sie ihn nicht ansah, als sie ihm einen Guten Morgen wünschte. Sie lächelte, vermied jedoch den Blickkontakt, wenn sie mit ihm sprach, und lief geschäftig die Kombüsentreppe hinauf und hinunter. Selbst als Smudge den Monsterspeer auspackte, bewunderte sie ihn zwar und sagte die richtigen Dinge, nahm Johnny jedoch kein einziges Mal zur Kenntnis.

So ging es den ganzen Vormittag. Annie würdigte ihn keines Blickes, auch nicht, als sie zu albernen Abba-Songs Reise nach Jerusalem spielten. Nicht dass die anderen es mitbekommen hätten, dafür ging sie viel zu subtil vor. Einmal, als die Musik endete und sie zu ihren Stühlen liefen, begegneten sich ihre Blicke für Sekundenbruchteile, doch dann sah sie eilig weg. Sie beschäftigte sich in der Küche, nahm das Hühnchen aus dem Kühlschrank, wickelte Kartoffeln in Alufolie und richtete die Zutaten für den Kuchen her. Ihr Verhalten zeigte Wirkung. Er kam sich wie ein Kind vor, das von der Mutter Schelte bekommen hatte. Sehnsüchtig blickte er aufs Meer hinaus. Wenn doch nur endlich Wind aufkäme. Er hatte genug von alldem hier. Er und Clem mussten endlich weg, die Welt entdecken, nur sie beide, wieder diejenigen sein, die sie einmal gewesen waren. Aber dazu würde es heute ganz bestimmt nicht kommen, dachte er beim Anblick der Taschen voller Lebensmittel und Geschirr, mit denen Frank bereits das Beiboot belud. Es war aussichtslos: Sie würden eine Party am Strand feiern.

Annie bat Frank, in zwanzig Minuten noch einmal zurückzukommen und sie abzuholen, da der Kuchen noch nicht fertig sei und das Beiboot außerdem sowieso nicht genug Platz für alle biete. In der Zwischenzeit kletterte Frank ins Boot und schob die Ruder in die Vorrichtungen. Für einen kurzen Moment sah es so aus, als wolle er einfach losrudern und sie allein an Bord zurückzulassen. Wie einfach es doch wäre, den Anker zu lichten, den Motor zu starten und ihn mit einem Beiboot voller Vorräte einfach in dieser gottverlassenen Bucht zurückzulassen.

»Johnny, du ruderst«, sagte Frank. »Gib mir bitte das Geburtstagskind herüber.« Er stand auf und streckte einen Arm nach ihr aus.

Johnny hob Smudge hoch – sie hatte Granny in der einen Hand, den Speer in der anderen und einen Lutscher im Mund – und sah zu, wie Franks kräftiger Arm den winzigen Kinderkörper umschlang und sie sich auf den Schoß setzte. Johnny wandte den Blick ab. Nun, da der Keim in seinem Kopf erst einmal gepflanzt war, schien er ihn ununterbrochen nähren, das Szenario wieder und wieder zwanghaft durchspielen zu müssen. Er sah zu Clem hinüber, die mit Annie plauderte und von alldem wieder einmal nichts mitzubekommen schien. *Nur noch ein Tag, dann sind wir weg.*

Johnny kletterte über die Reling in das Beiboot, und ruderte ans Ufer, während Annie an Bord zurückblieb, um letzte Hand an Smudges Kuchen anzulegen. Johnny saß mit dem Rücken zu Frank, der Smudge auf dem Schoß hatte und sich mit ihr unterhielt. Er erklärte ihr, wie die Vögel ihre Beute ausmachten, wie ihnen die Schemen verrieten, dass direkt unter der Oberfläche Fische dahinflitzten, was die Felsformationen über die Entstehung der Landschaft aussagten; Weisheiten über primitive Lebensformen, die Johnny gestern noch in seinen Bann geschlagen hätten, ihm heute jedoch lediglich eines sagten: dass Frank ein Mann war, der den Anschein von Tiefgang erwecken wollte, in Wahrheit jedoch ein Hochstapler und elender Betrüger war.

Er blickte nach Süden, zu den hohen, majestätischen Bergen und ihren Schatten auf der glitzernden Wasseroberfläche, die sich verzerrten, wann immer die Ruderblätter ins Wasser tauchten – ein zauberhafter Anblick, aber er hatte nur einen einzigen Wunsch: fliehen. Doch er saß hier fest, in seiner eigenen Schneekugel, in einer zu Eis erstarrten Zeitkapsel, aus der es kein Entrinnen gab.

Er ruderte ans Ufer, wo sie ausstiegen und das Boot ein Stück den Strand hinaufzogen. Er nahm Smudge bei der Hand, um sich mit ihr und Granny auf die Suche nach Treibholz zu machen, während Clem und Frank zurückblieben, um das Lagerfeuer in Gang zu bringen.

»Hey, Johnny«, sagte Frank, als sie mit einem Armvoll Holz zurückkehrten, und musterte ihn mit schief gelegtem Kopf. »Alles in Ordnung mit dir?«, fragte er, packte einen Ast und zerbrach ihn mit einem lauten Knacken sauber in zwei Teile.

Johnny fuhr vor Schreck zusammen. »Mir geht es gut, Frank.«

»Tu doch nicht so, als wärest du ein Fremder.« Franks dunkle Augen waren unergründlich.

»Nein, natürlich nicht.« Er wollte nicht mit ihm reden und ihm dadurch Gelegenheit geben, in sein Inneres zu blicken. »Soll ich Annie holen gehen?«, fragte er.

»Klar«, sagte Frank. »Danke.«

Johnny kehrte zum Beiboot zurück und schob es ins Wasser. Er sprang hinein und ruderte zur Little Utopia zurück. Sie mussten weg von hier. Es *musste* doch einen Weg geben. Was, wenn sie einfach das Beiboot klauten und losruderten? Sollte weiterhin komplette Windstille herrschen, würden sie es schaffen, in einer Woche die nächstgrößere Stadt zu erreichen. Oder sollten sie es lieber auf dem Landweg versuchen? Vielleicht könnten sie auch zu der Hütte der alten Frau zurückrudern. Aber das würde ihnen auch nichts nützen – dort war nichts, keine Transportmöglichkeit, kein Dorf, nur ein alter, magerer Esel. Er würde später einen Blick auf die rudimentäre Karte werfen und herausfinden, wo genau sie waren. Doch ihm war klar, dass sein Plan völlig idiotisch war. Er machte sich völlig umsonst Hoffnungen. Die Little Utopia hätte sie im Handumdrehen eingeholt. Also blieb nur eines: Geduld haben.

Clem saß am Strand und sah zu, wie Frank geschickt den Holzspieß durch das bleiche Fleisch des mageren Hühnchens bohrte, um es dann über die Feuerstelle zu hängen. Smudge, nackt bis auf ihre Captain-Hook-Jacke, spielte im seichten Wasser mit ihrem Fischernetz und ihrem Monsterspeer. Dann folgte ihr Blick Johnny, der mit dem Beiboot zur Little Utopia zurückruderte, die Stirn in tiefe Sorgenfalten gelegt, während er sich Meter um Meter von ihr entfernte. Sie spürte die wachsende Kluft zwischen ihnen, auch wenn sie sich noch so sehr darum bemühten, sie zu ignorieren. Sie war froh, dass er an Deck geschlafen hatte und nicht nach unten gekommen war, weil er Sex mit ihr haben wollte. Das war neu. Sie spürte, dass sie sich veränderte. Bis jetzt hatte sie Johnny stets für unverwundbar gehalten. Sie hatte geglaubt, sie sei diejenige mit den Makeln, wohingegen er absolut perfekt war. Doch das stimmte nicht. Sie bemerkte die Risse in seiner schimmernden Rüstung, und auch wenn ihr bewusst war, wie oberflächlich das war, machte ihn diese Tatsache weniger anziehend für sie. Sie fand seine Eifersucht abstoßend; sie war ein überdeutlicher Beweis für seine mangelnde Reife. Früher hatte sie sich gewünscht, er möge eifersüchtig sein. Sie hatte es für einen Liebesbeweis gehalten, dabei unterstrich es lediglich, wie schwach er war. Er war noch ein Junge, kein erwachsener Mann. Er sollte von Frank lernen, statt eifersüchtig auf ihn zu sein. Frank würde sich nie dazu herablassen, einen anderen Menschen so zu brauchen. Genau dasselbe hatte ihr Vater auch über ihre Mutter gesagt. Damals hatte sie es noch nicht begriffen. Für sie war er ein herzloser, grausamer Mistkerl gewesen, der lediglich eine Ausrede gesucht hatte, um mit Liz zusammen sein zu können. Damals hatte sie bereits gelernt, ihn zu verabscheuen; ihre Mutter hatte es ihr mit ihren ständigen Sticheleien beigebracht. Doch es stimmte – ihre Mutter war eine Frau, die andere brauchte, sich von ihnen abhängig machte, besessen war von Banalitäten und unwichtigen Details. Clemmie konnte sich noch lebhaft an ihren Wutanfall erinnern, als sie herausgefunden hatte, dass Liz acht Jahre älter war als sie, Krampfadern hatte und keinerlei Stilbewusstsein besaß. Als wären Äußerlichkeiten entscheidend. Doch allmählich begriff sie, dass Anziehungskraft eine ziemlich komplexe Angelegenheit war. Flüchtig dachte sie an ihren Vater; daran, wie sehr sie ihn geliebt hatte.

»Ich würde etwas darum geben, zu wissen, was du gerade denkst«, sagte Frank.

Sie löste den Blick vom Himmel und sah ihn an; seine breite, kaputte Schulter, seine riesigen, zärtlichen Hände, als er nach der Streichholzschachtel griff und die letzten Scheite unter dem Spieß aufeinanderhäufte. Dann öffnete er die Streichholzschachtel, nahm ein Hölzchen heraus und zündete es mit einer beherzten Bewegung an. Im hellen Schein der Sonne war die Flamme fast unsichtbar. Er bückte sich und hielt sie gegen die zusammengerollte Zeitung, die er unter die Scheite geschoben hatte. Dann blies er das Streichholz aus, schnippte es weg und setzte sich hin.

»Ich habe an meinen Dad gedacht«, hörte sie sich zu ihrer eigenen Überraschung sagen. Bevor sie auf diese Reise aufgebrochen waren, hatte sie nur selten einen Gedanken an ihn verschwendet und schon gar nicht über ihn gesprochen. Nicht einmal mit Johnny. Er hatte keinerlei Stellenwert mehr in ihrem Leben.

»Ihr steht euch nicht sonderlich nahe, stimmt's?«

»Gott, nein. Ich habe ihn seit Jahren nicht gesehen.«

Frank sah auf. »Eine Schande.«

Sie zuckte die Achseln »Eigentlich nicht.« Doch er hatte recht. Es *war* eine Schande. Sie wollte lieber nicht an die vielen Dinge denken, für die sich ihr Vater eigentlich schämen sollte.

»Für ihn, meine ich.«

Sie lächelte. Es tat gut, seines Rückhalts sicher sein zu können. Sie sah zu, wie er behutsam im Feuer herumstocherte, wie die Funken aufstoben und auf seine Finger fielen. Er zuckte noch nicht einmal zusammen, sondern strich sie in aller Seelenruhe weg. »Es ist eine Schande, dass er nicht weiß, zu was für einer wunderbaren jungen Frau du herangewachsen bist.«

»Ich weiß nicht recht«, gab sie verlegen zurück, aber erfreut.

»Ich schon«, erwiderte er. »Du bist intelligent, neugierig, offen, freundlich, positiv, liebevoll und großmütig – Eigenschaften, die sich ein Vater von seiner Tochter nur wünschen kann. Oh, und schlecht aussehen tust du auch nicht.«

Ihr schwirrte der Kopf von seinen Worten; am liebsten hätte sie sie auf einem Blatt Papier niedergeschrieben gehabt, damit sie sie lesen konnte, wann immer sie Lust dazu hatte. Und damit sie die Liste eines Tages ihrem Vater zeigen konnte. *Das bin ich!*

Sie ließ Sand durch ihre Finger rieseln und untersuchte die feinen Körnchen, die Muschelscherben, von der Kraft des Wassers über Jahrmillionen hinweg zermalmt. »Als ich so alt war wie Smudge, war mein Vater der tollste Mensch auf der ganzen Welt für mich«, sagte sie und lachte auf.

»Desillusionierung im Hinblick auf die eigenen Eltern ist etwas völlig Normales.«

»Ich kann mir nicht vorstellen, dass es Smudge mit dir jemals so gehen wird.«

Er blickte zu seiner Tochter hinüber, die mit erhobenem Speer reglos im Wasser stand. Sie sah wie eine Wilde aus. »O doch, das wird es. Damit werde ich leben müssen.«

»Sie haben mich in dem Glauben gelassen, alles sei in bester Ordnung. Bevor man sich trennt, sollte man sich doch anschreien und streiten. Das gehört doch dazu.«

Er lehnte sich zurück und kreuzte die Knöchel. »Vielleicht war ja zuerst alles in Ordnung.«

Dieser Gedanke war ihr nie gekommen. Daddys Verrat hatte jede Erinnerung an diese ersten acht Jahre getrübt. Dieser eine Schritt hatte das gesamte bisherige Glück ihres Lebens negiert. Wann immer ihre Mutter oder sie über die Vergangenheit sprachen, schienen ihre Sätze unweigerlich in dieser trostlosen Leere zu münden, selbst heute noch.

»Manchmal muss man die Menschen verlassen, die man liebt«, fuhr er fort. »So ist das nun mal. Du kannst die Vergangenheit nicht ändern, Clem, völlig egal, was er getan hat oder nicht. Aber deine Einstellung dazu kannst du ändern. Sogar voll und ganz.« Er lächelte. »Er ist derjenige, der das Nachsehen hat. Und das ist ihm sicher auch bewusst. Du solltest Mitleid mit ihm haben – im wahrsten Sinne des Wortes. Mitleid.«

Sie hatte das Gefühl, gleich in Tränen auszubrechen. Es war, als hätte er ihr die Erlaubnis gegeben, ihren Vater zu lieben – ein Gefühl, das sie seit Jahren nicht mehr gehabt hatte. Alle um sie herum schienen Jim zu verabscheuen, und es war so schön, sich die Liebe zu ihrem Vater wieder gestatten zu dürfen. Darauf war sie nicht gefasst gewesen, diese Enge in ihrer Kehle, das Brennen in ihren Augen. Sie war bloß froh, dass Frank den Blick abgewandt hatte, als hätte er gespürt, dass sie gleich losheulen würde. Er streckte die Hand aus und berührte flüchtig ihr Knie, dann stand er auf und goss Kaffee aus der Thermoskanne in die Becher. Eigentlich fühlte es sich sogar gut an, die Tränen aufsteigen zu spüren. Es war fast eine Wohltat. Außerdem verging das Gefühl ebenso schnell, wie es gekommen war.

Sie sah wieder aufs Meer hinaus. Johnny befand sich mit Annie auf dem Rückweg zu ihnen, aber scheinbar hatte er angehalten, denn die Ruder ragten in die Höhe. Sie wünschte, Johnny könnte wieder so sein wie früher. Sie saß so gern hier mit Frank. Alles war gut, so wie es war. Er reichte ihr eine Tasse Kaffee und setzte sich neben sie. Gemeinsam sahen sie den anderen zu.

»Was hat Johnny denn heute?«

Es wäre sinnlos, ihn anzulügen. Sie konnte sich nicht vorstellen, ihn jemals zu belügen. »Er ist eifersüchtig auf dich.«

Frank hielt einen Moment inne, dann schob er ein paar Holzstücke hin und her und zog sein Zigarettenpäckchen heraus. Er tippte eine heraus und fing sie wie gewohnt mit den Lippen auf, ehe er sie mit einer Mischung aus Verwirrung und Nachdenklichkeit ansah. »Weshalb sollte er eifersüchtig auf mich sein?«

Sie hielt seinem Blick einen Moment lang stand, doch dann musste sie wegsehen, aus Angst, ihre Augen könnten sie verraten. Sie zog die Beine an und starrte in die laut knisternden Flammen. Mit einem Mal schien sich die Atmosphäre zwischen ihnen verändert zu haben.

»Ich glaube, er denkt, ich würde etwas für dich empfinden«, sagte sie schließlich. Obwohl sie sich nicht überwinden konnte, ihn anzusehen, fühlte sich ihr Herz an, als sei es zum Zerreißen gespannt; als hänge es, nackt und entblößt wie das Huhn auf dem Spieß, in der Luft, im Begriff, von den Flammen verschlungen zu werden.

»Er sollte nicht auf mich eifersüchtig sein.« Frank stieß mit einem Ast in die Flammen. »Schließlich wird er eines Tages der Vater deiner Kinder sein.«

Sie zog die Knie ein wenig enger an die Brust. Frank zündete seine Zigarette an und lächelte ihr auf diese typisch stille, vertrauliche Art und Weise zu.

»Es gibt nichts, wofür du dich schämen müsstest, Clem. Wenn du Gefühle für mich hast, dann ist es eben so«, sagte er mit seiner volltönenden Stimme. »Das ist doch etwas Schönes.«

Er erhob sich und machte sich auf den Weg, noch mehr Holz für das Feuer zu sammeln.

»Annie?«, rief Johnny, legte ein Ruder quer über dem Beiboot ab, das andere auf den Boden, und griff mit einer Hand nach der Fußreling der Little Utopia. »Bist du so weit?«

Sie kam mit einem flachen Gefäß in der Hand an Deck, das sie ihm unter der Reling hindurchreichte. Er sah sie an, ging jedoch nicht davon aus, dass sie seinen Blick erwidern würde. Sie wirkte ziemlich mitgenommen, und eine scharfe Alkoholfahne schlug ihm entgegen; der typisch süßliche Gestank nach Whiskey. Er hatte gar nicht gewusst, dass sie überhaupt welchen an Bord hatten. Er stellte den Kuchen auf den Boden zwischen zwei Querstreben – eigentlich sah er weniger wie ein Kuchen, sondern eher nach einem Cremedessert aus, andererseits hatte sie auch keinen Backofen an Bord. Sie hatte fünf Kerzen hineingesteckt und das Kunstwerk mit Puderzucker bestäubt. Mit einer weiteren Tasche in der Hand kletterte sie über die Reling, wo sie sich ihm gegenüber hinsetzte und den Kuchen auf den Schoß nahm, während er das Boot mit einem Ruder abstieß und zu rudern begann.

Als sie um die Little Utopia herumglitten, verschwanden die anderen für einen kurzen Moment außer Sichtweite. Er musterte sie, wartete darauf, dass sie ihn zur Kenntnis nahm, doch ihr Blick war auf den Boden geheftet. Mit einem Mal sah sie alt und erschöpft aus. Selbst die Löcher in ihren Ohren mit den Kreolen wirkten schlaff und ausgeleiert. Das Leben hatte seinen Tribut gefordert. Er fragte sich, was er jemals an ihr gefunden hatte. Auf ihren Handrücken prangten dunkle Flecke wie bei einer alten Frau. Sein Blick fiel auf ihr von Schokoladenflecken übersätes Kleid, ihr platt gedrücktes Haar, die tiefen Furchen, die links und rechts neben ihren Mund verliefen, die bläulichen Krampfadern an ihren Schenkeln. Und dazu der Gestank nach Whiskey. Mitten am Vormittag, Herrgott noch mal.

Die Ruderblätter ragten aus dem Wasser. Tropfen fielen auf die glatte Wasseroberfläche. Annie starrte auf den Kuchen. Als sie ihn schließlich ansah, erkannte er die abgrundtiefe Qual in ihren Augen.

»Ich habe dir doch gesagt, dass ich ein schlechter Mensch bin«, flüsterte sie.

Abermals spülte eine Woge der Übelkeit in ihm hoch. Er starrte sie an, während sich seine Hände fester um die Ruder schlossen, als er die Blätter im Wasser versenkte.

»Du weißt es«, sagte sie. Wieder und wieder schweifte ihr Blick furchtsam in Richtung Ufer, das noch immer hinter der Little Utopia verborgen lag.

»Was weiß ich?«, fragte er und räusperte sich. Er wollte dieses Gespräch nicht führen.

»Muss ich es laut sagen?«, erwiderte sie.

Sein Mund fühlte sich mit einem Mal ganz trocken an. Er wartete, hoffte darauf, dass sie es abstritt, doch stattdessen kullerte ihr eine dicke Träne übers Gesicht, während sie auf den Kuchen in ihrem Schoß starrte. Ihre Tränen waren ihm egal, ihr Schweigen nicht. Es sagte alles, bestätigte seine schlimmsten Befürchtungen. Er sah zu, wie sie eine kleine Flasche Johnny Walker aus ihrer Tasche kramte und gierig mehrere Schlucke trank. Erst jetzt merkte er, dass sie völlig betrunken war.

»Bitte, hass mich nicht«, flüsterte sie.

Er starrte sie weiterhin an, ungläubig und fassungslos zugleich.

»Sag doch etwas«, fuhr sie fort.

Doch er konnte nicht. Er empfand nichts als Abscheu für sie.

»Sag doch etwas, Johnny.« Inzwischen strömten ihr die Tränen ungehindert übers Gesicht.

Er schüttelte den Kopf. »Wie konntest du nur?«

Sie nickte eifrig, als wolle sie mehr hören, als wünschte sie sich, er möge sie anschreien, sie bestrafen. »Früher war ich genauso wie du«, sagte sie. »Ich hielt es auch für falsch. Aber er hat es mir gezeigt.«

»*Was* hat er dir gezeigt? Wovon zum Teufel redest du überhaupt?« Er wollte, dass sie den Mund hielt. Er wollte nichts von alldem hören. Er ruderte schneller, als könne er ihr dadurch entkommen. »Du bist so was von abgefuckt.«

»Was soll ich denn machen?«, fragte sie mit verblüffender Eindringlichkeit. Ihre Wut schien der seinen in nichts nachzustehen. Ihr Gesicht war gerötet und fleckig.

»Du kannst dafür sorgen, dass es aufhört«, herrschte er sie an.

»Nein, das kann ich nicht, Johnny. Ich muss tun, was er sagt.«

»Übernimm verdammt noch mal Verantwortung, Annie. Genau darüber schwadroniert er doch die ganze Zeit, oder etwa nicht?«

Wieder schraubte sie die Whiskeyflasche auf und nahm einen Zug daraus, dann wühlte sie in ihrer Tasche nach ihren Zigaretten und versuchte panisch, sie anzuzünden. Sie brauchte mehrere Versuche, bis das Feuerzeug funktionierte. Sie sog den Rauch tief in ihre Lungen wie ein Junkie.

Er wandte den Blick ab und ruderte weiter. Inzwischen konnte man das Ufer erkennen, Smudges leuchtend rote Jacke, das Türkis von Clems T-Shirt. Er musste lediglich die nächsten vierundzwanzig Stunden hinter sich bringen, dann konnten sie endlich die Kurve kratzen.

Das Nikotin schien sie zu beruhigen. Sie sackte wie ein Häuflein Elend in sich zusammen. »Ich übernehme sehr wohl Verantwortung«, sagte sie leise, ohne den Blick vom Ufer zu lösen.

»Ich hatte nur vergessen … Als ich gestern Abend dein Gesicht gesehen habe … den Ekel …«, fuhr sie leise fort.

Er wandte sich um und blickte aufs Meer hinaus. Wind. Käme doch nur endlich Wind auf, stattdessen saß er hier fest, mit ihr. Der Frau, die Dinge sagte, die er nicht hören wollte.

»Es hat mich daran erinnert, wie ich früher war … Ich war genau wie du … Ich habe genau dasselbe gesagt.« Sie wischte sich mit der flachen Hand die Tränen ab, doch der Strom wollte nicht versiegen. »Ich kann mich nicht länger selbst belügen.«

Unvermittelt beugte sie sich vor. Ihre Augen hatten dasselbe Blau wie der Himmel hinter ihr. Sie legte ihm die Hand aufs Bein. Ihre Finger gruben sich in seinen Schenkel. »Hilfst du uns, Johnny?«, flüsterte sie verzweifelt.

Er hielt mitten in der Bewegung inne. Ihr Kummer war beinahe mit Händen greifbar. »Wobei?«

»Von ihm wegzukommen. Du bist ihre einzige Chance.«

»Lass das.« Er schüttelte den Kopf. »Clem und ich werden von hier verschwinden, Annie. Wir gehen so schnell wie möglich von Bord. Ihr könnt euer krankes Leben allein weiterleben und tun, was euch immer euch in den Sinn kommt. Aber ohne uns.« Er tauchte die Ruderblätter wieder ins Wasser und machte einen langen, kräftigen Zug, der das Boot mehrere Meter weit durchs Wasser gleiten ließ.

»Ja«, sagte sie, als hätte sie genau diese Antwort erwartet. »Natürlich.« Sie setzte sich zurück und richtete ihre Aufmerksamkeit wieder auf den Kuchen, rückte eine schiefe Kerze gerade und drückte die Ränder zusammen. Ein Fisch durchbrach bei den Felsen die spiegelglatte Wasseroberfläche.

Sie stieß ein Lachen aus. »Ach, Johnny«, sagte sie, als hätte er nicht die leistete Ahnung, worum es überhaupt ging. »Er war kein gewöhnlicher Bulle …« Inzwischen weinte sie nicht mehr. Ihre Stimme klang tonlos und leer. Die Resignation, die darin mitschwang, gefiel ihm nicht. Tränen waren ihm lieber. Aber das war nicht sein Problem. Er wäre sowieso bald weg. Sie hatte den Kopf auf die Knie gelegt, ließ eine Hand durchs Wasser gleiten und starrte, gefangen in einem hässlichen Traum, blicklos aufs Meer hinaus. Als sie fortfuhr, war es, als sei sie sich seiner Anwesenheit nicht einmal mehr bewusst.

»Ich kann ihn nicht verlassen. Er würde mich finden, egal wo ich bin. Mein Leben wäre nicht mehr lebenswert. Ich müsste jeden Tag über die Schulter sehen, solange ich lebe.«

Das Kinn immer noch auf den Knien wandte sie sich langsam um, als würde sie ihn wieder registrieren. »Francis Goodman zieht sein Ding durch, und die Queen heftet ihm dafür einen Orden an die Brust. Francis Goodman, Commander of the British Empire und Mitglied der Polizei von London, hatte die einzigartige Gabe, aus absolut jedem ein Geständnis herauszuholen«, erklärte sie. »Sie haben ihn auf die schwierigsten Fälle angesetzt, auf die ganz harten Nüsse bei der IRA, zum Beispiel. Er hat sie dazu gebracht, dass sie wie die Babys geheult und sich in ihren Zellen in die Hose gemacht haben.« Sie nahm einen tiefen Zug von ihrer Zigarette, so wie Frank es immer tat. »Der Samariter – so haben sie ihn genannt, weil er die Leute mit seiner Freundlichkeit kaltgemacht hat.« Sie hielt inne und schien neuerlich in ihrer tiefen Trübseligkeit zu versinken. Sie schnippte die Asche ins Wasser, dann nahm sie noch einen großen Schluck aus der Flasche, ehe sie sie Johnny hinhielt. Er nahm sie entgegen und stellte sie auf den Rudern ab, die wie Flügel in den Himmel ragten. Er fuhr sich mit den Handballen über die Stirn, massierte seine Schläfen, als könnte er auf diese Weise alles ausradieren, was er in den vergangenen Stunden erfahren hatte. Dann sah er zu Frank hinüber. Inzwischen hatte er Feuer gemacht, von dem eine Rauchsäule aufstieg und wegen des fehlenden Windes reglos über ihren Köpfen zu stehen schien. »Sie hatten sich zu einem Ring zusammengetan, er und einige seiner Kollegen«, fuhr sie fort. »Bei der Polizei.« Er sah die Falten an ihrem Hals, die von der Sonneneinstrahlung verschont geblieben waren. »Sie waren alle gleich. Haben sich gegenseitig fotografiert, auf Video aufgenommen und einander dabei zugesehen. Und einer hat den anderen gedeckt. Aber irgendwann sind sie unvorsichtig geworden. Jemand ist ihnen auf die Schliche gekommen. Jemand, der noch eine Rechnung mit ihnen offen hatte. Zwei von ihnen haben das Ganze nicht überlebt. Sie wurden von einem Hochhaus in die Tiefe gestoßen. Frank, den Kopf des Rings, haben sie verschont. Dafür haben sie ihn drei Tage lang in einem Zimmer eingesperrt, haben ihm Stromschläge verpasst, die Fingerspitzen abgeschnitten und allerlei Gegenstände in ihn hineingeschoben. Sie haben mit Bleirohren auf ihn eingeprügelt und ihm den Schädel, den Rücken und die Beine zertrümmert. Und dann haben sie ihn einfach zum Sterben liegen lassen.«

Er wusste, dass die Übelkeit, die seine Eingeweide im Würgegriff hielt, nie wieder vergehen würde. Sein Blick schweifte zum Ufer, wo Smudge bis zur Taille im Wasser stand, den Monsterspeer über dem Kopf erhoben. Er sah, wie Frank aufstand und wegging; wahrscheinlich, um noch mehr Holz fürs Feuer zu suchen. Sein Hinken war an Land deutlicher zu sehen als auf dem Boot, wo sich nur ein stark eingeschränkter Bewegungsradius bot. Plötzlich ergab alles einen Sinn. Der Mann war korrupt bis ins Mark. Er wünschte, die Typen hätten ihm das Licht ausgeblasen.

»Ich war zu dieser Zeit mit Smudge schwanger …«, erzählte Annie weiter. »Natürlich hatte er sich ein Mädchen gewünscht, aber ich habe zu Gott gebetet, dass es ein Junge wird. Ich kannte ja seine Präferenzen. Ich wusste …«

Er konnte nicht weiterrudern. Es war, als hätte ihn sämtliche Kraft verlassen. Er starrte Annie an, hilflos ihren Worten ausgeliefert.

»Schließlich hat ihn die Polizei gefunden. Sie haben mir gesagt, dass er das Ganze nicht überleben würde, und ich hatte ein schlechtes Gewissen, weil ich dachte, meine Gebete seien erhört worden. Aber ich war so erleichtert, Johnny. Aber gleichzeitig war ich am Boden zerstört. Kannst du das verstehen? Ich habe ihn gehasst, aber auch geliebt, verstehst du das?«, flüsterte sie, scheinbar erstaunt über die Widersprüchlichkeit ihrer Gefühle. »Du *musst* es verstehen. Ohne diesen Mann bin ich ein Nichts. Ein Niemand.«

Er wollte widersprechen, ihr sagen, dass das nicht stimmte, doch er war sich keineswegs sicher. Er dachte an Clem. Ohne sie war er ein Nichts. Ein Niemand. Kein Mensch konnte für den Rest seines Lebens als Schatten seiner selbst herumlaufen.

»Wie hat die Polizei reagiert?«, fragte er. »Haben sie die Augen zugemacht, euch des Landes verwiesen und ihm eine hübsche Pension gegeben?«

Sie nickte, schien ihm jedoch nicht richtig zuzuhören. Sie legte den Kopf in den Nacken und blickte zum Himmel hinauf. Er sah die bleichen Streifen an ihrem Hals, wo die Sonne die Haut nicht gebräunt hatte. »Ich weiß, dass es falsch ist, was wir tun, Johnny. Ich weiß, dass ich ein erbärmliches, wertloses Frauenzimmer bin. Aber er ist anders. Er ist stolz auf das, was er ist. Er war schon immer so. Und genau deshalb bin ich noch viel schlimmer als er«, gestand sie kleinlaut.

Trotz der schrecklichen Dinge, die sie gesagt hatte, empfand er so etwas wie Mitleid. Kurz verspürte er das Bedürfnis, die Hand auszustrecken und sie zu berühren, ihr Trost zu spenden. Doch er tat es nicht.

»Annie«, sagte er. Langsam senkte sie den Kopf und sah ihn an. »Ich will nicht, dass Clem von alldem etwas erfährt. Verstehst du, was ich sage?«

Nickend zog sie wieder an ihrer Zigarette und ließ den Rauch in einem dünnen Strom entweichen. Sie verstand vollkommen. Clems Güte durfte nicht durch ihre eigene Schlechtigkeit besudelt werden. Sein oberstes Ziel war schließlich, Clem zu beschützen. Sie durften sie nicht beschmutzen, ihr wehtun, ihren Glauben an das Gute in der Welt erschüttern.

»Ich will nicht, dass du sie noch mal anfasst«, sagte er. »Hast du mich verstanden?«

Wieder nickte sie, und als sie aufblickte, sah er die Angst in ihren Augen. »Aber siehst du denn nicht, was er da tut, Johnny?«, sagte sie, und Johnny spürte die blanke Angst in sich aufsteigen. »Er züchtet dich als seinen Nachfolger heran.«

Er sah zu Clem hinüber, zu der Rauchsäule, die senkrecht über dem Lagerfeuer stand. Kein Lüftchen regte sich.

Die restlichen zwanzig Meter legten sie schweigend zurück. Während Johnny das Beiboot ans Ufer zog, gesellte Annie sich zu Frank und Clem, die mit ihren Büchern auf der Decke saßen und Kaffee aus der Thermoskanne tranken. Langsam schlenderte er zu ihnen hinüber. Sein Blick schweifte zu Frank, diesen Mann, über den er nicht das Geringste wusste. Es war, als wäre er nicht länger mit seinem Körper verbunden, sondern beobachte sich selbst wie aus weiter Ferne – wie er Höflichkeiten austauschte, sich zwischen Frank und Clem auf die Decke setzte, die Beine ausstreckte, den Kaffee entgegennahm, den Clem ihm reichte, sie anlächelte, das Feuer und den Speer bewunderte und an der heißen, geschmacklosen Flüssigkeit nippte. Erstaunlicherweise verspürte er keinerlei Wut, Verärgerung oder Streitlust – sein Inneres war wie losgelöst von ihm. Er hörte sich über einen von Franks Witzen lachen und ertappte sich dabei, dass ein dämliches Grinsen auf seinen Zügen lag. Als er es nicht länger ertrug, stand er auf und ging zum Wasser. Es war kalt. Flüchtig fragte er sich, welche Jahreszeit herrschte. Er hatte es vergessen. Die Luft war warm, das Wasser kalt. März. Oder vielleicht auch schon April. Seit wann waren sie auf der Little Utopia? Es fühlte sich wie eine Ewigkeit an. Er war nicht länger der Johnny, der er einst gewesen war. Das Wasser fühlte sich herrlich an. Am liebsten hätte er sich von ihm verschlingen lassen. Er ging weiter hinein, bis zu den Knien, bis zu den Hüften, zur Taille, zur Brust und noch weiter. Clem würde staunen, wenn sie das sah; andererseits bezweifelte er, dass sie ihn bemerkte. Sie hatte ihn den ganzen Tag kaum zur Kenntnis genommen. Er ging weiter, bis seine Füße den Boden nicht länger berührten. Endlich fand er so etwas wie Zuflucht. Er strampelte mit den Beinen, drehte sich auf den Bauch und ließ sich treiben, während die grünen Steine unter ihm vorüberglitten. Es war eine Wohltat, etwas anderes zu sehen, die Welt aus einer anderen Perspektive zu betrachten, ihre Stimmen, ihre Existenz aus seiner Wahrnehmung zu verbannen. Er drehte sich wieder auf den Rücken, atmete aus und blickte zum Himmel hinauf, wo ein Schwarm winziger Vögel vorbeiflog. Schwarz hoben sich ihre kleinen Leiber vom Blau des Himmels ab. Sie waren frei, konnten selbst entscheiden, wohin sie wollten.

Er sollte nicht lange allein bleiben. Laute Rufe ertönten – Smudge hatte die Gelegenheit für ein wenig Abwechslung beim Schopf gepackt und kam auf ihn zugeschwommen. »Johniiiiiii«, rief sie. »Waaaaaarteeeee!«

Sie sah so klein und verletzlich aus, wie sie auf ihn zugepaddelt kam. Er schwamm zu ihr und streckte die Arme nach ihr aus. Sie war so ahnungslos, so vertrauensselig, so felsenfest von der Rechtschaffenheit anderer überzeugt, so leicht zu betrügen. Er sah, dass Frank sie vom Ufer aus beobachtete, und fragte sich flüchtig, ob all das Teil seines perversen Plans war. Ob dies Smudges Schicksal sein sollte – von einem Mann zum nächsten weitergereicht zu werden. Natürlich könnte Johnny das Mädchen retten, wenn er wollte. Er könnte sie, Clem und Annie unter einem Vorwand ins Beiboot verfrachten, zur Little Utopia zurückrudern und Frank seinem Schicksal überlassen. Aber Smudge war nicht sein Problem, sondern Annies. Für ihn stand allein Clem an oberster Stelle.

Smudge schwamm in seine Arme, ein lachendes, zappelndes, nasses, nacktes Bündel. Er fragte sich, ob dieses glückliche Geschöpf überhaupt gerettet zu werden brauchte. »Ich hab ein Ungeheuer gefunden, Johnny.«

*Das habe ich auch.*

»Und hast du es mit deinem Speer getötet?«

»Nein, ich habe es laufen lassen.« Ihre Wimpern waren verklebt, was ihnen etwas Puppenhaftes verlieh. Sie war so perfekt, so zerbrechlich. »Los, du musst das Ungeheuer spielen! Los!«

Gehorsam tauchte er unter und blieb einige Momente reglos im Wasser liegen, ehe er sie packte und mit einem grollenden Schrei in die Luft warf. Sie quiekte vor Entzücken und Furcht. Er konnte es schaffen. Er konnte mitspielen. Einen Tag lang.

Johnny lag neben Clem auf seinem Handtuch. Sie las ihr Buch – irgendetwas von einem Krishna irgendwas, das Frank ihr geliehen hatte. Inzwischen hatte das Gefühl der Leere ein wenig nachgelassen. Er drehte sich eine Zigarette und sah zu Smudge hinüber, die im seichten Wasser lag und summend vor sich hinträumte. Aus dem Augenwinkel bemerkte er Frank, der am Feuer saß und das Hühnchen briet. Er sah seine spitzenlosen Finger, die Vertiefungen in seinem Rücken – stete Erinnerungen an seine abscheulichen Verbrechen. Annie, übertrieben darauf bedacht, sich das Ausmaß ihrer Betrunkenheit nicht anmerken zu lassen, hatte sich reichlich ungraziös auf die Decke sinken lassen, schenkte Kaffee aus wie eine volltrunkene Mary Poppins. Sie reichte Frank noch eine Tasse Kaffee. Es war erbärmlich, mit ansehen zu müssen, wie sie sich bei ihm lieb Kind zu machen versuchte. Sie mussten so schnell wie möglich weg von hier.

Er blickte wieder zum Horizont, wo sich hauchfeine Wolkenschlieren gebildet hatten. Smudge kam aus dem Wasser, sprang ihren Vater an und presste ihren nassen Körper gegen seinen Rücken. Frank und Johnny fuhren zusammen, wenn auch aus unterschiedlichen Gründen. Instinktiv griff Frank hinter sich, um sie zu stützen. »Igitt! Du bist ja ganz nass und kalt!«, rief er. »Weg! Runter da!«

Johnny musste den Blick abwenden.

»Ist das mein Huhn? Das das Ei für meinen Kuchen gemacht

hat?«, fragte Smudge, rutschte neben ihn und beäugte das Huhn von unten.

»Ja.«

»Das Huhn, das die alte Frau getötet hat?«

»Ganz genau«, antwortete Frank.

»Das Huhn im Eimer?«

»Genau das.«

»Aber ich will, dass es wieder lebt.«

»Tja, dafür ist es jetzt zu spät. Es ist tot, und in etwa einer Stunde werden wir es essen.«

Sie rollte sich auf den Bauch, stützte die Hände in den Sand und starrte das Huhn an. »Also haben wir ihm alles weggenommen, seine Babyeier und die Federn, haben ihm das Genick gebrochen und es ertränkt, und jetzt essen wir es auch noch?«, fragte sie mit sachlicher Stimme, ohne einen Anflug von Vorwurf in der Stimme. Sie hatte einiges von ihrem Vater gelernt, das musste man ihr lassen.

»Die Welt ist nun mal schlecht«, warf Johnny ein und wischte sich den nassen Sand von den Beinen. Offenbar hatte ihn das kurze Bad im kalten Wasser aus seiner Erstarrung gerissen.

Annie sah ihn nervös an.

Clem gähnte, streckte sich und legte ihr Buch zur Seite. »Ich glaube, ich gehe eine Runde schwimmen«, sagte sie.

Er sah zu, wie sie aufstand, bewunderte ihren wunderschönen, gebräunten Körper. Er wollte nicht, dass sie sich auszog und damit Franks gierigen Blicken neue Nahrung bot. Doch er war selbst schuld daran. Schließlich hatte er sie ihm auf dem Silbertablett serviert. Inzwischen war er fest davon überzeugt, dass diese ganze Episode geschickt eingefädelt worden war – es war reine Absicht gewesen, dass Annie ihn bei ihrem Ausflug zum Beerensammeln verführt hatte, damit er ein schlechtes Gewissen hatte und sich verpflichtet sah, Wiedergutmachung zu leisten. Er hatte sich von ihm an der Nase herumführen lassen. Wie hatte er so dumm sein können?

»Kommst du mit, Smudge?«, fragte Clem und streckte die Hand aus. »Sollen wir von den Felsen runterspringen?«

Johnny beobachtete, wie sie den Strand hinabhüpften. Clem schlug ein Rad nach dem anderen, und Smudge versuchte, es ihr nachzutun. Die beiden waren so unbeschwert und ahnungslos. Und genauso sollte es auch bleiben. Ihm fiel auf, dass Annie sich nun, da sie nur noch zu dritt waren, nicht wohlzufühlen schien. Ihre Hände zitterten, was jedoch ebenso gut am Alkohol liegen konnte.

»Du wirkst heute so unbeteiligt, Johnny«, sagte Frank in die Stille hinein und nahm dieselbe Haltung ein wie er – die Beine lang ausgestreckt und an den Knöcheln gekreuzt. Johnny schwieg.

»Nicht dass es die schlechteste Methode wäre«, fuhr Frank fort. »Ganz im Gegenteil. Ohne diese Fähigkeit wären wir Gefangene unserer Hilflosigkeit, unserer Hoffnungslosigkeit, Opfer banalster Bedürfnisse …«

»Halt verdammt noch mal die Schnauze, Frank«, fuhr Johnny ihn an. Und die Worte hörten sich so gut in seinen Ohren an. Er war nicht wütend, nein, er hatte bloß dieses beschissene Spielchen endgültig satt.

Verblüfft drehte Frank sich zu ihm um, während Johnny sich vorbeugte und an einem alten Mückenstich am Schienbein herumzupfte. Ohne Clems Gegenwart brauchte er dieses Spielchen nicht länger mitzuspielen.

»Du kannst mit dem Blödsinn aufhören, Frank«, sagte er und sah ihm in die Augen. »Ich weiß es.«

»Was weißt du?«, fragte Frank und beugte sich interessiert vor.

»Ich weiß, was du bist.« Johnny zündete sich eine Zigarette an und sah Annie nach der schwarzen Tasche mit der Whiskeyflasche greifen.

»Und was bin ich?« Der Anflug eines Lächelns spielte um Franks Lippen.

Johnny ließ langsam den Rauch entweichen. »Es ist mir egal, was du tust. Es ist mir egal, wie du es rechtfertigst, weil ich weiß, dass dir schon irgendein Argument einfällt. Aber ich will nichts damit zu tun haben. Nichts.«

Frank holte Luft, als wollte er etwas sagen, schien sich jedoch eines Besseren zu besinnen. Er starrte aufs Meer hinaus, löste seine gekreuzten Knöchel und kreuzte sie neuerlich.

»Und noch was – lass deine dreckigen Pfoten von meiner Frau«, fügte Johnny hinzu.

Frank hob in gespielter Ergebenheit die Hände. »Wie du willst, Johnny.« Dann lehnte er sich zurück und nickte nachdenklich.

Annie kauerte mit der schwarzen Tasche auf dem Schoß auf dem Boden und schob verstohlen ihre Hand hinein.

»Annie, Schatz«, sagte Frank keineswegs unfreundlich. Annie sackte noch mehr in sich zusammen. Als sie für einen kurzen Moment unter dem dichten Vorhang ihres Haars hervorspähte, erhaschte Johnny einen Blick auf ihre Augen und registrierte das Ausmaß ihrer Angst vor Frank. »Was hast du Johnny erzählt?«

»Gar nichts«, antwortete sie. Viel zu schnell.

»Gib ihr nicht die Schuld«, sagte Johnny.

»Gar nichts, Schatz?«, hakte Frank nach, ohne Johnny zu beachten.

»Die Wahrheit«, flüsterte sie. Johnny sah, dass sie all ihren Mut zusammennahm. »Er kennt die Wahrheit«, flüsterte sie.

»O Annie.« Frank ließ den Kopf sinken und massierte sich seufzend die Stirn, als wäre das alles ein einziger Witz. »Was hat sie dir denn erzählt?«, fragte er. In seiner Stimme lagen Belustigung und Resignation, als wäre all das schon tausendmal passiert. Einen Moment lang wusste Johnny nicht, was er denken wollte. »Was denn? Dass ich eine Art Superbulle war? Dass ich Verdächtige befragt habe? Dass ich der Anführer eines Pädophilenrings war?«

Wieder nahm Johnny einen Zug an seiner Zigarette. In der Ferne sprangen Clem und Smudge Hand in Hand von den Felsen. »Ganz genau, Mr Samariter.«

Für den Bruchteil einer Sekunde erstarrte Frank. »Mr Samariter? Das habe ich ja noch nie gehört. So sollen sie mich genannt haben? Die IRA?« Er wandte sich Annie zu. »Nicht die Fremdenlegion, Schatz? Oder der SAS? Es gibt so viele Versionen, dass ich sie schon nicht mehr auseinanderhalten kann.«

»Bitte nicht«, sagt sie und schraubte den Verschluss der Whiskeyflasche auf.

»Ich hätte es kommen sehen müssen«, sagte er und sah Johnny kopfschüttelnd an. »Ich kann mich nur entschuldigen. Das tut sie immer wieder. Ich hätte es merken müssen. Das gehört nun mal zu ihrer Krankheit.« Er winkte ab, als wisse Johnny genau, was er meinte.

Annie starrte Frank mit neu erwachter Qual an.

»Bitte, tu's nicht«, wiederholte sie. Frank und seine Frau starrten einander feindselig an – dieser Krieg tobte unübersehbar seit einer Ewigkeit zwischen ihnen. »Nicht, Frank«, flüsterte sie noch einmal.

»Ich muss, Annie«, sagte er behutsam und kehrte dem Wrack an seiner Seite den Rücken zu, während sie einen weiteren Schluck aus der Flasche nahm.

»Hat sie dir auch von sich erzählt, Johnny? Nein? Hat sie dir auch erzählt, dass sie mehr Zeit in Anstalten verbracht hat als in Freiheit? Dass man sie andauernd einweisen musste? Dass wir verschwinden mussten, bevor sie sie wieder einsperren konnten? Dass ein Leben auf diesem Boot die einzige Möglichkeit für uns ist, zusammen zu sein? Hat sie dir erzählt, wie viele Diagnosen sie für ihr erbärmliches kleines Leben bekommen hat? Psychotisch … wahnhaft … schizophren … pathologische Lügnerin … geistesgestörte Kriminelle.« Er ratterte die Begriffe herunter, als läse er einen Einkaufszettel vor.

Annie fing zu schluchzen an.

»Stimmt das, Annie?« fragte Johnny erschüttert.

In ihren Augen lag ein Ausdruck abgrundtiefen Leids, als sie ihn ansah. Dann ließ sie den Kopf sinken, und ihre Schultern bebten.

»Ihr Vater war Arzt«, fuhr Frank fort, ganz leise, als würde er Johnny ein Geheimnis anvertrauen. »Er hat sie und ihre Schwester über Jahre hinweg missbraucht. Und sie wirft alles durcheinander, hab ich recht, Liebste?« Er legte ihr die Hand auf den Rücken.

»Annie! Sieh mich an. Ist das wahr, Annie?«, fragte Johnny.

Doch sie hatte sich zusammengekauert. Ihr Körper wurde von leisen Schluchzern geschüttelt.

»Ja«, schrie sie.

Frank stieß einen resignierten Seufzer aus. »Davon hat sie dir wohl nichts erzählt.«

Johnny starrte die beiden an und schüttelte fassungslos den Kopf. Er zog an seiner Zigarette und blickte zum Horizont. *Wind, bitte komm endlich und mach, dass wir nicht länger bei diesen grauenhaften Menschen bleiben müssen.*

Die Tankanzeige war nicht das Einzige, was kaputt war. Der Mann vom Automobilklub verbrachte eine halbe Ewigkeit unter der Motorhaube, schraubte hier herum, zog dort eine Abdeckung herunter und steckte sie wieder drauf. Am Ende konnte er den Schaden trotzdem nicht beheben, sodass sie nach London abgeschleppt werden mussten. Clemmie merkte genau, dass er sie nicht in seinem Transporter haben wollte. Sie sah den Blick, mit dem er den Zustand ihrer Kleider bedachte – an ihren Schuhen und ihrem Kleid klebte der rötliche Schlamm aus dem Maisfeld, und auch ihr Vater hatte sich ebenfalls schmutzig gemacht. Der Mann gab ihnen seine Zeitung, um den Fußboden und die Sitze abzudecken, sodass Clemmies Schuhe während der gesamten Rückfahrt auf den nackten Brüsten einer Seite-3-Schönheit standen.

Ihr Vater saß auf dem Fahrersitz, beide Hände ums Steuer gelegt, obwohl sie gar nicht fuhren. Es tat nur so – genauso wie er auch nur so getan hatte, als wäre er glücklich mit ihrer Mum verheiratet und hätte sich auf ihrem Ausflug ans Meer großartig amüsiert, obwohl er in Wahrheit am liebsten in Somerset gewesen wäre.

Sie starrte aus dem Fenster und sah den Regentropfen zu, die kreuz und quer über die Scheibe kullerten, sich zu langen Schlieren und dickeren Tropfen formierten, als ihr ein Gedanke kam: Was, wenn alles eine Täuschung war? Eine einziger großer Trick, eine Finte, und alle wussten Bescheid, nur sie nicht. Sie presste ihre Wange gegen die kalte Scheibe und stierte auf den dunkler werdenden Himmel. Sie beobachtete die Leute in den anderen Fahrzeugen. Ja, alle sahen sie ganz komisch an und ihre Lippen bewegten sich. Offenbar sprachen sie über sie. Sie schienen etwas über sie zu wissen. Ein Junge sah aus dem Rückfenster eines roten Autos, streckte ihr die Zunge heraus und lachte. Auch er wusste Bescheid. Es war alles ein abgekartetes Spiel. Was, wenn die Bäume ringsum gar nicht echt waren? Die Straße? Wenn alles nur Teil des gemeinen Streichs war, der ihr gespielt wurde? Sie schloss die Augen und riss sie ganz schnell wieder auf, in der Hoffnung, sie zu erwischen. Sie blinzelte hastig, doch alles sah genauso aus wie vorher. Die machten ihre Sache gut. Wer auch immer sich das überlegt hatte, musste es von langer Hand geplant haben – am besten, sie wartete, bis es Nacht wurde und sie alles abmontierten oder die Reparaturen durchführten, und versuchte ihr Glück dann noch einmal.

Plötzlich kam ihr ein anderer Gedanke: Während ihres Ausflugs ans Meer hatte sie völlig vergessen, zwischen den Laternenpfosten die Luft anzuhalten, und siehe da – schon war etwas Schlimmes passiert. Und was noch viel schlimmer war: Es war auch noch Freitag, der Dreizehnte, so wie die Frau mit der tiefen Stimme prophezeit hatte.

»Wach auf, Clemmie, wir sind gleich zu Hause.«

»Ich schlafe nicht«, sagte sie und vergaß für einen kurzen Moment ihr Versprechen, nie wieder ein Wort mit ihm zu reden. Aber sie hatte tatsächlich geschlafen. Das Weinen hatte sie müde gemacht.

Daddy hatte sie auf den Schultern vom Maisfeld zurück zum Wagen getragen. Wie anders die Welt von dort oben ausgesehen hatte, viel größer, und die Luft hatte auch viel frischer gerochen. Sie hatte die Felder erkennen können, die Muster, die der Wind schuf, als er zwischen den Maisstauden hindurchblies, und sogar das glänzende Dach des Autos, frustrierend nahe – sie hatte gedacht, sie sei viel weiter gelaufen. Es musste doch eine halbe Ewigkeit gedauert haben, bis er sie gefunden hatte. Sie war quer durch das Feld gelaufen, dann durch ein anderes und auf eine steile Straße hinaus. Irgendwann hatte sie aufgehört zu weinen und registriert, dass sie sich offensichtlich verlaufen hatte. Es war ein seltsames Gefühl gewesen – das erste Mal, dass sie erfuhr, was Freiheit bedeutete. Es hatte ihr gut gefallen. Sie hatte zu den weißen Schäfchenwolken hinaufgesehen, zu den Bäumen ringsum, die im Wind schwankten, den Kitzel gespürt, den Naturkräften ausgesetzt zu sein, und sich gefragt, welchen Weg sie einschlagen sollte. Sie hatte sich auszumalen versucht, was Jesus in ihrer Situation getan hätte, und beschlossen, dass er nach rechts gegangen wäre. Schließlich war er Rechtshänder gewesen. Sie konnte es zwar nicht beschwören, aber auf den Gemälden in der Kirche befanden sich der Himmel und die Engel stets rechts von ihm – wahrscheinlich damit er ihnen die Hände schütteln und Autogramme geben konnte –, wohingegen der Teufel und die Hölle immer auf der linken Seite abgebildet waren. Jesus würde bestimmt in das Dorf gehen, das sie in der Ferne erkennen konnte. Und alle Leute würden angelaufen kommen, um ihn zu preisen und ihm die Füße zu waschen. Diesen Empfang erwartete sie nicht für sich, aber vielleicht würde sie eine nette alte Dame finden, die sie als geheimnisvolle Waise bei sich aufnehmen würde. Josef wäre ganz bestimmt nicht nach

Somerset gegangen. Bestimmt kehrte er nach einem harten Tag als Tischler lieber zu Jesus und Maria zurück und spielte mit ihnen Scrabble aus eigens geschnitzten Holztäfelchen. In diesem Moment hatte ihr Vater jede Chance auf ein neues Leben als Waise jäh zerstört, indem er ihren Namen quer übers Feld gerufen hatte. Und ehe sie sich's versah, hatte er auf der Straße gestanden und gewinkt. Mit klappernden Absätzen war sie die Straße hinuntergehastet, doch gegen ihn hatte sie nicht den Hauch einer Chance gehabt – immerhin hatte er beim letzten Schulsporttag das Wettrennen der Väter gewonnen. Nach wenigen Metern hatte er sie eingeholt und die Arme um sie geschlungen. Sie hatte sich stocksteif gemacht, trotzdem hatte er sie hochgehoben, ohne sich daran zu stören, dass sie seinen Anzug ganz schmutzig machte, weil sie so heftig nach ihm trat.

Beim Nachhausekommen schob Clemmie sich an ihrer Mutter vorbei, die sie völlig aufgelöst im Flur begrüßte. »Sieh sie dir bloß mal an, Jim!«, rief sie, während Clemmie die Treppe hinaufstürmte und die Toilettentür hinter sich zuknallte. Die Toilette war der einzig sichere Ort im Haus, weil die Tür im Gegensatz zu den anderen ein Schloss zum Verriegeln hatte.

Sie lauschte der Unterhaltung ihrer Eltern. Ihre Mum war außer sich vor Sorge gewesen. Ihr Vater erzählte ihr von der Autopanne und ihrem Ausflug. »Dann hast du es ihr also gesagt, ja?«, fragte ihre Mutter und lachte seltsamerweise ganz leise dabei. Diese Verräter, alle beide. Sie steckten unter einer Decke. Und sie war die Dumme. Sie hatte es kommen sehen.

Sie bekam die Antwort ihres Vaters nicht mit. Dann gingen die beiden in die Küche und schlossen die Tür, sodass sie das kleine Klofenster aufmachen und sich hinausbeugen musste, um sie hören zu können. Ihre Mutter wollte wissen, ob Clemmie etwas gegessen hatte und wie das Essen im Hotel gewesen sei. Sie plauderten über Avocados und Garnelen, als wäre es ein ganz normaler Tag. Vielleicht hatte sie ja alles ganz falsch verstanden, und das hier gehörte zu dem Trick. Trotzdem blieb sie in der Toilette. Solange ihr Vater nicht laut lachend alles aufklärte, würde sie nicht riskieren, wie eine Idiotin dazustehen.

Nach einer Weile hörte sie ihn ihren Namen rufen, doch sie rührte sich nicht vom Fleck, sondern blieb auf dem geschlossenen Toilettendeckel im Dunkeln sitzen. Das Licht im Flur ging an, und sie hörte seine Schritte, als er die Treppe hinauf und dann an der Tür vorbei zu ihrem Zimmer ging. »Clemmie?«, rief er. Sie hörte, dass er sämtliche Schranktüren öffnete. Dann ging er ins Schlafzimmer ihrer Eltern, schob auch dort die Schranktür auf und rief ihren Namen. Schließlich kam er die Treppe wieder herunter und blieb vor der Toilette stehen. Sie sah seine Hosenbeine durch das große Loch, das er neben dem Türgriff ausgesägt hatte, als sie sich vor ein paar Jahren versehentlich eingesperrt und er die Klinke ersetzt hatte.

Er drehte den Türknauf und klopfte leise an die Tür. »Clemmie?« Er klang müde. Vielleicht änderte er ja seine Meinung. »Ich muss los, Schatz. Willst du mir denn nicht Auf Wiedersehen sagen?«

Sie schüttelte den Kopf.

Er klopfte noch einmal. »Clemmie? Kommst du nicht heraus?«

Sie schüttelte wieder den Kopf und wartete. Sie wünschte sich, dass er die Tür eintrat und sie um Verzeihung anflehte.

»Na gut, Schatz. Wir sehen uns bald.«

Sie starrte durch das Loch, in der Hoffnung, ihn dadurch aufzuhalten. Zuerst sah sie noch den blauen Hosenstoff, dann war er verschwunden.

In dieser Nacht wurde sie von einem seltsamen Geräusch geweckt. Blinzelnd lag sie im Bett und lauschte in die Dunkelheit. Es war eine Art Ächzen, das in wiederkehrenden Stößen ertönte. Sie fuhr hoch. Jetzt wusste sie, was es war: Bestimmt wurde die vorgetäuschte Welt draußen abmontiert. Ganz leise schlug sie die Bettdecke zurück, stand auf und schlich auf

Zehenspitzen zum Fenster, wo sie reglos stehen blieb. Vorsichtig berührte sie den Vorhang mit den Fingerspitzen. Dann riss sie ihn abrupt zur Seite, in der Erwartung, sie auf frischer Tat zu ertappen – Männer in Overalls, die sie schuldbewusst ansahen und eilig von ihren Leitern kletterten. Doch alles sah genauso aus wie sonst – der orangefarben erhellte Londoner Himmel und die Gärten der Nachbarn. Sogar den Regen hatten sie eingeschaltet. Sie sah ihn im Lichtkegel der Straßenlampe gegenüber. Dann hörte sie das Geräusch erneut und drehte sich um: Es kam aus dem Schlafzimmer ihrer Eltern.

Sie trat zur Tür, öffnete sie mit ihrem Spezialgriff, ganz leise, sodass niemand sie hörte, und spähte auf den Korridor hinaus. Die Tür zum Schlafzimmer war nur angelehnt. Wieder drang das Geräusch an ihre Ohren, klarer und lauter diesmal. Sie schlich hinaus und trat auf den Teppich, sorgsam darauf bedacht, die knarzende Diele nicht zu berühren. Vor der Tür blieb sie stehen und schob sie ein Stück auf, sodass sie den Umriss einer Gestalt auf der einen Seite des Bettes erkennen konnte. Die andere Seite war leer. Ihr Vater war fort. Das seltsame Geräusch kam von ihrer Mutter – ein ersticktes Schluchzen, das sich ein bisschen wie Schluckauf anhörte.

Auf Zehenspitzen trat sie zu ihrer Mutter, doch sie konnte ihr Gesicht nicht erkennen, da sie es ganz fest in das Kissen presste, das sie im Arm hielt. Es sah aus, als würde sie lachen. Aber das stimmte nicht, das wusste Clemmie. Sie hatte ihre Mutter noch nie weinen gesehen, deshalb blieb sie eine Weile stehen und sah ihr zu. Ganz langsam dämmerte ihr, dass alles echt war, keine Show, kein gemeiner Scherz. Sie zog die Decke zurück, kletterte ins Bett und zwängte sich neben ihre Mutter auf das Kissen, deren Schluchzer plötzlich lauter waren, nun da sie das Gesicht vom Kissen weggedreht hatte. Sie spürte die Feuchtigkeit des Bezugs an ihrem Hals.

»Alles wird wieder gut, Mami. Alles wird wieder gut«, sagte sie und fragte sich, ob es wohl stimmte. Dann schob sie sich den Daumen in den Mund und wunderte sich, dass ihre Mutter nicht einmal den Versuch unternahm, ihn wieder herauszuziehen.

Das Summen einer Fliege drang vage an ihre Ohren. Sie lag dösend auf ihrer Decke und spürte die Wärme der Sonne auf den Rückseiten ihrer Beine, ihren Schultern und Armen. Clem öffnete die Augen einen Spaltbreit. Johnny lag neben ihr. Er hatte ihr den Rücken zugekehrt, und seine gebräunten Schultern hoben und senkten sich im Rhythmus seines Atems. Der Anblick seines Körpers, der ihr so vertraut war wie ihr eigener, hatte etwas Tröstliches. Der Schlaf hatte vorübergehend die Kluft zwischen ihnen geschlossen. Sie kniff die Augen zu. Sie wollte nicht an den Verrat denken, den sie im Herzen begangen hatte, an den seltsamen Nachmittag, der hinter ihnen lag. Als sie von den Felsen zurückgekommen war, hatte Annie zusammengerollt auf ihrer Decke gelegen und geweint. Johnny und Frank hatten schweigend daneben gesessen. Sie vermutete, dass es etwas mit ihrem treulosen Herz zu tun hatte. Sie tat den Menschen weh. Aus Frank hatte sie nichts herausbekommen. Er hatte lediglich gesagt, Annie sei müde und rührselig, und Johnny hatte abfällig die Achseln gezuckt, als interessiere ihn all das nicht. Er hatte nur einen Gedanken – Wind.

Sie schlug die Fliege mit einer unwirschen Handbewegung weg, doch die Ereignisse des Nachmittags ließen sich nicht so leicht verjagen, sondern trieben wie herrenloses Strandgut durch ihre Gedanken. Sie hatte sich neben Annie gesetzt, den Arm um sie gelegt und ihre Schulter gestreichelt, um sie zu trösten, während die Männer weiter nur tatenlos dagesessen hatten. Nach einer Weile hatte sie ihr aufgeholfen und war mit ihr zum Wasser hinuntergegangen, wo sie sie ins seichte Wasser gesetzt und ihr das Gesicht gewaschen hatte. Irgendwann waren Annies Tränen versiegt, und als Clem sie gefragt hatte, was los sei, war ihre Miene so trostlos und niedergeschlagen gewesen, dass sie nicht weiter nachgehakt hatte. *Es ist nicht wichtig*, hatte sie nur geantwortet, und als Annie später gesagt hatte, sie wolle zur Little Utopia hinüberschwimmen und sich eine Weile hinlegen, hatte Clem ihr geholfen, sich das T-Shirt auszuziehen, bevor sie mit kräftigen, regelmäßigen Zügen davongeschwommen war, mit nichts als einem leisen Kräuseln der Wasseroberfläche und einem eigentümlichen Nachhall von Traurigkeit in ihrem Kielwasser. Clem hatte am Ufer gestanden und ihr nachgesehen, bis sie sich aus dem Wasser gestemmt hatte und unter Deck verschwunden war, ohne sich noch einmal umzudrehen. Schon bald war Roberta Flacks zärtliche Stimme übers Wasser geschwebt. Clem hatte sich abgewandt und war zu den anderen zurückgekehrt. Wie still und niedergeschlagen danach alle vier gewesen waren. All die unausgesprochenen Dinge hatten wie eine unheilvolle Wolke über ihnen gehangen, bis sich einer nach dem anderen hingelegt hatte und eingeschlafen war.

Das Licht hatte sich verändert. Die Sonne war weitergewandert und hatte neue Schatten über den Strand geworfen. Außer dem sanften Klatschen der Wellen, vereinzelten Vogelschreien und schweren Atemzügen irgendwo hinter ihr herrschte Stille. Schläfrig wandte sie den Kopf. Frank saß mit seinem Buch auf dem Schoß im Schatten eines Baums und schnarchte leise. Schlafend wirkte er viel zerbrechlicher; er hatte eine Verletzlichkeit an sich, die sie sonst nur selten an ihm zu sehen bekam. Ihr treuloses Herz regte sich leicht bei seinem Anblick, obwohl er plötzlich alt und so fremd aussah. Auch Smudge lag, alle viere von sich gesteckt, tief und fest schlafend im Sand. Es war, als hätte sie der Schlaf übermannt, hier in diesem Paradies der Stille. Clem schloss die Augen wieder, rückte ein wenig näher an Johnny heran und ließ sich von der Sicherheit des Schlafs umfangen.

Johnny spürte es im Traum: eine kaum merkliche Berührung an seinem Arm, das Streicheln eines Atemzugs. Da war es wieder. Auf einen Schlag war er wach. Er fuhr hoch und sah sich um. Er sah es am Wasser, am Himmel, spürte es auf seinem Gesicht, in seinen Haaren. O mein Gott! Seine Gebete waren erhört worden. Sie hatten Wind! Puffige Wölkchen schlichen auf Zehenspitzen näher, bauschten sich über seinem Kopf. Er sprang auf, um die Brise auf seiner Brust zu spüren. Da war sie, warm und leise. Er konnte sich nicht erinnern, sich jemals so über das Aufkommen von Wind gefreut zu haben, jemals so gefangen gewesen zu sein. Das war ihre Rettung. Bald wären sie frei, weit weg von all der Hässlichkeit. Er spürte bereits, wie sie von ihm abzufallen begann, wie sich die Last von seinen Schultern hob. Er und Clem, bald wären sie fort.

»Clem! Clem!«, rief er, beugte sich über die schlafende Gestalt neben ihm und berührte sie behutsam. »O Clem, meine Clem. Endlich können wir weg von hier! Wir können weg. Wir haben Wind« Er küsste sie auf die Wange, wieder und wieder. Sie regte sich verschlafen, dann schlug sie die Augen auf und lächelte ihn an. Sie sprang nicht auf und legte einen Freudentanz hin, wie sie es vor einer Woche noch getan hätte. Innerhalb weniger Tage hatte sich alles von Grund auf verändert, und er fragte sich, ob sie überhaupt Interesse daran hatte, dieser Hölle zu entfliehen.

»Frank!«, rief er und lief zu dem Baum hinüber. »Wir haben Wind! Los, lass uns aufbrechen!«

Frank und Smudge wachten auf. Doch auch sie sprangen nicht vor Freude auf. Er war ganz allein in seiner überschäumenden Begeisterung.

»Aber wir haben ja den Kuchen noch gar nicht gegessen!«, sagte Smudge, die sich keinen Deut um den Wind scherte. Sie stand auf, um den Kuchen in Augenschein zu nehmen, während Johnny zum Ufer rannte. Der Wind hatte das Meer völlig verändert: Das reglose Hellblau war zu einem dunklen, gekräuselten Blau geworden. Klatschend schlugen die Wellen an den Strand. Während sie geschlafen hatten, war die Natur zu neuem Leben erwacht. Die Little Utopia drehte sich nicht länger müßig im

Kreis, sondern hatte die Nase im Wind und wippte auf den Wellen, die Ankerkette war straff gespannt, bereit, endlich weiterzusegeln, genauso wie Johnny.

»Wir müssen Mami holen, damit wir den Kuchen essen können.« Smudge zerrte an seiner Hand.

Sein Blick fiel auf den Kuchen, eine matschige braune Masse mit windschiefen Kerzen wie das Gebiss einer alten Frau.

»Wir essen ihn einfach jetzt gleich und bringen Mami ein Stück mit«, sagte er.

»Nein«, beharrte sie.

»Na gut«, stimmte er ein – der Wind hatte ihn milde gestimmt. Er zerzauste ihr das wirre Haar und lief zum Beiboot. »Ich gehe sie holen.« Inzwischen sollte sie ihren Rausch ausgeschlafen haben. Sie würden den Kuchen essen und danach aufbrechen und die ganze Nacht durchsegeln. Mit ein bisschen Glück hatten sie morgen früh vielleicht schon ein Dorf gefunden.

»Und bring gleich noch ein Messer mit«, rief Clem ihm hinterher.

Er zog das Boot ins Wasser, sprang hinein, stieß sich vom Ufer ab und ruderte los, begleitet von Smudges fröhlichem Kreischen und Quieken, als sie die Teller auf der Decke verteilte. Die Aussicht auf Wind hatte seine Lebensgeister geweckt. Nun, da er wusste, dass sie schon bald weitersegeln konnten und nicht mehr mit diesen schrecklichen Leuten zusammen sein mussten, konnte er sich mit allem arrangieren. Er schloss für einen Moment die Augen und genoss die warme Sonne auf seinen Lidern, während er sich ausmalte, wie die Brise bald über seine Haut streichen würde. Mit einem Mal konnte er auch seine Liebe wieder spüren. Bald wäre alles wieder wie vorher, ganz bestimmt. Sie konnten dafür sorgen, dass alles wieder gut wurde. Sie konnten all das vergessen, den Schaden, der angerichtet worden war, nun da sie endlich wieder Wind hatten.

Er genoss die langen, ausholenden Schläge der Ruder, das perfekte Zusammenspiel zwischen Ein- und Auftauchwinkel, um die maximale Geschwindigkeit aus dem kleinen Boot herauszuholen. Geschwindigkeit, das war es, was er brauchte. Schließlich erreichte er die Little Utopia und umrundete sie. Vom Heck aus war das leise Knistern der leeren Kassette im Rekorder zu hören. Er befestigte das Beiboot mit einem einhändigen Knoten und schwang sich über die Reling. Annie war nicht im Cockpit. Die Türen standen sperrangelweit offen. Er spähte in die Kajüte. Auch dort war nichts von ihr zu sehen. Die Badezimmertür war geschlossen. Bestimmt war sie auf dem Bett zusammengebrochen und schlief. Er stieß einen leisen Fluch aus. Er ging die Kombüsentreppe hinunter.

»Annie?«, rief er und drehte sich eine Zigarette. »Zeit für den Kuchen. Wind ist aufgekommen. Wir müssen bald los, deshalb essen wir ihn jetzt schon.«

Sie antwortete nicht. Also durchquerte er den Raum und klopfte an die Badezimmertür.

»Annie?«, rief er noch einmal und leckte die Gummierung des Zigarettenblättchens ab. »Wir wollen die Kerzen anzünden.«

Er drehte den Türknauf, der sich jedoch nicht bewegen ließ. Mit seinem ganzen Körpergewicht stemmte er sich dagegen, bis sich die Tür einen Spalt öffnen ließ und er einen Blick auf ein Stück nackter Haut auf dem Boden erhaschte. Sie war neben dem Bett ohnmächtig geworden.

»Annie?«, rief er abermals, mittlerweile stinkwütend. Wieso konnte sie sich nicht zumindest ein klein bisschen zusammenreißen, wenigstens für ihre Tochter. Was war sie bloß für eine Mutter?« Andererseits – was kümmerte es ihn noch? Wind kam auf, und er und Clem waren so gut wie weg. Er machte kehrt und erklomm die Treppe. Sein Blick fiel auf einen Adler, der die Thermik nutzte und über die Berge hinwegsegelte. Er riss das Vorluk auf und spähte hinein.

»Annie! Los, aufstehen. Zeit für den Kuchen.« Sie lag reglos mit dem Rücken zu ihm zusammengekauert auf dem Boden, nackt und klitschnass. Dann sah er das Blut.

Mit dem Kopf voran rutschte er durch die Luke, sprang über das Bett, packte sie an der Schulter und riss sie herum.

»Annie?« Er rollte sie auf den Rücken. Eine dunkelrote Blutspur verlief über ihre gesamte linke Körperhälfte. Ihr Gesicht war kreidebleich, die Augen waren in den Höhlen nach hinten gerollt. In der rechten Hand hielt sie ein großes Küchenmesser, und an ihrem linken Handgelenk klaffte eine tiefe Wunde, aus der ein steter Blutstrom floss. Das Blut tropfte auf den Boden und zerlief in einer größer werdenden Lache. Sie stieß einen leisen Schrei aus. Sie lebte noch, war gerade noch bei Bewusstsein.

»Großer Gott, Annie! Verdammte Scheiße noch mal, Annie!«

Er schnappte ein T-Shirt vom Bett und ging auf die Knie, wobei er prompt in der Blutlache ausrutschte. Er zog sie hoch, lehnte sie gegen seinen Oberkörper und schlang eilig das T-Shirt um ihr Handgelenk, um die Blutung zu stoppen. »Es ist ihr Scheißgeburtstag, verdammt noch mal!«, murmelte er. »Ihr Scheißgeburtstag.«

Er hob sie hoch, legte sie aufs Bett und schob ihr ein Kissen unter den Kopf. Wieder schrie sie vor Schmerz und schlug stöhnend die Augen auf. Als sie ihn erkannte, verzog sie das Gesicht, als müsse sie weinen, wenn sie die Kraft dafür noch aufbringen würde, und ihre Lippen bewegten sich, doch er konnte nicht verstehen, was sie sagte.

»Was sagst du, Annie?«, rief er panisch, drückte seine Stirn gegen ihre und starrte in ihre glasigen Augen. Er schmeckte Blut auf den Lippen, metallisch und warm. »Halt durch, Annie. Bitte, halt durch.«

»Bad …«, flüsterte sie. »Schrank …« Er sprang vom Bett, rannte ins Bad und riss den Medizinschrank auf. Zwei Verbandskästen lagen darin, der eine noch verschlossen, der zweite offen – es war derselbe, den Annie an ihrem ersten Abend an

Bord verwendet hatte. Er nahm ihn heraus und legte ihn aufs Bett. Stöhnend warf sie den Kopf hin und her, während ihre Augen erneut in den Höhlen nach hinten kippten.

»Los, Annie«, sagte er und hob ihren Kopf an. Panik überfiel ihn. Sie würde sterben. »Bleib wach, Annie … bitte … Gott … Du bist kein schlechter Mensch … Denk doch an Smudge … Du bist kein schlechter Mensch.«

In diesem Moment schien sich ein Schalter in seinem Innern umzulegen. Seine Panik wich emotionslosem Pragmatismus. Mit ruhigen, konzentrierten Bewegungen legte er ihr einen Verband an, schlang ihr eine Decke um die Schultern und stützte ihren Arm auf ein Kissen. Die ganze Zeit über wimmerte sie vor Schmerz. Er zerdrückte vier Aspirin und zwang sie, sie mit einem Glas Wasser zu schlucken. Er lief hin und her, versuchte, Ordnung zu machen, die Spuren ihres Selbstmordversuchs zu beseitigen. Er hatte keine Ahnung, warum er das tat. Es gab Dinge, die sich nicht verheimlichen ließen, dennoch hatte er das Gefühl, es tun zu müssen. Für Smudge. Ein Kind sollte seine Mutter in so einem Zustand nicht sehen müssen.

Er reinigte das Messer und verstaute es im Cockpit. Mit Handtüchern wischte er das Blut vom Boden auf und stopfte sie in eine Mülltüte, dann säuberte er sich selbst, wischte ihr Blut ab und schrubbte sich die Hände im Waschbecken. Als er zurückkam, lag sie auf dem Bett, den Arm auf das Kissen gestützt und starrte mit glasigen Augen auf das winzige Stück Himmel, das durch die Luke zu erkennen war.

»Annie?«, rief er, doch sie schien ihn nicht zu hören.

Er bläute ihr ein, sich nicht von der Stelle zu rühren, was bei ihrem Zustand ohnehin reichlich unwahrscheinlich war. »Ich rudere jetzt zu den anderen zurück, okay?« Sie reagierte nicht. »Ich bin bald wieder hier.«

Er schloss die Tür, durchquerte die Kajüte und schnappte sich das Messer. Dann stolperte er die Treppe hinauf an Deck und schwang sich über die Reling ins Beiboot. Erst jetzt registrierte er, dass seine Beine und Hände so heftig zitterten, dass er kaum die Ruder halten konnte.

Sein Blick fiel auf das Messer, auf dessen Griff ein Blutfleck glänzte, dann sah er zum Ufer hinüber, wo Frank, Clem und Smudge ihn bereits erwarteten. Sie schirmten mit den Händen die Augen gegen die Sonne ab und fragten sich wahrscheinlich, warum Annie nicht mitgekommen war. Er ruderte weiter, bis das Beiboot auf Sand lief. Seine Knie zitterten so heftig, dass er Mühe hatte, herauszusteigen. Er brachte es nicht über sich, ihnen in die Augen zu sehen, sondern kehrte ihnen den Rücken zu und zog das Beiboot an den Strand.

»Wo ist Mami? Wir wollten doch Kuchen essen«, fragte Smudge und kam angelaufen, um ihm zu helfen.

»Es geht ihr nicht gut. Sie hat sich eine Weile hingelegt«, erklärte Johnny, sorgsam darauf bedacht, den Blickkontakt zu vermeiden. Sie glaubten ihm. Keiner schien zu bemerken, dass er wie Espenlaub zitterte.

»Hast du das Messer mitgebracht?«, fragte Clem.

Er sah sie verständnislos an. Sie sah es im Boot liegen und nahm es. Die Sonnenstrahlen spiegelten sich auf der glänzenden Klinge, die Annies Leben um ein Haar ein Ende gesetzt hätte. Er folgte ihnen. Minuten später standen sie zu viert um den Geburtstagskuchen mit den fünf Kerzen herum und sangen *Happy Birthday*. Johnny formte die Worte lautlos mit den Lippen, während Smudge den Kuchen auf den Tellern verteilte. Es schien, als hätte er seine Stimme verloren. Er konnte nichts essen. Eine tiefe Leere hatte von ihm Besitz ergriffen, und das Zittern schien nicht aufhören zu wollen. Er musste es Frank sagen. Langsam zogen die Wolken über ihren Köpfen hinweg.

»Wir müssen uns beeilen«, sagte er und fragte sich, ob er die Worte tatsächlich laut ausgesprochen hatte, denn keiner schien ihn gehört zu haben. Stimmengewirr drang an seine Ohren. Smudge weinte, während Clem und Frank ihn beklommen anstarrten. Sie wussten es. Wahrscheinlich hatten sie eins und eins zusammengezählt. Aber nein, Smudge konnte bloß Granny nicht mehr finden. Alle drei liefen herum und suchten nach der verschwundenen Schildkröte, während Annie an Bord der Little Utopia lag und um ihr Leben kämpfte. Am liebsten hätte er die Hand nach Frank ausgestreckt, doch sein Körper wollte ihm nicht gehorchen. Clem und Smudge kletterten zwischen den Felsen herum, doch er stand weiter wie angewurzelt am Strand und blickte zur Little Utopia hinüber. Mit zitternden Fingern versuchte er, sich eine Zigarette zu drehen, und fragte sich, wie die Dinge so außer Kontrolle geraten konnten. Wie hatte ihm entgehen können, dass sie geradewegs auf eine Katastrophe zusteuerten? Es ergab keinen Sinn. Franks Worte hallten in seinen Gedanken wider: Psychotisch … wahnhaft … schizophren … pathologische Lügnerin. Dabei hatte sich alles so plausibel angehört. Er dachte daran, wie sie ihm im Beiboot die Hand auf den Schenkel gelegt hatte, an die Verzweiflung in ihren bleichen Augen. »*Hilf uns.*«

Er registrierte Frank neben sich. »Was ist passiert, Johnny? Du hast Blut am Arm.«

Johnny fuhr herum und hob den Arm. Frank hatte recht. Auf seinem linken Unterarm prangte ein verschmierter Blutfleck. »Wir müssen an Bord«, sagte er. »Sie hat sich mit dem Messer verletzt, Frank. Sie braucht einen Arzt.«

Frank seufzte. Die Nachricht schien ihn weder zu wundern noch aus der Bahn zu werfen. »Wo?«

»Es geht ihr gut«, sagte Johnny, obwohl Frank ihn nicht danach gefragt hatte. »Am linken Handgelenk. Sie hat versucht, sich die Pulsadern aufzuschneiden.« Es war eine Wohltat, ihm alles zu erzählen, die Last mit ihm zu teilen. Sein Mund war so trocken, dass ihm die Worte im Halse stecken blieben. Einen Moment lang fürchtete er, loszuschreien oder in Tränen auszubrechen.

Frank blickte mit zusammengekniffenen Augen zur Little

Utopia hinüber. »An Smudges Geburtstag? Heute ist ihr beschissener Geburtstag, Herrgott noch mal!«

Johnny war heilfroh über seine Worte. Über seine Wut. Er empfand ganz genauso. »Wieso hat sie das getan?«, fragte Johnny und fuhr sich mit der Hand durchs Haar, ohne den Blick vom Boot zu lösen.

»Vertikal oder horizontal?«

»Was?«

»Das Handgelenk.«

»Das weiß ich doch nicht, verdammt noch mal. Ich bin kein Arzt. Ich hab sie verbunden.«

Seine Beine schlotterten so heftig, dass er befürchtete, seine Kniescheiben würden gleich herausspringen. »Diagonal vielleicht, keine Ahnung«, sagte er schließlich

»Es tut mir leid, Johnny. Ich hätte es dir früher sagen sollen«, seufzte er.

»Sie ist komplett verrückt ...«, stieß Johnny stammelnd hervor.

Behutsam legte Frank den Arm um ihn und zog ihn an sich. Johnny sah sich außerstande, sich dagegen zu wehren. Er sehnte sich förmlich nach Franks Trost. Er ließ den Kopf gegen seine Schulter sinken und spürte, wie Franks große, fähige Hände ihn stützten. Eine Weile standen sie nur da, während Frank ihn sanft in seinen Armen wiegte.

»Es tut mir so leid, dass du das sehen musstest. Ich hätte gehen und sie holen sollen. Das ist nicht das erste Mal, dass sie so etwas tut, Johnny. Mach dir keine Sorgen. Sie weiß genau, wie weit sie gehen kann.«

Johnny löste sich von ihm, riss sich zusammen und zog an seiner Zigarette. »Könnte sein, dass sie einen Arzt braucht. Keine Ahnung. Ich habe die Blutung jedenfalls gestoppt.«

»Du bist ein anständiger Kerl. Ich kümmere mich um sie. Sie braucht keinen Arzt.« Er kramte nach seinem Zigarettenpäckchen in der Gesäßtasche.

»Ich habe die Schweinerei aufgewischt. Du solltest nur zusehen, dass Smudge nicht ins Vorschiff geht.«

»Danke, Johnny.« Frank schnippte eine Zigarette aus dem Päckchen und fing sie ihn gewohnter Manier zwischen den Lippen auf. Die Geste wirkte irgendwie unangemessen. »Ich nehme an, sie hat dir erzählt, all die Narben auf ihren Beinen würden von einem Sturz durch ein Glasdach stammen.«

Johnny blickte zum Horizont, wo sich mittlerweile noch mehr Wolken türmten. Er registrierte den leichten Piniengeruch, den die Brise herantrug, und mit ihm das Versprechen für so vieles andere. Er schloss die Augen und ließ sich von ihr umschmeicheln. Annie hatte ihm rein gar nichts erzählt.

»So war sie schon immer«, fuhr Frank fort und tastete seine Taschen nach Feuer ab. Johnny zog sein Feuerzeug heraus und gab ihm Feuer. Seine Hand zitterte immer noch leicht. Frank schloss seine Hand um Johnnys Finger und drückte sie fest, als wollte er die Angst verjagen. »Sie fängt sich schon wieder.«

Schweigend standen sie da, rauchten und blickten zur Little Utopia hinüber.

»War sie schon immer so? Auch als du sie kennengelernt hast?«, fragte Johnny.

Frank hob die Brauen und massierte sich den Nacken. Auf seinem Gesicht lag ein Ausdruck bittersüßer Wehmut. »Das Erste, was ich von ihr mitbekommen habe, war ihre Stimme«, begann er. »Ich habe sie singen gehört. Es war, als würde ein Engel singen. Diese Stimme war so unglaublich, dass ich stehen bleiben und zuhören musste. Sie hat mich völlig aus der Bahn geworfen, dieser Kummer, der darin lag. Und als sie die Tür aufgeschlossen hatten, lag sie da, dieses wunderschöne, kranke Geschöpf, auf dem Boden. In einer Zwangsjacke.«

Johnny starrte ihn an.

»Ich muss genauso verrückt sein wie sie, denn ich wusste vom ersten Moment an, dass sie die Richtige ist.« Lächelnd schnippte er seinen Zigarettenstummel ins Meer.

# 7 AUFBRUCH

Der Nordostwind blies mit Stärke sechs über das Meer hinweg, der die Little Utopia zügig durchs Wasser preschen ließ. Sie hatten den Wind im Rücken, sodass die Wellen lautstark gegen das Heck schlugen. Das Hauptsegel war steuerbord gesetzt, das Genuasegel backbord, und der Spinnaker, ein massives Leinenungetüm in Rot und Grün, blähte sich über dem Bug. Inzwischen war die Sonne über den Horizont gewandert, hinter den wogenden Wellen versunken und hatte den Sternen das Regiment über den Himmel überlassen, die nun abwechselnd hinter den Wolken aufblitzten und wieder verschwanden. Seit vier Stunden stand Johnny am Ruder und balancierte geschickt, beinahe tanzend, auf dem Deck, als würde er ein bockiges Pferd im Zaum halten, das sich unter ihm aufbäumte und wild um sich trat, den Blick abwechselnd auf den Kompass oder die Segel geheftet – in der Dunkelheit gab es sonst ohnehin nichts zu sehen. Er war ruhig und konzentriert. Nur zwei Dinge waren wichtig – das Boot und Clem, die seit Stunden an seiner Seite ausharrte. Inzwischen wusste sie alles. Er hatte sie nicht davor bewahren können.

Sie hatte an der Cockpittür gestanden, während er ihr Dinge zu erklären versucht hatte, die er selbst nicht verstand – dass Annie nicht die Frau war, die sie zu sein schien, wie dramatisch ihre Seele aus dem Gleichgewicht geraten war und von den Vorhaltungen, die sie Frank gemacht hatte. Er benutzte dieselben Worte wie Frank: pathologische Lügnerin. Geistesgestörte Kriminelle. Er erzählte ihr von den Medikamenten und den Heilanstalten. Aber sie solle sich keine Sorgen machen, da sie diese schrecklichen Leute bald nicht mehr sehen müssten. Die ganze

Zeit hatte sie dagestanden, blass und schockiert. Und er hatte zu erkennen geglaubt, wie sich etwas in ihr veränderte, kaum merklich, sodass er es nicht recht hatte benennen können. Es war, als sei etwas von ihrem inneren Leuchten verschwunden, für immer erloschen.

Sie hatte etwa eine Stunde lang am Bug gesessen, den Sonnenuntergang beobachtet und versucht, sich einen Reim auf alles zu machen. Sie hatte den Irrsinn in Annies Augen gesehen, hatte ihr geradewegs ins Gesicht gestarrt. Frank hatte sie gebeten, sich mit Smudge in die Kajüte zu setzen und ihr etwas vorzulesen, damit sie nicht ins Vorschiff ging, wo Annie schlief. Sie hatte Smudge das Haar gebürstet und nach Kräften versucht, sie über den Verlust von Granny hinwegzutrösten, doch als sie über den Tisch hinweg nach einem neuen Buch gegriffen hatte, war die Tür aufgeschwungen und hatte den Blick auf etwas freigegeben, dessen Anblick sie nun nicht mehr aus dem Kopf bekam: eine halb nackte, reglose Annie auf dem Bett liegend, die großen, seelenvollen Augen starr auf Clem gerichtet, ohne sie zu erkennen, verloren in einer Welt, zu der nur sie Zugang hatte, die Arme ausgebreitet, sodass sich ein ungehinderter Blick auf die roten, aufgeworfenen Wunden im harschen Licht der Seitenbeleuchtung bot. Clem war vor Entsetzen erstarrt. Frank, der im Badezimmer gestanden und mit einem Tablettenröhrchen zwischen den Zähnen, ein frisches Päckchen Verbandszeug aufgerissen hatte, war herausgetreten und hatte ganz langsam die Tür zugeschoben. Er hatte sie behutsam, aber bestimmt ausgeschlossen.

Sie hatte dagestanden, allein gelassen mit der Frage, wie es dazu hatte kommen können und was in Annies Kopf vorgehen musste, dass sie so etwas Entsetzliches tun konnte. Aber in allererster Linie hatte sie sich gefragt, wieso ihr keiner etwas gesagt, wieso keiner ihre Hilfe gewollt hatte und wieso sie immer die Letzte war, die etwas erfuhr.

Johnny und sie saßen im Cockpit, eingehüllt in die nächtliche

Dunkelheit, die sie wie eine Decke umgab. Bis auf das Stampfen des Boots und das stete Rauschen, mit dem sich der Rumpf seinen Weg durchs Wasser bahnte, herrschte Stille. Sie sah, wie er das Segel zurechtzog, immer wieder nach unten ging, um das Genuasegel vom Baum zu lösen, die Augen stets nach backbord gerichtet, hinaus auf die offene See. Sie wusste, dass er Ausschau nach Hinweisen auf Zivilisation hielt, und sie tat dasselbe.

»Das Ganze ist nicht unser Problem, Clem«, wiederholte er pausenlos, als hätte sie ihn danach gefragt. Er setzte sich wieder neben sie und zündete sich eine Zigarette an. Wie entsetzlich es gewesen sein musste, Annie in einer riesigen Blutlache vorzufinden.

»Wir hauen einfach so schnell wie möglich ab. Bei der erstbesten Gelegenheit. Sobald ich die Lichter eines Dorfes sehe, sind wir von Bord.« Selbst während er sprach, hielt er Ausschau nach den Lichtern, doch da waren nirgendwo welche, sondern nur die endlose Schwärze des Ufers und das fahle Licht des Mondes.

»Aber ist das auch das Richtige, Johnny?«

»Was meinst du damit?«

»Können wir sie ausgerechnet jetzt im Stich lassen?«

»Wie bitte?« Für einen kurzen Moment teilten sich die Wolken, sodass sein Gesicht in kaltes silbriges Grau getaucht war, das die Furchen auf seiner Stirn hervortreten ließ. Er sah anders aus. Älter.

»Sollten wir nicht warten, bis es Annie ein bisschen besser geht? Das ist Frank und Annie gegenüber nicht besonders fair.«

Er wandte den Blick ab. »Es ist mir egal, ob das fair ist oder nicht. Wir hauen ab.«

Kurz darauf kam Frank mit Pullovern und Ölzeug heraus. Er sah müde aus. Zu müde. Sie wusste nicht, was sie sagen sollte. Wortlos zog sie einen Pullover und die Regenjacke über. Er setzte sich gegenüber von ihr hin und blinzelte, während sich seine Augen an die Dunkelheit gewöhnten. »Sie schläft jetzt.«

Nach einer Weile bat Johnny Clem, das Steuer zu übernehmen und den Kurs zu halten, während er nach unten ging, um einen Blick auf die Karten zu werfen. Sie spürte die Kälte seiner Hand und sah ihm nach, als er unter Deck verschwand und die Türen hinter sich schloss.

Seit Frank sie ausgeschlossen hatte, war sie nicht mehr mit ihm allein gewesen und fragte sich, was man einem Mann sagen sollte, dessen Frau gerade versucht hatte, sich das Leben zu nehmen. »Es tut mir unendlich leid, Frank.« Mehr brachte sie nicht über die Lippen.

Er bewegte sich nicht, und sein Blick war noch immer starr aufs Meer gerichtet, deshalb war sie nicht sicher, ob er sie überhaupt gehört hatte.

»Ja …«, erwiderte er, als versuche er immer noch, den Sinn hinter Annies Tat zu begreifen. »Normalerweise fügt sie sich nicht so tiefe Wunden zu.«

Am liebsten hätte Clem ihn gefragt, was Annie normalerweise tat, allerdings war diese Frage wohl nicht besonders hilfreich. Wieder und wieder kehrten ihre Gedanken zu der klaffenden Wunde zurück, zu dem Blut, das im Schein der Seitenbeleuchtung geschimmert hatte, zu diesen blicklosen, glasigen Augen. »Ich verstehe beim besten Willen nicht, wieso sie es getan hat …«

Er wandte sich ihr zu. Augenblicklich fühlte sie sich besser. Wann immer er sie ansah, schienen die Dinge mehr Sinn zu ergeben. »Das Ironische dabei ist, dass sie sich lebendiger fühlt, wenn sie sich selbst verletzen kann.«

Auch wenn Clem sich noch so sehr bemühte, es zu verstehen, war es blanker Unsinn. »Sie hat doch so vieles, wofür es sich zu leben lohnt … Sie hat großes Glück … Sie hat alles, wofür viele Menschen ihr Leben geben würden …« Sie unterbrach sich, als ihr bewusst wurde, wie unsensibel ihre Bemerkung gewesen war.

»Aber es geht nun mal nicht um das, was man vordergründig besitzt, Clem.« Er streckte seine Beine aus.

»Aber es ist immerhin etwas«, widersprach sie und blickte zu den Segeln hinauf. Wie gern würde sie ihm glauben. Beim Anblick des vergnügten Funkelns in seinen Augen schöpfte sie neue Hoffnung. »Wenn sie allen Ernstes glaubt, Smudge und du wärt ohne sie besser dran, muss sie verrückt sein.«

»Das ist eine Meinung, die man dazu haben kann.«

»Aber eindeutig die falsche.«

Er lächelte, wenn auch halbherzig. »Da ist es wieder, Clem, dein Richtig und dein Falsch.«

Sie zog das Hauptsegel zu sich heran, obwohl sie nicht wusste, ob es überhaupt notwendig war, aber es war ein gutes Mittel, um ihren Worten Nachdruck zu verleihen. Annie irrte sich. Smudge und Frank *waren* nicht besser ohne sie dran. Sie verstand nicht, wieso er es nicht einfach zugab. Manchmal musste man nun mal eine klare Meinung zu etwas haben.

Schweigend segelten sie im Auf und Ab der Wellen dahin. Frank hatte sich ausgestreckt, die Arme hinter dem Kopf verschränkt, die Füße fest auf dem anderen Cockpitsitz.

»Wusstest du, dass in den meisten frühen Zivilisationen Selbstmord als absolut ehrenhaftes Mittel galt, um einer unerträglichen Existenz zu entfliehen?«

Sie hatte es nicht gewusst, doch sie genoss es, ihn reden zu hören. Es verlieh alldem den Anschein von Normalität. Manchmal wünschte sie sich lediglich, dem Klang seiner Stimme zu lauschen, die ihr Dinge näherbrachte, sie belehrte, ihr eine andere, neue Sichtweise bescherte und so etwas wie Objektivität verlieh.

»Damals gab es keinen Anlass, den Freitod zu verurteilen«, fuhr er fort und blickte wieder aufs Meer hinaus.

»Ich will ja gar nicht behaupten, dass Selbstmord generell falsch ist«, sagte sie. »Johnny und ich haben uns mal darauf geeinigt, dass wir, sollte bei einem von uns eine Krankheit im

Endstadium diagnostiziert werden, uns ins Auto setzen und die Abgase ins Innere leiten.«

Doch mittlerweile erschien ihr die Idee ein wenig absurd. Frank musste sie für schrecklich kindisch halten.

»Wieso denn nicht?«, fragte er lächelnd. »Selbstmord ist eine durchaus tapfere Alternative zu endlosem Leiden.«

Clem starrte ihn an. Was für eine seltsame Bemerkung angesichts dessen, was gerade vorgefallen war. »Aber was, wenn Annie erfolgreich gewesen wäre? Würdest du dann dasselbe sagen?«

»Ich glaube nicht, dass sie das wollte.«

»Aber wäre Johnny nicht an Bord gekommen …«

»Sie wusste, dass über kurz oder lang jemand an Bord kommt. Es war ein Hilfeschrei.«

Manchmal ließ ihn seine Objektivität kalt und herzlos erscheinen.

»Aber weshalb schreit sie nach Hilfe?«

»Wieso schreien wir nach Hilfe? Weil wir uns nach Trost sehnen …«

Sie konnte sich beim besten Willen nicht vorstellen, dass Frank sich jemals nach Trost sehnte. Und falls doch, müsste derjenige, bei dem er ihn suchte, schon ein Mensch mit ganz besonderen Qualitäten sein. Sie wünschte, sie dürfte ihn nur ein einziges Mal schwach und verletzlich sehen, miterleben, dass er jemanden brauchte. *Sie*, zum Beispiel.

Er hielt inne, tippte eine Zigarette aus dem Päckchen und beugte sich vor, um sie anzünden. Dann reichte er die Zigarette an sie weiter. Es gefiel ihr, wenn er das tat. Sie nahm sie entgegen und spürte dabei die Wärme seiner Finger. Augenblicklich reagierte ihr Körper darauf. Sämtliche Härchen auf ihren Armen richteten sich auf.

»Tja, dann wirst du mich jetzt wohl verlassen«, sagte er leise.

Ihr Herz schlug schneller bei dem Wort *mich*, und sie fragte sich, ob dies vielleicht sein Hilfeschrei sein könnte. Sie nahm einen Zug von ihrer Zigarette.

»Johnny will, dass wir gehen.«

Er nickte und blickte auf seine Hände. Unwillkürlich musste sie an seine Finger denken, auch wenn es angesichts der Tatsache, dass seine Frau mit aufgeschnittenen Pulsadern dort unten lag, falsch war. Sie dachte an seine Finger, die in ihrem Körper gewesen waren, daran, wie sie den Rhythmus ihrer Lust aufgenommen hatten. Allein beim Gedanken daran wurde sie feucht. Ein leiser Schauder überlief sie, und sie spürte, wie sich ihre Brustwarzen aufrichteten.

»Und du, Clemency? Was willst du?«

Niemand sonst nannte sie Clemency. Es fühlte sich unglaublich intim an. Sie spürte, wie der Schauder ihren ganzen Körper überlief, bis hinab zwischen ihre Beine.

»Ja?«, sagte er.

»Ich glaube, ich will noch eine Weile bleiben.«

Die Cockpittüren schwangen auf, und Johnny kam mit Kaffee und einer kleinen Flasche Brandy heraus. Scheinbar mühelos schien er Teil der Intimität zwischen ihnen zu werden.

»Johnny«, sagte Frank und beobachtete, wie Johnnys Blick auch jetzt unweigerlich zum Ufer glitt. »Ich werde euch wirklich vermissen, wenn ihr weg seid.«

»Du findest schon ein anderes Pärchen, mit dem du dich amüsieren kannst«, gab er zurück, nahm Clem das Ruder aus der Hand und beugte sich über den Kompass.

Clem wünschte, er hätte es nicht gesagt. Die Vorstellung, ersetzbar zu sein, gefiel ihr nicht.

»Ich bin nicht sicher, ob das so eine gute Idee ist.« Frank rieb sich nachdenklich über den Bart, trotzdem schien ihn die Vorstellung zu amüsieren. »Einmal haben wir ein australisches Pärchen an Bord eingeladen. Wir haben sie irgendwo an der jugoslawischen Küste kennenglernt und auf einen Drink an Bord eingeladen. Ich musste kurz weg, um eine neue Flasche zu holen. Als ich zurückkam, hatten sie sich ganz dicht an die Bordkante gequetscht, kreidebleich und mit so einem komischen Grinsen im Gesicht. Es stellte sich heraus, dass Annie ihnen erzählt hatte, ich hätte ihre Mutter ermordet, in Stücke gehackt und in die Kühltruhe gesteckt.«

Er lachte. Sie stimmten ein, doch das Gelächter war nur eine Fassade, und sie wussten es alle ganz genau. Schweigend ließen sie den Brandy kreisen – es fühlte sich beinahe wie ein Ritual an, die Flasche zu teilen. Innerhalb weniger Minuten lullte sie der arrythmische Rhythmus des Boots ein, bot eine willkommene Ablenkung von den Geschehnissen des Tages und zwang sie, den Moment wahrzunehmen, das stete Heben und Senken, Heben und Senken im Einklang mit den unvorhersehbaren Bewegungen der Wellen, durchbrochen von einem Schwall salzigen Wassers, das ihnen von Zeit zu Zeit in die Gesichter spritzte.

Irgendwann im Verlauf der Nacht schien die Stimmung umzuschlagen. Der Mond hatte sich aus den Wolken gelöst und schien in harschem, kalten Weiß auf sie herab, während die Hässlichkeit des Tages immer weiter aus ihrem Bewusstsein gedrängt wurde, vergessen im hintersten Winkel ihres Gedächtnisses. Die Wellen wurden immer höher, der Bug hob sich in den nächtlichen Himmel und schlug donnernd auf dem Wasser auf, sodass die Gischt wie Funken einer Wunderkerze auf das Deck sprühte. Und sie lachten und kreischten wie von Sinnen, als ihnen das salzige Nass ins Gesicht spritzte und sie von oben bis unten durchnässte. Für einige Stunden war die Absurdität ihrer winzigen Existenzen das Einzige, was zählte.

Es schien, als liege Spannung in der Luft, eine Art greifbarer Elektrizität. Selbst das Wasser schien zu leuchten und die nächtliche Dunkelheit in einen irisierenden Schimmer zu tauchen. Zischend pflügte die Little Utopia durch die Fluten. Johnny konnte es fühlen – die Energie, die Intensität des Hier und Jetzt, die Bedeutungslosigkeit der Vergangenheit und der Zukunft. Es war nicht länger wichtig, was Frank und Annie getan oder nicht getan hatten, was passiert oder nicht passiert war – alles war mit einem Mal erträglich geworden. Der Tag lag hinter ihnen, Smudge war unter Deck und schlief, und so sehr er bedauerte, dass Annie Schmerzen leiden musste, war es herrlich, hier oben zu sitzen, am Leben zu sein. Er war regelrecht trunken vom Leben. Er hatte mit angesehen, wie Annie auf dem schmalen Grat zwischen Leben und Tod balanciert hatte, und gemeinsam hatten sie dem Tod ein Schnippchen geschlagen. Und das musste gefeiert werden. Er spürte, wie das Blut durch seinen Körper pumpte, den Rückenwind, der ihn antrieb. Und für einen kurzen Moment fühlte er sich unbesiegbar.

Später schlug die Fieberhaftigkeit in entspanntes Schweigen um, doch keiner von ihnen war müde und wollte unter Deck gehen. Es war besser, oben zu bleiben, an der frischen, klaren Nachtluft. Clem ließ den Blick über die Schwarzschattierungen des Ufers, des Himmels und des Meeres schweifen und spürte bei der Vorstellung, nicht länger an Bord der Little Utopia zu sein, Furcht in sich aufsteigen. Sie war nicht sicher, ob sie bereit dafür war. Ob sie damit zurechtkäme, wieder mit Johnny allein zu sein. Sie waren doch inzwischen eine Familie, eine Einheit. Sie malte sich aus, wie Frank und Annie allein weiterfuhren. Würden sie andere Leute an Bord einladen? Sie konnte es sich nicht vorstellen. Sie hatte vergessen, wie es war, mit anderen Menschen zusammen zu sein, hatte den Rest der Welt vergessen. Die Welt bestand nur aus ihnen, aus fünf Menschen, als wäre es niemals anders gewesen. Sie mussten warten, bis es Annie besser ging, das musste Johnny einsehen.

»Was ist mit Annie passiert, Frank?«, fragte sie.

»Es dämmert bald«, sagte Johnny. Er wollte nicht über Annie reden. Konnten sie ausnahmsweise über nichts reden? Nur ein einziges Mal? Vielleicht später, in einer Woche oder so, wenn er und Clem die andere Seite der Türkei erreicht hatten, konnten sie darüber reden. Aber jetzt wäre es am besten, sie würden einfach alle den Mund halten.

Frank stieß einen tiefen Seufzer aus und schien über die Frage nachzudenken. »Ich werde euch etwas erzählen, was sie mir einmal erzählt hat«, sagte er dann. »Sie lässt sich nicht davon abbringen, dass sie ihr Leben während ihrer Kindheit als absolut perfekt empfunden hat.«

»Was meinst du damit?«, fragte Clem.

»Das Leben mit ihrem Vater und ihrer Schwester. Genau diesen Begriff hat sie verwendet: perfekt. In ihren Augen fingen die Probleme erst an, als sie acht war und ihre Schwester irgendetwas in der Schule sagte, was das Jugendamt auf den Plan rief. Da merkte Annie zum ersten Mal, dass sie ihrem Vater gegenüber nicht so empfinden sollte. Sie sollte sich als Opfer bezeichnen und ihn als Missbrauchstäter. Die Gesellschaft hatte ein Urteil gefällt: Er war ein schlechter Mensch.«

Sein Tonfall war ganz neutral, als würde er nicht über das tragische Schicksal seiner eigenen Frau sprechen, sondern schildere einer Gruppe Therapeuten ein Fallbeispiel. Seine kühle Distanz löste Unbehagen in Johnny aus.

»Aber sie hat es überhaupt nicht so empfunden. Sie hat ihn geliebt, versteht ihr?«, fuhr Frank fort. »Sie konnte den Begriff Missbrauch nicht mit all den negativen Assoziationen wie Schmerz und Leid in Zusammenhang bringen, weil sie nichts als Liebe und Lust erfahren hatte. Erst da wurde ihr bewusst, dass es ihr moralisch und gesellschaftlich nicht gestattet war, diese Empfindungen zu artikulieren. Sie waren inakzeptabel. Sie lernte, zu schweigen, sich ihrer Gefühle zu schämen. Sie war anders als die anderen, eine Außenseiterin. Schlimmer noch – ein Freak. Das Jugendamt trennte sie und ihre Schwester und steckte sie in verschiedene Pflegefamilien, weit weg von dem Mann, den sie liebten. Ich vermute, dass sie damals anfing, sich gegen die Welt aufzulehnen, Clem.«

Johnnys Blick schweifte hierhin und dorthin, doch er konnte weit und breit keinen Orientierungspunkt entdecken; nichts, woran er sich irgendwie festhalten konnte. »Was willst du damit sagen, Frank? Dass die Gesellschaft den Mund halten soll und dass sexueller Missbrauch eine prima Sache ist?«

Frank lachte. »Ich gebe nur wieder, was Annie mir gesagt hat. Ganz wertneutral.«

Johnny zog am Hauptsegel. War das nicht genau das, was Frank hier, auf der Little Utopia, die ganze Zeit schon tat? Einfach die Gesellschaft aus der Gleichung herausstreichen? *Siehst du denn nicht, was er da tut? Er züchtet dich als seinen Nachfolger heran.*

»In manchen Kulturen gilt Inzest als absolut akzeptabel, oder nicht? Im alten Ägypten war es an der Tagesordnung, Geschwister miteinander zu verheiraten«, warf Clem ein.

Johnny wandte sich ihr zu. Ihre Affektiertheit, die schleimerische Art, wie sie neuerdings krampfhaft versuchte, mit ihrer Weltoffenheit bei Frank Eindruck zu schinden, ging ihm allmählich auf den Geist. Frank fand das natürlich ganz toll.

»Du hast völlig recht«, bestätigte Frank. »In manchen Gesellschaftskreisen war es sogar unerlässlich.«

»Glaubst du also, dass alles eine Frage dessen ist, was gerade als modern gilt?«, hakte Clem nach.

Johnny schüttelte den Kopf. »Annies Vater war ein Kinderschänder, völlig egal, was für verwirrende Gefühle Annie ihm gegenüber gehegt hat. Und die Aufgabe des Gesetzes ist, die Kinder zu beschützen. Mehr gibt es dazu nicht zu sagen.« Er wollte, dass diese Unterhaltung endlich aufhörte. Die beiden sollten aufhören, alles so hinzudrehen, wie es für sie passte.

Aber sie beachteten ihn nicht.

»In unserer Gesellschaft darf man noch nicht einmal andeuten, dass auch Kinder Wesen mit einer eigenen Sexualität sind«, fuhr Frank fort. »Heute gilt das als verwerflicher als noch vor fünfzig Jahren. In *Schöne Neue Welt* hat Huxley Kinder sogar eine eigens zugewiesene erotische Spielzeit erleben lassen. Habt ihr das Buch je gelesen?«

Clem griff nach dem Tabak und legte lässig einen Fuß auf dem

Backbordsitz ab, in der Hoffnung, damit zu kaschieren, dass sie den Titel noch nicht einmal gehört hatte.

»Er wollte damit ein Statement abgeben. Mir ist nicht klar, weshalb die Sexualität von Kindern heutzutage so dermaßen tabuisiert wird, dass man noch nicht einmal darüber reden darf«, sagte Frank und sah Johnny an. »Annie hat nun einmal erlebt, was sie erlebt hat. Sie hat es weder als falsch noch als richtig klassifiziert. Wenn sie es als angenehm empfunden hat, weshalb müssen wir, die Gesellschaft, ihr dann einreden, dass diese Empfindungen falsch waren?«

»Aber was *sie* getan hat, *war* ja nicht falsch. Sondern *sein* Verhalten«, warf Johnny ein, ohne den Blick von der Küste zu lösen. Sie passierten eine Bucht, doch weit und breit war nirgendwo Licht zu sehen. Seine Niedergeschlagenheit wuchs.

»Freud vertrat die Ansicht, dass jedes Kind in das Elternteil des anderen Geschlechts verliebt ist und sexuell Eifersucht gegenüber dem Elternteil des eigenen Geschlechts empfindet.« Frank tippte eine Zigarette aus dem Päckchen.

»Ob das wohl stimmt«, sinnierte Clem.

Johnny fand es abstoßend, wie sie ihr Staunen zu Schau stellte.

»Hast du als Kind jemals sexuelle Eifersucht empfunden, Johnny?«, fragte Frank.

»Nein«, antwortete er und blickte zu den Bergen hinüber, deren Silhouette sich im fahlen Licht der Dämmerung tiefschwarz abzeichnete.

»Es ist aber eine völlig normale Gefühlsregung«, entgegnete Frank. »Vor allem bei Mädchen und ihren Vätern. Wir haben sogar feststehende Begriffe dafür: kleine Prinzessin, Daddys Mädchen …«

Er sah Clem an, die eilig den Blick abwandte. Eine tiefe Verlegenheit überkam sie, als ihr wieder einfiel, dass auch sie einst Daddys *kleines Mädchen* gewesen war. Und damit nicht genug: Sie musste zugeben, dass sie sich immer einen gut aussehenden, älteren Bruder gewünscht hatte. Natürlich nicht, um mit ihm Sex zu haben, aber ihre Freundinnen sollten davon träumen, mit ihm zu schlafen, was nicht ganz so abseitig war.

»Hier an Bord kannst du alles sagen, was du denkst, Clem. Wir werden dich deswegen nicht verurteilen«, meinte Frank, der wieder einmal genau zu wissen schien, was in ihr vorging.

Als ihr Blick Johnny streifte, war sie sich nicht mehr ganz so sicher. »Im Prinzip wurdest du doch auch missbraucht, Johnny«, sagte sie, als Versuch, die Schuldgefühle von sich zu schieben.

Johnny lachte und blickte zu den Segeln hinauf. »Das war doch kein Missbrauch. Sondern Spaß!«

»Ah!« Die Spitze von Franks Zigarette glühte orangefarben, als er heftig daran zog. »Die große Frage: Spaß oder Missbrauch? Hier wird es plötzlich schwammig.«

In diesem Moment erhob sich eine riesige Welle vor ihnen und schlug mit voller Wucht auf den Planken auf, doch diesmal johlte niemand vor Freude.

Clem entdeckte den makellosen weißen Umschlag mit der krakeligen Handschrift auf der Fußmatte, als sie von der Schule nach Hause kam. Er war an Miss Clemency Bailey adressiert. Ihr Herzschlag begann zu rasen. Abgesehen von Post zum Geburtstag hatte sie noch nie einen Brief bekommen. Sie hob ihn auf und nahm ihn in Augenschein. Der Absender hatte ihren Namen falsch geschrieben und anschließend korrigiert – das »ie« war durchgestrichen und mit einem »y« überschrieben worden. Offenbar stammte er von jemandem, der sie nicht kannte, was das Ganze noch spannender machte. Sie roch an dem Umschlag. Sein Duft verhieß wichtige Ereignisse.

Sie trug ihn in die Küche, setzte sich hin und starrte ihn an – sie kostete die herrliche Spannung aus, so lange sie nur konnte. Einen Moment lang überlegte sie, zu warten, bis ihre Mutter von der Arbeit nach Hause kam, aber das würde noch mindestens eine Stunde dauern. Also holte sie den Brieföffner aus

Mums Sekretär, der einst ihrem Großvater gehört hatte, und schlitzte ihn ganz vorsichtig auf. Eine dicke Karte mit Goldrand steckte darin. Vorsichtig zog sie sie heraus.

Am oberen Rand stand ihr Name in derselben schlampigen Handschrift, nur dass ihr Name diesmal falsch geschrieben und nicht korrigiert worden war. »James und Elizabeth laden dich zur Taufe von Peter Arthur Steven Todd-Bailey am Samstag, den 27. Juli in der St. Michael's Church ein. Danach findet ein Empfang in unserem Zuhause statt.«

Im ersten Moment war sie überzeugt, dass es sich um einen Irrtum handeln musste. Sie kannte weder einen James noch eine Elizabeth noch einen Peter Arthur. Aber dann fiel der Groschen. Doch obwohl sie sich darüber freuen sollte, dass Peter bald den Segen Gottes bekommen sollte, konnte sie sich nicht dazu durchringen. Alles, was auf der Karte stand, machte sie bloß unglücklich. James hätte Jim sein sollen, an Elizabeths Stelle ihre Mutter Jackie stehen müssen, und Peter hätte überhaupt nicht darauf vorkommen dürfen. Am schlimmsten aber war das Wort »Zuhause« – Dad hatte ein neues Zuhause, einen Ort, den sie noch nie gesehen hatte, ganz weit weg. Sie befand sich irgendwo am äußeren, kühlen Rand seines Lebens, wohingegen sie früher stets in seinem Mittelpunkt gestanden, dort, wo es warm und behaglich gewesen war.

Sie wusste nicht recht, ob sie ihrer Mum die Einladung überhaupt zeigen sollte. Jackie sollte nicht sehen, dass ihr Vater die Schreibweise ihres Namens vergessen hatte. Sie bezweifelte, dass sie die doppelte Enttäuschung ertragen würde, deshalb versteckte sie die Karte den restlichen Tag unter ihrem Kopfkissen und zog sie erst abends wieder hervor. Mittlerweile kannte sie den Text längst auswendig, die Adresse, den Namen ihres Halbbruders, alles. Am dritten Tag ließ sie sie mit Absicht herumliegen, damit ihre Mutter sie fand. Das heftige Klappern beim Abwasch verriet Clemmie auf Anhieb, dass sie die Karte entdeckt hatte. Am Ende ging sogar eine Tasse zu Bruch. »Zwei Jahre, damit er ist doch schon viel zu groß für eine Taufe«, platzte sie heraus.

Clemmie hatte mittlerweile nachgerechnet und wusste, dass Liz bereits schwanger gewesen war, als ihr Vater sie verlassen hatte. Er hatte sie wegen eines Babys im Stich gelassen, das er noch nicht einmal kannte.

Aus Loyalität ihrer Mutter gegenüber tat Clemmie so, als wollte sie gar nicht zur Taufe gehen, obwohl sie es in Wahrheit kaum erwarten konnte. Sie wollte sehen, wie ihr Vater lebte. Sie wollte Peter sehen, den sie nur einmal im Krankenhaus zu Gesicht bekommen hatte, gleich nach der Geburt, mit einer Windel voll schwarzem Kot. Außerdem wollte sie, dass Liz sie kennenlernte, auch wenn sie das ihrer Mutter niemals verraten würde. Sie wünschte sich, dass sie sie mochte und in ihr Leben integrierte. Insgeheim hatte sie sich sogar schon ausgemalt, wie sie eines Tages zu ihnen zog und sie wie eine glückliche Familie zusammenlebten; wie Clemmie eine große Hilfe war und alle sie mochten. Außerdem gab es noch einen ganz anderen Punkt, der ihr Sorgen bereitete: Sie vergaß allmählich, wie ihr Vater ausgesehen hatte. Da er mit seinem neuen Job und seiner neuen Familie so beschäftigt war, hatte sie ihn seit anderthalb Jahren nicht mehr gesehen. Er schickte ihr zwar zum Geburtstag und zu Weihnachten Karten, und sie telefonierten von Zeit zu Zeit, aber Besuche waren ziemlich schwierig, solange ihre Mutter sich weigerte, mit ihm zu reden. Sie konnte sich an seine Augen und seinen Mund erinnern, an alles andere jedoch nur noch verschwommen – wahrscheinlich weil sein Gesicht auf dem einzigen Foto, das sie von ihm hatte, zur Hälfte hinter seiner Hand verborgen war.

Abgesehen davon gab es noch einen anderen wichtigen Grund, weshalb sie an der Taufe teilnehmen wollte: Mrs Love, Sarahs Mum, hatte gemeint, sie würde Clemmie gern abholen, wenn sie nach Cornwall fuhren. »Wenn es Ihnen recht ist, kann Clemmie mit uns kommen, und Sie hätten ein wenig Zeit für sich«, hatte Sarahs Mutter gesagt. Clemmie, die den Hörer im oberen Stock abgehoben hatte, um zu lauschen, hatte einen Freudenschrei ausgestoßen und sich eilig die Hand auf den Mund geschlagen, damit ihre Mutter es nicht hörte. Es war ihr größter Wunsch, mit Sarahs Familie nach Cornwall zu fahren. Sie liebte die Loves heiß und innig – sie waren so desorganisiert, so glücklich. Sie konnten den ganzen Tag mit der Entscheidung verplempern, was sie im Lebensmittelgeschäft kaufen sollten, eng umschlugen auf dem Sofa herumlungern, Witze reißen und Tee trinken. Keiner käme jemals auf die Idee, so etwas als Zeitverschwendung zu bezeichnen. Sarahs Dad werkelte ununterbrochen mit ihren Brüdern an irgendeinem Boot herum, und die beiden Jungs durften alles machen, was sie wollten. Einmal, als Johnny gerade einmal sieben gewesen war, waren sie sogar ganz allein mit einem Boot von Newquai nach Padstow gesegelt. Und Sarahs Mutter war die coolste Mum der ganzen Schule. Sie trug oft schwarze Kleidung mit klimperndem Schmuck dazu und kochte Gerichte mit viel Knoblauch. Sie sagte ständig Dinge wie: »Je mehr umso lustiger«, »Bleib doch über Nacht!« und »Ein Mäulchen mehr bekommen wir auch noch gestopft«. Clemmies Mum hingegen trug bunte Kleider mit Blumenmuster, rechnete alles durch und gelangte stets zu dem Schluss, dass das Geld hinten und vorne nicht reichte.

Clemmie fuhr ganz allein mit dem Zug nach Bridgwater. Während der ganzen Fahrt schlenderte sie durch die Abteile, in der Hoffnung, dass die anderen Kinder mitbekamen, wie unabhängig sie war. Sie kam sich sehr erwachsen vor. Außerdem hatte sie zum ersten Mal eine eigene Handtasche dabei, ein Geschenk ihrer Oma mit einer Pfundnote darin. »Für Notfälle«, hatte sie gesagt. Es fühlte sich toll an, sich im Speisewagen in der Schlange anzustellen. Allein in der ersten Stunde der Fahrt war sie viermal dort gewesen und hatte das ganze Pfund für Chips ausgegeben. Danach versuchte sie, sich möglichst viele

Gratis-Besteckpäckchen und Salz- und Pfeffertütchen als Souvenirs unter den Nagel zu reißen. Sie war zum Schluss gelangt, dass eine Zugfahrt eine ganz wunderbare Art des Reisens war. Eines Tages würde sie die ganze Welt per Zug und Flugzeug bereisen. Diese Tütchen mit den Feuchttüchern, die man im Flugzeug bekam, hatten es ihr ganz besonders angetan.

Sie entdeckte ihn als Erstes. Er stand auf dem Bahnsteig in Bridgwater und ließ suchend den Blick über die Waggons schweifen, als der Zug einfuhr. Bei seinem Anblick machte ihr Herz einen Satz. Wie besorgt er nach ihr Ausschau hielt! Als der Zug langsamer wurde, sah sie Liz und Peter an seiner Seite und spürte einen leisen Stich. Sie hatte gehofft, bei ihrer ersten Begegnung nach all der Zeit allein mit ihrem Vater zu sein.

Sie stieg aus und sah die Erleichterung auf seinen Zügen, als er sie bemerkte. Er breitete die Arme aus. Augenblicklich vergaß sie Liz und Peter und rannte los, den Bahnsteig entlang und geradewegs in seine Arme. Er hob sie hoch und drückte sie an sich. Clemmie war so glücklich, dass sie Angst hatte, gleich zu platzen. Dann stellte er sie wieder auf den Boden und sagte Dinge wie: »Du bist ja so groß geworden, richtig erwachsen«, was sich zwar irgendwie nett anfühlte, sie zugleich allerdings beide daran erinnerte, wie lange sie einander nicht gesehen hatten. Liz stand mit Peter auf dem Arm hinter ihnen. Sie bückte sich, um Clemmie einen Kuss zu geben, und versuchte, Peter dazu zu bewegen, sie zu begrüßen, was völlig unnötig war und sich noch dazu als unmöglich erwies.

Sie hatte gehofft, ihr Vater würde sie auf dem Weg zum Wagen an der Hand nehmen, doch stattdessen hielt er Peters in der einen und ihre Reisetasche in der anderen. Also trottete sie hinter den Todd-Baileys her. Ihr Vater sah anders aus als früher; nichts erinnerte mehr an Starsky. Stattdessen trug er typische Landkleidung – eine dieser stocksteifen Jacken, die von allein stehen konnten, und schlammverkrustete Gummistiefel. Liz sprach ihn ständig mit James an, und er machte keinerlei Anstalten, sie zu korrigieren, als lege er keinen Wert darauf, länger Jim zu sein.

Ihr war auf Anhieb klar, weshalb er Liz so gernhatte – sie trug knöchelhohe Boots, hatte glattes Haar und bastelte mit Vergnügen. Sie hatte das Haus für die Taufe mit kleinen weißen Engeln und Luftschlangen dekoriert. Es war ihr egal, wenn die Gäste etwas auf dem Teppich verschütteten oder eine Schweinerei auf dem Küchentisch machten. Peter lief den ganzen Tag mit schokoladenverschmiertem Gesicht herum, was sie nicht im Mindesten störte. Sie war sehr nett und stellte Clemmie allerlei Fragen, ohne je die Zeit zu haben, die Antwort abzuwarten, weil sie dringend Peter aufs Töpfchen bringen, ihm etwas zu essen geben, ihn aufheben, weil er umgefallen war, oder ihm etwas in den Mund schieben musste, damit er nicht mehr weinte. Wenn sie zurückkam, hatte sie meistens ihre Frage längst vergessen. Clemmie kam sich blöd vor, wieder von vorn anzufangen, deshalb achtete sie darauf, ihre Erwiderungen möglichst knapp zu halten.

Später, als Liz Peter zu Bett brachte und Clemmie ihrem Vater in der Küche beim Kochen zusehen durfte, war es netter. James war ein viel besserer Koch als Jim – Jim hatte sie kein einziges Mal kochen sehen. Trotzdem rief Liz ständig irgendetwas herunter, woraufhin er zurückrief und ein Fläschchen, einen Schnuller oder ein Spielzeug hinaufbrachte. »Wo waren wir gerade?«, fragte er, wenn er zurückkehrte, und Clemmie war ein klein wenig gekränkt, weil er es bereits wieder vergessen hatte. Nach dem Abendessen, als Peter schlief, saßen sie im Wohnzimmer, plauderten und sahen fern.

Ihr Dad und Liz hatten auf dem Sofa Platz genommen, tranken Rotwein, während Clemmie im Sessel saß. Sie wünschte, sie hätte sich ebenfalls aufs Sofa gesetzt, neben ihren Vater, dann könnte er jetzt ihre Hand halten oder sie sich an ihn kuscheln. Vermutlich war sie zu groß, um noch auf seinem Schoß zu sitzen, obwohl sie das kleinste Mädchen in ihrer Klasse war. Sie sehnte sich nach einem Moment der Intimität mit ihm, nur einen einzigen. Von ihrem Platz aus konnte sie so tun, als würde sie fernsehen, obwohl sie in Wahrheit ihn beobachtete. Er streichelte und berührte Liz ununterbrochen und sah sie schmachtend an. Clemmie kannte diesen Blick – so hatte er sie früher manchmal angesehen – und fühlte sich ausgeschlossen und verunsichert, als sie erkannte, wie nun jemand anderes in den Genuss seiner Zuneigung kam. Liz war jetzt der Mittelpunkt seines Lebens. Obwohl Clemmie ihrer Mutter erzählen würde, dass Liz nicht einmal annähernd so hübsch war wie sie, war ihr doch bewusst, dass es Jim um mehr ging als nur um ein hübsches Gesicht. Plötzlich empfand sie Mitleid mit ihrer Mutter, die keinerlei Bedeutung mehr zu haben schien. Wann immer sie ihre Mum erwähnte, murmelte ihr Dad irgendetwas, und er und Liz tauschten einen Blick oder lächelten einander zu. Es schien das Beste zu sein, Jackie gar nicht mehr zu erwähnen, mit dem Ergebnis, dass sie anfing, eine Geschichte zu erzählen, sich jedoch mittendrin unterbrach, weil sie merkte, dass ihre Mutter darin vorkam.

Liz gähnte ununterbrochen. Clemmie hoffte, dass sie bald zu Bett gehen würde, sodass sie sich zu James aufs Sofa setzen konnte. Er würde ihre Hand halten, ihre Schulter massieren und ihr mit diesem ganz bestimmten Ausdruck in die Augen sehen. Doch stattdessen schloss Liz die Augen und kuschelte sich an James, so wie Clemmie es am liebsten getan hätte, und er legte den Arm und sie und streichelte sie; sogar auch, als Clemmie ihm vom spannenden Finale beim Turnwettbewerb erzählte – er sah Clemmie an, doch er liebkoste Liz.

Zum ersten Mal erfuhr sie, was Eifersucht wirklich bedeutete.

»Na, wie war die Taufe?«, fragte Sarahs Mum am nächsten Tag, als sie ihren Familienkombi durch die engen, gewundenen Dorfstraßen lenkte. Clemmie sah Mrs Loves lächelndes Gesicht im Rückspiegel, ihre beringten Finger auf dem Lenkrad, das helle Rosa ihres Nagellacks. Sie saß in der Mitte des Rücksitzes, eingezwängt zwischen Sarah und Johnny. Keiner der beiden hatte dort sitzen wollen, aber für Clemmie war es der perfekte Platz – in der Mitte, zwischen sämtlichen Stühlen. Die Loves waren zu spät gekommen. Clemmie hatte stundenlang am Küchentisch auf sie gewartet und Angst gehabt, sie könnten sie vergessen haben.

»Schön«, antwortete sie und sah aus dem Fenster. »Peter mochte es überhaupt nicht, als der Pfarrer ihn in das Wasser eingetaucht hat.«

Nach der Kirche hatte es in Strömen gegossen. Am Straßenrand wahren wahre Fontänen hochgespritzt, als der Wagen durch die Pfützen gefahren war, aber mittlerweile hatte sich das Wetter beruhigt, und die Sonne war sogar herausgekommen. Sarah lehnte sich aus dem Fenster und versuchte, mit den Händen die Hecken zu berühren. Rob, der älteste der drei, saß auf dem Beifahrersitz. Clemmie erkannte ihn kaum wieder – er hatte sich die Haare blond gefärbt, und seine Stimme hörte sich ganz anders als sonst.

»Ach, der. Seine Eier sind bloß in den Keller gerutscht«, sagte Sara, und keiner schien sich an der Bemerkung zu stoßen.

»Wenigstens hab ich welche«, konterte Rob. »Wohingegen du immer ein Mädchen bleiben wirst.« So wie er es sagte, klang es wie eine echte Beleidigung – ein Gedanke, der Clemmie bislang nie in den Sinn gekommen war.

»Was gibt es an Mädchen auszusetzen, Schwuli?«, schoss Sarah zurück.

Clemmie war immer wieder beeindruckt von ihrer Schlagfertigkeit; andererseits hatte sie massenhaft Gelegenheit zum Üben. Selbst Johnny, der aus dem Fenster gesehen hatte, musste lachen. Vielleicht würden Peter und sie sich ja eines Tages auch so ausgelassen kabbeln. Aber, ehrlich gesagt, konnte sie es sich nur schwer vorstellen.

»Und wie ist die neue Frau deines Vaters?«, erkundigte sich Sarah.

»Nett.«

»Wirklich?«, fragte Sarahs Mum, als bestünde die Möglichkeit, dass sie log. Erst jetzt bemerkte Clemmie ihr verschmitztes Lächeln im Rückspiegel. »Du darfst gern sagen, dass sie grässlich war. Wir werden es keinem verraten.«

Clemmie lachte. »Nein, sie ist wirklich nett.«

»Du bist so süß, Hasenschnäuzchen.« Sarahs Mum nannte sie immer so. Es war eine Ehre, einen Kosenamen zu bekommen. Als gehörte sie zur Familie.

»Jonts, ich habe ganz vergessen, dir zu sagen, dass Sally angerufen hat«, sagte Sarahs Mum. »Sie wollte wissen, ob du an dem Freitag, wenn wir zurückkommen, bei ihr babysitten kannst. Ich habe ihr versprochen, dich zu fragen.«

»Klar kann er. Jede Wette«, warf Rob ein, drehte sich um und warf Johnny einen vielsagenden Blick zu, den dieser hinter dem Sitz seiner Mutter mit dem Siegeszeichen quittierte.

Mit ihrer lässigen Teenager-Überlegenheit jagten die beiden Clemmie stets ein bisschen Angst ein.

»Ich werde es machen«, erklärte Sarah. »Ich brauche dringend das Geld.« Sie war so erwachsen, ohne dabei zickig oder überheblich zu sein.

»Ich gebe dir fünf Pence«, sagte Johnny, öffnete eine Dose Reisedrops und schüttelte den Puderzucker ab.

»Klar«, sagte Sarah.

»Aber zuerst zeigst du uns deine Titten.«

»Nein.«

»Sechs Pence.«

»Nein.«

»Sieben.«

»Nein.«

Clemmie sah abwechselnd vom einen zum anderen, als würde sie an der Mittellinie eines Tennisplatzes sitzen.

»Acht.«

»Johnny, hör auf!«, schaltete sich Sarahs Mum ein und sah ihren Sohn im Rückspiegel an. Doch sie schien nicht ärgerlich auf ihn zu sein.

»Neun.«

»Nein.«

»Zehn. Mein letztes Angebot.«

»Oh, na dann.« Sarah zog ihr Top hoch, unter dem eine flache Mädchenbrust zum Vorschein kam.

Johnny musterte seine kleine Schwester ohne jedes Interesse. »Prostituierte«, sagte er und bot Clemmie einen Drops an.

Alle brachen in schallendes Gelächter aus, selbst Sarah. Clemmie suchte sich einen Drops aus und genoss das vertraute Glücksgefühl, das sie durchströmte.

»Was ist eine Prostituierte?«, fragte sie, woraufhin die anderen einen Moment lang innehielten und dann in noch lauteres Gelächter ausbrachen. Clemmie hatte keine Ahnung, was so lustig war.

Johnny beruhigte sich als Erster. In seinen grünen Augen lag ein belustigtes Funkeln, als er sie anlächelte.

»Klappe«, sagte er zu seinen Geschwistern, ohne den Blick von ihr zu lösen. »Es ist nicht wichtig, Clemmie. Ich hab nur Blödsinn geredet.«

Und dann wandte er sich ab und sah wieder aus dem Fenster.

Weit und breit waren keine Lichter zu sehen, keine Dörfer. Nichts. Die Sonne ging auf und wieder unter und zeigte nichts als verwaistes Land. Sie verbrachten den Tag an Bord, dösend, während Annie noch immer wie in Trance, gefangen in ihrer eigenen Welt, im Vorschiff lag. Von Zeit zu Zeit ging Johnny hinunter, um nach ihr zu sehen, doch sie reagierte nicht, sondern lag reglos da und starrte blicklos durch die Luke zum Himmel hinauf. Er versuchte, zu ihr durchzudringen, saß auf der Bettkante und erzählte vom Wind, davon, dass er und Clem bald aufbrechen würden und sie gut auf sich und Smudge aufpassen solle, dass er ihr keine Vorwürfe mache und wie sehr er ihre Lage bedauere, doch sie lag da, schlaff und widerstandslos, den Schwankungen des Boots ergeben. Es war, als hätte ihre Seele längst ihren Körper verlassen, sodass nichts als eine leere Hülle zurückblieb. Er war noch nicht einmal sicher, ob sie ihn überhaupt erkannte. Manchmal saß er einfach nur da und schwieg, genauso wie damals bei seiner Mutter im letzten Stadium ihrer Erkrankung. Am liebsten war er in ihr Zimmer gegangen, wenn niemand dort war, und hatte sich auf das breite Bett gelegt; jenes Bett, in dem er geboren worden war und in dem sie sterben würde. Er hatte dem Ticken der Uhr gelauscht und zugesehen, wie das Obst in der Schale auf ihrem Nachttisch langsam seine Frische verloren hatte, ein täglich fortschreitender Prozess des Zerfalls, begleitet von einem unterschwelligen Geruch nach Verwesung. Irgendwann war ihm der Gedanke in den Sinn gekommen, dass beides, seine Mutter und die verfaulenden Früchte, untrennbar miteinander verbunden waren. Inzwischen fragte er sich, wieso eigentlich niemand die Früchte weggeworfen hatte. Sie hätte es getan, so viel stand fest – all diese unsichtbaren Kleinigkeiten, die nach ihrem Tod unerledigt blieben. In diesem Bett war sie gestorben. Zwei geschlagene Tage hatte die Katze schnurrend neben ihr gesessen, als wollte sie ihren kalten, toten Körper wärmen, während ihr Vater sich geweigert hatte, die Bestatter zu ihr ins Zimmer zu lassen. Seine Mutter musste etwa in Annies Alter gewesen sein. Doch es gab einen Unterschied zwischen ihnen: Annie *wollte* sterben. Und ihre Augen waren nicht geschlossen, sondern offen, starr auf einen unsichtbaren Punkt gerichtet. Irgendwann einmal sah er zu seiner Überraschung eine Träne aus ihrem Augenwinkel sickern. Er wischte sie ab. »Alles wird gut, Annie«, sagte er zu ihr, obwohl er keine Ahnung hatte, ob es stimmte. Es war eben etwas, was man sagte, weil die Vorstellung, dass es nicht so sein könnte, zu unerträglich war. In anderen Momenten nahm er ihre Hand und drückte sie, doch sie zeigte kein einziges Mal eine Reaktion darauf. Die Medikamente, die Frank ihr gegeben hatte, waren viel zu stark.

Smudge war augenscheinlich daran gewöhnt, Annie in diesem Zustand zu sehen. Sie legte sich neben ihre schlaffe Mutter, schlang die Arme um sie und sang ihr Lieder vor oder spielte Karten auf ihrem Bauch, bis ihr langweilig oder ihre Aufmerksamkeit von etwas anderem angezogen wurde. Dann kehrte sie an Deck zurück, um zu spielen oder Johnnys Hand ganz fest umklammert zu halten; es war, als spüre sie instinktiv, dass er fortwollte, dass ein Teil von ihm längst nicht mehr bei ihnen war. Einmal drückte sie ihre Lippen auf seine Hand und flüsterte: »Ich hab dich lieb, Johnny.«

Sein Herz zog sich bei diesen Worten zusammen, doch er wandte schuldbewusst den Blick ab, weil er wusste, dass er sie zurücklassen würde, sobald sich die Gelegenheit dazu bot. Er versuchte, die nagenden Zweifel zu ignorieren. *Smudge ist ein glückliches Kind*, sagte er sich wieder und wieder. *Sie kennt nichts außer dem Leben auf diesem Boot. Smudge ist ein glückliches Kind.*

Am nächsten Tag entdeckte Johnny das Dorf. Es war Nachmittag. Sie standen an Deck und blickten auf den Thunfisch, den Frank gefangen und aus dem Wasser gewuchtet hatte. Er war noch nicht ausgewachsen, hatte einen gewölbten, silbrigen Bauch und eine herrlich schimmernde Haut. Frank drosch mit einem Holzblock auf den Schädel des zuckenden Tiers ein. Und sie sahen zu, wie es dalag, starr vor Entsetzen im Angesicht des Todes und inmitten einer wässrigen Blutlache, die sich über das Spiegelheck ausbreitete und ins Meer floss. Ganz ruhig und methodisch tötete er den Fisch, ehe er sich daran machte, ihn mit seinen Bärenpranken fachmännisch auszunehmen.

Johnny hob den Kopf und entdeckte eine Rauchsäule, die in den Bergen aufstieg. Einen Moment lang traute er seinen Augen nicht. Ein Teil von ihm hatte sich längst damit abgefunden, dass es keine Zivilisation mehr gab. Wie in Zeitlupe richtete er sich auf, griff nach dem Fernglas und hob es an die Augen.

»Jaaaaa!«, brüllte er, und alle fuhren entgeistert zu ihm herum. »Da drüben ist ein Dorf!«

Er machte einen Freudensprung, lief aufgeregt auf dem Deck hin und her, lachend und johlend. Smudge, immer auf der Suche nach einem Grund, sich zu freuen, stimmte in sein Geheul ein und begann ebenfalls, auf der Stelle zu hüpfen, während Frank das Deck überquerte und neben Johnny trat, die Hände um das Vorstag gelegt. Johnny rannte ins Cockpit, riss Clem das Steuer aus der Hand, schob die Pinne zur Seite und wendete. Er schlang die Arme um sie und wirbelte sie im Kreis.

»Leben!«, rief er ununterbrochen. »Menschliches Leben! Wir können weg, wir können weg!« Die Last, die so lange auf seinen Schultern gelegen hatte, war mit einem Mal verschwunden. Er fühlte sich wie ein freier Mann. Die Rettung, endlich war sie gekommen!

Clem lachte über seine Ausgelassenheit. So hatte sie ihn noch nie erlebt.

»Menschliches Leben!«, echote Smudge, kam ins Cockpit gelaufen, schlang die Arme um ihn und Clem und tanzte mit ihnen vor Freude im Kreis. »Wohin gehen wir, Johnny?«

Er hielt inne und sah sie an, während sein Lächeln für einen kurzen Moment bröckelte. »Clem und ich müssen weiterziehen, Smudge.«

»Aber wieso?«, fragte sie verständnislos.

»Weil es eben so ist«, antwortete er. »Wir müssen unsere Hochzeitsreise fortsetzen.«

Er sah Clem in die Augen. Im Zuge der Ereignisse hatten sie beide vergessen, dass sie in den Flitterwochen waren. Er griff wieder nach dem Fernglas und dachte an das Leben, das vor ihnen lag, ehe er nach unten lief, um auf der Karte nachzusehen, ob das Dorf eingezeichnet war. Eine Leichtigkeit ergriff von ihm Besitz, und er spürte, wie seine Zuversicht mit jeder

Sekunde wuchs. Hätte es nicht Unglück gebracht, hätte er gepfiffen. Stattdessen begann er aus voller Kehle zu singen. »*The day breaks … your mind aches … you find all her words of kindness linger on when she no longer needs you.*«

Aus reiner Gewohnheit setzte er den Wasserkessel auf. Dies wäre ihre letzte Tasse Tee an Bord. Ja, er würde gesüßten Tee für alle zubereiten. Er würde verzeihen und Großmut an den Tag legen, nun, da die Freiheit zum Greifen nahe war. Er sah sich in der Kajüte um. Zwei Minuten, dann hätten sie ihre Sachen gepackt. Es war vorbei! Sie waren frei! Das Ende war nah. Noch nie hatte er eine solche Erleichterung verspürt. Fröhlich summend fuhr er mit dem Finger die gezackte Küstenlinie auf der Karte nach. Dann hörte er es plötzlich, ganz leise. Es kam aus dem Vorschiff. Er hielt inne, so wie damals, an jenem Abend auf dem Felsen, wie magisch angezogen von den seelenvollen Klängen. Sie sang dasselbe Lied wie damals. Die anderen konnten es nicht hören. Sie waren oben an Deck, und Smudge beklagte sich lautstark über irgendetwas.

Langsam schob er die Karte beiseite und wandte sich um, damit er sie besser hören konnte. Leise durchquerte er die Kajüte und blieb neben der Tür stehen. Trotz all ihres Kummers klang ihre Stimme wie die eines Engels. Sie sang ganz langsam, fast zögerlich, so als wolle sie die Melodie in ihre Einzelteile zerlegen, und obwohl sie jede Note perfekt traf, war der Song kaum mehr zu erkennen. »*And in her eyes you see nothing … no sign of love behind the tears … cried for no one … a love that should have lasted years …*«

Er presste das Ohr an die Tür. Er musste mehr hören. In der Kombüse begann der Wasserkessel zu pfeifen, doch es schien sie nicht zu stören. »*You want her … you need her … and yet you don't believe her when she says her love is dead … you think she needs you … And in her eyes you see nothing … no sign of love behind the tears.*«

Er würde ihr süßen Tee bringen. Er kehrte in die Kombüse zurück, goss das kochende Wasser in die Aluminiumkanne und gab die Teebeutel und den Zucker dazu. Mit der Tasse in der Hand kehrte er zur Tür zurück, drehte vorsichtig den Knauf und trat ein. Sie hatte sich umgedreht und lag nun mit dem Kopf am Fußende, den Blick noch immer auf die Luke gerichtet, genauso wie beim letzten Mal. Er schloss die Tür hinter sich.

»Annie«, sagte er und glaubte sie für den Bruchteil einer Sekunde innehalten zu sehen. »Ich habe dir Tee gemacht. Wir haben ein Dorf entdeckt.«

Nun unterbrach sie ihren Gesang. Wie in Zeitlupe wandte sie blinzelnd den Kopf und sah ihn an, als hätte sie nicht die leiseste Ahnung, wer er war. Ihre Haut war kreidebleich und wächsern, ihre Augen waren fast durchsichtige Seen. »*And yet you don't believe her … when she says her love is dead …*«

»Hier«, sagte er und hielt ihr die Tasse hin, doch sie machte keine Anstalten, sie entgegenzunehmen. »Komm, ich helfe dir.« Er griff behutsam unter ihre Arme und brachte sie in eine sitzende Position, ehe er sich aufs Bett setzte und ihr den Tee einflößte. Willenlos ließ sie es geschehen.

»Clem und ich werden von Bord gehen, Annie. Du musst wieder auf die Beine kommen. Für Smudge. Unbedingt.« Er strich ihr eine Haarsträhne hinters Ohr, ein schwacher Versuch, den Anschein der Normalität zu erwecken. Die heiße Süße des Tees schien sie ein wenig aus ihrer Erstarrung zu lösen. Plötzlich begannen die Tränen zu fließen. Sie wischte sie nicht ab, sondern wandte sich ab und rollte sich mit dem Gesicht zur Schiffswand zusammen. Er hatte keine Ahnung, was er erwartet hatte, doch er kam sich wie ein Verräter vor, weil er sie einfach im Stich lassen würde. Aber es ging nicht anders. Er drückte ein letztes Mal ihre Seite, dann stand er auf und ging hinaus.

Das Dorf war winzig, vielleicht zwanzig Häuser oder so. Direkt am Ufer gab es ein Café, ein rot gestrichenes Holzhäuschen mit Kletterpflanzen, die die Balken überwucherten. Für Johnny war es der schönste Ort, den er je gesehen hatte. Eine schmale Straße wand sich hinter dem Dorf hinauf in die Berge. Bestimmt gab es hier Leute mit Autos, die sie mitnehmen konnten. Ein Grüppchen Männer hatte sich am Ufer versammelt und sah zu, wie die Little Utopia näherglitt.

Fünfzig Meter vor der Bucht warfen sie den Anker aus. Es war ein seltsames Gefühl, sich für die Abreise bereit zu machen, sich zu waschen und anzuziehen, sich das Haar zu kämmen, die Zähne zu putzen, in die Schuhe zu schlüpfen, um der Zivilisation entgegenzutreten. Sie kamen sich wie Fremde vor. Auch Smudge hatte sich in Schale geworfen. Sie trug ein Kleid unter ihrer Captain-Hook-Jacke und hatte Socken übergestreift, da sie ihre Schuhe nirgendwo finden konnte. Sie saß in der Kajüte und sah ihnen beim Packen zu. Als sie in Tränen ausbrach, kam Frank herunter und nahm sie mit nach oben an Deck.

Johnny verstaute seine wenigen Habseligkeiten in der roten Segeltuchtasche, während Clem ihre Schlafsäcke zusammenrollte und ebenfalls hineinstopfte. Sie suchte all ihre Streichholzschachteln mit dem Krimskrams ein, die sie am Strand gefunden hatte, ehe sie die Kabine durchquerte, um sich von Annie zu verabschieden. Ein Anflug von Traurigkeit lag in der Luft. Nun, da der endgültige Aufbruch unmittelbar bevorstand, versuchte Johnny, so etwas wie Zuneigung für den alten Kutter zu empfinden, mit Wehmut an das eigentümliche Abenteuer zurückzudenken, das sie an Bord erlebt hatten, doch er konnte nicht leugnen, dass er innerlich jubilierte.

Zu viert kletterten sie ins Beiboot, in dem sich trotz der Flaschenkorken immer noch das Wasser sammelte. Johnny übernahm die Ruder. Er fühlte sich stark wie ein Ochse, als könnte er stundenlang rudern. Obwohl sein Blick auf die kleiner werdende Silhouette der Little Utopie gerichtet war, konnte er an nichts anderes denken als an das Land, dem sie sich mit jedem Ruderschlag weiter näherten. Clem saß vor ihm, dunkelbraun gebrannt und mit von der Sonne gebleichtem Haar, als wäre sie ins Sonnenlicht getaucht worden. Sie hatte die rote Tasche auf dem Schoß, hielt Smudges Hand und bemühte sich, sie aufzumuntern, indem sie ihr versprach, dass sie einander alle eines Tages wiedersehen würden, vielleicht in Afrika oder sonst irgendwo. Aber die Aussicht schien Smudges Stimmung nicht zu heben. Sie wollte nicht nach Afrika, sondern hierbleiben, mit ihnen. Plötzlich war sie untröstlich bei der Aussicht auf den baldigen Abschied. Clem legte den Arm um sie und begann ebenfalls zu weinen, während Johnny mit seinem schlechten Gewissen rang, weil er es ihr nicht schonender beigebracht hatte.

Das Café befand sich im Schatten einiger Bäume ein Stück oberhalb des Ufers. Es gab fünf oder sechs Holztische, eine Bar, und an der Wand hing das obligatorische Foto von Kemal Atatürk. Der Wirt, ein kleiner, feister Kerl, empfing sie mit überschwänglicher Begeisterung. Er drückte ihnen herzhaft die Hände, gestikulierte wild und kniff Smudge liebevoll in die Wangen. Der Geruch nach in Fett gebratenem Knoblauch und Fisch hing in der Luft. Er führte sie die in den Fels gehauenen Stufen hinauf und in den Gastraum. Frank machte ihm begreiflich, dass er nicht bleiben würde, sondern nur ein wenig Proviant brauchte. Unaufgefordert holte der Barmann eine Flasche Raki und ein paar hohe, schlanke Gläser hervor und bedeutete Johnny, sich mit Clem und Smudge an einen der Tische zu setzen.

Johnny blickte sich um. Aus sämtlichen Ecken tauchten Männer auf und scharten sich um die restlichen Tische, als wäre ihr Erscheinen eine kleine Sensation und ein perfekter Vorwand zum Feiern. Zwei kleine Jungs bauten sich vor Smudge auf und starrten sie ungeniert an. Johnny hatte sie noch nie im Kontakt mit anderen Kindern erlebt. Zu seinem Erstaunen wirkte sie fast schüchtern und hielt Gilla fest an ihre Brust gepresst, als fürchte sie, sie könnten ihn ihr entreißen. Das Geklapper von Töpfen und Pfannen drang aus der Küche, begleitet von köstlichen Düften. Die Eindrücke waren schier überwältigend. Seine

Sinne würden einige Zeit brauchen, um sich wieder an die Unmittelbarkeit des Lebens an Land zu gewöhnen.

Er trat zu einem pickligen Jungen in einem T-Shirt, auf dessen Vorderseite »Banana Cool« aufgedruckt war. Der Boden schien leicht zu schwanken, als sei sein Körper noch nicht im Einklang mit der Tatsache, dass er wieder festen Boden unter den Füßen hatte. Höchstwahrscheinlich war der Junge in seinem Alter, wirkte jedoch wesentlich jünger. Johnny gestikulierte und deutete um sich, gab Motorengeräusche von sich und wiederholte mehrmals das Wort Datça, um ihm begreiflich zu machen, dass sie eine Möglichkeit suchten, von hier wegzukommen. Der Junge deutete mehrmals auf die Little Utopia und sagte immer wieder dasselbe, bis Johnny begriff: Das Boot war eindeutig die schnellste Transportmöglichkeit. Johnny lachte und schüttelte den Kopf. *Vergiss es, Banana Cool.* Der Junge zuckte die Achseln und gab ihm zu verstehen, sein Bruder könnte sie am Nachmittag mitnehmen, wenn er unbedingt wollte, schlug jedoch die angebotenen Lira aus. Johnny packte seine Hand und schüttelte sie, um die Vereinbarung zu besiegeln. Das war's! Sie würden von hier wegkommen!

Vergnügt kehrte er zum Tisch zurück, wo Frank inzwischen mit einem der Türken vom Nebentisch in eine Unterhaltung vertieft war. Der Barmann hatte den Raki auf den Tisch gestellt und schenkte drei großzügige Gläser ein. Clem sah ihm zu, Smudge dicht neben sich, die argwöhnisch Ausschau nach den beiden kleinen Jungen hielt.

»Komm schon, Johnny«, sagte Frank. »Ein Absacker zum Abschied.«

Smudge stand auf und machte sich auf die Suche nach den Jungen.

Eigentlich hatte er nicht vorgehabt, ihren Abschied groß zu feiern, aber im Grunde hatte Frank recht – ein letztes gemeinsames Glas, ein anständiges Lebewohl. Nun, da sie nur wenige Stunden vom endgültigen Aufbruch trennten, war sein Herz großmütig und weit. Wie passend, dass ihr Abenteuer mit Raki enden würde – damit schloss sich der Kreis ihrer Reise auf der Little Utopia. So viel Zeit schien seit jener Gewitternacht vergangen zu sein. Er setzte sich hin, nahm ein Glas und stieß mit Frank an.

»Auf Gewitterstürme«, sagte er.

»Auf Gewitterstürme«, echoten Frank und Clem.

Der Raki brannte angenehm in der Kehle.

»Sie sagen, die Straße sei eng und gefährlich«, erklärte Frank. »Auf dem Seeweg seien es dagegen nur rund hundert Meilen um die Landzunge herum …«

Johnny wusste es ebenfalls, doch es war ihm egal. Lächelnd prostete er Banana Cool zu, der drüben an der Bar stand. »Ach, wir haben schon alles festgemacht.« Er streckte die Beine aus und ließ sich von den Geräuschen rings um ihn herum einlullen: dem Klappern von Tellern auf den Holztischen, den türkischen Wortfetzen. Wie im Himmel. Bald würden sie sich in ihr neues Abenteuer stürzen. Er kippte noch ein Glas hinunter.

Sein Blick fiel auf Smudge in ihrem Kleidchen und ihren Socken, die inzwischen mit den Jungs am Holzgeländer spielte. Milde gemacht vom Raki, wurde ihm bewusst, wie lieb er sie gewonnen hatte. Seine Schlüsse waren schlicht und einfach falsch gewesen. Sie war ein glückliches Kind. Und sie würde ihm fehlen, trotzdem war es ein überschaubarer Preis dafür, dass sie ihr altes Leben zurückbekämen. Er sah zu Clem hinüber, deren Blick ebenfalls voller Wehmut auf der Little Utopia ruhte.

Als er den Gastraum durchquerte, um zur Toilette zu gehen, schien die Bar ein wenig heftiger zu schwanken, und diesmal konnte er es nicht ausschließlich darauf schieben, dass er lange Zeit nicht mehr an Land gewesen war. Er war ziemlich betrunken. Genauso wie Frank. Als er zurückkam, schilderte Frank gerade in leuchtenden Farben, welche Orte er bald ansteuern würde – Syrien, den Libanon, dann weiter in Richtung Afrika, nach Ägypten, weil er Smudge unbedingt das Reich von Alexander dem Großen, dem bedeutendsten General aller Zeiten, zeigen wollte. Einer murmelte etwas von Atatürk, woraufhin einige Männer lachten. Frank sprach von Libyen und Marokko, davon, wie sie eines Tages nach Tanger und von dort aus weiter nach Spanien fahren würden. Und Johnny wurde das Gefühl nicht los, dass er es für sie tat, um sie zurück an Bord zu locken. Er lachte. Nicht für alles Geld auf der Welt.

Als sich der Raki dem Ende neigte, trat Banana Cool mit einer noch pickligeren Ausgabe von sich an ihren Tisch. Johnny sprang auf und schüttelte dem Jungen kräftig die Hand. Endlich ging es auf nach Datça. Der Moment war gekommen.

»Zeit zu gehen«, sagte Johnny und kramte in seinen Taschen nach Geld, um den Raki zu bezahlen. »Komm schon, Clem.«

Sie saß am Tisch, den Blick auf die rote Segeltuchtasche auf ihrem Schoß geheftet. »Aber Johnny«, erwiderte sie. »Wenn es mit dem Boot schneller und einfacher geht, sollten wir vielleicht lieber mit Frank fahren.«

Entgeistert starrte Johnny sie an. »Was hast du gerade gesagt?«

»Ich habe gesagt, wir sollten mit Frank fahren.« Sie schien nervös und angespannt zu sein.

Smudge, die inzwischen zurück war, zupfte Clem am Ärmel. »Ja, ja, bitte bleibt, bitte!«

Johnny war fassungslos. Wie konnte sie ihn derart verraten, obwohl sie doch genau wusste, wie wichtig es ihm war, dass sie endlich von Bord kamen. Das musste ein Scherz sein. »Wir fahren mit dem Auto. Und zwar jetzt gleich. Es ist alles schon vereinbart.« Er streckte die Hand nach der Tasche aus. Er hatte stets bestimmt, was sie als Nächstes taten, wohin sie fuhren. Und sie war ihm stets gefolgt. So einfach.

»Ich will aber nicht«, entgegnete sie.

»Aber wir werden trotzdem mit dem Auto fahren.«

Sie schüttelte den Kopf. »Ich werde die Little Utopia nicht verlassen.«

Einen Moment lang wusste er nicht, was er sagen sollte. Er stand wie angewurzelt da. »Wir gehen«, sagte er mit fester Stimme.

»Hey«, schaltete sich Frank ein und stand auf, »wenn sie sagt, dass sie nicht will.«

»Das geht dich einen verdammten Scheißdreck an, Frank«, schnauzte Johnny ihn an, ohne ihn auch nur eines Blickes zu würdigen. »Los, Clem, gib mir die Tasche!«

Doch sie rührte sich nicht vom Fleck, sondern starrte ihn nur an. Ihre dunklen Augen funkelten. »Du kannst ja mit dem Auto fahren, wenn du willst. Wir treffen uns dann in Datça.«

Er wich zurück, als hätte sie ihm ins Gesicht geschlagen. »Nein«, hörte er sich sagen, doch das Wort kam nur als leiser, gequälter Laut über seine Lippen. Er schüttelte den Kopf. »Glaubst du etwa, ich würde dich einfach hierlassen?«, flüsterte er bestürzt. »Mit ihm?«

Plötzlich wurde ihm bewusst, dass ihn alle anstarrten. Banana Cool und sein Bruder standen immer noch neben ihm. Er wartete. So lange, bis sein Stolz es ihm nicht länger erlaubte. Dann wandte er sich um, stürmte aus dem Café und rannte die Treppe hinunter. Er kämpfte sich durch den tiefen Sand, überwältigt von der Demütigung, verfolgt von ihren Blicken, die sich förmlich in seinen Rücken brannten. Sein Blick fiel auf die Little Utopia, die verführerisch auf den Wellen tanzte. Er fluchte, zeterte und wütete. Am anderen Ende des Strands blieb er stehen und fand einen großen Stein hinter einem Felsvorsprung. Tränen der Wut brannten in seinen Augen. Noch immer konnte er nicht fassen, wie sie so etwas sagen oder auch nur denken konnte – dass er mit dem Auto fuhr und sie ihm mit dem Boot folgte. Sie waren unzertrennlich. So war es immer schon gewesen und würde es auch weiterhin sein. Doch seine Wut und Kränkung schlugen in abgrundtiefe Verachtung um, die ihn von innen zu zerfressen drohte. Er hasste Frank. Er verabscheute ihn.

Als er wieder atmen konnte, versuchte er sich eine Zigarette zu drehen, doch seine Hände zitterten so heftig, dass es ihm nur mit Mühe gelang. Schließlich sog er den bitteren Rauch tief in seine Lungen. Mit hängendem Kopf starrte er in den Sand, als läge die Lösung für all seine Probleme dort begraben, als ein Schatten auf den Sand fiel. Er sah auf.

Clem stand schwer atmend mit ihren Schuhen in der Hand vor ihm. Offenbar war sie den ganzen Weg gerannt. Johnny wandte den Blick ab. Es tat gut, zu sehen, dass sie sich offenbar Sorgen gemacht hatte. Schließlich war sie diejenige, die etwas falsch gemacht hatte. Selbst jetzt, da er sie hasste, liebte er sie noch. Er war ihr ausgeliefert, auf Gedeih und Verderb.

»Es tut mir leid, Johnny.« Sie setzte sich neben ihn auf den Felsen und holte Luft.

»Was passiert mit uns, Clem?«, fragte er.

»Ich weiß es nicht.« Sie schüttelte den Kopf.

»Geht es um ihn?«

»Nein, nicht nur«, antwortete sie, ohne den Blick von den Sonnenstrahlen zu lösen, die auf der Wasseroberfläche tanzten. »Es geht auch um Smudge. Und um Annie.«

Doch Smudge und Annie kümmerten ihn nicht. »Bist du in ihn verliebt?«, wollte er wissen.

Ihr Schweigen sprach Bände. Er spürte, wie sich sein Magen zusammenkrampfte.

»Ach, Johnny, darum geht es doch gar nicht«, sagte sie verärgert, weil er ständig versuchte, alles in Schubladen zu packen, obwohl sie auf dieser Reise zumindest eines gelernt haben sollten: Dinge nicht in Schubladen zu stecken.

»Worum dann?«

Kopfschüttelnd suchte sie nach den richtigen Worten. Es ging darum, andere nicht im Stich zu lassen, sich nicht ausgerechnet dann von ihnen abzuwenden, wenn sie einen am dringendsten brauchten – wenn eine Mutter mehr tot als lebendig unter Deck lag, war es einfach nicht richtig, von einem Moment auf den anderen die Kurve zu kratzen und ihre Tochter zurückzulassen. Ohne jede Vorwarnung. Es war unfair. So durfte man mit anderen nicht umspringen. Sie mussten Smudge behutsam darauf vorbereiten. Natürlich ging es auch um Frank, keine Frage. Vielleicht liebte sie ihn auch, aber nicht auf diese Weise, wie Johnny es sich vorstellte, nicht auf diese banale, schmutzige Art, die Exklusivität verlangte. Abgesehen von ihren Gefühlen für ihn schuldete sie ihm eine gewisse Loyalität, weil er so freundlich zu ihr gewesen war. Doch sie konnte Johnny nichts von alldem sagen, weil sie nicht wusste, wie sie es erklären sollte. Er würde es nicht verstehen. In letzter Zeit ertappte sie sich immer häufiger dabei, dass sie ihm mit größter Vorsicht begegnete, wie auf Zehenspitzen um ihn herumschlich. Sie hatte das Gefühl, ihre Gedanken für sich behalten, sich selbst zensieren zu müssen, ebenso wie alles, was sie sagte. Manchmal, so wie jetzt, fühlte sie sich, als würde sie ersticken. Sie zog die Knie an und schlang die Arme fest darum.

Johnny starrte auf die Wellen hinaus, auf denen sich die Sonnenstrahlen wie zahllose gleißend helle Diamanten brachen. In diesem Moment wurde ihm mit unerschütterlicher Gewissheit bewusst, dass dieser Augenblick von entscheidender Bedeutung war. Es war einer jener seltenen Augenblicke, die ganz entscheidend für den Fortgang des restlichen Lebens waren.

»Okay, du hast gewonnen«, sagte er schließlich. »Aber in Datça gehen wir von Bord.«

Im Vorschiff war alles still, als sie an Bord zurückkehrten. Johnny ging unter Deck, ließ die Tasche auf den Sessel fallen und sah sich um: Bücher, der Sextant, eine Bürste und Haarspangen lagen überall herum, in der Spüle standen schmutzige Kaffeetassen. Wie vertraut ihm alles war. Er kam sich wie ein Verbrecher vor, der zum Tatort zurückkehrt. Es war sinnlos, von Bord fliehen zu wollen, das war ihm mittlerweile klar geworden. Der andere Johnny, der irgendwo im Wagen neben Banana Cools

Bruder saß und eine holprige Straße durch die Berge fuhr, existierte nicht mehr. Es war von Anfang an klar gewesen war, dass er hierher zurückkehren würde, das wusste er inzwischen. Als wäre es vorherbestimmt gewesen. Er *sollte* auf diesem Boot sein, und jeder Widerstand war zwecklos. Er würde sich seinem Schicksal ergeben, nicht länger dagegen ankämpfen.

Er öffnete die Badezimmertür. Bei Annies Anblick hob sich seine trübe Stimmung ein wenig. Sie saß aufrecht im Bett und sah ihn an. Sein Auftauchen schien sie ein klein wenig zu überraschen, und er glaubte, ein winziges Zucken um ihre Mundwinkel spielen zu sehen, als würde sie versuchen, zu lächeln. *Du hast uns also doch nicht im Stich gelassen*, schien ihre Miene zu sagen. Unvermittelt musste er daran denken, wie schön es gewesen war, die Verwandlung mitzuerleben, wenn sie gelächelt hatte; wie ihre Augen zu strahlen begonnen hatten, als wäre sie von einem inneren Leuchten erfüllt. Doch obwohl sie bloß noch ein Schatten ihrer selbst war, hatte es zumindest den Anschein, als hätte sie noch nicht jeden Lebenswillen verloren. Er wandte sich ab und schloss die Tür hinter sich. *Ich werde gehen Annie, eines Tages, aber nicht heute*, dachte er.

Er ging in die Kombüse, und durch die Plexiglasscheibe konnte er Frank sehen, der auf den Knien pfeifend das Deck schrubbte. Clem schien sich nicht daran zu stören; augenscheinlich verschwendete sie keinerlei Gedanken mehr an böse Omen und Unglück an Bord. Sie und Smudge putzten, als wäre alles in bester Ordnung. Smudge dagegen konnte er unmöglich böse sein: Sie kam auf dem Hinterteil die Treppe heruntergerutscht und bot ihm etwas von ihren halb aufgegessenen Rosinen an, schlang die Arme um seine Schenkel und wich ihm nicht mehr von der Seite. Sie half ihm sogar, die Seile aufzuwickeln. Zwar machte sie es verkehrt, doch das spielte keine Rolle. Johnny schien der Einzige an Bord zu sein, der Trübsal blies. Alle anderen sangen und pfiffen und freuten sich des Lebens. Er musste es akzeptieren. Vielleicht war es ja für Smudge am besten so. Sie würden sie erst zurücklassen, wenn sie sie behutsam auf den Abschied vorbereitet hatten. Er fragte sich, ob Clem die Wahrheit gesagt hatte – dass es ihr in erster Linie um Annies und Smudges Wohlergehen ging. Sosehr er es verabscheute, falschzuliegen, musste er zähneknirschend eingestehen, dass es vernünftiger war, das letzte Stück mit dem Boot statt auf einer holprigen Straße zurückzulegen. Er war stur gewesen und hatte die Schlacht verloren. Sie mussten bestenfalls noch zwanzig Stunden auf dem Boot verbringen, mehr nicht. Er würde sich einen weiteren Tag lang mit Frank arrangieren, in der Gewissheit, das sie in Datça den Bus nach Osten nehmen und nach Kappadokien fahren, nach Göreme oder sonst einen Ort, und von dort weiter trampen würden. Noch ein Tag.

Am späten Nachmittag lichteten sie den Anker. Eine leise Brise wehte. Johnny schwieg. Es gab nichts zu sagen. Er übernahm das Ruder, heilfroh, dass jeder seinen eigenen Gedanken nachhing, döste, las, Kaffee trank und keinerlei Erwartungen an ihn hatte, außer dass er die Little Utopia durch das Gewässer steuerte. Frank schien keinerlei Groll gegen ihn zu hegen. Offenbar stieß er sich weder an ihrem Wortwechsel im Café noch an seinem Schweigen jetzt. Es war völlig unmöglich, diesen Mann aus der Reserve zu locken. Johnny lauschte Frank und Clem, die über Annie sprachen. Frank wollte die Beruhigungsmittel langsam herunterfahren und hatte bereits Medikamente für Annie bestellt, die postlagernd geliefert werden würden. Irgendwann zog Clem ihr Skizzenbuch heraus und setzte sich an den Bug, während Johnny seine Aufmerksamkeit wieder auf sein Ziel richtete – die Little Utopia so schnell wie möglich nach Datça zu bringen.

Fünfzig Meilen und einige Stunden später war der Mond aufgegangen und warf silbrige Streifen auf die Wellen, während das Boot mit steten vier Knoten dahinglitt. Johnny ging unter Deck, um den Spinnaker aus dem Schrank im Vorschiff zu holen. Leise klopfte er an die Tür, in der Annahme, dass Annie schlief. Doch sie saß – in wässrig-ätherisches Licht getaucht – im Schneidersitz auf dem Bett und blickte durch die offene Luke, durch die ein feiner Gischtnebel hereinwehte.

»Entschuldige, Annie, ich dachte, du schläfst. Ich muss an den Schrank.«

Langsam löste sie den Blick von der Luke und sah ihn an – unter den zahlreichen Schichten der Traurigkeit war deutlich zu erkennen, dass sie nicht länger völlig neben sich stand. Sie rückte sogar ein Stück zur Seite, damit er aufs Bett klettern und die Klappe öffnen konnte. »Wahrscheinlich werde ich das Segel gar nicht brauchen, aber ich will es trotzdem sicherheitshalber parat haben. Wenn wir das Ende der Landzunge erreichen, können wir hübsch Fahrt aufnehmen und noch schneller nach Datça kommen.«

Als er sich wieder aufsetzte, spürte er etwas Hartes an seinen Knien. Er tastete herum und zog zwei Tabletten hervor, eine rote und eine gelbe. Er hielt sie Annie hin, die sie ihm aus der Hand nahm und mit einem flüchtigen Blick in Richtung Tür hinter sich unter die Matratze schob.

»Wofür bunkerst du die?«, fragte er.

Sie sah ihn betreten an, dann öffnete sie den Mund, um etwas zu sagen, doch kein Laut drang über ihre Lippen, als koste es sie zu viel Kraft.

Johnny rückte etwas näher. »Was willst du mir sagen?«, fragte er.

»Ich will …« Ihre Stimme war kaum hörbar.

Er beugte sich noch näher, sodass er ihren Atem auf seiner Wange spürte, trotzdem kamen die Worte nicht über ihre Lippen.

»Wofür, Annie?«

»Ich will sterben«, hauchte sie und wandte den Blick ab.

Er nahm ihre Hand und strich mit dem Daumen über ihren Handrücken. »Sag doch so etwas nicht, Annie. Das darfst du nicht. Denk an Smudge.«

*O Gott*, dachte er, auch wenn ihm bewusst war, wie egoistisch es war. *Bitte, erhol dich wieder. Wir werden dich verlassen. Du musst wieder auf die Beine kommen.*

»Smudge.« Der Anflug eines Lächelns spielte um ihre Lippen, doch es war ein Lächeln ohne jede Freude. Sie blickte wieder durch die Luke und starrte trübselig den Mond an. »Smudge ist das Einzige, woran ich denken kann.«

Etwas an der Art, wie sie es sagte, machte ihm Angst. »Annie.« Er legte die Finger um ihr Kinn und zwang sie, ihn anzusehen. »Was hast du vor? Was auch immer es ist, du musst Smudge da raushalten.«

Diesmal wich sie seinem Blick nicht aus. »Du hast ja noch nicht mal in den Schrank gesehen«, flüsterte sie. In ihren Worten schwang keinerlei Vorwurf mit, sondern nur abgrundtiefe Erschöpfung und Resignation. Dann ließ sie sich wieder auf die Matratze fallen und rollte sich wie ein Baby zusammen.

Er hielt einen Moment inne und betrachtete die weichen Härchen in ihrem Nacken, dann stand er langsam auf und knipste die Badezimmerlampe an. Er ging auf die Knie und öffnete die Schranktüren. Er hatte nicht die leiseste Ahnung, wonach er überhaupt suchte. Die Deckenlampe spendete nicht genug Licht, deshalb schaltete er das Licht über dem Waschbecken an. Im Schrank standen allerlei Medikamente und Plastikflaschen: Shampoo, Sonnenschutzmittel, diverse Cremes und Lotionen. Er nahm die beiden Verbandskästen heraus, den benutzten und den verschlossenen, der vermutlich Annies Medikamente enthielt. Frank hatte ihn nur abgeschlossen, damit Annie sich nichts antun konnte. Dann tastete er das Innere ab, doch da war nichts. Er spähte hinein. Ganz hinten, zwischen der Schrankrückwand und dem Bootsrumpf klemmte etwas Rotes, Stoffartiges. Er streckte die Hand danach aus. Offenbar handelte es sich um eine Art Buch. Er zog es heraus und hielt es in den Lichtkegel der Lampe über dem Waschbecken.

Es war nur ein altes Buch mit dem in Goldbuchstaben eingeprägten Titel auf dem Rücken: *Gullivers Reisen*. Er schlug es auf und begann zu blättern, fand jedoch nichts Auffälliges.

Und dann sah er das, was sie ihn hatte sehen lassen wollen. Ganz hinten, am Ende des Buches. Eine Woge der Übelkeit stieg in ihm auf, während ihm ein Gedanke kam: Um ein Haar wären sie – er und Clem – noch einmal davongekommen. Um ein Haar.

Clem lag auf dem Bett in der Kajüte, die tief und fest schlafende Smudge an ihrer Seite. Sie hörte ihn oben an Deck mit den Segeln hantieren, das gewohnte Quietschen, Rumpeln und Knarzen eines Segelboots. Johnny hatte darauf bestanden, dass sie und Smudge unter Deck gingen. Doch sie fand keinen Schlaf. Ihre Gedanken wollten einfach nicht zur Ruhe kommen, sondern schweiften hierhin und dorthin, ließen wieder und wieder die Ereignisse des Tages vor ihrem inneren Auge ablaufen, ohne je einen Sinn zu ergeben. Am Nachmittag hatte sie durch die offene Luke einen Blick auf die im Vorschiff schlafende Annie erhascht und auf den leicht zerfledderten, gräulich verfärbten Verband mit den bräunlichen Flecken von getrocknetem Blut. Sie hatte sich mit ihrem Block neben die Ankerluke gesetzt, den Blick über den Horizont schweifen lassen und darüber nachgedacht, was sie zeichnen wollte. Den Mast mit dem im Wind gebauschten Segel? Die schlafende Annie? Oder Johnny und Frank im Cockpit – Frank wie üblich die Nase in einem Buch und Johnny, der die Segel im Auge behielt oder auf die Endlosigkeit der See hinausblickte? Am Ende hatte sie sich für das Segel entschieden. Sie hatte ihren Zeichenblock aufgeschlagen, ihre Stifte gespitzt und sich an die Arbeit gemacht. Nach einer Weile hatte Frank den Kopf durch die Vorschiffluke gestreckt und ihr eine Tasse gesüßten Tee gereicht. »Lass mal deine Zeichnung sehen«, hatte er gesagt. Sie hatte den Block so gedreht, dass er ihr Werk in Augenschein nehmen konnte. Sie war ziemlich zufrieden damit – das Blau des Wassers, das weiße Hauptsegel, die

Schatten an der Spitze, wo es leicht nach luv ragte. Johnny hätte das nicht gefallen, aber sie hatte herausarbeiten wollen, dass Unvollkommenheit zum Leben dazugehörte. Frank hatte gelächelt und anerkennend genickt. Offenbar war er beeindruckt von ihren Fähigkeiten gewesen. Er hatte ihr den Block zurückgegeben, wobei seine Hand sich für einen kurzen Moment verstohlen um ihre Finger gelegt hatte. »Beinahe hätte ich dich verloren, Clem«, hatte er leise zu ihr gesagt, und sie hatte gespürt, wie sich ihr Herz zusammengezogen hatte, atemlos von seiner Nähe. Sie hatte zu Johnny hinübergesehen, der am Ruder saß, und hatte nur hoffen können, dass Annie immer noch fest schlief und ihn nicht hören konnte. »Ich will nicht, dass so etwas noch einmal passiert«, hatte er hinzugefügt. Beim Anblick seiner dunklen Augen, die sich, ernst und eindringlich, in die ihren gebohrt hatten, war es mit einem Mal gleichgültig gewesen, ob Annie sie hören konnte oder nicht. »Ich will, dass wir an Bord dieses Boots jederzeit mit jedem schlafen können, mit dem wir es möchten. Ohne Regeln«, hatte er gesagt. Die Eindringlichkeit seiner Worte war unglaublich erregend gewesen. Ihr Mund war staubtrocken geworden, ihr Atem hatte sich beschleunigt, ihr ganzer Körper war wie elektrisiert gewesen. Doch sie war sich wie eine Verräterin vorgekommen, außerdem hatte sie Johnnys Blick gespürt, der sie fixierte. Eilig hatte sie sich über ihren Block gebeugt und so getan, als würde sie mit der nächsten Skizze anfangen. »Ich habe versprochen, dass wir in Datça von Bord gehen«, hatte sie geflüstert. Frank hatte sich auf die Ellbogen abgestützt, die Handflächen auf das Deck gelegt und einen Seufzer ausgestoßen. »Es ist deine Entscheidung«, hatte er lächelnd gesagt. »Du musst tun, was deiner Meinung nach für dich und alle anderen um dich herum am besten ist. Hör auf dein Herz, dann kennst du die Antwort.«

Und nun lag sie hier, versuchte, auf ihr Bauchgefühl zu hören, die richtige Entscheidung für sich selbst und die anderen Menschen rings um sie herum zu treffen. Aber wie sie es auch drehte und wendete, es schien nie die richtige für alle zu sein. Sie war hin und her gerissen. Johnny würde sich nie im Leben überreden lassen, noch länger an Bord zu bleiben. Ihr war vollkommen klar, dass es darauf hinauslief, sich zwischen den beiden Männern entscheiden zu müssen. Johnny war ein nicht wegzudenkender Teil ihres Lebens, dennoch schweiften ihre Gedanken immer wieder in dieselbe Richtung: zu diesem Gefühl der Wärme, der Erregung, die Frank mit einem einzigen Blick oder einem Wort in ihr auszulösen vermochte. Wann immer sie sich in seiner Nähe aufhielt, schien etwas in ihrem Innern zu zerschmelzen, und sie verspürte ein instinktives Verlangen nach ihm, das sie unmöglich ignorieren konnte. Seit dem Abend, als sie sich alle vier im Cockpit geliebt hatten, war sie mit keinem der beiden zusammen gewesen. Jetzt mit Frank zu schlafen, wäre etwas völlig anderes. Und auch mit Johnny wäre es nicht mehr dasselbe wie vorher, weil sie mittlerweile auch Gefühle für Frank hegte, das war ihr inzwischen klar geworden. Leugnen war zwecklos. Darüber hinaus waren diese Gefühle so rein, so gut, dass sie gar nicht falsch sein *konnten*. Aber das würde Johnny niemals verstehen. Er hatte etwas gegen Frank, und daran würde sich auch nichts ändern. Seit ihrer Rückkehr hatte er kaum ein Wort gesprochen. Er war lediglich ins Cockpit gekommen und hatte gesagt, sie sollten nach unten gehen und sich eine Weile hinlegen. Er wolle das Boot allein segeln. Als sie über die Schwelle der Kombüsentür getreten war, hatte er sie am Arm genommen. »Du schläfst bei Smudge«, hatte er ihr eindringlich ins Ohr geflüstert. Es war ein Befehl gewesen, als fürchtete er, sie könnte mit Frank das Bett teilen. Sie hatte seine Eifersucht so satt. Sie wünschte, zwei Menschen, die sich liebten, könnten stets aufrichtig zueinander sein, sich immer die Wahrheit sagen. Die echte Wahrheit – über all ihre Zweifel und Ängste, aber auch über die Liebe, die sie füreinander empfanden. Frank konnte sie alles sagen, absolut alles. Er würde niemals schlecht von ihr denken. Vielleicht war das ja wahre Liebe. Vielleicht hatten Johnny und sie zu jung geheiratet. Könnten sie doch nur alle zusammen hier leben – zu viert, als Liebende. Nun, da sie erwachsen wurde und die Erfahrung machte, dass es durchaus möglich war, zwei Männer gleichzeitig zu lieben, könnte es ohne Weiteres Normalität werden, ihr Leben mit mehreren Menschen zu teilen. Bisher war sie stets so behütet gewesen, konditioniert von der Gesellschaft und der Gehirnwäsche, der sie die Menschen unterzog, so wie alle anderen.

Ihre Gedanken kreisten unaufhörlich, doch irgendwann musste sie eingenickt sein. Als sie wieder aufwachte, schien das Boot zum Stillstand gekommen zu sein. Rhythmisch schlugen die Wellen gegen den Schiffsrumpf, und sie hörte die Segel flattern. Offenbar wechselte er gerade den Kurs, oder ein Segel hatte sich an einem Stak verhakt. Dann setzte sich das Boot wieder in Bewegung, wenn auch in eine andere Richtung; so abrupt, dass Smudge fast auf sie kullerte. Sie richtete sich auf und blickte durch die zerschrammte Plexiglasscheibe in die Dunkelheit hinaus. Sie löste sich aus Smudges Umarmung, stand auf, wärmte etwas Kaffee auf und erklomm den Niedergang.

»Johnny?« Sie blinzelte, während sich ihre Augen an die Dunkelheit gewöhnten. »Ich habe dir Kaffee gemacht.«

Er stand am Bug, so reglos, dass er in der Dunkelheit kaum auszumachen war. Doch inzwischen konnte sie ihn erkennen, den eigentümlichen Blick, den er ihr zuwarf. Etwas an ihm war eindeutig anders als vorher.

»Ich übernehme gern das Ruder, wenn du dich eine Weile hinlegen willst«, sagte sie. »Du musst müde sein.«

»Ich komme schon klar.«

»Johnny?« Sie trat neben ihn und registrierte, dass sein Haar nass war. »Hat es geregnet?«

Er wich kaum merklich zurück und fuhr sich mit der Hand durchs Haar.

»Ich habe sie gewaschen«, sagte er. »Ich hatte Farbe dran.«

Sie gab ihm die Kaffeetasse und setzte sich auf den staubtrockenen Backbordsitz, registrierte die Kluft, die zwischen ihnen gähnte. Er log. Trotzdem verkniff sie sich jeden Kommentar. Sie wollte ihm keine Vorwürfe machen; nicht solange ihr eigenes Verhalten so verwerflich war. Sie wandte den Blick ab. Der Wind hatte die Richtung geändert. Oder das Boot. Sie beugte sich vor und spähte auf den Kompass. »Haben wir den Kurs geändert«, fragte sie und blickte sich suchend um. Weit und breit war kein Land in Sicht.

»Ja«, antwortete er.

»Aber wir segeln trotzdem immer noch nach Datça?«

»Ja, ich versuche nur, den Wind möglichst optimal zu nutzen. Wir fahren ein Stück aufs offene Meer hinaus und dann wieder zurück.« Seine Stimme war ganz leise, und er sah sie nicht an. »Könnte sein, dass es ein bisschen länger dauert.«

Augenblicklich wurde ihr leichter ums Herz, doch sie versuchte, sich nichts anmerken zu lassen. Also brauchte sie jetzt noch keine Entscheidung zu treffen, sondern konnte sich den seinen fügen – genauso wie es sein sollte und wie es immer gewesen war: Sie fügte sich ihm, ohne seine Entscheidungen zu hinterfragen. Sein Schweigen verriet ihr, dass er ihr etwas vorenthielt. Hatten sie neuerdings Geheimnisse voreinander?, fragte sie sich mit einem Anflug von Unbehagen. Geheimnisse vor Johnny zu haben, bereitete ihr keinerlei Probleme, doch nicht zu wissen, was in seinem Kopf vorging, war eine andere Sache. Es gefiel ihr nicht. Vielleicht entwickelte er ja ähnliche Gefühle für Annie, wie sie sie für Frank hegte. Sie spürte einen scharfen Stich im Herzen und dachte an all die Dinge, die sie verbanden, an ihr gemeinsames Leben, an ihre Liebe, während ihr unvermittelt aufging, dass ein Leben ohne Johnny schlicht unvorstellbar war; ein Gefühl, als hätte man ihr eine Gliedmaße amputiert. Was hatte sie sich nur gedacht? Sie *mussten* in Datça von Bord gehen. Sie wünschte inbrünstig, alles wäre wieder so, wie es vorher gewesen war, nur sie und Johnny. Ihre Liebe war genug für sie. Alles sollte wieder sicher und vorhersehbar sein, berechenbar. Sie wollte nicht älter werden, erwachsen sein, mehrere Männer um sich haben, die sie liebte, weltoffen sein, spüren müssen, wie er ihr immer mehr entglitt. Das könnte sie nicht ertragen. Wären sie doch nie an Bord dieses Boots gekommen. Sie tastete in der Dunkelheit nach seiner Hand, die sich ganz kühl anfühlte. Seine Finger umschlossen sie. Auch wenn ihre Herzen und Gedanken Dinge voreinander verbargen, sprachen ihre Hände immer noch dieselbe Sprache. Sie klammerte sich mit aller Kraft an seine Finger. Wortlos drückte er ihre Hand auf das harte, warme Holz des Ruders. Sie wünschte, sie würde für immer dort liegen bleiben, zwischen dem Holz und der Kühle seiner Finger. Schweigend saßen sie lange Zeit da, lauschten den Geräuschen des Bootes, dem Wind in den Segeln, der Gischt, die aufs Deck sprühte.

»Du hattest übrigens recht«, sagte er schließlich.

»Inwiefern?«

»Mit den Zeichen.«

»Welche Zeichen?«

»Ich hätte auf dich hören sollen. Selbst der Song über den Mond. Das grüne Hemd, das Pfeifen, die Tatsache, dass wir an einem Freitag ausgelaufen sind – wir hätten nie an Bord kommen dürfen.«

Sie sah ihn an. All das schien eine Ewigkeit her zu sein. So viel war seitdem passiert. *Aber du glaubst doch gar nicht an Zeichen, Johnny*, hätte sie am liebsten zu ihm gesagt, ehe ihr bewusst wurde, dass sie sich womöglich irrte. Vielleicht hatte er sich geändert, ohne dass sie es mitbekommen hatte. Vielleicht hatten sie sich unmerklich in entgegengesetzte Richtungen entwickelt.

Später ging sie wieder unter Deck, um noch eine Weile zu schlafen.

Johnny sah, wie sie sich noch einmal umdrehte, ehe sie die Cockpittüren schloss. Er sah den Blick, den sie ihm zuwarf … wie sie versuchte, so zu tun, als wäre alles in Ordnung. Mit einem Mal war sie ihm so fremd. Unter ihren Augen lagen große dunkle Schatten. Erst in diesem Moment wurde ihm bewusst, wie unsagbar unglücklich sie war. Doch er konnte nichts dagegen tun. Nicht jetzt. Sie waren alle unglücklich. Alle vier.

Er war froh, wieder allein zu sein, nur er und diese Übelkeit in seinen Eingeweiden. Er war hellwach, konnte sich nicht vorstellen, jemals wieder Schlaf zu finden. Er segelte weiter durch die Nacht, blickte zu den Sternen, dem Horizont, zu den Segeln hinauf und auf den Kompass. Mittlerweile kam der Wind fast direkt von vorn. Die Little Utopia glitt mit fünf Knoten stetig dahin. Er würde diesen Kurs beibehalten, sich vom Wind treiben lassen, hinaus aufs offene Meer. Die Elemente würden ihm den Weg weisen. Erleichtert registrierte er, dass der Mond mittlerweile wieder seine gewohnte Farbe hatte. Er zog es vor, wenn er silbrig-weiß am Himmel stand. Als er vor ein paar Stunden aufgegangen war, hatte er gewusst, dass es ein Omen war. Staunend hatte er zugesehen, wie er immer weiter angewachsen war, rot und rund, wie ein Planet auf Kollisionskurs mit der Erde, wie das riesige Auge eines Ungeheuers. Und er hatte zu ihm gesprochen, dieser große, blutrote Mond – *bad moon*. Er hatte ihm gesagt, dass es an der Zeit war, die Dinge in die Hand zu nehmen.

Clem lag eng an Smudge gekuschelt und sah reglos zu, wie die Dämmerung allmählich über dem Cockpit heraufzog. Zwischen dem ersten Lichtstreifen und dem Moment, als die Sonne sich endgültig über den Horizont schob, schienen Stunden zu vergehen, nicht Minuten. Die Sonne kümmerte es nicht im Mindesten, was sich hier an Bord abspielte, welche Entscheidungen getroffen werden, welche Städte angesteuert werden mussten. Sie hatte es nicht eilig. Clem beobachtete, wie das Funkeln der Sterne erlosch und der Mond unterging. Immer wieder erhaschte sie einen Blick auf Johnnys Schulter, wenn er aufstand, um die Segel zu überprüfen, dann kam er die Treppe herunter und machte sich einen Kaffee. Seine Augen waren blutunterlaufen. Er hatte die ganze Nacht am Ruder verbracht. Sie stellte sich schlafend, was jedoch gar nicht nötig gewesen wäre, da er ohnehin nicht einmal in ihre Richtung sah.

Nach einer Weile, als die Nacht endgültig vorüber war und sich die blutroten Sonnenstrahlen rosa färbten, hörte sie, wie Annie aus dem Vorschiff trat, kreidebleich und zerbrechlich in ihrem weiten Wollpullover. Sie ging die Treppe hinauf zu Johnny, der sie am Arm nahm und ihr ins Cockpit half. Sie hörte ihre Stimmen, sah zu, mit welcher Behutsamkeit er den Verband um ihr Handgelenk erneuerte, ehe er nach unten kam, um ihr ein Glas Wasser zu holen, eine Tablette in zwei Stücke brach und alles wieder nach oben ins Cockpit trug, ohne ein einziges Mal zu Clem herüberzusehen, weil sie sich erneut schlafend stellte. Eine Mischung aus Traurigkeit und Neid erfasste sie. All seine Liebe schien auf einmal jemand anderem zu gelten. Sie dachte an Frank, der noch im Vorschiff schlief. Er wäre nicht neidisch. Nein, er würde sagen, dass Annie Johnnys Zärtlichkeit im Augenblick einfach nötiger hätte als sie. Was für ein Durcheinander, und alles war ganz allein ihre Schuld.

Als Nächstes wachte Smudge auf, die auf dem anderen Sessel geschlafen hatte. Innerhalb weniger Sekunden war sie hellwach, wie es für Kinder typisch war. Sie sprang aus dem Sessel, kletterte die Treppe hinauf und kuschelte sich unter den Schlafsack ihrer Mutter, wie ein Welpe, der seine Milch haben wollte. Clem setzte sich auf, schwang langsam die Beine über die Sesselkante und sah zum Vorschiff hinüber. Annie hatte die Tür offen stehen gelassen, sodass sie Frank tief und fest schlafend auf dem Rücken liegend sah. Ein Teil von ihr sehnte sich danach, zu ihm zu gehen, die Tür zu schließen und sich zu ihm ins Bett zu kuscheln, damit er ihr sagte, was sie tun sollte. Sie stand auf, kochte Kaffee und ging zu den anderen hinaus.

Smudge bürstete ihrer Mutter das Haar, massierte ihre Schultern, kitzelte sie, servierte ihr imaginären Tee und wischte ihr die Tränen ab, die ihr über die Wangen liefen. Die Selbstverständlichkeit, mit der sie sich um dieses Wrack von Mutter kümmerte, ließ ahnen, dass Smudge sie nicht zum ersten Mal in dieser Erstarrung erlebte. Und ihre Liebe und Hingabe zeigten tatsächlich Wirkung – nach einer Weile schienen die Zärtlichkeiten zu ihr durchzudringen, denn sie nahm Smudge in die Arme und drückte ihr liebevolle Küsse aufs Haar.

Als Frank, sichtlich ausgeruht und frisch gewaschen, mit einem Geschichtsbuch nach oben kam, hatte der Wind ein wenig gedreht, und sie befanden sich immer noch auf dem Kurs aufs offene Meer hinaus. Überrascht registrierte Clem, dass er nicht einmal fragte, wohin sie segelten. Er zeigte keinerlei Interesse an den Karten und setzte offenbar vollstes Vertrauen in Johnny. Er wirkte ganz anders als sonst, distanzierter. Sie hatte keine Ahnung, was in ihm vorging. Seine Miene verriet rein gar nichts. Von einer ungewohnten Ruhe und Versonnenheit erfüllt, setzte sie sich mit ihrem eigenen Buch – dem Krishnamurti, durch den sie sich immer noch kämpfte – ans Heck. An sich waren seine Thesen höchst faszinierend, trotzdem schweiften ihre Gedanken immer wieder ab. Von Zeit zu Zeit sah sie auf und fragte sich, wann endlich Land in Sicht und damit der Zeitpunkt für sie käme, eine Entscheidung zu treffen.

Den ganzen Tag über blieben sie alle weitgehend für sich, jeder in seiner eigenen Welt. Sie lasen, dösten in der Sonne, bereiteten sich ein Sandwich zu, schliefen und spielten mit Smudge. Am späten Nachmittag löste Clem Johnny am Ruder ab. Er war so gedankenverloren, dass sie ihn mehrmals ansprechen musste, bevor er reagierte. Er stand auf und wies sie an, den Kurs zu halten, dann legte er sich an Deck auf den Bauch und schlief praktisch auf der Stelle ein. Sie sah zu, wie sich sein gebräunter Rücken mit jedem Atemzug hob und senkte, konnte jedoch nicht länger die Hand ausstrecken und ihn berühren. Verloren in ihren widersprüchlichen Gedanken, segelte sie dahin, während die Sonne weiter über den Himmel wanderte. In der Ferne glaubte sie Land zu erkennen, aber es könnten ebenso gut auch dichte Wolken sein. Weit und breit waren weder Inseln noch andere Boote zu sehen; ringsum herrschte das blanke Nichts. Das Meer war wie eine endlose Wildnis. Annie saß neben ihr und nähte. Sie war ganz still, schien aber durchaus bei klarem Verstand zu sein, während sie sich durch einen Kleiderstapel arbeitete, der dringend geflickt werden musste – Sachen für eine Zukunft ohne Löcher.

Frank und Smudge saßen auf dem Heck und sangen Abklatschlieder.

»*A sailor went to sea sea sea*«, hörte Clem sie mit ihrer hohen vergnügten Stimme singen, begleitet von Franks lautem, dröhnendem Bass. Klatsch, klatsch, klatsch.

Ihre Gedanken schweiften zu ihren eigenen Kindern, die sie eines Tages bekommen würde. Sie hatte sich immer blonde Kinder mit Johnnys grünen Augen und ihrem kupferroten Haar ausgemalt, doch nun sah sie plötzlich dunkle, kräftige Knirpse mit dunklen, undurchdringlichen Augen vor sich, oder von jeder Sorte eines. Sie konnte es nicht länger sagen.

Nach einer Weile fuhr Johnny abrupt hoch, als hätte er einen schlechten Traum gehabt. Als Erstes schweifte sein Blick zu den Segeln hinauf, um zu sehen, wie stark der Wind blies, dann auf den Kompass. Dann sah er sich um, ließ den Blick über Annie, Smudge und Frank und schließlich Clem schweifen. Sie lächelte, doch es war kein aufrichtiges Lächeln. Er erwiderte es, ebenso unaufrichtig. Zwischen ihnen befand sich ein riesiger Ozean, und sie wünschte, sie könnte ihn überwinden. Wortlos ging er nach unten und setzte den Wasserkessel auf. Clem und Annie beobachteten ihn; beide wünschten sich, er würde sich ihnen zuwenden, sich ihnen widmen.

Clem fiel auf, dass Annie ihre Näharbeit unterbrach, wann immer Johnny in der Nähe war. Sie registrierte, wie sie ihn ansah, die Traurigkeit in ihren Augen ebenso wie die Entschlossenheit in Johnnys Blick. Sie registrierte, wie er ihre Schulter drückte, wenn er sich vorbeugte und das Genuasegel festzurrte. Etwas ging zwischen den beiden vor sich; etwas, das sie nicht mit einschloss. Auf der Kombüsentreppe drehte er sich um und blickte über das Deck hinweg zu Frank, der Smudge aus einem Buch vorlas. Er schien die beiden eine halbe Ewigkeit zu beobachten, wobei sein Blick immer wieder zu den Segeln hinaufschweifte. Clem folgte seinem Blick. Die Segel bauschten sich wie zwei riesige goldene Taschentücher beidseits des Boots, während die Sonne allmählich am pfefferminzfarbenen Himmel versank. Ein weiterer Tag lag hinter ihnen. Wo zum Teufel war Datça? Es fühlte sich an, als befänden sie sich bereits seit Monaten an Bord. Sie bemerkte, wie Johnny den Horizont absuchte, als halte er nach etwas oder jemandem Ausschau, und anschließend das Boot zu überprüfen schien. Sie sah zu, wie er sich über den Bug beugte, den Cockpitsitz hochklappte und einen Blick hineinwarf. Und ihr entging nicht, dass Annie jede seiner Bewegungen aufmerksam verfolgte. Ja, irgendetwas ging zwischen den beiden vor sich, ganz eindeutig.

»Smudge hat doch bestimmt Durst«, sagte Johnny zu Annie, woraufhin sie nickte und ihr Nähzeug sinken ließ.

»Smudge«, rief er. »Deine Mum will, dass du herkommst.«

Gehorsam ging Annie die Treppe hinunter. Als das Kapitel zu Ende war, sprang Smudge auf, kam über das Deck gerannt, wobei sie unterwegs ihren Ungeheuer-Speer aufhob, und verschwand in der Kajüte, während Frank mit dem Buch auf dem Deck zurückblieb.

Johnny übernahm das Ruder von Clem, die sich auf die Backbordseite zurückzog und mit dem Rücken zur Kabine aufs Deck setzte. Sie griff nach ihrem Buch und begann zu lesen. Von Zeit zu Zeit sah sie zu Johnny hinüber, der die Segel ein wenig fierte. Der Wind hatte merklich abgeflaut, doch Johnny schien sich nicht weiter daran zu stören. Er war mit den Gedanken ganz woanders, was ihr ganz und gar nicht gefiel. Er sollte mit den Gedanken dort sein, wo auch sie war.

Als sie nach einer Weile aufstand, um auf die Toilette zu gehen, stellte sie erstaunt fest, dass Annie Smudge ins Bett brachte.

Das kleine Mädchen wirkte todmüde, obwohl es noch nicht einmal dunkel war. Clem machte Tee für alle und trug ihn an Deck, wo Annie mittlerweile ihre Flickarbeit wieder aufgenommen hatte. Johnny saß mit einer Zigarette in der Hand am Ruder, während er in der stetig schwindenden Brise die Segel weiter fierte. Sie setzte sich mit ihrem Tee neben ihn und schloss die Augen. Die Geschwindigkeit fühlte sich sehr angenehm an. Ihr blieb keine andere Wahl, als darauf zu vertrauen, dass sie die richtige Entscheidung treffen würde, wenn der Moment gekommen war. In diesem Augenblick spürte sie, wie der Wind abrupt erstarb. Sie schlug die Augen auf und sah, wie Johnny seinen Zigarettenstummel über die Reling schnippte. Ihr Blick fiel auf den Kompass. Er hatte den Kurs um etwa zwanzig Grad gedreht, weg vom Wind.

»Der Wind ist abgefallen. Frank?«, rief er. »Der Wind ist abgefallen.«

Frank ließ das Buch sinken und blickte auf die endlose See hinaus, dann stand er auf und kam mit dem Buch in der Hand über das Deck. Die untergehende Sonne tauchte ihn in goldenes Licht. Inzwischen war ihr alles an ihm so vertraut – sein Körper, seine Bewegungen, sein leichtes Hinken, die Art, wie er sich über den Bart strich, wie er redete. Sie hatte das Gefühl, als würde sie ihn bereits seit einer halben Ewigkeit kennen. *Das ist doch etwas Schönes*. Sie durfte ihrer Liebe keine Grenzen auferlegen. *Liebe kennt keine Grenzen, keine Einschränkungen*. Sie musste anfangen, über den Tellerrand zu blicken, so wie er. Sie liebte beide Männer, daran hatte sie keine Zweifel. Und es war nichts, dessen man sich zu schämen brauchte. Alles würde gut werden.

»Es wird spät. Sollten wir die Segel nicht langsam einholen?«, fragte Frank, sah zu ihr herüber und lächelte, als hätte er ihre Gedanken erraten.

»Wenn du willst, können wir gern den Motor anwerfen und den restlichen Weg nach Datça fahren«, erwiderte Johnny.

»Eigentlich sollte es nicht mehr weit sein. Oder wir segeln doch noch ein Stück. Ich habe kein Problem damit.«

»Nein, wir nehmen den Motor.«

Frank tauchte unter dem Baum hindurch und setzte sich gegenüber von ihr neben das Ruder. Sie war sich seiner Nähe überdeutlich bewusst. Neben ihm wirkte Johnny wie ein Schuljunge.

Johnny wendete das Boot ein klein wenig, dann holte er das Großsegel ein und trat beiseite, um Frank das Ruder zu überlassen. Alle drei warfen einen Blick auf den Kompass. Mittlerweile fuhren sie geradewegs nach Osten, die Sonne im Rücken.

»Diesen Kurs halten.« Johnny tippte auf den Kompass. Er stand mit dem Rücken zu ihnen auf der Kombüsentreppe und blickte aufs Meer hinaus. Manchmal hatte sie das Gefühl, er lasse sie bewusst mit Frank allein, als lege er es förmlich darauf an, dass sie zusammen waren.

Frank lehnte sich zu ihr herüber. Im ersten Moment glaubte sie, er würde sie berühren wollen, doch er startete lediglich den Motor, dessen tiefes Knattern sich nach den langen Stunden des lautlosen Dahinsegelns harsch und unangenehm anfühlte. Wieder ließ Annie ihr Flickzeug sinken und schaute zu Frank hoch.

Plötzlich gab der Motor einen lauten Knall von sich und erstarb. Einen Moment lang dachte Clem, sie seien mit etwas kollidiert – ihre größte Angst war, mitten auf dem offenen Meer auf einen Fels aufzulaufen und zu sinken. Nervös umklammerte sie die Reling.

»Was war das?«, rief sie.

»Scheiße!«, stieß Frank hervor und drehte den Zündschlüssel, doch der Motor gab keinen Laut von sich. »Das ist ja seltsam.«

Johnny drehte sich um. »Probier's noch mal«, sagte er.

Frank versuchte ein zweites Mal, den Motor zu starten, doch auch diesmal geschah nichts. »Klingt, als hätte sich etwas in der Schraube verfangen«, meinte er und beugte sich über die Reling.

Johnny trat neben ihn und versuchte, durch das goldfarben glitzernde Wasser einen Blick auf die Schraube zu erhaschen. »Könnte ein Fischernetz sein.«

»Möglich. Es könnte so ziemlich alles sein, verdammt.«

Fest entschlossen, den Motor zum Laufen zu bringen, probierte Frank es noch einmal, doch auch jetzt regte sich nichts. »Da hat sich eindeutig etwas verfangen, keine Frage.«

»Ich sehe mal nach«, sagte Johnny und zog sich das Hemd über den Kopf. »Du übernimmst das Ruder, Clem.«

Clem trat ans Ruder und richtete die Nase in den Wind, sodass die Segel heftig flatterten.

»Pass aber auf, Johnny«, bat sie ihn, während er unter dem Cockpitsitz nach einer Schnorchelmaske kramte. Sie hasste es, wenn er ins Meer sprang, weil sie jedes Mal Angst hatte, er könnte abgetrieben werden oder ein Ungeheuer könnte aus den Tiefen auftauchen, ihn packen und mit nach unten ziehen, dorthin, wo es kalt und dunkel war.

»Du wirst ein Messer brauchen«, warf Frank ein. »Falls es ein Netz oder ein Stück Tau ist.«

Annie ging in die Kombüse und kehrte mit exakt demselben Messer zurück, mit dem sie sich die Pulsadern aufgeschnitten hatte – ein Umstand, der keinem von ihnen entging. Johnny nahm das Messer entgegen, setzte sich die Maske auf und kletterte über die Reling, wobei er Clem einen Blick zuwarf, der ihr verriet, dass auch ihm nicht ganz wohl bei der Sache war.

Das Wasser war tintenschwarz, denn die Sonne war schon fast untergegangen.

»Egal, was du tust, mach bloß den Motor nicht an«, sagte Johnny und lächelte durch die Maske. »Clem, du hältst sie im Wind, verstanden?«

Sie nickte.

Johnny trat auf die Fußreling, ging in die Knie und hielt sich mit einer Hand am Beiboot fest, während er sich ins Wasser gleiten ließ. Erschrocken schnappte er nach Luft. Es war eiskalt. Er tauchte wieder auf und klammerte sich am Beiboot fest, dann tauchte er mit dem Gesicht unter Wasser und spähte zur Schraube, während die anderen über ihm an der Reling standen und versuchten, von oben einen Blick darauf zu erhaschen.

Johnny holte tief Luft und tauchte etwa zehn Sekunden lang unter Wasser, während Frank, Annie und Clem wortlos dastanden und in die endlose Schwärze blickten. Außer ihren vom letzten Licht des Tages verzerrten Schemen war nichts zu erkennen. Japsend tauchte Johnny wieder auf, hielt sich am Beiboot fest und rückte die Maske zurecht. »Gleich hab ich's«, rief er und tauchte abermals unter – Clems Empfinden nach blieb er minutenlang verschwunden, doch diesmal schien er tatsächlich etwas entdeckt zu haben.

»Ein Tau hat sich in der Schraube verfangen«, rief er. »Aber ich kann es nicht genau sehen. Es ist zu dunkel. Kann jemand ins Beiboot klettern und mir mit der Taschenlampe leuchten? Außerdem brauche ich einen Schraubenzieher.«

Frank kramte unter dem Cockpitsitz nach einer Taschenlampe und einem Schraubenzieher, zog das Beiboot heran und kletterte hinein. Er knipste die Taschenlampe an und richtete den Lichtkegel auf die Schraube. Johnny tauchte ein weiteres Mal unter, erschien jedoch wenige Sekunden später und klammerte sich mit dem Rücken zu Frank an der Fußreling fest. Annie beugte sich über die Reling, ebenso wie Clem, die, eine Hand am Ruder, das Boot im Wind hielt.

»Okay, Frank«, schrie Johnny über das laute Flattern der Segel hinweg und drehte sich zu ihm um. »Und jetzt die Taschenlampe auf diese Seite der Schraube richten.«

Clem spähte in die Finsternis, während Johnny ein weiteres Mal verschwand. Augenblicke später erschienen Fetzen des abgeschnittenen Taus und trieben an der Oberfläche.

»Es klappt!«, rief sie. »Los, weiter, Johnny.«

Inzwischen schien er eine Ewigkeit unter Wasser zu sein. Bestimmt ging ihm bereits die Luft aus. In diesem Moment schoss er pfeilartig mit einem kurzen, zerfransten Taustück in der Hand aus dem Wasser.

»Und? Ging's?«, fragte Frank.

Clem blickte zum Beiboot hinunter. Die untergehende Sonne stand in seinem Rücken, sodass sein Haar aussah, als stünde es lichterloh in Flammen. Er hatte sich auf die Knie begeben, um die Taschenlampe möglichst genau auf die Schraube richten zu können. »Brauchst du den Schraubenzieher?«, rief er und beugte sich zu Johnny vor.

Clem fiel auf, dass Johnny ihn nicht beachtete, sondern einen Fuß auf die Fußreling setzte und sich langsam aus dem Wasser schwang. Tropfnass stand er im leuchtend roten Licht und zog sich die Maske vom Gesicht.

»Hast du's?«, fragte Frank noch einmal.

Immer noch gab Johnny keine Antwort.

»Johnny? Hast du es geschafft?«, wollte Clem wissen und sah zu Frank hinüber. Inzwischen war das Beiboot drei, vier Meter abgetrieben, und Frank packte das schlaffe Tau.

Doch es war nicht nur schlaff, sondern nicht länger mit der Little Utopia verbunden. Mit verwirrter Miene stand Frank da, das nasse, zerfledderte Tauende in der Hand, während das Beiboot immer weiter abtrieb.

»Das Tau hat sich gelöst!«, rief er und warf es Johnny zu. Doch Johnny machte keine Anstalten, es aufzufangen, sondern sah lediglich zu, wie es einen knappen Meter vor ihm platschend im Wasser landete.

»Johnny!«, schrie Clem. »Los, nimm das Tau!« Doch in dem Moment, als die Worte über ihre Lippen kamen, war es zu spät – das Seil war außer seiner Reichweite. Frank holte es wieder ein. Völlig verblüfft starrte sie Johnny an.

»Johnny, spring rein und hol das verdammte Seil!«, brüllte Frank und warf es ein weiteres Mal ins Wasser.

Noch immer rührte Johnny sich nicht, sondern stand wie angewurzelt auf der Fußreling und sah zu, wie das Beiboot immer weiter davontrieb. Clem starrte ihn fassungslos an. In diesem Moment fiel der Groschen. Das hier war kein Zufall. Das Tau war mit Absicht gekappt worden.

»Du musst wenden, Johnny!«, schrie sie, doch er rührte sich nicht vom Fleck. Sie überlegte, wie sie es anstellen könnte, die Little Utopia zu wenden und die wenigen Meter zu Frank zurückzusegeln. Sie bewegte das Ruder, woraufhin sich die Segel prompt von der anderen Seite bauschten. Panisch drehte sie das Ruder in die andere Richtung.

»Wenden, Johnny!«, schrie sie noch einmal, ließ das Ruder los und sah sich nach etwas um, was sie Frank zuwerfen könnte, doch Annie saß noch immer auf dem Cockpitsitz, unter dem die Ersatztaue verstaut waren. Statt beiseitezutreten, sprang sie auf und packte Clem am Arm. Mit einem Mal flackerte ein wildes Feuer in ihren bis vor wenigen Minuten noch leblosen Augen.

»Ich bringe dich verdammt noch mal um, wenn du ihm hilfst, ich schwöre es dir!«, stieß sie hervor.

In diesem Moment erkannte Clem all den Hass, der in ihrem Innern schlummerte, und sah den Irrsinn in ihren fahlen Augen. Die Gewalttätigkeit in ihrem Tonfall ließ keinen Zweifel daran, dass sie ihre Drohung, ohne mit der Wimper zucken, wahr machen würde.

Draußen im Beiboot geriet nun auch Frank in Panik. »Wo sind die Ruder? Wo sind die Scheißruder?«, schrie er hektisch.

Clem starrte Johnny an, als ihr dämmerte, was hier los war. Er selbst hatte dafür gesorgt, dass die Ruder nicht an Bord waren. Erst jetzt begriff sie, was eigentlich gespielt wurde.

»Los, Clem, hol den Bootshaken«, brüllte Frank, doch Annie verstärkte ihren Griff. Frank trieb hilflos dort draußen auf dem Wasser. Er brauchte sie, doch sie konnte sich nicht vom Fleck rühren. Annies Finger umklammerten ihren Oberarm wie ein Schraubstock. Sie bemerkte das Blut, das durch den Verband zu sickern begann.

»Wenn du zulässt, dass dieser Mann noch einmal in die Nähe

meines Kindes kommt, ramme ich dir dieses Messer in den Bauch, das schwöre ich.«

Clem blickte zu Frank im Beiboot hinaus, das mittlerweile gute zehn Meter abgetrieben war. Franks Stimme wurde merklich leiser. Keiner rührte sich vom Fleck. Sie erkannte, dass er überlegte, ins Wasser zu springen, aber er konnte nicht schwimmen und wäre folglich darauf angewiesen, dass sie ihm half, doch Annie hielt ihren Arm nach wie vor fest. Sie sah zu, wie er auf allen vieren vorwärtskrabbelte und verzweifelt mit den Händen zu paddeln begann, doch es nützte nichts.

»Kommt sofort zurück!«, tobte er. »Wenn du mich hier allein lässt, werde ich dich finden, Johnny, wohin du auch gehst! Ich werde dich finden und in Stücke reißen!«

Starr vor Entsetzen stand Clem da. Sie hatte ihn noch nie die Stimme erheben gehört. Er klang wie ein wild gewordener Bär.

»Du fragst dich, wieso ich dich hier zurücklasse, Frank? Los, sag es!« Johnny beugte sich über die Reling. »Sag es einfach! Komm schon, sag mir, was du bist!«

»Ich bin stolz auf das, was ich bin!«

Clem spürte, wie sich Annies Nägel tiefer in ihr Fleisch gruben, während der Blutfleck auf ihrem Verband mit jeder Sekunde größer wurde.

»Du bist ein Ungeheuer, Frank. Ein widerwärtiges Ungeheuer!«, schrie Johnny.

»Ich habe nichts Falsches getan!«, brüllte Frank zurück. Wie in Zeitlupe wandte Johnny sich ab, schwang die Beine über die Reling und stieß mit dem Knie das Ruder an. Augenblicklich begannen sich die Segel mit Wind zu füllen, und die Little Utopia glitt in die entgegengesetzte Richtung davon, weg von Frank und dem Beiboot.

»Annie!«, schrie er. »Annie! Ich werde dich kriegen! Das weißt du ganz genau!«

Mit wutverzerrtem Gesicht löste Annie ihren Griff um Clems Arm, umklammerte die Reling und begann wie von Sinnen daran zu rütteln, während sie ihm Sachen an den Kopf warf, die niemals über ihre Lippen gekommen wären, befände sich nicht ein breiter Streifen Meer zwischen ihnen. »Du verdienst sie nicht! Du verdienst es nicht, ein Kind zu haben!«, schrie sie, bis ihre Stimme zu einem heiseren Krächzen verebbte.

»Aber du verdienst sie, ja?«, dröhnte Frank zurück. Inzwischen war er aufgestanden und reckte wutschnaubend die Fäuste in die Luft, doch seine Stimme wurde mit jeder Sekunde leiser. »Was für eine Mutter schlitzt sich schon am Geburtstag der eigenen Tochter die Pulsadern auf?«

Clem packte Johnny am Arm. »Das kannst du doch nicht machen!«, schrie sie. »Du hast das alles völlig falsch verstanden.«

»Nein, Clem. Hör mir zu!« Auch er war mittlerweile außer sich vor Wut und schüttelte sie ab. »Du irrst dich! Wach endlich auf, verdammt noch mal!«

In diesem Moment registrierte sie einen Schatten an der Reling und fuhr herum, gerade als Annie hinter ihnen ins Wasser sprang. »Nein!«, schrie sie.

Johnny drehte sich in der Sekunde um, als sie mit einem lauten Platschen in der Kielwelle des Boots landete. Er riss das Ruder herum, woraufhin die Little Utopia jäh zum Stehen kam.

»Sie ist reingesprungen, Johnny!«, brüllte Clem. »Sie ist ins Wasser gesprungen!«

»Annie?« Johnny stürzte zur Reling, doch Annie machte keine Anstalten, an Bord zurückzukehren.

»Komm her! Schwimm her!«, hörten sie Franks Stimme aus der Ferne.

Johnny streckte die Hand nach Annie aus. »Was tust du da? Los, komm an Bord!«, rief er, eine Hand um die Reling gelegt, die andere so weit nach ihr ausgestreckt, wie er nur konnte. »Annie! Los, nimm meine Hand.«

Doch sie tat es nicht. Stattdessen paddelte sie im Wasser herum, das von den letzten Sonnenstrahlen feuerrot verfärbt war, und starrte ihn aus verzweifelten Augen an, während das Boot sich immer weiter entfernte.

»Nimm meine Hand! Los, mach schon!«, wiederholte er. Wenn er sich noch weiter hinauslehnte, würde er ebenfalls ins Wasser fallen.

Clem, die am ganzen Leib zitterte, riss schluchzend den Cockpitsitz auf, schnappte den Bootshaken und reichte ihn Johnny. Er packte ihn und streckte ihn Annie hin.

»Nimm ihn!«, schrie er.

Clem hörte die Verzweiflung in seiner Stimme. Dass so etwas passieren würde, war eindeutig nicht Teil ihres Plans gewesen.

»Schwimm her zu mir«, bellte Frank.

Voller Entsetzen sahen Johnny und Clem zu, wie sie kehrtmachte und gehorchte.

»Geh nicht mit ihm!«, brüllte Johnny. »Das Boot wird untergehen. Bleib hier und komm mit uns!«

Annie sah sich um, sah seine ausgestreckte Hand, den Bootshaken, die blanke Panik in seinen Augen, die Angst, sie endgültig zu verlieren.

»Annie!« Seine Stimme war heiser und drohte zu brechen. »Annie, komm zurück. Was soll das?«, schluchzte er.

Doch Annie tat gar nichts. Stattdessen sah sie ihn aus ihren großen Augen an, resigniert und schicksalsergeben, und sie beide wussten, dass sie nicht an Bord zurückkehren würde.

# 8 VERLUST

Der Mond war groß und rund, die Wolken warfen silbrige Schatten, die hundertfach verzerrt auf den Wellen tanzten. Johnny überquerte das Deck, um das Genuasegel zu lösen. Hinter dem Bug spielte eine Horde Delfine im Wasser. Er blieb stehen, um zuzusehen, wie sie sich in fröhlich-dümmlicher Unwissenheit aus dem Wasser katapultierten, sich in der Luft um die eigene Achse drehten und wieder in den Fluten abtauchten. Das Wasser besaß eine solche Leuchtkraft, dass ihre perfekt geformten Silhouetten aussahen, als wären sie mit Millionen glitzernder Diamanten besetzt, wann immer sie aus dem Wasser schnellten. Er beobachtete das Schauspiel, doch die Kluft zwischen dem, was er sah, und dem, was er empfand, war mittlerweile so groß, dass er es kaum registrierte.

Sie hatten sich so weit von dem Beiboot entfernt, dass Franks Schreie im Rauschen des Windes verklungen waren, doch Johnny wusste, dass er seine Stimme für den Rest seines Lebens hören würde. Seine Hände hatten so heftig gezittert, dass er Mühe gehabt hatte, die Segel festzuhalten. Auch jetzt wurde sein Körper von einem heftigen Beben geschüttelt, ganz egal, wie viele Pullover er sich überzog. Er war immer noch fassungslos, wie Annie einfach über Bord springen und zu Frank schwimmen konnte. Immerhin war die Falle doch ihre Idee gewesen. Hatte sie ihn etwa bewusst manipuliert? Sosehr er sich auch bemühte, bekam er das Bild, wie sie zum Beiboot geschwommen war, nicht mehr aus dem Kopf.

Die Nacht war sehr schnell hereingebrochen und hatte jegliches Licht geschluckt, womit das Beiboot endgültig seinem Schicksal überlassen gewesen war. Ihre Chancen, es zu schaffen, waren nicht allzu groß. Womöglich entdeckte sie jemand, sie fanden irgendetwas im Wasser, was sie als Paddel benutzen konnten, oder aber sie gerieten in eine günstige Strömung. Es sei denn, das Boot sank vorher, was der wahrscheinlichste Ausgang war. Und falls sie wider Erwarten doch überleben sollten, würde Frank sie wohl kaum finden, solange sie Kurs gen Westen hielten, dessen war er sich ziemlich sicher, da die Beziehungen zwischen den Griechen und den Türken auf Eis lagen und keinerlei Kommunikation zwischen den Ländern stattfand.

Er nahm Kurs nach Nordwesten, in Richtung des Ionischen Meeres, nur fort von hier und allem, was hinter ihnen lag. Wann immer er einen Blick in die Richtung riskierte, aus der sie gekommen waren, erwartete er beinahe, Franks Schatten hinter ihnen aufragen zu sehen, doch mit Ausnahme der gezackten, silbernen Linie des Monds auf dem Wasser war weit und breit nichts zu erkennen.

Clem hatte kein Wort mehr gesagt. Sie hatte ihm den Rücken zugekehrt und weigerte sich, ihn anzusehen. Stattdessen saß sie am ganzen Leib zitternd da und starrte auf die Stelle hinaus, wo sie das Beiboot das letzte Mal gesehen hatten. Sie hatte beobachtet, wie es immer kleiner geworden war, hatte Franks leiser werdenden Schreien gelauscht und Annies schweigende Schwimmzüge beobachtet, bis alle anderen Geräusche im Rauschen des Windes untergegangen waren. Von Zeit zu Zeit setzte sie sich auf, griff nach dem Fernglas und suchte die Wasseroberfläche ab, doch außer der endlosen See und den silbergrauen Delfinen war nichts zu sehen.

»Wo ist Daddy?«

Sie fuhren beide zusammen. Smudge, das ahnungslose Opfer der Tragödie, erschien kurz vor Tagesanbruch auf der obersten Stufe der Kombüsentreppe. Bekleidet nur mit ihrer Captain-Hook-Jacke, mit einer Decke um die Schultern und Gilla in der Hand, in dessen zerschrammtem Auge sich das

Mondlicht spiegelte. Fassungslos mussten sie sich eingestehen, dass sie das kleine Mädchen während der vergangenen Stunden völlig vergessen hatten.

Und nun stand sie da – ihrer Mutter wie aus dem Gesicht geschnitten, nur mit den dunklen Augen und Haaren ihres Vaters, als sei es ihre Aufgabe, Johnny und Clem an die Ereignisse erinnern, falls sie sie jemals vergessen sollten. Annie hatte ihr zuvor ein Schlafmittel verabreicht, sodass sie von alldem nichts mitbekommen hatte, doch nun war sie wach, rieb sich die Augen und sah Johnny und Clem an, ohne zu ahnen, dass sie an einem entscheidenden Scheidepunkt ihres jungen Lebens stand – von diesem Moment an würde es sich zwischen *davor* und *danach* teilen.

»Komm herüber und setz dich«, sagte Johnny.

Wieder rieb sie sich die Augen, schlurfte durch das Cockpit und sah sich um. »Wo ist meine Mami?«, fragte sie und wandte sich Johnny zu. »Und mein Daddy?«

Clem sah ihn an. Über dieses Thema hatten sie bisher nicht gesprochen. Sie hatten über *gar* nichts gesprochen. Sie hatten einander noch nicht einmal in die Augen gesehen. Clem nahm Annies Strickjacke vom Cockpitsitz und schlang sie Smudge um die Schultern. »Hier, zieh die an«, sagte sie. »Hier draußen ist es eiskalt.«

Smudge stand da, während Clem sie wieder in die Decke hüllte, dann kniete sie auf den Steuerbordsitz und spähte über die Reling.

»Sie haben das Beiboot genommen«, erklärte Smudge.

»Stimmt«, bestätigte Johnny. »Sie sind ans Ufer gerudert.«

Smudge blickte aufs Meer hinaus. »Ohne mich?«, fragte sie verwirrt. »Wann kommen sie zurück?«

»Keine Ahnung«, antwortete Johnny.

»Suchen sie nach Granny?«

Die Schildkröte hatte er völlig vergessen. »Keine Ahnung, Smudge. Sie sind einfach losgefahren.«

»Ich glaube, sie suchen nach Granny«, erklärte sie, setzte sich neben ihn und baumelte mit den Beinen. »Oder vielleicht«, fuhr sie fort, während sich ihre Züge erhellten, »holen sie auch ein neues Haustier für mich.«

Johnny legte den Arm um sie und drückte sie an sich. »Vielleicht«, erwiderte er leise. Er hatte keine Ahnung, wie er mit der Situation umgehen sollte.

Sie sah ihm in die Augen. »Glaubst du, ich kriege ein Pferd?«

Sein Herz zog sich schmerzhaft zusammen. »Ich bin nicht sicher, ob ein Pferd überhaupt auf ein Boot passt.«

»Aber Pferde mögen Boote«, erklärte sie im Brustton der Überzeugung.

Clem biss sich auf die Lippe und wandte den Blick ab.

»Vorhin sind am Bug überall Delfine geschwommen«, sagte er zu ihr. »Geh doch mal nachsehen, ob sie noch da sind.« Er sah zu, wie sie fröhlich nach vorn hüpfte und sich auf den Bauch legte, um sich mit den Delfinen zu unterhalten.

Clem wischte sich die Tränen von den Wangen. Sie zitterte. Wenig später stand sie auf und ging mit Smudge unter Deck. Sie schlossen die Cockpittüren, während Johnny oben blieb, um allein weiterzusegeln. *Wir werden es schon schaffen*, sagte er sich. Doch in Wahrheit fragte er sich, wie zum Teufel sie all das jemals wieder auf die Reihe kriegen sollten. Er hatte etwas Schreckliches getan. Aber es hatte keinen anderen Ausweg gegeben, soviel stand fest. Trotzdem war es schrecklich von ihm gewesen, und nun hatte er ein Kind bei sich, um das er sich kümmern musste. Was um alles in der Welt sollten sie mit einem Kind anfangen? Er zwang sich, einige Male tief Luft zu holen. *Immer schön eines nach dem anderen.*

In der Ferne machte er ein Kreuzfahrtschiff aus, dessen Lichterketten in der Dunkelheit funkelten. Er stellte sich vor, wie die Leute an Bord tanzten, Cocktails schlürften und irgendeinem abgehalfterten Schnulzenheini lauschten, ehe sie sich zu später Stunde zwischen ihre blitzsauberen Laken legten. Er wünschte, er wäre an Bord des Kreuzfahrtdampfers, ein x-beliebiger Gast, jemand ganz anderes.

Nach einer Weile ging der Morgenstern auf, so hell und rot, dass er im ersten Moment dachte, es müsse sich um den Backbordscheinwerfer eines Schiffes handeln, doch er wanderte immer weiter am Himmel entlang, bis er direkt über der Spitze des Segels stand. Johnny ging nach unten, um sich einen Kaffee zu machen. Seine Lider fühlten sich wie Sandpapier an. Doch es war sinnlos, sich hinzulegen. Er würde keine Sekunde Schlaf finden.

Clem lag reglos und mit geschlossenen Augen auf dem Backbordsitz. Hinter ihr brannte die kleine Leselampe. Er trat neben sie und betrachtete ihr bildschönes Gesicht. Inzwischen hatte ihre Haut einen noch tieferen Braunton angenommen, selbst die Innenseite ihrer Oberarme und ihr Haaransatz waren braun gebrannt. Es hatte eine Zeit gegeben, als er sich nicht hätte zurückhalten können, sondern sich über sie beugen und sie küssen müssen. Doch nun brachte er es nicht über sich. Die Kluft zwischen ihnen war zu groß. Er wusste, dass das Band zwischen ihnen zerrissen war, doch er hatte keine Ahnung, wie er daran etwas ändern sollte – dieser Punkt schien auf seiner Prioritätenliste im Augenblick ganz weit unten zu stehen. Er trat an ihr vorbei zum Vorschiff und öffnete die Tür. Clem hatte Smudge ins Bett gelegt und Kissen rings um sie herum gestopft, damit sie nicht herausfallen konnte. Sie wirkte so winzig und verletzlich. Ihre Lippen waren leicht geöffnet, und ihre kleine schmale Brust hob und senkte sich unter ihren tiefen Atemzügen. In diesem Moment traf ihn die Erkenntnis, was für eine enorme Verantwortung auf seinen Schultern lastete, mit der Wucht eines Baums. Sie gehörte nun zu ihnen. Sie war sein kleines Mädchen. Er würde versuchen müssen, alles in seiner Macht Stehende zu tun, damit es ihr gut ging. Er schloss die Finger um ihre winzige Faust und schwor ihr, dass ihr Wohlergehen stets an oberster Stelle für ihn stehen würde. Für einen kurzen Moment schien es, als spannten sich ihre winzigen Finger unter dem Druck seiner Berührung an, und er spürte, wie sich tief in seinem versteinerten Herzen etwas zu regen schien. Er beugte sich vor und küsste sie auf die Wange.

Als er in die Kabine zurückkehrte, saß Clem mit der Decke um die Schultern aufrecht.

»Ich dachte, du schläfst«, sagte er, trat in die Kombüse und griff nach dem Wasserkessel.

»Wie kannst du ihr bloß in die Augen sehen?«, flüsterte sie mit einer Stimme, die er noch nie zuvor an ihr gehört hatte, voller Ekel, als wäre er ein Tier, ein Ungeheuer. Er hielt inne und sah sie an, ehe er beschloss, nicht darauf einzugehen. Er drehte den Wasserhahn auf, gab ausreichend Wasser für zwei Tassen hinein und stellte den Kessel auf den Herd. Er fragte sich, wie groß der Wassertank sein mochte. Über kurz oder lang würden sie irgendwo haltmachen und die Vorräte auffüllen müssen.

»Du hast ihre Eltern getötet«, stellte sie unverblümt fest.

»Sie haben eine kleine Chance, es zu schaffen. Außerdem war es Annies eigene Entscheidung, ins Wasser zu springen.« Er schaltete die Herdplatte ein.

»Aber deine, ihn umzubringen.«

»Sie hat mich angefleht, ihr zu helfen.«

»Also bist du auf die Idee gekommen, einfach ihren Mann zu töten.«

»Ich habe ihn im Beiboot ausgesetzt, für den Fall, dass du es nicht mitbekommen haben solltest.«

»Das ist praktisch dasselbe, das weißt du ganz genau.«

»Was hätte ich denn tun sollen?«, fragte er und knallte den Wasserkessel auf die Platte.

»Es steht dir nicht zu, Gott zu spielen. Du hättest ihn am Leben lassen können.«

»Ach ja, hätte ich das?« Er musterte sie von oben bis unten. »Eines solltest du dabei nicht außer Acht lassen ...«, sagte er, trat ans Spülbecken und lehnte sich dagegen, sorgsam darauf bedacht, seine Stimme im Zaum zu halten. »Annie wollte um jeden Preis von ihm weg. Und soll ich dir auch sagen, was sie getan hat, um ihr Ziel zu erreichen? Sie hatte Tabletten gebunkert, um sich das Leben zu nehmen. Und Smudge sollte nicht allein zurückbleiben …«

Clem starrte ihn einen Moment lang an, dann schüttelte sie den Kopf. »Ich glaube dir kein Wort.« Trotzdem blieb der Keim des Zweifels.

»Weshalb sollte eine Frau so etwas tun wollen? Wie schrecklich muss das sein, was passiert ist, um auf diese Weise fliehen zu wollen?«

»Sie ist verrückt, Johnny.«

»Was hätte ich denn tun sollen, Clem? Los, sag es mir«, fragte er mit leiser Stimme.

»Du hättest uns einfach nach Datça bringen können.«

»Das habe ich versucht, aber du wolltest es ja nicht.«

»Nein, ich meine beim zweiten Mal.«

»Oh, und für dich wäre das völlig in Ordnung gewesen, ja? Ihn einfach laufen zu lassen? Während Smudge ihm hilflos ausgeliefert ist?«

»Ja. Natürlich.«

Er starrte sie ungläubig an. Sie wollte es einfach nicht wahrhaben, sträubte sich mit Händen und Füßen dagegen, ihm zu glauben. »Dieser Mann hat Sex mit seiner fünfjährigen Tochter. Kapierst du es denn nicht?«

»Annie ist eine Lügnerin«, stieß sie leise hervor.

»Herrgott noch mal, Clem!« Er fuhr sich mit der Hand über die Stirn. »Mach endlich die Augen auf, verdammt noch mal!«

»Sie verbreitet Lügen über ihn.«

Er hatte es ihr nicht sagen wollen, hatte nicht gewollt, dass sie das Ausmaß seiner Verdorbenheit erfuhr. Er hatte sie davor beschützen wollen, so lange, wie es irgendwie ging. »Da drin liegt ein Buch, Clem«, sagte er. »In diesem Buch stecken massenweise Fotos von Dingen, von denen ich mir nicht vorstellen kann, dass du sie jemals sehen willst. Aber jetzt glaube ich, dass es nicht anders geht.«

Ihre Augen weiteten sich, und sie wurde blass, als das Ausmaß der Abscheulichkeit in ihr Bewusstsein zu sickern schien. Nun konnte sie ihn nicht länger in Schutz nehmen.

»Ist auch ein Foto von ihm dabei?«, fragte sie schließlich.

Johnny sah sie verständnislos an.

»Ob auch ein Foto von ihm dabei ist?«, wiederholte sie, dann lächelte sie. »Nein, es ist keins dabei, stimmt's? Natürlich nicht. Fotos beweisen rein gar nichts, Johnny. Annie hat ihm etwas angehängt. Und du bist darauf hereingefallen.«

Er traute seinen Ohren nicht. »Großer Gott«, stieß er hervor. »Er hat dich komplett auf seine Seite gezogen, stimmt's?«

»Und sie dich aber nicht auf ihre? Du hältst dich doch für den Ritter in schimmernder Rüstung, der ihr zu Hilfe eilt, oder etwa nicht?«

»Sie hat versucht, sich die Hand abzuhacken, Clem.«

»Das war doch bloß ein Hilfeschrei.«

»Ein Hilfeschrei? Tja, und ich war der Einzige, der verdammt noch mal darauf reagiert hat, oder etwa nicht? Ich war derjenige, der ihr verdammt noch mal geholfen hat!«, schrie er. Das hatte er noch nie getan.

»Annie, Annie, ich höre immer nur Annie. Du bist nicht der liebe Gott, Johnny. Es steht dir nicht zu, einfach ihren Ehemann zu beseitigen.«

»Was hätte ich denn sonst tun sollen? Los, sag es mir!«

»Wenn du dir deiner Sache so sicher warst, hättest du ihn doch anzeigen können, sobald wir von Bord gegangen wären.«

Johnny spürte eine glühend heiße Wut in sich aufsteigen. »Ihn anzeigen?«, brüllte er. »Und bei wem, bitte sehr? Die Bullen hier kümmert das doch einen Scheißdreck. Hier gelten doch keinerlei Gesetze! Kapierst du es nicht? Der Dreckskerl kann machen, was ihm verdammt noch mal einfällt! Deshalb heißt dieser beschissene Kutter ja Little Utopia!«

Er schlug mit einer solchen Wucht auf die dünne Trennwand ein, dass das Sperrholz mit einem lauten Knacken zerbarst und seine Fingerknöchel zu bluten begannen. Wieder starrten sie einander an, beide verwirrt und in entsetztem Staunen darüber, was aus ihnen geworden war, mit welcher Geschwindigkeit sich dieser unüberwindbare Graben zwischen ihnen aufgetan hatte.

Er wandte sich ab und stützte sich mit beiden Armen am Treppengeländer ab. Mit gesenktem Kopf stand er da und versuchte verzweifelt, die Tränen zurückzuhalten, seine Selbstbeherrschung zurückzugewinnen. Keiner wagte es, ein Wort zu sagen. Er blickte zum nächtlichen Himmel hinaus, in die tiefschwarze Leere, die sich scheinbar endlos über ihnen spannte.

Das Kreischen des Wasserkessels durchbrach die Stille. Langsam und mit methodischer Sorgfalt häufte er das Kaffeepulver in die Tassen und goss das Wasser darüber, als hänge sein Leben von der korrekten Zubereitung des braunen Getränks ab. Er gab Zucker hinein, rührte um und trug die beiden Tassen zum Tisch. Clem saß noch immer mit ausdrucksloser Miene da. Es schien, als hätte sie sich komplett in sich zurückgezogen, an einen Ort in ihrem Inneren, wo niemand sie erreichen konnte. Er setzte sich neben sie. Wortlos sahen sie den umherwirbelnden braunen Strudeln in ihren Tassen zu.

»Ich will nach Hause«, sagte sie kleinlaut.

*Zu Hause.* Daran hatte er noch gar nicht gedacht. Er sah sie an und dachte an die Clem von damals. Die Clem zu Hause, von damals, als sie noch zusammengehört hatten. Es schien, als lägen Welten zwischen dieser Zeit und heute. Er erinnerte sich noch daran, wie er sich in sie verliebt hatte, an ihre erste Verabredung im Blue Anchor – Clem in Jeans und ihrem weißen Top, wie sie stets denselben Song in der Jukebox gewählt hatte. Er wusste noch genau, wie sehr er sie damals geliebt hatte und es auch jetzt noch tat. Doch es schien, als sei ihre Liebe plötzlich zu weit entfernt, um sie noch erreichen zu können; genauso weit entfernt wie alles andere, was ihm einst etwas bedeutet hatte. Sein

Inneres war wie betäubt, zutiefst erschüttert und hilflos zugleich.

»Ja«, sagte er als Antwort auf eine unausgesprochene Frage. »Ich bringe dich nach Hause.«

»Aber wie soll das gehen, Johnny?«, fragte sie. »Was machen wir mit Smudge?«

»Wir nehmen sie einfach mit.«

Sie sah ihn an. Ihre Augen waren gerötet und verquollen. »Aber wie wollen wir das den Behörden erklären?«

Sie hatte recht. Sie konnten nicht nach Hause zurückkehren. »Dann gehen wir eben woandershin«, sagte er, ohne den Blick von ihr zu lösen.

Sie nickte, doch ihre Augen füllten sich mit Tränen. »Aber ich will nach Hause.«

»Bitte.« Seufzend senkte er den Kopf und massierte sich die Stirn. Er war so unendlich müde, so erschöpft. »Allein schaffe ich es nicht.«

Sie nahm seine Hand. Eine Weile saßen sie reglos da und lauschten dem Schlagen der Wellen. Schließlich hob er den Kopf und sah sich um, als würde ihm zum allerersten Mal bewusst werden, wo sie sich befanden: das zertrümmerte Spanholz, der potthässliche Billigteppichboden, Franks Geschichtsbücher, ihre Schnulzenromane, seine Stifte, ihr Krimskrams und ihr Kind, das hinter der geschlossenen Tür friedlich schlief. Sie waren fort, und Johnny und Clem hatten ihnen ihr Leben gestohlen.

Die Hochzeit war keineswegs planmäßig verlaufen. Sie hatten die Feier bewusst klein gehalten. Gerade einmal zu zwölft standen sie vor der Kirche in St. Mawgan, derselben Kirche, in der auch Johnnys Eltern fünfundzwanzig Jahre zuvor getraut worden waren. Rob hatte Clem auf der alten Triumph mitgenommen, weil sie darauf bestanden hatte, dass das Brautpaar getrennt voneinander eintraf. Es entpuppte sich als ziemlich schwierig, an all ihren abergläubischen Gewohnheiten festzuhalten, und sie stand ständig vor der Entscheidung, sich daran zu halten oder darüber hinwegzusetzen. Einige von ihnen waren schlichtweg absurd, beispielsweise, sich am Morgen der Trauung nicht zu sehen, obwohl sie und Johnny doch unzertrennlich waren. Doch der Tradition, bei der Hochzeit etwas Blaues und etwas Geliehenes zu tragen, blieb sie treu: Ihr Kleid war – gewissermaßen – geliehen. Sie hatte vor, es gleich nach der Trauung in die Kleiderkammer zurückzubringen. Sarah hatte es im Laden einer Wohltätigkeitsorganisation in Newquay in der Nachtwäsche-Abteilung aufgestöbert. Obwohl es mit blauen Blümchen bedruckt war, sah es wie ein Hochzeitskleid aus, war schmal geschnitten und aus einem glänzend weißen Stoff mit züchtigen langen Ärmeln. Für Johnny hatte sie einen Dreiteiler gefunden, sodass sie das perfekte Paar abgaben. Keiner von ihnen hatte Erfahrung mit der Organisation von Hochzeiten, und Clems Mutter hatte längst jeden Versuch aufgegeben, Struktur ins Leben der Loves zu bringen. Sie hatte alle möglichen entfernten Verwandten einladen, die Kirche mit Blumen schmücken, ein Buffet und Namenskärtchen auf den Tischen und eine Limousine haben wollen, bis Clem ihr erklärt hatte, dass das bei den Loves nicht so lief. Am Ende hatte sie sich mit Efeuzweigen von der alten Stadtmauer und Bier aus dem Fass abfinden müssen, auch wenn dies so gar nicht ihren Vorstellungen entsprochen hatte; sie war entsetzt gewesen, als sie mitbekam, wie Sarah die Triumph mit weißer Farbe angestrichen hatte.

Es war November, und es herrschte Aprilwetter – irgendwann hatte sich sogar ein Regenbogen über den Bergen gespannt. Clem hatte ihn als Zeichen gewertet, auch wenn sie sich nicht sicher gewesen war, wofür. Sie hatte – das Hochzeitskleid unter die Beine gestopft, die Locken unter dem Sturzhelm verborgen – die Arme fest um Rob geschlungen und sich gegen seinen Rücken geschmiegt, während er über die gewundenen Landstraßen gebrettert war. Er war ein Stück kleiner und breitschultriger als Johnny, besaß jedoch dieselbe behagliche Vertrautheit wie sein Bruder. Sie rochen sogar ähnlich. Ihr Herz drohte vor Glück förmlich überzuquellen. Nicht einmal im Traum hätte sie gedacht, dass ein Mensch so überschäumende Freude empfinden konnte. Die ganze Welt schien im goldenen Schein ihres Glücks zu erstrahlen. Nie hatte das Wasser so blau, die Gischt so weiß geleuchtet, waren die Berge so klar und der Rasen so grün gewesen. Es schien, als hätte sich alles rings um sie für ihren Hochzeitstag in Schale geworfen, als zeige sich die Natur von ihrer schönsten Seite, nur für sie – auch jetzt noch konnte sie diesen kindischen Verdacht nie ganz abschütteln, dass die Welt eigens für sie zurechtgezimmert worden war.

Leider hielt das Wetter nicht. Als sie den Hügel zur Kirche hinauffuhren, verdunkelte sich der Himmel auf einmal dramatisch und öffnete sämtliche Schleusen. Es goss in Strömen. Sie spürte den Regen im Nacken, zwischen dem Rand des Helms und dem Kragen ihrer Jacke, hörte das Platschen, mit dem die Tropfen auf Robs Lederjacke einprasselten, und sah, dass die weiße Farbe zerfloss und lange Schlieren auf der Straße, ihren Beinen und auf Robs Anzug hinterließ.

Doch der eigentliche Ärger begann vor der Kirche, als sie feststellten, dass eine andere Hochzeit im Gange war – mit einer Hundertschaft an Freunden und Verwandten.

Sie und Rob stiegen vom Motorrad und rannten durch den Regen zu dem Rundbogen, unter dem Johnny und die anderen Gäste Zuflucht gesucht hatten. Zu ihrer Bestürzung drangen lauter Gesang, Hüsteln und sonstige Geräusche aus der Kirche. Sie warteten, bis die Zeremonie beendet war und sich der Großteil der Gäste auf der anderen Seite der Kirche eingefunden hatte, um Fotos zu machen – noch ein Detail, an das sie nicht gedacht hatten –, ehe sie zum Pfarrer gingen, der völlig verblüfft zu sein schien, eine zweite Braut in seiner Kirche vorzufinden. Er meinte, er könne sie unmöglich trauen, da sie die Reservierung nicht bestätigt hätten und folglich das Aufgebot nicht hatte ausgehängt werden können – sie wussten noch nicht einmal, was ein Aufgebot überhaupt war. Clem schlug vor, es doch einfach jetzt nachzuholen. Sie bettelten und flehten, doch der Pfarrer ließ sich nicht erweichen: ohne Aufgebot keine Trauung.

Und dies war nicht das einzige Problem. Clems Vater war nicht aufgetaucht, außerdem hatte Rob Clems Ring zu Hause auf dem Küchentisch liegen lassen. Und so landeten sie im Falcon Inn auf der gegenüberliegenden Straßenseite und bestellten Bier für alle, statt einer feierlichen Trauung beizuwohnen – bis Johnnys Vater die zündende Idee hatte.

Das Wetter hatte erneut umgeschlagen. Als sie den Hafen von Padstow erreicht hatten, war die dicke Wolkendecke weitergezogen und hatte Platz für einen schmalen Streifen eisigen Blau geschaffen. Ein schneidender Wind fegte über die Küste und die tief stehende Wintersonne warf lange Schatten auf das öligschwarze Wasser. Sie schlüpften in Gummistiefel und zogen sich dicke Pullover, Schals und bunt gemischte Regenjacken über, die sie im Schrank des Bootshauses gefunden hatten. Zu fünft standen sie am steilen Steg und schickten sich an, die Fireball, ein altes Holzboot, vom Anhänger in die ansteigende Flut zu schieben, dessen Takelage bereits vor Vorfreude klapperte. Sarah und Rob standen auf der einen Seite im eisigen Wasser, Johnny und Clem auf der anderen, während sein Vater den Anhänger zurück zum Bootshaus schob.

Clem sprang als Erste hinein. Ihr Rock klebte an den Gummistiefeln, und ihr Make-up war völlig zerflossen, weil sie im Pub geweint hatte. Alle taten so, als hätten sie nichts davon mitbekommen, weil die Herzlosigkeit, die ihr die Tränen in die Augen getrieben hatte, schon schlimm genug war, um sie noch zusätzlich zu erwähnen. Aber natürlich wussten es alle – und es war nicht die Tatsache, dass die Hochzeit geplatzt war. Die Trauung konnte jederzeit nachgeholt werden. Nein, der Grund für ihre Tränen war, dass ihr eigener Vater einfach nicht aufgetaucht war. Nur ein einziges Mal hätte er sich ins Zeug legen, alle Hebel in Bewegung setzen können, um es zu schaffen. Johnny war so wütend, dass er noch nicht einmal seinen Namen in den Mund nehmen konnte. Dabei war Clem außer sich vor Freude gewesen, als Jim zugesagt hatte. Es sei ihm eine Ehre, sie zum Altar zu führen, und Peter und Tim könnten das Ringkissen tragen, hatte er gesagt. Sie war vor Begeisterung nackt durch die Wohnung getanzt. Und nun hielt es dieser elende Dreckskerl nicht einmal für nötig, auch nur aufzutauchen. Und Clem konnte sich nicht überwinden, der Wahrheit ins Auge zu blicken. Stattdessen kam sie mit faulen Ausreden daher, weshalb er es nicht geschafft haben könnte – vielleicht kam er ja nur ein bisschen später, meinte sie, und als es noch später wurde, erklärte sie, er sei im Moment in seinem neuen Job ja so unglaublich eingespannt. Aber Johnny entging nicht, dass sie sich jedes Mal erwartungsvoll umdrehte, wenn die Tür des Falcon Inn aufging. Und als ihr dämmerte, dass er tatsächlich nicht kommen würde, tat sie so, als hätte sie etwas im Auge.

Mit hämmerndem Herzen setzte Clem sich neben den Mast am Bug der Fireball. Sie zog den Reißverschluss ihrer Jacke hoch und klappte das Ärmelbündchen über ihre Finger. Auf dem Meer war es spürbar kälter. Johnny zog sich die Mütze vom Kopf und warf sie ihr zu. Sie setzte sie auf und blickte zum Bootshaus hinüber, wo ihre Mutter stand und ihnen winkte – in ihren hochhackigen Schuhen und dem hellblauen Kleid unter der gelben Öljacke, die Johnnys Dad ihr zum Wärmen gegeben hatte. Sie war zu höflich gewesen, um das Angebot auszuschlagen, doch Clem sah ihr an, dass es ihr nicht behagte, weil sie ihre Sachen nicht schmutzig machen wollte. Trotzdem sah sie gut darin aus – so als gehöre sie dazu. Clem wünschte, sie könnte ihrer Mutter begreiflich machen, wie magisch das Leben der Loves war, denn eines war ihr an diesem Nachmittag bewusst geworden: Sie hatte den einzigen Menschen, der immer für sie da gewesen war, als selbstverständlich betrachtet. Sie blies ihr einen Kuss zu, während Sarah umständlich ins Boot kletterte und sich lachend das Geschirr anlegte. Als Nächstes kam Johnnys Vater an Bord, gefolgt von Rob und Johnny, die das Boot vom Ufer abstießen, ehe sie selbst hereinkletterten. Johnny war es sogar gelungen, vollkommen trocken zu bleiben. Nach einigem Hin und Her glitt die Fireball, angetrieben von einem sanften Südwestwind, mühelos über die Wellen und aus dem Hafenbecken hinaus. Clem drehte sich um und sah ihre Mutter immer noch an der Mauer stehen und winken. Sie winkte zurück.

Sie flitzten an dem kleinen Cottage an der zerklüfteten Küste vorbei, während sich die Sonne hinter den Bergen verbarg. Vor ihnen hob sich Puffin Island scharf vom Horizont ab. Johnny und Clem saßen eng umschlugen auf der Steuerbordseite. Er küsste sie auf die Wange, ohne den Blick vom Segel über ihnen zu lösen, obwohl sein Vater das Ruder fest in der Hand hielt. Sarah lehnte sich so weit hinaus, wie es ihr Geschirr erlaubte. Rob saß neben ihr. Johnnys Vater änderte den Kurs, und Sarah rutschte wieder auf den Sitz zurück. »Können wir uns vielleicht ein bisschen beeilen, Dad? Es ist eiskalt«, sagte sie.

»Oh, klar. Tut mir leid. Ich habe kurz den Faden verloren. Es ist so ein herrlicher Tag. Genau richtig, um ...« Mittlerweile befanden sie sich parallel zur Landzunge, durch die Hügel ringsum einigermaßen vom Wind abgeschirmt. Er wendete noch einmal, woraufhin die Segel leicht flatterten, ehe sie sich in ihre neue Position begaben. Der Wind kam nun von hinten, sodass die Fireball behutsam schwankend auf dem Wasser lag.

»Als Kapitän dieses Schiffes«, verkündete Johnnys Vater mit seiner dröhnenden Stimme, die seine beiden Söhne geerbt hatten, und spähte zwischen den Segeln hindurch, als käme irgendein anderer Verrückter auf die Idee, an diesem eiskalten Tag segeln zu gehen, »werde ich nun die Trauung dieser beiden jungen Menschen vornehmen.«

»Ist sie eigentlich rechtskräftig?«, erkundigte sich Sarah.

»Aber natürlich ist sie das«, antwortete er, den Blick auf das Segel gerichtet. »Sogar mehr als das. Sie ist von den Elementen besiegelt. Sarah und Rob, ihr beide fungiert als Trauzeugen. Clem, Johnny, ihr setzt euch bitte neben mich. Hast du diesmal den Ring dabei, Rob?«

Widerspruchslos ordneten sich alle vier der exzentrischen Autorität von Johnnys Vater unter und nahmen gehorsam ihre Plätze ein. Alle Augen ruhten auf ihm, während er in Schweigen verfiel: Er verlor häufiger mitten im Gespräch den Faden, und alle warteten gespannt darauf, dass er fortfahren würde. Schließlich blickte er gen Himmel. »Ich wünschte, eure Mutter könnte jetzt hier sein«, sagte er. »Sie würde wissen, wie man das macht. Ich erinnere mich noch nicht einmal mehr an das Ehegelöbnis, deshalb werde ich wohl oder übel improvisieren müssen.«

Er verlagerte das Gewicht auf seinem Sitz und räusperte sich. Dann löste er das Hauptsegel und die Fokschot ein klein wenig, sodass sich der Bug sanft hob und senkte.

»Also. Jonathan Love«, dröhnte er über das Flappen der Segel hinweg, »bist du verrückt nach dieser Frau?«

Lächelnd sah Johnny an seinem Vater vorbei zu Clem. »Ja, das bin ich.«

»Sprich lauter, damit wir es alle hören. Der Himmel, die See und wir sind deine Zeugen.«

»Das bin ich!«, wiederholte Johnny, lauter diesmal.

»Liebst du sie mehr als alles auf der Welt?«

Johnny lachte. »Mehr als alles auf der Welt«, sagte er und griff nach ihrer Hand.

»Gelobst du, sie zu lieben, sie zu ehren und sie zu beschützen?«

»Ich gelobe es.«

»In Gesundheit und in Krankheit?«

»Definitiv.«

»In ruhigen Gewässern und auf stürmischer See?«

»Ja.«

»Das Leben ist nämlich kein Zuckerschlecken, Johnny. Es ist verdammt schwer, zusammenzubleiben. Davonzulaufen und den anderen im Stich zu lassen, ist meistens die einfachere Wahl.«

»Ja, Dad.« Johnny warf seinem Vater einen flüchtigen Blick zu, ehe er wieder in Clems dunklen, leuchtenden Augen versank. »Ich werde dich nie im Stich lassen, das schwöre ich bei meinem Leben.«

»Wo bleibt die Poesie, Junge? Frauen brauchen Poesie.«

Johnny lächelte. »Ich liebe sie. Was willst du mehr?«

»Dann komme ich zum nächsten Teil der Zeremonie«, fuhr Johnnys Vater fort. »Willst du diese wunderbare Frau als deine rechtmäßig angetraute Ehefrau nehmen?«

»Ja, ich will.«

»Sehr gut. Und du, Clemency Bailey?«

»O ja.« Clem beugte sich vor und küsste Johnny auf den Mund. Wieder lief ihr das Make-up in schwarzen Schlieren übers Gesicht, diesmal allerdings vor unbändiger Freude.

»Nein, wartet«, sagte Johnnys Vater. »Noch nicht küssen. Ich muss dich zuerst fragen. Liebst du meinen Sohn Jonathan Patrick Love?«

»Ja, das tue ich.«

»Sehr?«

»Dad …« Johnny warf ihm einen warnenden Blick zu.

»Ich liebe ihn mehr, als ich ertragen kann. So sehr, dass es wehtut.«

»Das sagst du jetzt, Clem, aber wirst du ihn auch lieben, wenn die Zeiten einmal nicht mehr so rosig sind? Wirst du ihn noch lieben, wenn ihr den Widrigkeiten des Lebens ausgesetzt seid?«

Ein Schatten schien ihre Züge zu verdüstern. Dieser Gedanke war ihr bisher nie gekommen. Sie konnte sich beim besten Willen keine Widrigkeit vorstellen, die ihrer Liebe Schaden zufügen könnte. Ihre Liebe zueinander war unzerstörbar. »Ja. O ja, das werde ich.« Sie wandte sich Johnnys Dad zu und blickte ihn mit ernster, eindringlicher Miene an. »Ich werde deinen Sohn bis zum Ende aller Zeit lieben. Bis zu dem Tag, wenn die Welt längst aufgehört hat, sich zu drehen, wenn die Sonne nicht länger aufgeht und alle Sterne am Himmel verglüht sind. Du wirst schon sehen.«

Johnny drückte ihre Hand und spürte ein Brennen in seinen Augen sowie einen dicken Kloß in seiner Kehle.

»O ja, das gefällt mir«, sagte sein Dad. »*Bis alle Sterne am Himmel verglüht sind* – das klingt doch schon viel besser. Clemency Bailey, willst du diesen Mann als deinen rechtmäßig angetrauten Ehemann nehmen?«

»Ja, ich will.«

»Der Ring, Rob?«

Rob beugte sich vor und reichte Johnny Clemencys Ring. Vorsichtig schob er ihn auf Clems eiskalten Finger. »Damit erkläre ich euch zu Mann und Frau. Möge die Sonne immer auf euch herabscheinen!«

Und genau das tat sie auch. In diesem Augenblick schob sich die Sonne über eine Senke in den Bergen und tauchte das Boot in goldenes Licht.

Die Anwesenden jubelten und klatschten, dann meinte Sarah: »Dann können wir ja jetzt zurückfahren. Ich bin bis auf die Knochen durchgefroren.«

Eilig schnappte Rob die Klüverleine, doch weder Johnny noch Clem machten Anstalten, sich vom Fleck zu rühren. Ihnen war nicht kalt. Vielmehr loderte ein Feuer in ihnen, das sie von ihnen heraus zu erwärmen schien. Sie sahen einander in die Augen. Nun waren sie verheiratet.

Als sie in den Hafen zurückkehrten und das schwere Boot aus dem Wasser zerrten, schlotterten zwar alle fünf vor Kälte, trotzdem waren sie von einer neuen, ungekannten Wärme erfüllt. In diesem Moment entdeckte Johnny Clems Vater, der mit einer Zigarette in der Hand am Bootshaus auf sie wartete. Er trug einen braunen Anzug mit Schulterpolstern und beobachtete, wie sie das Boot auf den Anhänger verfrachteten. Johnny sah zu

Clem hinüber, um herauszufinden, ob sie ihren Vater bemerkt hatte. Doch sie war halb hinter dem Bootsrumpf verborgen und hatte den Kopf gesenkt und schob mit aller Kraft. Johnny holte tief Luft. Niemand würde ihnen diesen Tag verderben. Und niemand würde seiner Frau jemals wieder wehtun. Er registrierte, dass Jim auf sie zutrat, nahm ihn jedoch nicht zur Kenntnis. Als sie den Anhänger um die eigene Achse drehten, sah Johnny ihn an. »Wieso kommen Sie erst jetzt?«, fragte er.

»Ja, äh, tut mir leid«, erwiderte Jim, strich sich mit der Hand übers Haar und zog an seiner Zigarette. »Ich musste vorher noch Liz und die Jungs bei ihrer Mutter absetzen und …«

Der Rest des Satzes blieb ungesagt. Wie aus dem Nichts schnellte Johnnys Faust vor und traf Jim mitten zwischen die Augen – ein Hieb, dessen Akkuratesse und Wucht selbst Johnny verblüffte. Das Ganze ging so schnell, dass die anderen bis auf Rob nicht einmal etwas davon mitbekamen. Mit gesenkten Köpfen schoben sie die Fireball auf dem Anhänger zum Parkplatz, ohne den Mann mit dem schicken Anzug zu bemerken, der mit blutendem Gesicht im Kies lag.

Bei Sonnenaufgang kam Regen auf, und Johnny zog Franks Ölzeug über. Der Wind war so heftig, schien jedes Haar einzeln von seinem Kopf reißen zu wollen, dass es sich wie ein persönlicher Rachefeldzug gegen ihn anfühlte. Tief versank der Bug in den Wellen, jedes Mal mit einem lauten Knall. Nach einer Weile kam Smudge aus dem Vorschiff ins Cockpit, um ihnen von ihren Träumen zu erzählen. Sie hatte geträumt, sie habe Sprungfedern anstelle von Beinen und sei Hunderte von Metern hoch über die Wellen getanzt. Sie sei eine ausgezeichnete Wellenhüpferin gewesen, meinte sie und rätselte, ob ihr dasselbe wohl auch jetzt gelingen würde, da sie wach war. Augenblicke später beugte sie sich vor und übergab sich mit einem Schwall in den Niedergang.

Johnny zog ihr das Regenzeug über und schöpfte einen Eimer

voll Wasser, den er über die Lache kippte, dann schnallte er sie fest. Sie saß auf ihrem Platz, klammerte sich fest und übergab sich immer wieder aufs Neue. Obwohl sie den ganzen Tag über kein einziges Mal nach ihren Eltern fragte, schienen Frank und Annie überall an Bord zu sein, in jeder Ecke und jedem Winkel des Bootes. Der Wind legte immer mehr zu, und die Wellen schlugen höher, sodass kaum Zeit zum Nachdenken blieb. Segeln bei schwerem Seegang erforderte ein enormes Ausmaß an Konzentration, und Seekrankheit schlug zu sehr auf den Körper und aufs Gemüt, um an etwas anderes als an die unerträgliche Übelkeit zu denken. Überleben – das war das Einzige, was zählte, und Johnny war dankbar dafür. Er hatte beschlossen, dass sie erst haltmachen würden, wenn der Wassertank leer war, um möglichst kein Risiko einzugehen. Er würde bis nach Sardinien oder Korsika segeln, irgendwo ganz weit weg, wo sie den Namen des Bootes überpinseln und die Little Utopia entweder versenken oder verkaufen und noch einmal ganz von vorn anfangen würden.

Irgendwann kam Clem an Deck. Auch sie war schwer seekrank und übergab sich, übernahm jedoch für eine Weile das Ruder, damit er in der Koje über dem Kartentisch ein kleines Nickerchen machen konnte. Er machte sich nicht einmal die Mühe, die Gummistiefel oder das Regenzeug auszuziehen, sondern kroch hinein, schloss die Augen und fiel in einen leichten Dämmer, in dem sich das Kreischen des Boots in Franks verzweifelte Schreie und die dumpfen Schläge des Rumpfs in seine zornigen Fausthiebe verwandelten. Allmählich dämmerte ihm, dass er nie wieder Frieden finden würde. Frank würde ihn für den Rest seines Lebens verfolgen, bis in seine Träume. Selbst als er die Cockpitwand hinter sich spürte, fühlte es sich an, als sei es nicht das Fiberglas, das sich gegen seinen Rücken presste, sondern Franks massiger Körper. Zweimal schreckte er, erregt und zutiefst beschämt, aus dem Schlaf, weil er geträumt hatte, Franks Finger mit den fehlenden Spitzen zwischen seinem Rückgrat und seinem Hinterteil zu spüren. Als die sanfte Stimme aus dem Cockpit an seine Ohren drang, katapultierte er sich mit einem Satz aus der Koje und stürzte hinauf, um ihn sich vorzuknöpfen. Verwirrt starrte Clem ihn an, als er unter lautem Gebrüll auf dem Deck hin- und herrannte und ihn über das Donnern der Wellen hinweg verfluchte – außer ihr war weit und breit war keine Menschenseele zu sehen.

Danach verzichtete er gänzlich auf Schlaf; stattdessen begann er, wie von Sinnen sämtliche Spuren von Frank zu beseitigen; alles, was irgendwie an ihn erinnerte. Er suchte seine Kleider zusammen – das Bargeld, das Frank gebunkert hatte, behielt er –, kramte in ihren persönlichen Unterlagen herum. Er fand ihre Pässe und stellte fest, dass Smudge auf Franks Dokument eingetragen war. Also schrieb er ihren Namen in seinen eigenen Pass: Imogen Love. Wer sollte auch auf die Idee kommen, dass etwas nicht stimmte? Ein junges Paar mit einem kleinen Mädchen an Bord eines Boots – es gab keinerlei Grund, irgendetwas Unrechtmäßiges zu vermuten. Er zerschnitt Annies und Franks Pässe, stopfte sie in eine leere Suppendose und schleuderte sie über Bord.

Am dritten Tag verschlechterte sich das Wetter noch mehr. Clem und Smudge blieben unter Deck – beide hatte es so schlimm erwischt, dass sie praktisch zu nichts mehr zu gebrauchen waren. Sie hingen zusammengekauert abwechselnd auf der Seite des Boots, die gerade am tiefsten im Wasser lag. Er versuchte, ihnen Getränke einzuflößen, doch sie schafften es noch nicht einmal, die Köpfe zu heben, es sei denn, um noch mehr Galle zu spucken. Sie waren mehr tot als lebendig. Er sorgte dafür, dass sie wenigstens nicht frieren mussten, doch nicht ein einziges Mal zog er die Möglichkeit in Betracht, eine der Inseln anzusteuern. Nicht solange die Gefahr drohte, dass Frank sie doch noch aufstöbern könnte. Draußen tobte ein heftiger Sturm mit Böen mit bis zu siebzig Knoten. Er hatte nur ein einziges Segel ein winziges Stück gesetzt und kämpfte sich tapfer durch den Gegenwind. Manchmal fühlte es sich an, als kämen sie keinen Zentimeter vorwärts, doch Johnny war fest entschlossen, nicht aufzugeben. Stattdessen schnallte er sich fest und segelte weiter, immer weiter, jenseits von Sinn und Verstand. Von Zeit zu Zeit sah er Inseln in der Ferne auftauchen, die kaum mehr als graue Flecke in der undurchdringlichen Schwärze des Himmels waren und weder größer noch kleiner zu werden schienen. Während der vergangenen drei Tage hatten sie bestenfalls siebzig Meilen zurückgelegt.

Schließlich, am vierten Tag, siegte die Vernunft. Solange das Wetter so blieb, würden sie nicht weitersegeln können. Clem und Smudge waren so schwer krank, dass sie noch nicht einmal Wasser bei sich behielten, und auch er selbst befand sich am Rande der Erschöpfung. Als sie endlich die westlichste der griechischen Inseln erreichten und die Sonne durch den milchig weißen Himmel drang, blickte er zu der zerklüfteten Insel mit dem von zahllosen Höhlen gesäumten Ufer hinüber und hatte endlich das Gefühl, Frank weit genug hinter sich gelassen zu haben. Erst jetzt merkte er, wie erschöpft er war.

Er zog ein Stück mehr Segel auf und ging nach unten, um einen Topf voll Ingwerbrühe für Smudge und Clem aufzusetzen und eine große Portion Pasta zu kochen. Er war so müde, dass seine Augäpfel in den Höhlen zu zittern schienen. Clem würde für eine Weile das Ruder übernehmen müssen. Nur eines musste er noch erledigen, ehe er Schlaf finden würde.

Die Spätnachmittagssonne schien sanft auf die Little Utopia herab, als er mit einem kleinen Eimer Hochglanzlack, den er unter dem Cockpitsitz gefunden hatte, die geschwungenen Buchstaben auf beiden Seiten des Bugs überpinselte. Es fühlte sich gut an, die abscheulichen Worte auszulöschen. Franks Utopie, seine perverse Vorstellung einer perfekten kleinen Welt, existierte nicht länger. Johnny überquerte das Deck, um sich den Namen am Bug vorzunehmen, tauchte den Pinsel in die Farbe und beugte sich über die Reling.

»Was tust du da?« Er fuhr herum.

Clem stand hinter ihm auf dem Niedergang. Sie war blass und sah müde aus. Seit achtundvierzig Stunden hatte sie keinen Bissen mehr gegessen, und noch viel mehr Zeit war vergangen, seit das letzte Mal ein Wort über ihre Lippen gekommen war.

»Wie fühlst du dich?«, fragte er, den Pinsel immer noch in der Hand. »Unten steht Ingwertee, außerdem habe ich eine Portion Nudeln für euch gekocht.«

»Was tust du da?«, fragte sie noch einmal und sah auf den Pinsel.

»Ich überstreiche den Namen.«

Ihre Miene war ausdruckslos. »Aber das kannst du nicht machen.«

»Clem, wir dürfen kein Risiko eingehen. Wir müssen den Namen ändern.«

»Johnny«, sagte sie kopfschüttelnd, »man darf den Namen eines Boots nicht ändern. Niemals. Das bringt Unglück.«

»Wie viel Unglück könnten wir wohl noch haben, was meinst du?«, fragte er resigniert. Trotzdem war er froh, dass sie überhaupt wieder so etwas wie Interesse an ihrer Umwelt zeigte.

»Na gut«, sagte er. »Wie wär's, wenn sie einfach keinen Namen hat?«

Sie nickte und wandte den Blick ab. Er überpinselte die restlichen Buchstaben, drückte den Deckel auf den Farbtopf, wickelte eine alte Plastiktüte um den Pinsel und ging nach unten in die Kombüse. Auch Smudge ging es deutlich besser. Sie tranken Ingwertee und aßen ganz langsam die Nudeln, um ihre Mägen nicht mit der plötzlichen Nahrungsaufnahme zu überfordern. Smudge saß mit ihrem Teller auf der Cockpittreppe. Wieder fiel ihm auf, sie sehr sie ihrer Mutter ähnelte, nur dass sie reichlich bleich und erschöpft wirkte; selbst Gilla, der an ihrer Seite saß, umgab eine Aura der Niedergeschlagenheit. Smudge sah zu, wie Clem das Geschirr abwusch und Johnny den Tisch nach unten klappte, um das Bett herzurichten.

»Ich will zu meinem Daddy«, sagte sie.

Johnny hielt mitten in der Bewegung inne.

»Kommen sie bald wieder zurück?«

Es wäre ihm lieber, er könnte diese Unterhaltung mit ihr führen, wenn sein Gehirn wieder anständig funktionierte. Er brauchte nur ein winziges bisschen Schlaf, zehn Minuten vielleicht, mehr nicht.

»Nein, noch nicht«, antwortete Clem.

Johnny drehte sich um und fing ihren Blick auf. Smudge zu belügen, brachte sie auch nicht weiter. Wenn er ein wenig geschlafen hatte, würden sie ihr sagen, dass sie nicht wiederkommen würden.

»Glaubt ihr, sie haben ein Pferd für mich gefunden?« Fröhlich hüpfte Smudge die Treppe hinunter.

Clem nahm ihr den Teller aus der Hand, woraufhin Smudge auf den Sessel sprang und einen Stapel Bücher aus dem Regal zog, den sie ins Vorschiff schleppte. Sie ging hinein und schloss die Badezimmertür hinter sich ab. Es kam ziemlich häufig vor, dass sie sich stundenlang zurückzog und sich ihre Bücher ansah.

Clem stand noch immer am Spülbecken und starrte auf die geschlossene Tür, während Johnny das Bettzeug herausnahm und seine Regensachen auszuziehen begann.

»Sie weiß es, Johnny.«

»Sie weiß *was?*«, fragte er und zog sich beide Pullover auf einmal über den Kopf.

»Sie weiß, was wir getan haben.«

Er wandte sich ihr zu. Unter ihren großen braunen Augen lagen dunkle Schatten. »Das ist doch albern. Natürlich nicht.«

Er trat neben sie. Ganz vorsichtig legte er die Arme um sie und zog sie an sich; er fühlte ihr Verlangen, das ebenso stark war wie sein eigenes. Sie schlang die Arme um seine Taille und legte ihren Kopf auf seine Schulter. Dies war das erste Mal seit langer Zeit, dass sie sich in den Armen lagen. Er spürte, wie sich ihre Brust unter ihren tiefen Atemzügen hob und senkte, und drückte ihr einen Kuss auf die Stirn. Sie sah ihn an. Er küsste ihre Wange, ihre Nase, ihre Lider, ihren Mund, ihre Tränen, und nach einer Weile erwiderte sie seine Küsse. Es war, als erinnerten sie sich plötzlich wieder aneinander, als erneuerten ihre Körper das Band, das sie einst verbunden hatte. Ihre Küsse wurden leidenschaftlicher, als fürchteten sie, die Zeit würde ihnen zwischen den Fingern zerrinnen. Sie zogen sich gegenseitig aus und schliefen miteinander, direkt vor dem Spülbecken, hart und voller Leidenschaft, weil es die einzige Möglichkeit war, einander noch zu erreichen.

Die Zärtlichkeit kam erst danach, als sie, befriedigt und ruhig, nebeneinander in der Koje lagen. Er strich über ihre glatte, dunkelbraune Haut, über ihr von der Sonne ausgebleichtes Haar, die Grübchen über ihrem Gesäß, den Schwung ihres Rückgrats, sog ihren holzigen Duft tief in seine Lungen, und spürte wieder die Fülle der Liebe, das Versprechen auf Frieden, der ihr innewohnte. Doch sein Wohlbehagen währte nur kurz; als er mit geschlossenen Augen dalag und der Schlaf ihn zu übermannen drohte, spürte er bereits, wie Clem ihm erneut zu entgleiten drohte. Sie hatte den Kopf abgewandt und blickte durch die geöffnete Luke nach draußen, Lichtjahre von ihm entfernt. Am liebsten hätte er ihren Kopf zu sich gedreht, ihr in die Augen gesehen und beteuert, dass alles gut werden würde, doch sein Körper fühlte sich wie Blei an und die Worte kamen niemals über seine Lippen. Stattdessen fiel er in einen tiefen, erschöpften Schlaf.

Er kam nur langsam zu sich und stellte fest, dass er noch in genau derselben Position dalag wie beim Einschlafen. Doch die Welt um ihn herum war nicht länger dieselbe. Clem lag nicht mehr in seinen Armen. Das Licht hatte sich verändert. Ein neuer Tag war angebrochen. Er wandte den Kopf und stellte fest, dass er elf Stunden durchgeschlafen hatte. Sein Nacken gab ein lautes Knacken von sich. Offenbar hatte er die ganze Nacht über stocksteif dagelegen, keinen einzigen Muskel gerührt. Blinzelnd streckte er sich. Seine Lider und seine Finger waren immer noch dick und geschwollen, doch der Schmerz in seinem Kopf und seinen Augäpfeln war verschwunden.

Das sanfte Schaukeln des Boots und die schlaff herabhängenden Segel verrieten ihm, dass Windstille herrschte. Doch das spielte keine Rolle. Sie waren inzwischen weit genug gesegelt. Er sah zum Cockpit hinüber. Smudge saß mit einem Buch auf dem Schoß auf dem Backbordsitz und sang leise ein Lied. Unentschlossen schwang der Mast über ihm hin und her.

Während er sich den Nacken massierte, kam er auf die Knie und ließ den Blick über die nahezu reglose Wasseroberfläche schweifen. Das Meer lag so still da, dass man glauben könnte, sie befänden sich auf einem See. Für den Bruchteil einer Sekunde fragte er sich, wo sie gerade sein mochten. Weit und breit war kein Boot zu sehen. Weit und breit keine Spur von Frank. Erst als er sich wieder umdrehte, sah er Clem in einer Ecke des Bettes sitzen, vollkommen reglos, die Arme um die Knie geschlungen. Ihr Blick war auf ihn gerichtet.

»Hallo«, sagte er lächelnd und ließ sich langsam aufs Bett zurücksinken.

Sie rührte sich nicht vom Fleck. »Ich muss gehen, Johnny«, erwiderte sie mit leiser Stimme.

Er musterte sie verwirrt. »Gehen? Wohin denn?«

»Zurück.«

Er spürte, wie eine kühle Brise über das Boot strich, unter seine Haut drang und sich in ihm ausbreitete. Forschend blickte er sie an, versuchte, in ihrer Miene zu lesen, doch sie blieb ausdruckslos, ohne jede Gefühlsregung.

»Wohin zurück?«, fragte er, obwohl er ganz genau wusste, was sie damit meinte. Er wollte nicht, dass sie es laut aussprach. Am liebsten hätte er sich vorgebeugt und ihr die Hand auf den Mund gepresst, um zu verhindern, dass die Worte über ihre Lippen kamen, so fest und so lange, bis sie noch nicht einmal mehr so etwas denken konnte.

»Zu Frank.«

Die Welt um ihn herum schien zu erstarren. Lediglich ein einzelner Muskel in seiner Wange zuckte.

»Was wir getan haben, war falsch«, fuhr sie fort. »Ich werde Smudge mit nach Datça nehmen und dort warten. Er ist ein Kämpfer. Er wird überleben. Ich muss ihn finden.«

Sie hatte sich alles längst genau überlegt. Ihr Entschluss stand fest. Sie hatte sich alles zurechtgelegt, während er sich in der falschen Sicherheit des erholsamen Schlafs gewiegt hatte. Er fragte sich, wann sie ihren Entschluss gefasst hatte; höchstwahrscheinlich schon bevor sie miteinander geschlafen hatten. Damit war der Sex zwischen ihnen nichts als eine Gnadennummer gewesen.

»Wieso?«, fragte er.

Sie wandte den Blick ab, während er spürte, wie die Kälte langsam durch seinen Körper kroch, an seinen Armen und Beinen entlang, über die feinen Härchen in seinem Nacken. Er zog den Schlafsack enger um sich, doch der seidige Stoff spendete keinerlei Wärme. Er wollte nicht hören, was sie zu sagen hatte. Er musste dem Ganzen ein Ende setzen, jetzt sofort.

»Ist schon gut, Clem«, meinte er beschwichtigend. »Wir fahren einfach weiter. Wir segeln nach Sizilien, Sardinen, Korsika. Wir verholen das Boot aufs Trockendock, und alles wird –«

»Ich liebe ihn« unterbrach sie ihn, sodass seine Worte im Nichts verklangen.

Fassungslos starrte er sie an. Sie hätte ihm ebenso gut das alte Küchenmesser in den Leib rammen können.

»Es tut mir so leid, Johnny.«

Er schüttelte den Kopf und rang nach Luft. Einen Moment lang fürchtete er, sich übergeben zu müssen.

»Es tut mir so leid«, wiederholte sie und biss sich auf die Lippe.

Der Anblick der Tränen, die ihr über die Wangen kullerten, spendete ihm für einen kurzen Moment ein wenig Trost. Ein Hoffnungsschimmer glomm in ihm auf, doch dann wischte sie die Tränen mit dem Ärmel ab, und er begriff, dass sie nicht ihm galten, sondern sie den Tod ihrer Liebe beweinte. Er dachte an Annie, an den Song, den sie zuletzt gesungen hatte. »*When she says her love is dead* …«

»Aber wieso?«, hörte er sich fragen, während sich der Schmerz erst allmählich einen Weg zu seinen Nervenenden bahnte. »Wieso tust du das?«

Sie schien nach den richtigen Worten zu suchen. Ihr Gesicht war schmerzverzerrt. »Ich fühle mich innerlich wie tot, Johnny. Als bekäme ich keine Luft mehr …«

Er öffnete den Mund, um zu protestieren, doch das Einzige, was er spürte, war diese Eiseskälte, die sich um seine Eingeweide legte.

»Und ich vermisse ihn. Ich vermisse ihn so sehr«, fuhr sie weinend fort, ohne Rücksicht darauf, dass sie ihm damit das Herz brach.

»Aber wir sind verheiratet«, flüsterte er.

»Du hast dich verändert, Johnny. Ständig hast du etwas an mir auszusetzen. Ich sehe es in deinen Augen. Du verurteilst mich … immer … Du magst mich noch nicht einmal mehr. Und auch ich habe mich verändert … Ich sehe die Dinge nicht mehr so wie früher … Es gibt so vieles, was sich in meinem Innern abspielt …«

»In meinem Innern spielt sich auch etwas ab«, schrie er. »Und zwar eine ganze Menge. Du irrst dich. Ich liebe dich so sehr, Clem.« Seine Stimme brach, und ein dicker Kloß bildete sich in seiner Kehle, der verhindern sollte, dass der Schmerz aus ihm herausbrach.

»Das weiß ich«, sagte sie mit sachlicher Stimme, als wäre seine Liebe viel zu billig, um ins Gewicht zu fallen.

Inzwischen weinte er. Sein Körper wurde von heftigen

Schluchzern geschüttelt, die ihm den Atem raubten. Es gab nichts mehr, was er ihr noch bieten könnte. Nichts. Sie wollte ihn nicht mehr. Sie würde seine Liebe einfach gegen Franks eintauschen. Sie servierte ihn ab, und er hatte nicht die leiseste Ahnung, was er tun sollte, weil er noch immer mit ihr verbunden war, sich an sie klammerte, an seine Lebensader. Es gelang ihm nicht länger, den Schmerz in Schach zu halten. Gnadenlos schnitt er sich in seine Eingeweide, ganz tief hinein. Eine Hand auf den Bauch gepresst, wiegte er sich rhythmisch vor und zurück, als ihm unvermittelt bewusst wurde, dass Smudge mit baumelnden Beinen im Cockpit saß und von dem Massaker unter Deck nichts mitbekam. Er versuchte, tief Luft zu holen und sich ein wenig zu beruhigen. Mit dem Schlafsackzipfel wischte er sich die Tränen ab, nahm all seine restliche Würde zusammen, setzte sich auf und musterte sie – diese kalte, grausame Fremde. Er erkannte sie nicht mehr. Seine Clem hätte seine Liebe niemals auf diese Weise verraten. Seine Clem war verlässlich und treu.

»Ich kann nur für dich hoffen, dass du weißt, was du tust, Clem«, sagte er und bemühte sich mit aller Macht, seinen eigenen Worten Glauben zu schenken. »Du willst mich verlassen? Na schön, aber ich schwöre dir, dass ich dich nicht zurücknehmen werde. Verstehst du das?«

Sie wandte sich ihm zu. Er sah den Schmerz, die Scham in ihren blutunterlaufenen Augen. Dann nickte sie. Das war es, das Ende. Er sah es: Sie hatte sich längst von ihm abgewandt, ihn verlassen. Er spürte, wie seine Wut verebbte und die Kälte in seinem Innern die Oberhand gewann. Es war vergeblich.

»Ach ja«, sagte er. »Und es ist dir ganz egal, dass er pädophil ist? Allmählich habe ich nämlich den Eindruck, als würde es dich gar nicht kümmern.«

Einen Moment lang starrte sie ihn an, dann stand sie auf, als sei *er* derjenige, der all die abscheulichen Dinge von sich gab. Er wollte nicht, dass sie ging. Sie sollte zurückkommen, zu ihm ins

Bett, ganz dicht neben ihm, nackt und grausam. Sie ging ins Badezimmer und schloss die Tür mit Nachdruck hinter ihr.

Viel später kam Smudge zu ihm ins Cockpit und setzte sich auf seinen Schoß. »Warum bist du denn so traurig?«, fragte sie.

Er drückte sie an sich und rang sich ein Lächeln ab. Er konnte nur staunen, dass seine Gesichtsmuskeln noch funktionierten, dass er das Boot segeln, Tee zubereiten und nach anderen Booten Ausschau halten konnte, obwohl er doch innerlich qualvoll starb.

»Bin ich gar nicht«, log er und strich ihr das Haar glatt wie ein liebevoller Vater. Er würde nicht zulassen, dass auch Smudge sich von ihm abwandte. Dazu würde es nicht kommen.

»Ich will Gilla haben, aber Clem lässt mich nicht ins Vorschiff«, erklärte sie verdrossen.

Widerstrebend stand Johnny auf und ging nach unten. Als er vor der Tür stehen blieb, fiel sein Blick auf sein Gesicht im Spiegel über dem Waschbecken. Der Anblick war ein Schock. Er sah völlig anders aus als sonst, älter und härter. Tiefe Furchen gruben sich in seine dunkelbraun gebrannte Haut. Sein Kinn war von schwarzen Stoppeln bedeckt, sein ausgebleichtes Haar lang und salzverkrustet, und in seinen Augen lag ein verbitterter Ausdruck. Er kannte diesen Mann nicht, der ihm entgegenblickte. Er wusste nicht, wohin der alte Johnny verschwunden und was mit Clem geschehen war.

Er öffnete die Tür. »Smudge braucht Gilla«, sagte er beiläufig.

Clem saß mit dem Rücken zu ihm im Schneidersitz auf dem Bett. Ihr T-Shirt war ihr über die Schulter gerutscht, und ihre Kette mit dem Herzanhänger hing verkehrt herum um ihren Hals.

Er suchte den Raum nach Gilla ab, der an der Spinnakerluke ganz hinten lehnte. Da Clem keine Anstalten machte, ihm den Plüschgorilla zu reichen, kletterte er aufs Bett und griff nach ihm. Dabei bemerkte er, dass sie etwas in der Hand hielt. Ihr Gesicht war halb hinter ihrem Haar verborgen, trotzdem erkannte er die Qual auf ihren Zügen. Ihr Mund stand offen, ein dünner Speichelfaden hing von ihrer Unterlippe, und ihr glasiger Blick war auf das aufgeschlagene Buch in ihrem Schoß gerichtet. Im ersten Moment erkannte er es nicht wieder, doch dann fiel der Groschen. Sie hatte *Gullivers Reisen* gefunden. Und bei dem Gegenstand in ihrer Hand handelte es sich nicht um ein Blatt Papier, sondern um ein Foto. Er streckte die Hand danach aus, doch sie hielt es so fest, dass er es mit einem Ruck aus ihrem Griff befreien musste.

Bis zu diesem Moment hatte er es vermieden, sich die Schweinereien genauer anzusehen. Doch nun tat er es. Das Foto zeigte ein kleines blondes Mädchen von höchstens sieben oder acht Jahren. Es lag auf einem Bett, mit Händen und Knöcheln an die Pfosten gefesselt, und starrte entsetzt in die Kamera. Davor, am rechten Bildrand, war eine Hand zu erkennen, die einen Bettpfosten umklammerte – eine Rechte, die er nur allzu gut kannte. Eine Hand mit zwei fehlenden Fingerspitzen.

Langsam ließ Johnny sich gegen den Schiffsrumpf sinken, während das Foto seinen Fingern entglitt.

Tja, jetzt wusste sie es.

Es war Abend und immer noch heiß. Sie ankerten vor einer kleinen Inselgruppe nördlich von Sizilien. Neuerdings mieden sie größere Häfen und legten nur an, wenn sie Diesel oder Frischwasser brauchten. Ansonsten suchten sie kleine Buchten auf, um den Behörden und größeren Menschenansammlungen aus dem Weg zu gehen. Trotzdem stießen sie auf Schritt und Tritt auf irgendetwas, das sie an die Vergangenheit erinnerte – ein Kleidungsstück, ein Hinken oder ein tiefes Lachen, ein Lied oder manchmal auch nur ein einzelnes Wort, das zu ihnen herüberwehte. Anfangs war Smudge zu wildfremden Menschen gelaufen und hatte sie gefragt, ob sie ihre Mummy und ihren Daddy gesehen hätten, während Clem und Johnny direkt daneben standen. Aber jetzt hatte sie es schon eine ganze Weile nicht mehr getan; nicht mehr, seit Johnny ihr erklärt hatte, dass sie nicht zurückkommen, sondern in der Türkei bleiben und Clem und Johnny jetzt auf sie aufpassen würden. Er hatte ihr die Angelegenheit so sachlich wie möglich erklärt, und zu seinem Erstaunen schien sie die Nachricht nicht allzu sehr aus der Bahn geworfen zu haben, zumindest solange sie sich an Bord aufhielten. Trotzdem glaubte sie Annie und Frank an jeder Ecke zu sehen. Sie verfolgten sie ebenso wie Clem und Johnny. Das war nun einmal das Kreuz, das er zu tragen hatte, sagte er sich. Für den Rest seines Lebens würde er Augen im Hinterkopf brauchen, niemals wirklich frei sein, sondern stets damit rechnen, dass ihm jemand auf die Schulter tippte. Darauf, dass er sich umdrehte und den Bärenmann vor sich stehen sah, der sein Leben von ihm zurückverlangte. Und Clem erging es genauso. Er sah es an der Art, wie sie beim Anblick eines Hemds in einer bestimmten Farbe oder der hochgewachsenen Gestalt eines Mannes zusammenfuhr. Alles schien sie zu erschrecken, ihr Angst einzujagen. Ihr einst freier Geist war erstickt, ihr unerschütterlicher Glaube an das Gute auf der Welt jäh zerstört. Sie sprachen nie über ihn. Sie sprachen überhaupt so gut wie nichts. Was ihm in gewisser Weise sogar entgegenkam, zumindest für den Augenblick, da das Thema Frank viel zu schmerzhaft war, um es aufs Tapet zu bringen. Der Schaden, den er angerichtet hatte, war viel zu groß, deshalb hielt er es für klüger, all diese Dinge nicht mehr zu erwähnen. Und so war die Kluft zwischen ihnen immer weiter angewachsen, und Clem hatte sich immer mehr in sich zurückgezogen. Sie zeichnete nicht länger und las auch nichts, sondern saß lediglich reglos auf dem Deck und starrte aufs Wasser hinaus, ein Schatten ihres einstigen Selbst. Wenn sie an Land gingen, zog sie sich ihren Hut tief ins Gesicht und verschanzte sich hinter einer Sonnenbrille. Sie sah auch völlig anders aus als früher. Ihr Haar war im Lauf der Monate dünn und lang geworden, und ihre Locken hatten sich geglättet, als mache die Depression nicht einmal vor ihren Haarspitzen halt. Wenigstens war sie noch da. Sie hatte ihn nicht verlassen. Manchmal redete er sich ein, dass es ihr bestimmt bald besser gehen würde, ihr altes Ich irgendwann wieder zum Vorschein kommen und sie es gemeinsam schaffen würden. Auch wenn er es nur ungern zugab, konnte er nicht leugnen, dass er an ihrem Leid nicht unschuldig war, doch ein kleiner, gemeiner Teil von ihm fand, dass sie es verdient hatte, zu leiden. Sie musste für ihre Blindheit, ihren Verrat bezahlen. Trotzdem sehnte er sich danach, dass sie wieder ganz die Alte war. Alles sollte wieder genau so sein wie früher, obwohl ihm natürlich klar war, dass das unmöglich war. Kein einziges Mal hatte sie Anstalten gemacht, die Hand nach ihm auszustrecken und ihn zu berühren. Und er genau so wenig, fiel ihm nun, da er darüber nachdachte, auf.

»Johnny«, hörte er ein Flüstern und schlug die Augen auf. Es war mitten in der Nacht, er musste eingeschlafen sein. Clem kauerte neben dem Bett. »Wach auf.«

Normalerweise blickte er beim Aufwachen auf ihren Rücken und musste sich jedes Mal aufs Neue die Kluft vergegenwärtigen, die zwischen ihnen gähnte. Doch heute war es anders: Er sah ihr ins Gesicht und bemerkte das alte Funkeln in ihren Augen. Vielleicht träumte er ja bloß, denn in seinen Träumen war ihre Liebe immer noch intakt und wunderschön. Er setzte sich auf. »Was ist los?«

»Komm hoch ins Cockpit.«

In diesem Moment hörte er es, ein Ächzen, Seufzen, Grollen. Das Stöhnen eines Drachen, ein fernes Rumpeln, ein Gewehrschuss und eine Explosion. Er schlug die Decke zurück und rannte die Kombüsentreppe hinauf.

»O mein Gott!«, rief er und taumelte rückwärts.

Sie hatten direkt neben einem aktiven Vulkan geankert. Der Berg vor ihnen, aus dem gestern Abend noch Rauchschwaden aufgestiegen waren, hatte sich als überaus lebendig entpuppt. Die Erde spie glühend rotes Feuer aus ihrem Bauch in die nächtliche Dunkelheit hinaus, zornige Fontänen aus flüssigem weißen und orangefarbenen Fels wurden emporgeschleudert; gurgelnde Flammenrülpser, die klatschend auf dem Kraterrand landeten und funkelnd wie flüssige Diamanten wieder in seinen Tiefen verschwanden, ehe die nächste Salve hinauskatapultiert wurde. Staunend vor Ehrfurcht verfolgten sie das Schauspiel von ihrem perfekten Aussichtspunkt aus, sahen zu, wie die Erde ächzte und stöhnte. Keiner von ihnen hatte je etwas so Wunderschönes gesehen.

Und dann geschah etwas sehr Ungewöhnliches, augenscheinlich ausgelöst von der Erde selbst: Er spürte, wie Clem ihre Hand in die seine schob und sein Herz selbst vor Freude überzuquellen drohte. Wie lange hatte er auf diesen Moment gewartet. Es fühlte sich so unglaublich gut an. So als wäre er endlich wieder zu Hause.

Es wäre ein Leichtes gewesen, den Druck zu erwidern, seine Finger um ihre Hand zu schließen, seine Handfläche gegen ihre zu pressen und den Frieden zu schließen, nach dem er sich so unendlich sehnte. Doch er brachte es nicht über sich. Er musste sie noch weiter bestrafen. Sie musste Zurückweisung erfahren, verstehen, welche Kränkung sie ihm zugefügt hatte. Er musste sie noch weiter leiden lassen, so wie sie es mit ihm getan hatte. Sie sollte um Vergebung betteln, sich für all den Schaden entschuldigen, den sie angerichtet hatte, bevor sie wieder eins werden konnten. Und so reagierte er nicht auf die warme Hand, sondern ließ einen kurzen Moment liegen, ehe er Clem ein weiteres Mal bestrafte. Dann löste er sich von ihr, auch wenn er sich noch so sehr dafür hasste, und wandte sich ab. »Das muss Smudge unbedingt sehen«, sagte er und ging unter Deck, um sie zu holen.

Als er zurückkam, bemerkte er, dass sie geweint hatte. Goldene Schlieren glitzerten auf ihren Wangen im orangefarbenen Schein des Magmas und führte ihm das Ausmaß der Verderbtheit des neuen, grausamen Johnny vor Augen. Niedergeschmettert setzte er sich hin und beobachtete, wie die Erde ihr Herz nach außen stülpte, doch es war nicht mehr dasselbe. Das Schauspiel hatte seine Magie verloren.

Am nächsten Tag liefen sie im Hafen der Nachbarinsel ein. Sie brauchten frischen Diesel und Lebensmittel, weil ihnen so ziemlich alles an Vorräten für die Weiterreise nach Norden ausgegangen war. Suchend ließ Johnny den Blick über die anderen Boote schweifen, jedes Einzelne, jedes Hemd auf jeder Leine, die Grüße jedes einzelnen Schuhpaars, die auf den Decks herumstanden. Sie waren eine ganze Woche nicht mehr an Land gewesen, und wie üblich fühlte es sich seltsam an, so als schwanke der Boden unter ihren Füßen, als sie mit Smudge an der Hand zu dritt den Steg entlanggingen – der Inbegriff der perfekten kleinen Familie.

Auch diese Insel war vulkanisch, mit hohen Bergen, schwarzem Sand und saftigen Wiesen, ein herrlicher, unverdorbener Ort für unverdorbene Menschen. Sie würden nicht lange hierbleiben. Im Zollhaus bezahlte er die Anlegegebühr und reichte den Beamten ihre Pässe, wie gewohnt mit klopfendem Herzen, während sein Blick unablässig umherschweifte. Wie üblich hatten sie Smudge mit einem Bestechungsgeschenk zum Schweigen verdonnert – diesmal war es das Versprechen, den Berg zu erklimmen, wo die Schaulustigen über eine Mauer ins Tal blicken konnten.

Sie nahm Johnnys Hand, als sie die steilen Straßen hinaufgingen, die Hüte tief in die Gesichter gezogen, die Augen hinter ihren Sonnenbrillen verborgen. Clem folgte ihnen in einiger Entfernung. Sie schlenderten durch schmale, schattige Gassen, vorbei an hohen, bunt gestrichenen Häusern mit Balkonen, auf denen blütenweiße Wäsche im Wind flatterte. Am Ende jeder Gasse bot sich ein Ausblick auf das Meer mit dem strahlend blauen Himmel darüber, und Smudge lief umher und jagte verlausten Hunden und mageren Katzen hinterher. Vor einiger Zeit hatte er ihr die Haare abgeschnitten, und bei jedem Landausflug trug sie ihre Baumwollhose, in der sie wie ein Junge aussah. Aber das war ihr egal. Sie hatte viel Zeit damit verbracht, zu üben, wie sie sich auf die Reling stellen musste, um genauso wie Johnny im Stehen darüber pinkeln zu können.

»Ich hab's lieber, wenn wir nur zu zweit sind«, flüsterte sie, als sie den Hügel erklommen hatten und in einem antiken griechischen Amphitheater standen. Er sah sie an, dann schweifte sein Blick zu Clem, die gegen eine Mauer in einer der unteren Reihen gelehnt stand und aufs Meer hinausblickte, als lägen all die Antworten in der Unendlichkeit verborgen. Er versuchte, die Situation aus Smudges Blickwinkel zu betrachten: Clem war keine allzu angenehme Gesellschaft. Ihre Depression ließ jeden Funken Lebensfreude rings um sie herum jäh erlöschen, dabei brauchte Smudge diese Lebensfreude wie das tägliche Brot. Und er selbst war so sehr mit dem Zustand ihrer Beziehung beschäftigt gewesen, dass er völlig außer Acht gelassen hatte, ob Smudge glücklich war oder nicht. Die Atmosphäre war alles andere als gut. Es war erstaunlich, wie schnell und mühelos sich diese funktionale Animosität zwischen ihnen entwickelt hatte, wie der Krieg zwischen ihnen zum Normalzustand geworden war, nur selten durchbrochen von kurzen friedvollen Momenten. Gestern Abend hatte sie ihm ein Friedensangebot unterbreitet, und er hatte es ausgeschlagen – aus absolut idiotischem Stolz.

»Bald ist sie wieder so wie früher«, beruhigte er sie und spürte, wie ihn der Anblick des Meers und der Schönheit des Städtchens und der Landschaft rings um sie herum mit neuer Hoffnung erfüllte. Er musste dafür sorgen, dass alles wieder ins Lot kam. Er würde sie überraschen, ihr Lieblingsessen für sie kochen. Er würde die Zutaten im Supermarkt besorgen und eine Flasche Wein dazu, und danach würden sie *These Arms of Mine* in der Endlosschleife spielen. Er würde alles in Ordnung bringen. Doch dann kehrten die nagenden Zweifel zurück: Wie sollte er alles in Ordnung bringen, sich mit ihr versöhnen, wenn sich jedes Mal, sobald die vertraute Liebe in ihm aufflackerte, das Gefühl des Verrats und der Übelkeit darunter mischte? Wenn die abscheulichen Bilder sein Gedächtnis mit Beschlag belegten? Wann immer er sie ansah, sah er nur Franks Gesicht. Was sollte er dagegen unternehmen? Seufzend schloss er die Augen und bat Gott, ihn zu einem stärkeren, besseren Mann reifen zu lassen.

Sie gingen den Berg wieder hinab. Den ganzen Weg von der Ruine bis zu einer Eisdiele jagte Smudge einer kleinen Katze hinterher. Clem ging in Flipflops und abgeschnittenen Jeans vor ihnen her. Sie war so dünn, dass sie um ihre Hüften schlackerten. Sie drehte sich um und bat ihn um die Cockpitschlüssel, damit sie sich eine Strickjacke holen konnte, bevor sie in den Supermarkt gingen. Es war noch nicht einmal kalt. Er kaufte Smudge ein Eis, während sie am Hafeneingang auf sie warteten. Er sah zu, wie Clem über den Steg auf sie zukam – sie hatte sich den Hut tief ins Gesicht gezogen. Über ihrer Schulter hing die grüne Tasche, die sie zum Einkaufen benutzte. Sie hatte sich eine Zigarette angezündet. Aus irgendeinem Grund, den er nicht benennen konnte, wirkte sie anders als gewohnt. Er konnte nicht sagen, ob sie ihn ansah, doch als sie den Hafeneingang erreichte, lächelte sie.

»Und? Können wir los?«, fragte er und bemühte sich um einen Tonfall, als könnte er es kaum erwarten, endlich ganz von vorn anzufangen.

Sie blickte ihn an, als könne sie nicht glauben, dass er plötzlich so nett zu ihr war. Ihre Lippen bebten. Dann beugte sie sich zu seiner Verblüffung vor und küsste ihn behutsam auf den Mund.

Es war ein kleiner Supermarkt – helles Neonlicht, die Sonderangebote mit dickem Filzstift auf Papptafeln, die von den weißen Spanholzdecken über den Regalen hingen. Aus reiner Gewohnheit ließ Johnny den Blick über die anderen Kunden schweifen, ehe er und Smudge durch die Gänge liefen und ihren

Einkaufswagen mit Vorräten beluden. Er hatte ihr brausegefüllte Bonbons versprochen, deshalb schob sie den Einkaufswagen hin und her, bis sie im dritten Gang endlich das Süßigkeitenregal gefunden hatte – sie beratschlagten ausführlich, welche Sorte sie nehmen sollte, als sein Blick auf eine Tüte Pear Drops fiel. Mit einem verstohlenen Blick versteckte er sie unter den Weinflaschen und den Biscuits. Clem stand mitten auf dem Gang. Ein Henkel ihrer Tasche war ihr von der Schulter gerutscht, und sie starrte völlig in Gedanken versunken auf den Inhalt eines Regals. Ein Mann versuchte sich an ihr vorbeizuschieben, doch sie rührte sich nicht. Sie bemerkte ihn noch nicht einmal.

»Clem?«, rief Johnny, doch sie hörte auch ihn nicht. Er blickte auf Smudge hinunter, die ihn am Ärmel zupfte und immer noch über die Süßigkeiten palaverte, und ließ sich von ihr fortziehen. Als er sich am Ende des Gangs noch einmal umdrehte, war Clem verschwunden, dafür versuchte der Mann nun, seinen Wagen an ihm vorbeizuschieben. Während er Müsli und Nudeln in den Einkaufswagen stapelte, spähte er in den nächsten Gang, doch sie musste weitergegangen sein.

An der Kasse stellte er erstaunt fest, dass weit und breit keine Spur von ihr zu sehen war. Er bat Smudge, auf den Wagen aufzupassen, während er den gesamten Supermarkt abklapperte. Vergeblich. Das Mädchen an der Kasse begann bereits zu tippen, deshalb schickte er Smudge los, damit sie nach ihr suchte. Es dauerte eine ganze Weile, bis die Kassiererin ihre Einkäufe in Tüten gepackt hatte – er hatte so viele Vorräte gekauft, dass sie bis Korsika reichen würden, wo er für eine Weile haltmachen, einen Anlegeplatz finden, sich einen Job besorgen, das Boot verkaufen und dafür sorgen wollte, dass ihr Leben wieder auf die Reihe kam.

Er bezahlte mit Franks Bargeld, als Smudge zurückkam und meinte, sie könnte Clem nirgendwo finden. Er ließ sie mit den Tüten zurück und machte sich noch einmal selbst auf die Suche, durch sämtliche Gänge, schneller diesmal, doch mit demselben

Ergebnis. Sie nahmen die Tüten und gingen hinaus. Auch dort war weit und breit nichts von ihr zu sehen. Vermutlich war sie zum Boot zurückgekehrt. Sie machten sich auf den Weg, kamen allerdings nur schleppend voran, weil Smudge unter der Last der schweren Tüten stöhnte und alle paar Meter stehen bleiben musste. Schließlich erreichten sie den Hafeneingang, doch Johnny sah bereits vom Steg aus, dass das Boot immer noch abgeschlossen war. Clem war nicht dort. Er ging am Ufer auf und ab. Vielleicht hatte sie sich irgendwo hingesetzt und starrte aufs Meer hinaus oder sah sich die anderen Jachten an. Doch er fand sie nicht. Sie war auch nicht auf dem Deck, das Cockpit war abgeschlossen und Johnny hatte den einzigen Schlüssel dafür. Er musste wieder daran denken, wie sie im Supermarkt gestanden hatte, gedankenverloren den Blick ins Leere gerichtet. Sein Herzschlag beschleunigte sich, als ein Gedanke allmählich Gestalt annahm: Sie war fort. Sie hatte ihn verlassen.

Er ließ die Tüten auf den Holzsteg fallen und wies Smudge an, auf dem Boot zu warten, ehe er kehrtmachte und zurück zum Supermarkt rannte, so schnell, dass seine Lungen brannten. Um ein Haar riss er eine Frau von den Füßen, als er durch die Gänge stürmte. Er blieb an der Stelle stehen, wo er sie zum letzten Mal gesehen hatte, um herauszufinden, was sie sich angesehen haben könnte. Müsli. Cornflakes. Zuhause. Sie versuchte, nach Hause zurückzukommen.

Er rannte hinaus und die Straße entlang in den Stadtkern. Seine Knie zitterten. Es war Spätnachmittag. Die Läden schlossen gerade nach der Mittagspause wieder auf, und die Straßen füllten sich allmählich. Er bahnte sich einen Weg durch die Einkaufenden, hielt nach einer grünen Tasche Ausschau, rannte hierhin und dorthin, in Läden, in winzige Seitengassen, blieb an Kreuzungen stehen und sah sich suchend um, ehe er den Weg zum Meer einschlug. Schließlich gelangte er zum Hafen, wo die Fähren nach Sizilien und die anderen umliegenden Inseln an- und ablegten, Leute ein- und ausstiegen. Er drängte sich an den

Menschenschlangen vorbei und rief unablässig »Chica, bolsa verde« – spanische Worte, die auf einer italienischen Insel nicht viel nützten. Schließlich sprang er auf eine kleine Fähre und drängte sich grob durch die Passagiere.

»Clem!«, schrie er mit panischer Stimme. »Clemency!«

Die Leute starrten ihn an, als hätte er den Verstand verloren. Der Fährschaffner wollte seine Fahrkarte sehen und verwies ihn des Schiffes, als er keine vorzeigen konnte. Er sprang auf die nächste Fähre und rief Clems Namen, suchte die Gesichter der Passagiere ab und hämmerte gegen die Toilettentür. »Mi femme«, rief er wieder und wieder, während sich die Leute um ihn herum drängelten. Schließlich wurde ein Polizist auf den Aufruhr aufmerksam und trat auf den Steg. Auf keinen Fall die Polizei! Eilig sprang er von der Fähre und rannte die Straße entlang, bis ihn seine Beine nicht länger trugen.

Es war dunkel, als er, atemlos und humpelnd, an Bord zurückkehrte. Sein letzter Hoffnungsschimmer erlosch jäh, als er Smudge inmitten von Bonbonpapierchen allein auf dem Deck sitzen sah. Mittlerweile war Clem längst über alle Berge. Smudge sah ihn erwartungsvoll an. Noch nicht einmal die Cockpittür hatte er ihr aufgeschlossen. Er schüttelte den Kopf, während die unaussprechliche Wahrheit in sein Bewusstsein sickerte.

»O Johnny«, sagte sie betrübt. »Wieso verlieren wir bloß alle?«

Er kramte den Schlüssel heraus und schloss die Cockpittüren auf. »Clem?«, rief er in die Stille hinein, wohl wissend, dass er keine Antwort bekommen würde.

Erst ein paar Stunden später, als er, den Kopf auf den Händen aufgestützt, am Küchentisch saß, fiel sein Blick auf die Streichholzschachtel, die direkt vor seiner Nase lag. Es waren Swan Vestas, eine Marke aus ihrer Sammlung. Sein Name stand in winzigen Buchstaben auf der Seitenfläche. Er öffnete sie und blickte auf eine Ansammlung zerbrochener Muschelschalen und die Kette mit dem Herzanhänger – jenes Herz, das er ihr vor all den Jahren am Strand in Cornwall geschenkt hatte, als sie noch ein kleines Mädchen gewesen war. Das war es gewesen, was ihm an ihr aufgefallen war, als sie ihm am Nachmittag auf dem Steg entgegengekommen war: Sein Herz war nicht länger ein Teil von ihr. Das war der Grund, weshalb sie ihn geküsst hatte. Es war ein Abschiedskuss gewesen. Er nahm das Herz heraus und strich mit dem Finger über die glatte Oberfläche, so wie damals am Strand, als er sich in sie verliebt hatte. Erst jetzt bemerkte er, dass unter den Muschelschalen noch etwas anderes lag. Ein kleiner Zettel. Er faltete ihn auseinander. »Ich kann nicht mehr, J. Vielleicht wirst du mir ja eines Tages verzeihen, eines Tages, wenn alle Sterne am Himmel verglüht sind.«

Tränen stiegen ihm in die Augen. Ganz langsam legte er die Streichholzschachtel auf den Tisch zurück. Dann stand er auf, wandte sich um und öffnete die Schublade des Kartentischs. Wenigstens hatte sie ein wenig Bargeld mitgenommen. Ihr Pass fehlte ebenfalls. Er schloss die Schublade, ging die Kombüsentreppe hinauf und trat ins Cockpit. Einen Moment lang dachte er, die Sonne hätte sich selbst aus dem Orbit katapultiert – er hatte gar nicht mitbekommen, dass es dunkel geworden war. Es erschien ihm völlig normal, dass die Zeit zum Stillstand gekommen zu sein schien. Schließlich gab es keinen Grund mehr, weshalb die Erde sich noch weiter drehen sollte. Seine Beine gaben unter ihm nach. Kraftlos sank er auf die Knie, inmitten der Bonbonpapierchen, während seine Seele, sein Lebensmut, seine gesamte Existenz zerbrachen.

# 9 DAS ENDE

Die Seele des Menschen ist dazu verdammt, zu überleben. Nach einer Weile – er wusste nicht, ob Tage oder Wochen vergangen waren – musste er aus der Koje aufgestanden sein. Er musste aufgehört haben, die gelbe Blume auf dem Kissenbezug anzustarren, und wieder an die Arbeit gegangen sein, denn die Insel lag hinter ihnen, der Wind trieb sie weiter nach Westen, und die Sonne ging auf und wieder unter, als wäre alles genauso wie früher. Tagsüber sah er teilnahmslos zu, wie sie über den Himmel zog, während die Sterne nachts wie gewohnt das Firmament mit falschen Hoffnungen sprenkelten. Tage vergingen, ohne Sinn, ohne Bedeutung. Der Alkohol war sein einziger Freund. Er trank, wann immer sich die Gelegenheit dazu bot.

Er hatte keine Ahnung, welcher Monat war. August, vielleicht auch September. Es war ihm auch egal. Er sah andere Boote mit Tagesausflüglern. Manche davon segelten dicht an ihm vorbei, und er registrierte verwirrt ihre lächelnden Gesichter und ihre erhobenen Arme, wenn sie ihm zuwinkten. Er fragte sich, was sie sehen mochten. In diesen Momenten fiel ihm Smudge wieder ein, doch auch sie war eine Fremde geworden. Ihre Haut hatte die Farbe einer Walnuss, ihr einst dunkles Haar war von hellen Strähnen durchzogen. Er wusste, dass er nicht imstande war, sich um sich selbst zu kümmern, von ihr ganz zu schweigen. Offen gestanden, war ihm auch das gleichgültig. Wo einst ein leidenschaftliches, sensibles Herz geschlagen hatte, war nun nichts mehr, nur unendliche Taubheit. Er sah zu, wie sie aß, wie sie Dosen öffnete, mit dem Finger ins Marmeladenglas fuhr, Krümel vom Boden aufklaubte, die letzten Rest aus alten Saftkartons quetschte, mit der hohlen Hand Milchpulver aus dem

Glas schaufelte und sich in den Mund schob, sodass ihr Gesicht über und über mit weißem Puder bedeckt war. Manchmal saß sie mit ihrem Speer in der Hand am Bug und starrte aufs Meer hinaus. Vermutlich wirkte sie in diesen Momenten genauso wild und verrückt wie er, doch er empfand bei ihrem Anblick nichts. Manchmal ertappte er sie dabei, wie sie ihn ansah, und ein- oder zweimal glaubte er, ihre Stimme zu hören, die ihm Worte ins Ohr flüsterte oder ihm etwas vorsang. Doch im Großen und Ganzen ließ sie ihn zufrieden, sodass er kaum etwas von ihr mitbekam. Er wusste, dass er sie mit seinem wirren Gemurmel verängstigte. Die meiste Zeit über schimpfte und wetterte er über Frank und Annie, stieß laute, wilde Flüche und Schwüre aus, oder über Clem, weil sie ihn im Stich gelassen hatte. Er war voller Hass und Selbstverachtung.

Er hatte nicht die leiseste Ahnung, was er mit all der Liebe anfangen sollte, die noch immer in ihm war. Er konnte nicht länger um sie weinen, seine Sehnsucht nach ihr war zu überwältigend, um ihr mit Tränen gerecht zu werden. Wieder und wieder, bestimmt hundertmal am Tag, traf ihn die Tatsache, dass sie nicht länger bei ihm war, wie ein Keulenschlag. Nichts hatte mehr einen Sinn. Und nichts würde jemals wieder einen Sinn haben. Er hielt den Blick eisern auf den Horizont gerichtet, weil es das Einzige war, was er tun konnte – weitersegeln. Weil er keine andere Wahl hatte.

Erst als Smudge die Insel entdeckte, dämmerte ihm, dass er möglicherweise doch eine Wahl haben könnte. Sie war die ganze Zeit direkt vor seiner Nase gewesen. Er hatte ihr das Fernglas aus der Hand genommen und hindurchgesehen. Zwar waren sie ein gutes Stück davon entfernt, trotzdem konnte er erkennen, dass die Insel ziemlich genauso aussah wie all die anderen, an denen sie vorbeigesegelt waren: bergig, mit einem uralten Vulkan, der sich aus der Mitte erhob, und einer so verdorrten und unwirtlichen Landschaft, dass jede Besiedelung unmöglich schien. Er fragte sich flüchtig, wo sie sich befinden mochten, wie die Insel wohl hieß und welche Landessprache ihre Bewohner sprachen, doch sein Interesse war nicht groß genug, um hinüberzusegeln und es herauszufinden. Es war besser, es nicht zu wissen. Sie mussten irgendwo auf der Höhe Afrikas sein, alles andere war unwichtig. Kurz spielte er mit dem Gedanken, die Längen- und Breitengrade zu errechnen – vielleicht sollte er ja den Sextanten herausholen; es war Mittag und damit die perfekte Zeit dafür. Aber was sollte das bringen?

Den ganzen Nachmittag über hielt er Kurs auf die Insel, dann drehte der Wind plötzlich, und er stellte fest, dass sie zügig darauf zuhielten. Je näher sie der Insel kamen, umso deutlicher wurde, dass er sich im Hinblick auf die Besiedelung geirrt hatte. Auf den Hängen waren vereinzelte Steinhäuser auszumachen. Allmählich nahm seine Idee Gestalt an. Durchs Fernglas entdeckte er sogar einen kleinen Hafen, den er jedoch umfuhr – er hatte keinerlei Verlangen, andere Menschen zu sehen oder von ihnen gesehen zu werden; offen gestanden, fühlte er sich selbst schon nicht mehr wie ein Mensch. Stattdessen segelte er um den Hafen herum auf die Westseite der Insel, wo die Küste felsig und zerklüftet war. Zwar gab es die eine oder andere türkisfarbene Bucht, doch die Strände bestanden zumeist aus dunklem Vulkansand, der bei den Touristen nicht allzu beliebt war.

Inzwischen war der Mond aufgegangen. Riesig und gelb stand er am Himmel und stahl der Sonne das letzte Licht, ehe sie am anderen Ende des Horizonts verschwand.

Als er die Kirche erspähte, war auf einmal alles klar. Wenigstens einer von ihnen würde gerettet werden. Der Anblick eines Kreuzes hatte, wenn auch nur unterbewusst, etwas seltsam Tröstliches an sich. Dieses Kreuz war weithin sichtbar. Gewichtig und prominent thronte es auf der kleinen Kirche auf dem Hügel, während vereinzelte Häuser die geschützte Bucht zu ihren Füßen säumten. Etwa ein Dutzend bunt gestrichener Fischerboote war an einem Anleger festgemacht und leuchtete im goldenen Abendlicht. Noch immer waren sie gut zwei Meilen von der Bucht entfernt, doch Johnny wusste nun, was er zu tun hatte. Zum ersten Mal seit Clems Verschwinden verspürte er so etwas wie Entschlossenheit.

Er segelte an der Kirche vorbei und steuerte die Little Utopia in eine winzige Bucht in der Nähe eines natürlichen Felsrundbogens. Der Mond stand hoch am Himmel, war kleiner und silbrig geworden, doch sein Schein war heller denn je zuvor. Das Wasser war so klar, dass er den Anker erkennen konnte, wie er sich backbord in den Sand unter ihnen grub und Halt fand. Das Boot schwang herum. Johnny setzte sich an Deck und drehte sich eine letzte Zigarette. Dann nahm er das Fernglas und studierte eingehend die Bucht, jeden einzelnen Winkel davon, bis sein Blick auf einen kleinen Pfad zwischen den Felsen auf der hinteren Seite des Strands fiel.

Er erzählte Smudge, sie würden sich heute Abend fürs Essen an Bord in Schale werfen. Überrascht, dass er sie überhaupt ansprach, hob sie den Kopf. Inzwischen hatte sie sich daran gewöhnt, dass er entweder vor Wut zeterte oder gänzlich schwieg. Ihre Züge erhellten sich, und wieder war die Ähnlichkeit mit ihrer Mutter so überdeutlich, dass sich die Härchen in seinem Nacken aufrichteten. Er erzählte ihr, gleich morgen würden sie an Land gehen, aber vorher noch eine Dinnerparty an Bord feiern.

Smudge ging ins Vorschiff, während Johnny die nicht vorhandenen Vorräte in der Kombüse durchwühlte. Es war nur noch eine Packung Nudeln übrig. Er suchte weiter und fand schließlich eine Dose Sardinen unter dem Sessel. Es war eine halbe Ewigkeit her, seit sie das letzte Mal so etwas wie eine richtige Mahlzeit zu sich genommen hatten. Er schöpfte Wasser aus dem Meer und setzte einen Topf auf die schwächelnde Gasflamme.

Dann durchquerte er die Kabine, wo Smudge sich die völlig verdreckten Sachen auszog, und ging ins Badezimmer. Neben dem Waschbecken lag eine Haarbürste. Auf dem Spiegel klebten winzige Blutstropfen. Annies Blut. Er kratzte sie mit dem Fingernagel ab und blickte entsetzt in das Gesicht des Fremden, der ihm entgegensah: ein mageres, ausgezehrtes Wrack mit einer so grimmigen Miene, dass es kein Wunder war, wenn Smudge sich vor ihm fürchtete.

Schließlich trat er ins Vorschiff, beugte sich über die Seitenteile des Bettes und öffnete einen der Schränke. Er nahm eine Handvoll Kleider für Smudge heraus und kehrte mit den Sachen und der Haarbürste in der Hand in die Kajüte zurück. Smudge wehrte sich, als er versuchte, ihr die Haare auszubürsten, also zog er ihr stattdessen ihre alte Wollmütze über den Kopf und säuberte ihr mit einem Lappen das Gesicht. Es stellte sich heraus, dass es sich bei ihrer Sonnenbräune größtenteils um Schmutz handelte. Nach und nach kamen ihre Sommersprossen unter der Dreckschicht zum Vorschein wie die ersten Sterne nach Einbruch der Dunkelheit. Die ganze Zeit über sah sie ihn aus ihren großen, glitzernden Augen an.

»Hallo Johnny«, sagte sie leise, und er spürte ein vertrautes Ziehen im Herzen.

Er versuchte, zu lächeln, doch seine Gesichtsmuskeln fühlten sich ganz starr an, so als hätte er sie lange Zeit nicht mehr bewegt. »Es tut mir so leid«, sagte er.

»Was tut dir leid?«, fragte sie und wischte ihm die Tränen ab, während er den Schmutzrand an ihrem Hals abrubbelte. »Wieso machst du mich sauber?«

»Du kannst doch keine Dinnerparty feiern, wenn du wie ein Ferkel aussiehst.«

»Aber du siehst auch wie ein Ferkel aus.«

»Stimmt«, bestätigte er. »Du hast recht. Soll ich mich rasieren?«

»Daddy hat einen Anzug. Den könntest du anziehen.«

»Ehrlich?«

»Ja. Den hatte er bei der Queen an.«

Johnny nickte. »Tatsächlich?« Er kniff sie in die Wange. »Tja, was gut genug für einen Besuch bei der Queen ist, sollte auch für dich angemessen sein … Ich werde ihn anziehen.«

Er kehrte ins Badezimmer zurück, um sich zu rasieren. Währenddessen hörte er, wie sie mit großer Sorgfalt summend ihre Sachen durchging. Er konnte über ihre Fähigkeit, selbst unter diesen Umständen noch glücklich zu sein, über diese Unverwüstlichkeit ihrer kindlichen Seele, nur staunen. Immerhin hatte auch sie alles verloren. Er sah, wie sie ihren blauweiß gestreiften Schlafanzug herausnahm, ihn verkehrt herum anzog und ins Cockpit hinaufging, um dort auf ihn zu warten.

Glatt rasiert und deutlich bleicher am Kinn und an den Wangen, öffnete Johnny Franks Spind und nahm den schwarzen, knittrigen Anzug heraus. Er zog ein weißes Hemd an, band sich eine Fliege um und betrachtete sich im Spiegel. Die Fliege saß schief. Er sah absolut lächerlich aus, so als wollte er heiraten oder so was. Er schlug die Hosenbeine und die Ärmel um und zurrte die Hose mit einem Gürtel fest, ehe er in seine alten Turnschuhe schlüpfte. Doch er war so lange barfuß gelaufen, dass es sich seltsam anfühlte, plötzlich wieder Schuhe an den Füßen zu haben.

»Okay, Mylady«, sagte er zu Smudge, als er die Nudeln in den Topf gab. »Vor dem Essen müssen wir noch einen Toast ausbringen.«

Das Spiel machte ihr sichtlich Spaß; aber vielleicht lag es auch nur an der Aufmerksamkeit, die sie zur Abwechslung wieder einmal bekam. Ungeduldig baumelte sie mit ihren schmutzverkrusteten Beinen, während sie auf ihn wartete. Im Verbandskasten fand er die Flasche mit der rosa Kindermedizin. Er nahm sie heraus und trug sie mit zwei Gläsern und einer Flasche Wein nach draußen. Sie lachte vor Verzückung auf, als sie ihn in seiner Verkleidung sah. Er lauschte ihrem gackernden Gelächter, das er schon so lange nicht mehr gehört hatte. *Sie ist fünf Jahre alt, Herrgott noch mal. Fünf Jahre*, dachte er.

Er stellte die Gläser zwischen ihnen auf den Sitz und gab

einen Schluck Paracetamol für sie und ein Glas Wein für sich selbst hinein, dann stießen sie an. Ihm fiel auf, dass sie den kleinen Finger dabei leicht abspreizte – eine perfekte Imitation der Gesten ihrer Mutter.

»Auf dich, Smudge!«, erklärte er mit belegter Stimme, dann kippten sie beide ihren Drink hinunter. Er schenkte nach und wiederholte den Toast mehrere Male, bis das Medizinfläschchen fast leer war und er sicher sein konnte, dass es reichen würde. Er sah zu, wie sie schweigend ihre Nudeln verdrückte. Sie hatte Bärenhunger und konnte die Mahlzeit kaum schnell genug in sich hineinschaufeln. Er wertete es als gutes Zeichen. Sie würde es schon schaffen. Sie war eine Kämpfernatur.

Eine Stunde später lag Smudge tief schlafend auf seinem Schoß. Er streichelte ihre winzigen Finger und starrte mit leerem, totem Blick auf das silbrige, mondbeschienene Meer hinaus. Es gab keine andere Möglichkeit. Er sah zu den Sternen hinauf. Sie versuchten, ihm zu sagen, wo sie sich befanden – Milliarden von ihnen flitzten wie winzige Pfeile über den nächtlichen Himmel –, doch er wollte es nicht wissen.

Der Zeitpunkt war gekommen. Er drückte ihre kleine Hand an die Lippen und betrachtete die schmutzigen, viel zu langen Fingernägel und die Grübchen auf ihren Handrücken. Im Schlaf drückte sie seine Hand ganz leicht. Er schloss die Augen und küsste ihre Finger, dann rutschte er unter ihr hervor und legte sie flach auf den Cockpitsitz. Inzwischen trug sie einen von Clems Pullovern, den blauen mit den durchgewetzten Ellbogen, dessen Ärmel sie aufgerollt hatte.

Er ging nach unten und machte das Licht an, dann klappte er den Backbordsitz hoch und nahm ihre rote Segeltuchtasche heraus. Einen Moment lang stand er reglos da, als ihn ein Anflug von Wut auf Clem überkam, weil sie sie einfach im Stich gelassen hatte. Eilig zog er den Reißverschluss auf und warf einen Blick hinein. Wie immer befand sich allerlei Krimskrams darin: Zettel, Eintrittskarten, Pear Drops, Kieselsteine und andere Sachen, die sie seit Monaten mit sich herumgeschleppt hatten. Der Anblick war unerträglich. Er drehte die Tasche um und kippte den gesamten Inhalt auf den Boden, dann faltete er eine Decke zusammen, legte sie hinein und stopfte die Seiten mit ein paar Kleidungsstücken aus.

Er trug die Tasche nach oben, hob die fest schlafende Smudge hoch und bettete sie so gut es ging in die Tasche. Er deckte sie sorgsam zu und faltete ihre Arme vor der Brust. Dann nahm er Gilla mit seinen Knopfaugen, drückte ihn ihr unter den Arm und zog den Reißverschluss hoch. Schließlich ging er wieder nach unten, füllte einen ihrer Trinkbecher mit Wasser und legte ihn neben sie in die Tasche, ehe er das Licht löschte und die Cockpittür hinter sich schloss.

Er zog das Rettungsschlauchboot vom Deck und warf es ins Wasser. Flüchtig fragte er sich, wie alt es sein mochte. Er konnte nur hoffen, dass es noch funktionierte. Er hatte noch nie eines dieser Dinger in Gang gebracht, doch es schien sich genau so zu verhalten, wie es sollte – kaum hatte er an der Schnur gezogen, füllte es sich mit Luft wie eine aufblasbare Gummipuppe. Er befestigte es an der Klampe, beugte sich vorsichtig nach vorn und legte Smudge behutsam darauf. Staunend registrierte er, wie leicht sie war. Die Tasche schien kaum schwerer zu sein als früher, als sie noch Clems Sachen beherbergt hatte. Schließlich kletterte er in das Schlauchboot und löste die Fangleine.

Er paddelte in Richtung Ufer. Der Mond schien extrem hell zu leuchten, trotzdem war er ziemlich sicher, dass ihn niemand bemerken würde, da diese Seite der Bucht nahezu unbewohnt war. Er zog das Schlauchboot über den Strand hinter einen kleinen Felsen und schwang sich die Tasche mit Smudge darin über die Schulter, als wäre sie ein Gepäckstück. Als er über die Felsen in Richtung Pfad kletterte, fiel ihm auf, wie kunstvoll die Muscheln in das Vulkangestein eingebettet waren; wieder fragte er sich, wo sie sein mochten. Vor ihm erhob sich eine Kakofonie – ob Frösche oder Vögel, vermochte er nicht zu sagen.

Die Kirche befand sich hoch oben auf dem Hügel links von der Bucht. Im hellen Mondschein trug er Smudge vorsichtig den Pfad hinauf. Offenbar hatte er die Tiere gestört, denn die Laute verstummten abrupt; stattdessen wehten leise Gitarrenklänge aus der Ferne heran. Erstaunt horchte er auf. Es war eine halbe Ewigkeit her, seit er das letzte Mal in die Nähe von Menschen gekommen war. Er blieb kurz stehen und lauschte, doch die Wärme der Klänge beschwor eine so schmerzhafte Sehnsucht nach Clem und sein altes Leben herauf, dass er sich auf die Lippe biss, bis er Blut schmeckte. Applaus drang an seine Ohren, gefolgt von Gelächter – ein fremdes, ungewohntes Geräusch. Die Vorstellung, dass so etwas wie Freude und Glück überhaupt auf der Welt existieren konnten, obwohl sie nicht mehr bei ihm war, bestätigte ihm nur, dass hier kein Platz mehr für ihn war.

Einen Moment lang stand er reglos da und ließ den Blick über das knappe Dutzend Häuser am Fuß des Hügels schweifen. Die Musik drang aus einem der Häuser näher am Wasser, vielleicht aus einer Bar. Ganz in der Nähe quakte ein einzelner Frosch, was bedeutete, dass es irgendwo einen Tümpel geben musste, doch er konnte ihn nirgends entdecken. In diesem Moment stimmten seine Artgenossen ein. Er hatte noch nie ein solches Froschorchester gehört. Das Gequake war ohrenbetäubend. Er blickte auf Smudge hinab, die trotz des Lärms friedlich schlief, die puttengleichen Lippen leicht geöffnet. Er ging weiter.

Die Kirche war ein kleines Gebäude mit einem Rundbogen und einem Glockenturm auf dem Dach, dessen rostiger Klöppel über seinem Kopf baumelte. Die Tür war angelehnt und gab ein lautes Quietschen von sich, als er sie aufschob und eintrat. Das Innere war schlicht und funktional, mit einem Jesus Christus am Kreuz über der Kanzel und etwa zehn hölzernen Bankreihen. Das Mondlicht schien durch das Bogenfenster im hinteren Teil des Kirchenschiffs, sodass Christus' Schatten auf den steinernen Boden fiel. Seine linke Hand befand sich nur wenige Zentimeter von Johnnys Turnschuh entfernt. Er sah sich genau um, versuchte, sich sämtliche Details einzuprägen. Er wusste zwar nicht, weshalb, doch aus irgendeinem Grund erschien es ihm wichtig. Dann drehte er sich abrupt um und ging wieder hinaus. Weit und breit war keine Menschenseele zu sehen. Vorsichtig nahm er die Tasche von seiner Schulter, stellte sie auf dem Boden ab und zog den Reißverschluss ein Stück auf, um Gilla fester unter Smudges Arm zu schieben.

Dann beugte er sich vor, küsste ihre weiche Wange und drückte ein letztes Mal ihre kleine Hand. Ein unterdrücktes Schluchzen drang aus seiner Kehle. »Gott, du elender Mistkerl«, sagte er. »Wenn du so etwas wie Gnade kennst, dann kümmere dich um sie.«

Er wandte sich ab und stahl sich davon, ohne sich noch einmal umzudrehen, heilfroh, dass sie nicht aufgewacht war und nach ihm gerufen hatte. Er lief zum Strand, schob das Boot ins Wasser und paddelte zu dem namenlosen Schiff zurück. Er zerrte das Schlauchboot an Deck, lichtete den Anker, setzte das Hauptsegel und fuhr davon. Er brachte es nicht über sich, noch einmal zur Insel zu blicken; er wollte nicht wissen, wo er sich befand, auf welcher Insel, in welcher Bucht er gewesen war. Es spielte keine Rolle mehr, war nicht mehr wichtig. Nichts war mehr wichtig. Das letzte Band zur Welt war gekappt und er nichts als ein Geist, körperlos und ohne Ziel.

Er segelte ins Nichts hinaus, in die Nacht, und blieb erst stehen, als die Sonne auf- und wieder untergegangen und noch einmal den Himmel überquert und wieder verschwunden war und er sicher sein konnte, dass es keine Chance auf Rettung für ihn gab.

Bestimmt gab es viel schlimmere Arten, den Tod zu finden. Was er tat, fühlte sich unglaublich gut an. So hatte er es sich nicht vorgestellt. Er hätte nie gedacht, dass Sterben so friedlich sein könnte. Weshalb bloß machten alle so ein Theater darum? Der Tod hatte eine reichlich miese PR. Dabei war er doch eine Zuflucht der Müden, ein Ruhekissen am Ende eines anstrengenden Tages. Und nun konnte er dieses Kissen spüren; es war so dick und flauschig und behaglich. All der Schmerz in seinem Innern war verebbt. Er hatte nichts mehr zu verlieren. Er war frei.

Die Wasseroberfläche glitzerte silbern und schwarz im Mondschein. Die Wellen glätteten sich ein wenig, wurden wieder zu seinen Freunden. Ihm war gar nicht aufgefallen, wann die Schmerzen aufgehört hatten. Wahrscheinlich war er mit dem Sterben viel zu beschäftigt gewesen, um es zu merken. Aber es konnte nicht mehr lange dauern; es fühlte sich an, als würde er bereits seit Tagen ertrinken. Er wünschte, er könnte sich einfach im Wasser umdrehen, mit dem Gesicht nach unten, und untergehen. Doch selbst das schien zu anstrengend zu sein. Er wandte den Kopf ein kleines Stück – oder vielleicht bildete er es sich auch nur ein – und sah zum Mond hinauf, der so hell und wunderschön über ihm schien, dass er die Augen zusammenkneifen musste. Seine salzverkrusteten Lippen rissen ein, als er lächelte. Allem Anschein nach hatte er sich wieder umgedreht, denn nun lag er auf dem Rücken und blickte zu den Sternen hinauf. Ihr Anblick, so strahlend hell und funkelnd auf der endlosen Decke des Firmaments, raubte ihm den Atem: Der Oriongürtel, der nach Westen zeigte, der Große Wagen, der

Polarstern, Beteigeuze. Alle waren da, funkelnd und tanzend bis zum Ende aller Zeit, unabhängig von allem, von jedem. Der Anblick war so verdammt schön, dass er am liebsten in Tränen ausgebrochen wäre.

Er ließ sich nach hinten sinken, bis die Welt auf dem Kopf stand und er in einem Meer aus Sternen schwamm. Dies war das Universum.

Zuerst hörte er es nur. Es stieg aus dem Wasser empor. Auf drei Uhr ragte in etwa zehn Metern Entfernung ein Schemen aus dem Wasser. Er blinzelte und sah genauer hin, hob den Kopf, so hoch er nur konnte, und versuchte, sich umzudrehen und die Welt wieder aus der richtigen Perspektive zu betrachten. Vielleicht war es ein Fisch. Ein Wal oder ein Delfin. Smudge und ihre Seeungeheuer kamen ihm wieder in den Sinn. Möglicherweise war es ein Ungeheuer, das ihn verschlingen wollte. *O Smudge*. Doch zu seiner Verblüffung stellte er fest, dass es ein Mensch war. Staunend sah er zu, wie die Gestalt mit langsamen Brustzügen auf ihn zugeschwommen kam. Sie schien ungewöhnlich hoch im Wasser zu schweben. Wie um alles in der Welt hatten sie ihn gefunden?

Als Erstes erkannte er den Stoff. Den alten Häkelponcho, dessen Löcher so groß waren, dass er und Rob die Arme hindurchstrecken und so tun konnten, als wären sie in einem Netz gefangene Fische. In diesem Augenblick begriff er, wen er vor sich hatte. Sein Herz machte einen Satz wie ein Fisch auf dem Trockenen. Dies war der endgültige Beweis, dass er noch nicht tot war. Sie schwamm weiter auf ihn zu, mit gleichmäßigen, zügigen Bewegungen, das breit lächelnde Gesicht vom silbrigen Mondschein erhellt.

»Mum!«, rief er, während er spürte, wie ihn die köstliche Wärme mütterlicher Liebe erfüllte.

Ihre Augen schimmerten im Mondlicht, und als sie nahe genug herangekommen war, tauchte sie unter und glitt mit der Behändigkeit und Eleganz eines Otters auf den Fender. Sie war leicht außer Atem. Wasser lief über ihr bleiches Gesicht. Er sah ihr in die Augen, die grün waren, mit einem dichten Kranz dunkler Wimpern, genauso wie seine eigenen. Sie war ihm so vertraut, als würde er in sein eigenes Gesicht blicken.

»Mum«, sagte er, überwältigt vor Glück.

Sie lachte und beugte sich vor, sodass ihr nackter Ellbogen unter dem spinnennetzartigen Häkelgewebe seine Haut streifte.

»Hallo Jonty«, sagte sie und küsste seine Hand. Ihre Lippen fühlten sich kühl auf seiner Haut an, während er regelrecht glühte. Am liebsten hätte er sich die Kleider vom Leib gerissen, doch er brachte die Kraft dafür nicht auf.

»O Mum«, krächzte er mit belegter Stimme. Tränen standen in ihren Augen, und das Mondlicht tanzte darin. »Wie hast du mich hier gefunden?«

»Nichts wird uns jemals trennen«, sagte sie und strich mit ihren kühlen Fingern über seine Wange. »Du bist aus meinem Bauch gekommen.«

»Stimmt ja«, erwiderte er verblüfft. »Ich wurde mit der Glückshaube geboren, stimmt's?«

Sie nickte und lächelte.

»Aber wie kann ich dann ertrinken?«, fragte er, während ihm wieder bewusst wurde, wie entsetzlich verkehrt alles war.

»Du darfst nicht aufgeben«, antwortete sie. Inzwischen liefen ihr die Tränen ungehindert übers Gesicht, rund und glitzernd wie winzige Monde.

»Aber ich habe längst aufgegeben, Mum. Deshalb bin ich doch hier«, stieß er erstickt hervor, denn auch er konnte die Tränen nicht länger zurückhalten. »Ich habe sie verloren.«

Sie legte den Arm um ihn. Er bettete seinen Kopf an ihre Schulter und weinte leise. »Shhh«, machte sie und strich ihm durchs Haar. Er spürte die Kühle ihrer Handfläche auf seiner Stirn, die Festigkeit ihrer Ringe. »Alles wird wieder gut.«

*Aber ich will nicht, dass alles wieder gut wird*, dachte er. Doch er war so müde, dass er kaum noch die Augen offen halten konnte.

Er spürte, wie sie ihn von sich schob und ihm einen Finger unters Kinn legte.

»Du darfst nicht schlafen, Jonty, Schatz«, sagte sie.

Er versuchte, sich auf ihre Züge zu konzentrieren, und stellte fest, dass er den Schwung ihrer Brauen und die kleine Sommersprosse auf ihrer Stirn vergessen hatte. Aber es nützte nichts. Seine Lider waren schwer wie Blei, und er war trunken vor Müdigkeit.

Er schlief ein.

Im ersten Moment hörte sich die Musik gar nicht wie Musik an. Der Ort, an dem er sich befand, war so weit entfernt, so jenseits jeglicher Sinneswahrnehmung, ein behagliches Wurmloch, das ihn verschlungen hatte, dass er eine halbe Ewigkeit brauchte, um zu registrieren, dass die Musik kein Teil von ihm selbst war, sondern etwas Eigenständiges. Etwas, das sich nicht verleugnen ließ, sondern seine Aufmerksamkeit einforderte.

Die Musik, unendlich leise, schwebte unmittelbar an den Rändern seines Bewusstseins. Er musste mit jeder Faser seines Körpers lauschen, um sicher zu sein, dass sie tatsächlich da war. Als es ihm endlich gelang, sie als Musik zu auszumachen – er konnte die einzelnen Noten nicht hören, vielmehr schienen sie sich an all seinen Sinnen vorbeizumogeln und geradewegs in sein Innerstes vorzudringen, zu jenem winzigen Punkt in der Unendlichkeit, der er inzwischen geworden war –, spürte er den Sog. Sie schien ihn an die Peripherie seiner Wahrnehmung zu ziehen, dorthin, wo sich der Rest der Welt befand. Als er sich der Wirkung der leisen Klänge bewusst wurde, entzündete sich eine Flamme in der Finsternis seines Seins, deren Licht sich rasend schnell ausbreitete, und die endlose Leere, von der er stets, selbst als kleiner Junge schon, gewusst hatte, dass sie existierte, war unvermittelt von ihrer Liebe erfüllt; genauso wie an diesem ersten Tag am Strand, als er sie in den Wellen in den Armen gehalten hatte.

*»These arms of mine … they are lonely … lonely and feeling blue …«*

Die Musik war *sie*. Daran bestand kein Zweifel. Sie war da. Er spürte ihre Liebe, und sein ganzer Körper schien zu lächeln. Die zarten Gitarrenklänge, die sehnsuchtsvolle Stimme erfüllten ihn mit grenzenloser Liebe. Musik. Sie breitete sich aus, jenseits seines Körpers, bis zum Himmel empor und in die Endlosigkeit des Universums.

*»These arms of mine … they are yearning … yearning from wanting you … And if you … would let them hold you … oh how grateful I would be …«*

Er schwebte in der Musik. Er *war* die Musik.

*»These arms of mine they are burning … burning from wanting you.«*

Doch da war noch etwas anderes. Er hörte es ganz leise. Wasser. In dem Moment, als er es erkannte, wusste er, dass sie fort war. Dass er ohne sie zurückbleiben musste. Und dann verklang die Musik.

Er schlug ein Auge auf. Lauschte. Keine Musik. Keine Mutter. Keine Clem. Er versuchte, den Kopf zu drehen, doch es gelang ihm nicht. Er spürte sein Gesicht nicht mehr, ebenso wenig wie seine Hände oder sonstige Teile seines Körpers. Er war wie erstarrt, all seiner Sinneswahrnehmung beraubt, bis auf das eine Auge, das über den Horizont schweifte, während sein Körper von den Wellen getragen wurde. Er erspähte zwei Monde, dick und rund, einer hoch am Himmel, der zweite direkt neben seinem Gesicht, lediglich durch die gezackte weiße Linie in seiner Phantasie miteinander verbunden. In der Ferne schob sich der rote Morgenstern über den Rand des Horizonts, und mit ihm das Versprechen der nahenden Dämmerung.

Und dann sah er es, direkt unterhalb des Sterns: die winzige Spitze eines Segels, das weiß im Mondschein leuchtete. Er blinzelte. Blinzelte noch einmal. Er halluzinierte immer noch. Nein, es war tatsächlich da. Ein Boot am Horizont. Er sah zu, wie das

Segel dahinschwebte, wunderschön, und fragte sich, wer an Bord sein mochte, was die Leute wohl gerade taten, worüber sie sich unterhielten. Noch nie in seinem Leben hatte er etwas so Schönes gesehen wie dieses Boot, das übers Meer glitt, angetrieben vom Atem der Natur und sonst nichts.

Erst als das Boot seinen Kurs änderte und er bemerkte, dass es geradewegs auf ihn zukam, regte sich etwas in seinem Herzen. Sein Mund war von einer süßen Schärfe erfüllt – Hoffnung hatte einen Geschmack. Nach Pear Drops. Leugnen war zwecklos – irgendwo ganz tief in seinem Innern hatte er noch nicht aufgegeben, glomm noch ein Funke Lebenswille. Und er schwor sich eines: Sollte er am Leben bleiben, würde er zurückkehren und nach dieser Insel suchen. Er würde Smudge retten und sie um Vergebung bitten.

Er versuchte, sich auf dem Fender ein Stück höher zu ziehen, doch seine blau verfärbten Finger zuckten lediglich, während der Rest seines Körpers nutzlos darüberhing. Es gelang ihm kaum, das Auge offen zu halten. Durch einen winzigen Schlitz beobachtete er, wie das Boot sich auf den Wellen hob und senkte und die gelbe Flagge abwechselnd in Sichtweite kam und wieder verschwand, wie bei einem grausamen Guck-guck-Spiel.

Inzwischen war das Segel zu einem Dreieck angewachsen. Es mochte etwa eine halbe Meile entfernt sein und flatterte, erhellt von der Sonne in seinem Rücken, in einem flammenden Orange. Sie war unfassbar schön, genau das Boot, von dem er immer geträumt hatte – eine doppelendige skandinavische Ketsche aus Holz, die übers Wasser flitzte und deren Segel im Sonnenschein strahlten. Als sie den Kurs erneut änderte und in südliche Richtung fuhr, glaubte er einen Mann in einem roten Pullover am Ruder auszumachen. Das Boot würde seitlich an ihm vorbeifahren, doch da die Sonne hinter ihm stand, bestand durchaus die Gefahr, dass der Mann den leblosen Körper im Wasser übersah.

*Ich bin hier. Ich bin hier. Mehr tot als lebendig. Aber ich bin hier.*

Das Letzte, was er sah, ehe er erneut das Bewusstsein verlor, war der elegante Backbordbug, der nicht einmal fünfzig Meter neben ihm das Wasser durchschnitt, so dicht, dass er sogar ihren Namen erkennen konnte: The Lady Marian. Und irgendwo in seinem von der Kälte starren Körper lachte und weinte er. Und spürte so etwas wie Glauben aufflackern. *Lady Marian.*

Obwohl er keinen Muskel bewegen konnte, sein Auge sich weigerte, sich noch einmal zu öffnen, und kein Atemzug mehr in seinem Leib war, spürte er etwas in seinem Innern. Als würden sich Hände um sein Herz legen, sein Innerstes öffnen wie die Blütenblätter einer Blume und seine Seele nach außen kehren. Ein Gefühl der Liebe und des Friedens und der Vergebung durchströmte ihn, und er war von einem Leuchten erfüllt, das er noch nie zuvor gespürt hatte. Jegliche Angst war mit einem Mal verschwunden. Und nun, da die Angst in ihm getilgt war, blieb nichts als reine Liebe übrig – eine allumfassende Liebe, unverbrämt und urteilslos. Es gab keine Bedingungen, keine Grenzen, keine Hindernisse. Sie schien aus ihm herauszufließen, über die Menschheit und alle Geschöpfe dieser Erde hinweg. Es gab kein Richtig und kein Falsch mehr, keine Sünder und Verbrecher. Er dachte an Frank und Annie, und seine Liebe umschloss auch sie. Smudge und Clem, seine Mutter, sie alle umspülte seine Liebe. Sie alle waren in Sicherheit, keinem würde etwas geschehen, solange seine Liebe weiterlebte. Sämtliche Grenzen waren aufgehoben. Inzwischen begriff er, dass es keine Rolle spielte, ob er tot oder am Leben war, denn Leben und Sterben waren in Wahrheit ein und dasselbe.

# EPILOG

Stu war der Skipper. Er war Ire mit sandfarbenem Haar, ein hervorragender Segler und echtes Sprachtalent. Er badete nur selten und hatte schon oft ganze Ozeane überquert, ohne auch nur ein einziges Mal die Kleider zu wechseln, was ihm allerdings massive Hautprobleme eingebracht hatte. Sein erster Maat war ein Spanier namens Emilio. Sie arbeiteten für einen Franzosen, der auf Jachtüberführungen spezialisiert war und seine Geschäfte von einer Bar in Bermuda aus betrieb. Zusammen hatten sie eine ganze Menge Boote überführt, durch alle möglichen Meere und unter allen erdenklichen Witterungsverhältnissen. Dies war ihre achtzehnte gemeinsame Fahrt. Ihr Boss wusste, dass er sich auf sie verlassen konnte und dass sie das Boot pünktlich und mit einem Minimum an Beschädigung seinem neuen Besitzer überbringen würden. Bei der Mehrzahl handelte es sich um gewöhnliche Charterboote, aber mit der Lady Marian hatten sie einen wahren Glücksgriff getan: Sie war eine sechzehn Meter lange skandinavische, doppelendige Holzketsche, die sich traumhaft segeln ließ und sogar über einen hochmodernen Autopiloten verfügte. Sie gehörte einem reichen Rennfahrer aus Deutschland, der sie im Lauf der nächsten Woche auf Kreta erwartete, wo er seinen Urlaub verbringen wollte.

Wegen des schlechten Wetters waren sie später in Narbonne aufgebrochen als vorgesehen. Da der Sturm keine Anstalten gemacht hatte, nachzulassen, und der Mistral, der von den Pyrenäen herunterwehte, ein höchst unangenehmer Zeitgenosse war, hatten sie letzten Endes bei Windstärke neun lossegeln müssen. Deshalb lagen sie leicht hinter ihrem Zeitplan, als sie das Tyrrhenische Meer erreichten.

In Bonifacio, an der Südküste Korsikas, hatten sie einen Stopp eingelegt und sich bis zur Besinnungslosigkeit betrunken. Stu, der den Gegenwert seines eigenen Körpergewichts in Alkohol in sich hineingeschüttet hatte, war von der Hafenpolizei aus dem Jachthafen geschleift worden, wohingegen Emilio noch nicht einmal mehr den Weg zurück aufs Boot gefunden hatte.

Emilio war ein paar Jahre jünger als Stu und ein völlig anderes Kaliber. Er hatte dieselbe Schwäche für die Damenwelt wie Stu, mit dem Unterschied, dass die Damenwelt auch eine Schwäche für ihn hatte. Sie standen auf sein Aussehen, auf die Art, wie er tanzte und wie er roch, so frisch wie eine morgendliche Brise. Stu stand darauf, dass die Weiber ganz heiß darauf waren, sich mit ihnen ein paar schöne Stunden an Bord zu machen. Und sie beide standen darauf, am nächsten Tag möglichst zügig die Kurve zu kratzen. Abgesehen davon, dass sie beide erstklassige Matrosen und alte Schwerenöter waren, teilten sie auch eine unerschütterliche Leidenschaft für anständigen Rum und marokkanisches Hasch.

Vor zwei Tagen waren sie in Bonifacio aufgebrochen und waren dankbar für das ruhige, angenehme Wetter. Das Boot glitt unter vollen Segeln mit einem angenehmen Tempo dahin. Emilio, der während der letzten vier Stunden bis zum Morgengrauen Wache gehabt hatte, stand unten in der Kombüse, um Kaffee für Stu zu kochen, und tanzte zu den Klängen eines Jackson-Five-Songs, der aus den Lautsprechern der topmodernen Stereoanlage drang. Er streckte den Kopf in die Kabine, wo Stu, voll bekleidet, auf dem Rücken lag und wie ein Bär schnarchte.

»Los, raus aus den Federn, Stuie-Baby«, sagte Emilio mit seinem ausgeprägten spanischen Akzent, bevor er zum Kartentisch tänzelte, um einen Blick auf die Wettervorhersage zu werfen. Er tanzte ständig, den ganzen Tag. Einmal hatte er sogar die gesamte dreiwöchige Überfahrt von den Azoren nach Barbados durchgetanzt.

Stu hievte sich aus der Koje und taumelte zur Tür hinaus. Das

Haar stand ihm in sämtliche Richtungen ab, und seine blutunterlaufenen Augen blinzelten gegen das helle Sonnenlicht an. Ohne Umweg steuerte er auf den hochmodernen Kühlschrank zu und nahm eine Dose eiskaltes Bier heraus – das perfekte Frühstück, um den Kreislauf in Schwung zu bringen. Er riss den Verschluss der Dose auf, woraufhin ein lautes Zischen erklang, setzte sie an und trank einen großen Schluck.

»Und? Viel Verkehr?«, fragte er.

»Bloß ein paar Fangschiffe und ein Kreuzfahrtdampfer. *Pero nada mas.*«

Stu reckte seine Glieder und setzte sich an den Kartentisch, um mit schief gelegtem Kopf und einem verträumten Lächeln auf den Lippen der melodiösen Stimme der Dame zu lauschen, die die Wettervorhersage verlas.

»Der würde ich's gern mal besorgen«, sagte er und stieß einen alles erschütternden Rülpser aus, dann stand er auf, fuhr sich mit einer Hand durch den Schopf und warf Emilio, der eine elegante Halbdrehung nebst jazzigem Armeinsatz aufs Parkett legte, einen Blick zu. Er richtete seine Aufmerksamkeit wieder auf die Frau, die mit warmer Stimme eine bevorstehende Veränderung der Windverhältnisse prognostizierte.

»Ostwinde, du beschissene Schwuchtel. Wir ändern den Kurs. Südsizilien.«

»Aye, aye, Skipper«, sagte Emilio und tänzelte von dannen.

Stu beugte sich über den Tisch, schnappte seinen roten Pullover, der vor Schmutz und Salz so verkrustet war, dass er notfalls von allein stehen bleiben würde. Er zog ihn über, zündete sich eine Kippe an, ging mit seinem Bier in der Hand ins Cockpit und ließ den Blick über das Meer schweifen. Es war ein herrlicher Morgen, doch die rot aufgehende Sonne war so grell, dass er die Augen zusammenkneifen musste. Er gähnte abermals, trank sein Bier aus, zerquetschte die Dose zwischen den Fingern und schleuderte sie über Bord. Dann programmierte er den Autopiloten auf südlichen Kurs für die nächsten rund hundert Meilen, setzte sich ans Ruder, furzte herzhaft und zog seine kleine silberne Haschbüchse heraus, während das Boot übers Wasser schoss.

Er beschäftigte sich eine Weile mit den Segeln, dann setzte er sich wieder hin und ließ etwas von dem marokkanischen Hasch über den Tabak einer Marlboro rieseln, ehe er Emilio rief.

»He, komm rauf und zieh einen mit mir durch, bevor du deinen süßen kleinen Arsch in die Koje haust, Emilio.«

Inzwischen hatte Emilio den Kaffee fertig und trug die Tassen ins Cockpit. »Schöner Tag«, bemerkte er, während die Sonne sein Gesicht rotgolden erhellte. Er schirmte mit der Hand die Augen ab und ließ den Blick übers Wasser schweifen, das lichterloh in Flammen zu stehen schien. Stu reichte ihm einen fetten Joint. Emilio nahm ihn entgegen und ging nach oben an Deck, wo er sich gegen den Mast gelehnt hinsetzte, um den Morgen in seiner vollen Pracht genießen zu können.

Sein Blick blieb an etwas hängen, das ihm Wasser trieb. Er stand auf, um nachzusehen, was es war.

»Stu?«, rief er nach unten. »Schau mal auf neun Uhr. Was ist das?« Er zeigte nach Westen.

Stu erhob sich ebenfalls und spähte hinaus, doch wegen der grellen Sonne hatte er Mühe, etwas zu erkennen. Er griff nach dem Fernglas und hielt es sich vor die Augen. »Eine Schildkröte, vielleicht?«, meinte er und reichte das Fernglas an Emilio weiter, der ebenfalls hindurchsah.

Aber eine Schildkröte war es nicht, das konnte Emilio sich nicht vorstellen. Er stellte sich etwas breitbeiniger hin, um eine bessere Balance zu haben.

»*Joder!*«, sagte er, ließ das Fernglas sinken und blickte mit zusammengekniffenen Augen hinaus. »Los, wirf den Motor an.«

Stu beugte sich vor, startete den Motor und griff nach dem Steuer, woraufhin das Boot wendete und auf das Ding im Wasser zuhielt.

Als sie näher kamen, erkannten sie, womit sie es zu tun hatten – ein auf einen Fender geschnallter Mann, der mit dem Gesicht nach unten im Wasser trieb. Er rührte sich nicht. Emilio stand mit dem Bootshaken in der Hand an der Reling, verhakte ihn in der Hose des Kerls und zog ihn heran.

Stu kam übers Deck gelaufen. Die beiden Männer legten sich auf den Bauch, um die vollgesogene Leiche an Bord zu hieven, und zerrten sie mit dem Gesicht nach unten aufs Deck. Es handelte sich um einen Mann, dessen steifen Arme ein Stück Teppich umklammert hielten.

Emilio drehte die Leiche auf den Rücken und wich beim Anblick des leblosen Gesichts erschrocken zurück.

»Heilige Mutter Gottes«, stieß Stu hervor und bekreuzigte sich. Auf dem Gesicht des Mannes lag ein Ausdruck, wie er ihn noch nie an einem Menschen gesehen hatte – als wäre ein süß schlafender Engel geradewegs vom Himmel auf die Erde gefallen. Auf seinen bläulich verfärbten Zügen lag ein verzücktes Lächeln, als wäre er in einem wunderschönen Traum verloren. Eine Aura des Friedens und der Ruhe umgab ihn.

Auch Emilio bekreuzigte sich und starrte ihn fassungslos an. »Ist er tot?«

»Ich schätze schon.«

Stu ging auf die Knie, packte den kalten, gräulich verfärbten Arm des Jungen beim Handgelenk und fühlte nach einem Puls. »Heilige Scheiße, der ist ja noch grün hinter den Ohren«, sagte er. Er konnte keinen Herzschlag mehr spüren. Stu sah auf und schüttelte den Kopf.

Emilio beugte sich vor, presste die Lippen auf die lächelnden Lippen des Jungen und hielt ihm die eisig blaue Nase zu, um ihn Mund zu Mund zu beatmen.

Währenddessen begann Stu, die Brust des Jungen mit pumpenden Bewegungen zu bearbeiten. *Eins zwei drei vier. Eins zwei drei vier.* Nichts geschah. Er hielt inne und sah Emilio wortlos an. Es gab nichts mehr zu sagen. Sie hoben die Leiche hoch, wobei ein Schwall Wasser aus den Kleidern auf das Deck platschte.

Erst jetzt bemerkten sie, dass er einen schwarzen Anzug und eine Fliege trug. Er musste von einem Kreuzfahrtschiff gefallen sein. Sie trugen ihn quer über das Deck, den Niedergang hinunter in die Kabine, wo Stu mit dem Ellbogen den Tisch leer fegte, damit sie ihn hinlegen konnten. Sie schnitten das Fenderseil und den kleinen Teppich ab und rissen ihm die klatschnassen Kleider vom Leib, unter denen ein magerer, eiskalter, bleicher Jungenkörper zum Vorschein kam. Seine Hände, Lippen und Füße wiesen eine leuchtend blaue Farbe auf, was darauf schließen ließ, dass er noch am Leben sein könnte. Stu stürzte durch die Kabine und kehrte mit einem Arm voller Decken und Handtücher zurück.

»Los, komm schon, Junge …«, sagte er und hüllte den nackten Jungen in die Decken, während Emilio heißes Wasser in Flaschen füllte und darunterschob, um ihn zu wärmen. Wieder setzte Emilio zur Mund-zu-Mund-Beatmung an, während Stu sein Herz in Gang zu bringen versuchte, trotzdem war kein Lebenszeichen zu erkennen.

Nach einer scheinbaren Ewigkeit hielten sie inne, ließen sich neben dem toten Jungen auf die Sitze fallen und sahen einander an, zutiefst schockiert über das, was das Meer angespült hatte. Stu streckte die Hand aus und nahm die Rumflasche aus dem Regal hinter ihnen, schraubte sie auf und nahm einen kräftigen Zug. Dann beugte er sich vor, ließ etwas davon in den Mund des toten Jungen sickern und sah zu, wie es an seinem Kinn herunterlief.

»Hätte ich ihn doch nur früher gesehen«, sagte Emilio, griff über den Jungen hinweg und nahm Stu die Flasche aus der Hand.

»Armer Bursche.« Stu zündete sich eine Zigarette an und betrachtete die feinen Züge des Jungen. »Sieh ihn dir bloß an. Wieso ist der bloß so scheißglücklich?«

Emilio schüttelte den Kopf. »Was machen wir jetzt mit ihm? Ihn wieder reinwerfen?«

Stu zuckte die Achseln und nickte.

In diesem Moment begann der tote Junge zu husten und zu spucken. Die beiden Männer sprangen auf und starrten ihn einen Moment lang fassungslos an, dann drehten sie ihn auf die Seite und sahen zu, wie seine Lippen allmählich wieder Farbe bekamen und seine bläuliche Haut zuerst grau und schließlich gelblich wurde, als das Blut wieder zu zirkulieren begann.

Schließlich riss der tote Junge seine leuchtend grünen Augen auf, fuhr hoch und schnappte nach Luft. »Alle Sterne am Himmel sind verglüht«, rief er und sah zwischen ihnen hin und her. »Alle Sterne sind verglüht!«